Victor Hugo

Disseminações

Conselho Editorial

Beatriz Olinto (Unicentro)
Flávia Biroli (UnB)
José Miguel Arias Neto (UEL)
Márcia Motta (UFRJ)
Marie-Hélène Paret Passos (PUC-RS)
Regina Dalcastagnè (UnB)
Renato Perissinotto (UFPR)
Ricardo Silva (UFSC)

Victor Hugo

Disseminações

organização Junia Barreto

Editora
Horizonte

Copyright © 2012
Junia Barreto

Editora
Eliane Alves de Oliveira

Capa
Editora Horizonte sobre imagem de Victor Hugo – *A sombra da mancenilheira*

Revisão
Camilla Bazzoni de Medeiros

Diagramação
Garamond 10,5/15

Impressão
Gráfica Santuário, dezembro de 2012

Papel
Eco Millenium

Este livro contou com o apoio da FAP-DF.

Dados Internacionais de Catalogação na Publicação (CIP)

Victor Hugo: disseminações / Junia Barreto (organização).
Vinhedo, Editora Horizonte, 2012.

ISBN 978-85-99279-43-4

1. Victor Hugo - cento e cinquenta anos de *Os miseráveis* 2. Victor Hugo - História - Política - Filosofia 3. Victor Hugo - Literatura - Teatro 4. Victor Hugo - tradução. I. Junia Barreto

CDD 800:840:790

Grafia atualizada segundo o Acordo Ortográfico da Língua Portuguesa de 1990, que entrou em vigor no Brasil em 2009.

Editora Horizonte
Rua Geraldo Pinhata, 32 sala 3
13280-000 – Vinhedo – SP
Tel: (19) 3876-5162
contato@editorahorizonte.com.br
www.editorahorizonte.com.br

Sumário

Apresentação: Disseminações | 9

Victor Hugo, hoje e amanhã – Arnaud Laster | 13

SESQUICENTENÁRIO DE *LES MISÉRABLES*

Os miseráveis 2012 – Jean-Marc Hovasse | 39

As mulheres na obra *Os miseráveis* – Danièle Gasiglia | 51

Representações da monstruosidade em *Os miseráveis* – Junia Barreto | 65

Tempo de pose: atitudes e personagens em *Os miseráveis* – Delphine Gleizes | 77

VICTOR HUGO: HISTÓRIA, POLÍTICA E FILOSOFIA

Presença de Victor Hugo no *Romance histórico* de Lukács – Hermenegildo Bastos | 97

O imbricado nó entre história e ficção em *Noventa e três*, romance de Victor Hugo – Rosária Cristina Costa Ribeiro | 105

Espectros de Victor Hugo: a Revolução de 1848 – Marcos Moreira | 115

VICTOR HUGO E A LITERATURA

POESIA

Odes et ballades: Victor Hugo poeta, de 1818 a 1828 – Robert Ponge | 133

L'Âne – Francisco Alvim | 143

Romance

Homem e animal: representações da sexualidade em *Notre-Dame de Paris* – Caroline Marie Pierrard | 149

Grotesco e imagens espaciais em *Notre-Dame de Paris* – Leandra Alves dos Santos | 157

Feminino e perversão em *O homem que ri* – Ariel Pheula do Couto e Silva | 169

Reflexões sobre *Os trabalhadores do mar* – Barbara Freitag Roaunet | 177

A natureza em *Os trabalhadores do mar* – Sidney Barbosa | 185

Teatro

Rir de verdade: *Le Théâtre en liberté* e a liberação do riso hugoano – Maxime Prévost | 199

A dualidade da figura da bruxa em *Mangeront-ils?* – Lucas Kadimani Silva Esmeraldo | 211

Interfaces literárias

Victor Hugo e a literatura portuguesa oitocentista – Edvaldo A. Bergamo | 225

Victor Hugo e os romancistas brasileiros: estudo do grotesco em *A pata da gazela,* de José de Alencar – Daniela Mantarro Callipo | 233

Recepções e diálogos da obra hugoana no Brasil

A adaptação literária de *Notre-Dame de Paris* para o público infantojuvenil – Luziane de Sousa Feitosa | 245

O homem que ri: o romance hugoano nos quadrinhos brasileiros dos anos 1950 – Adelson Marques Cordeiro | 257

Os percalços do drama *Maria Tudor* no Brasil – Guilherme Santos | 265

Bug-Jargal, o negro e a encenação operística – Jocileide Silva | 273

INTERSECÇÕES HUGOANAS: ARTES E MÍDIAS

As contradições esperpênticas na poética verbo/visual de Victor Hugo – Elga Pérez Laborde | 287

Cultura popular, topografia corporal e inacabamento. A crítica rabelaisiana de Victor Hugo – Augusto Rodrigues | 301

Lucrécia Bórgia: o grotesco do drama romântico ao romance gráfico – Luiz Eudásio Capelo Barroso Silva | 313

Claude Gueux: do livro para a televisão, uma tradução intersemiótica – Dennys da Silva Reis | 321

TRADUZIR VICTOR HUGO

Poesia hugoana em tradução – Anderson Braga Horta | 337

Choses du soir: o que se traduz quando se traduz poesia? – Marcos Bagno | 347

Disseminações

> *Notes et préfaces sont quelquefois un moyen commode d'augmenter le poids d'un livre et d'accroître, en apparence du moins, l'importance d'un travail; c'est une tactique semblable à celle des généraux d'armée, qui, pour rendre plus imposant leur front de bataille, mettent en ligne jusqu'à leurs bagages. Puis, tandis que les critiques s'acharnent sur la préface et les érudits sur les notes, il peut arriver que l'ouvrage lui-même leur échappe et passe intact à travers leurs feux croisés, comme une armée qui se tire d'un mauvais pas entre deux combats d'avant-postes et d'arrière-garde. (...) Des considérations d'un autre ordre ont influé sur l'auteur. Il lui a semblé que si, en effet, on ne visite guère par plaisir les caves d'un édifice, on n'est pas fâché quelquefois d'en examiner les fondements.*
>
> V. Hugo, *Préface de Cromwell*

Escrevemos prefácios, introduções, apresentações, preliminares, preâmbulos, prólogos e prolegômenos, parafraseando Jacques Derrida, considerando-os talvez necessários à compreensão do livro que se seguirá. Neles, assinalamos considerações que precedem ou anunciam a produção apresentada e que, colocando diante dos olhos o que não está ainda visível, fala, prediz e predica. Importantes ou desnecessárias, essas observações, que constituem nosso *avant propos*, pretendem apenas anunciar essa dispersão, esse espalhamento e propagação da obra hugoana sob as mais diferentes formas, ao se completarem os duzentos e dez anos do nascimento do autor.

Victor Hugo se confirmou como um *gênio sem fronteiras;* sua obra e ideais desconhecendo barreiras culturais, linguísticas ou sociais. Poeta, escritor, teórico, artista e referência obrigatória da literatura universal, Hugo (1802-1885) constitui-se como um retrato do século XIX francês, produzindo incessantemente por mais de sessenta anos.

Apesar de nunca ter pisado em território nacional, Hugo entreteve com a nação brasileira relações que extrapolaram o literário e que atingiram o social e o político. Além de se destacar como o autor estrangeiro que mais influenciou a literatura nacional do século XIX, tornando-se um cânone entre nossos escritores, Hugo caracterizou-se também como um intelectual para quem a realidade brasileira não passou despercebida, solidarizando-se com questões polêmicas e sensíveis de nossa sociedade, como a escravidão e a miséria.

Muitos dos textos de Hugo, sobretudo aqueles de sua obra romanesca e poética, chegaram ao Brasil quase ao mesmo tempo em que foram publicados na França. A admiração nutrida por Hugo não se restringia ao literato, mas se estendia ao homem político, que fez das páginas e dos palcos um retrato dos acontecimentos de sua época e um dispositivo para veicular suas teorias e seu pensamento. Hugo inspirou e influenciou muitos de nossos intelectuais. Foi compulsivamente lido, imitado, traduzido e referenciado por nossos escritores, além de expoentes políticos da sociedade brasileira do século XIX, indo dos abolicionistas ao Imperador Dom Pedro II. A influência de Victor Hugo no Brasil e as relações estabelecidas com a classe intelectual brasileira foram compiladas em um trabalho de fôlego, realizado pelo acadêmico Antônio Carneiro Leão e publicado em 1960, intitulado *Victor Hugo no Brasil*.

O estudo do patrimônio hugoano é por si só de importância incontestável para a literatura universal, dada a relevância de sua obra monumental no campo literário e a atualidade de muitos dos combates e ideais da sociedade por ele encampados, tais como a pena de morte, o problema social da miséria, a discriminação da mulher, o preconceito, a socialização do ensino, a união da Europa, entre tantos outros, que ainda hoje figuram no centro das preocupações da contemporaneidade.

Os textos de Hugo permanecem alvo de inúmeras reedições, de estudos e trabalhos acadêmicos relevantes, assim como continua sendo revisitado pelo cenário cultural, por meio da realização de montagens teatrais, de releituras cinematográficas, da musicalização de seus poemas, de aproximações televisivas e gráficas de seus textos e da encenação de óperas e musicais baseados em sua obra. No Brasil, reedições de seus textos continuam a interessar o mercado, além do empreendimento de traduções contemporâneas de seus textos, ainda pouco difundidos entre nós.

Em 2002 comemorou-se mundo afora, assim como em todo o território nacional o bicentenário do nascimento do autor, o que gerou um grande impulso aos estudos em torno da obra hugoana. À época, organizamos em Belo Horizonte, na Universidade Federal de Minas Gerais, o Simpósio Internacional *Victor Hugo: Gênio Sem Fronteiras*, visando comemorar os duzentos anos de Victor Hugo. Na ocasião, não só frutificaram as discussões no fórum acadêmico nacional como foram fomentadas as trocas e relações com especialistas do cenário internacional.

Em 2012 comemoram-se os duzentos e dez anos do nascimento de Hugo, o que nos propiciou a ocasião para retomar e atualizar, em âmbito maior, as discussões acadêmicas em torno de sua obra literária, crítica e pictórica, assim como em torno de sua atuação política. Soma-se a esse fato a comemoração dos cento e cinquenta anos da publicação da obra central de Hugo, *Os miseráveis*, que, por si só, seria motivo para um fórum internacional de discussões.

 Victor Hugo Disseminações – organização *Junia Barreto*

Foi então que o *Grupo de Pesquisa Victor Hugo e o Século XIX*, vinculado ao Departamento de Teoria Literária e Literaturas e ao Programa de Pós-Graduação em Literatura da Universidade de Brasília concretizou o desejo de realizar um seminário internacional de discussões em torno da obra e do patrimônio hugoano. No seio do Grupo, as pesquisas ora desenvolvidas abrangem não somente o estudo da literatura do século XIX e seu diálogo com a contemporaneidade, mas também o estudo do legado hugoano, seu impacto mundial, suas relações com outras áreas do conhecimento e, sobretudo, sua recepção no Brasil e sua interlocução com a literatura nacional.

Assim, foram reunidas neste livro as reflexões produzidas no Seminário Internacional 210 Hugo*anos*, empreendidas por especialistas da obra hugoana, como os professores Arnaud Laster (Sorbonne-Nouvelle), Delphine Gleizes (Lyon 2), Maxime Prévost (Université d'Ottawa), Junia Barreto (Universidade de Brasília) e a escritora e crítica literária Danièle Gasiglia; somadas às reflexões de professores cujas pesquisas transpassam de alguma forma a obra hugoana – alguns colegas de outras instituições, os professores Barbara Freitag (UFF/UnB), Robert Ponge (UFRG), Daniela Callipo (UNESP) e os colegas da UnB, professores Hermenegildo Bastos, Marcos Moreira, Marcos Bagno, Edvaldo Bérgamo, Sidney Barbosa, Augusto Rodrigues e Elga Laborde. Contamos ainda com a intervenção dos poetas Chico Alvim e Anderson Braga Horta, também tradutor da poesia hugoana; e ainda com a reflexão de jovens pesquisadores em torno da obra de Hugo, doutorandos, mestrandos e membros do grupo de pesquisa, Leandra Santos, Rosária Ribeiro, Luziane Feitosa, Dennys Reis, Jocileide Silva, Guilherme Sousa Santos, Luiz Capelo, Ariel Couto e Silva, Lucas Esmeraldo, Caroline Pierrard e Adelson Marques. Consta aqui também a colaboração de Jean-Marc Hovasse, pesquisador do CNRS (*Centre National de la Recherche Scientifique*), um de nossos convidados, mas que, infelizmente, não pode estar presente às discussões do Seminário.

Dada a diversidade das abordagens das intervenções, elas se encontram expostas no livro da seguinte forma: a projeção da obra de *Victor Hugo, hoje e amanhã;* reflexões em torno do *sesquicentenário do romance* Les misérables*;* aquelas sobre Victor Hugo e as relações entre *história, política e filosofia;* os estudos sobre Victor Hugo e sua produção literária – *poesia, romance, teatro*; algumas abordagens sobre as *interfaces literárias,* expondo as influências e intertextualidades entre Hugo e as literaturas portuguesa e brasileira; as análises sobre a *recepção e os diálogos da obra hugoana no Brasil*; suas intersecções com a *arte e as mídias;* assim como estudos sobre a prática da tradução e as especificidades de se *traduzir Victor Hugo.*

A obra monumental de Hugo permanece viva e atual, pois trata de temas que estão no centro das preocupações da sociedade contemporânea e de problemas nos quais ainda permanecemos imersos. Apesar das inúmeras e profícuas pesquisas que o legado hugoano propiciou nos últimos dois séculos, sua obra configura ainda um vasto campo de pesquisa e de reflexões a ser explorado, seja no âmbito da literatura, como do pensamento, da política e da arte de forma geral. Que nossa contribuição aos estudos da obra hugoana e suas relações com a literatura e a sociedade brasileira se *dissemine*, suscite novas pesquisas, leituras e releituras.

Por fim, agradeço imensamente ao Instituto de Letras da UnB em suas diferentes instâncias, à Embaixada da França, à CAPES e à FAP-DF que tornaram possível a realização das comemorações dos duzentos e dez anos de Victor Hugo e dos cento e cinquenta anos de *Os miseráveis*, e em especial à FAP-DF, por viabilizar a realização deste livro.

Junia Barreto
Brasília, dezembro de 2012.

Victor Hugo, hoje e amanhã

Arnaud Laster[1]

Os aniversários são uma excelente oportunidade para trazer à luz autores ou obras relativamente esquecidos. Duzentos e dez anos depois de seu nascimento, Victor Hugo está longe de ter sido esquecido, tampouco sua obra, cujo aniversário de cento e cinquenta anos festejamos: *Os miseráveis*. Vou provar isso de maneira muito concreta e apoiar-me em traços de sua presença, que recolho toda semana, sob a forma de um Boletim Informativo, enviado aos membros da Sociedade dos Amigos de Victor Hugo, e que podem consultar no site: www.victorhugo.asso.fr. Estão listados neste Boletim, para cada dia da semana por vir, os eventos relacionados a Victor Hugo, dos quais tomei conhecimento. Se me ocorre saber da existência de alguns deles tarde demais, para poder estar em condição de anunciá-los, os menciono posteriormente em um "Lembrete", uma rubrica retrospectiva que assim chamei. Saibam que, desde a data, quando comecei a redigir este Boletim, em dezembro de 2003, não se passou um dia sequer sem que haja ao menos uma atualidade sobre Victor Hugo na França ou fora dela.

O nome da associação, da qual fui um dos membros fundadores em janeiro de 2000, e que presido desde dezembro de 2011, a Sociedade dos Amigos de Victor Hugo, se explica pelo fato que, não somente nos consideramos admiradores de um grande escritor do passado, de quem lemos e apreciamos ou estudamos as obras, mas como seus amigos, pois o consideramos próximo de nós, sendo que um grande número de suas preocupações e de suas esperanças ainda são as nossas, pois ele nos ajuda em nossos combates e em nossa vida diária. Tudo isso explica a ternura que sentimos por ele, que é a mesma que sentimos por nossos melhores amigos. Estes sentimentos são, obviamente, subjetivos, e esperamos que sejam compartilhados por muitos, mas aquilo para que chamo a atenção não provém do gosto ou da opinião; o que gostaria de lhes mostrar é do que se compõe objetivamente a atualidade de Victor Hugo e, para não me limitar a fazer um balanço, acrescentarei perspectivas: anúncios de eventos futuros, projetos já conhecidos ou sugestões de trabalhos e realizações. Não vou voltar para além do começo deste ano, para fazer um inventário das atualidades sobre Victor Hugo: Hugo hoje será Hugo em 2012, ou mais exatamente de 1º de janeiro a 28 de agosto. E para relatar esta atualidade, usarei ao máximo o

---

[1] Presidente da *Société des Amis de Victor Hugo*, Membro do *Centre de Recherches sur le surréalisme* do Laboratório de Pesquisa *Écritures de la modernité, littérature et sciences humaines*, da Université Sorbonne-Nouvelle/CNRS.

que chamamos de presente da narrativa, um presente que cobrirá os oito primeiros meses de 2012. E Hugo amanhã, será Hugo a partir de 29 de agosto de 2012, em 2013 e nos anos que seguirão, tal como se desenha seu futuro e tal como nossos votos o imaginam.

Hoje

As atividades e produções relacionadas a Hugo em 2012 são inicialmente, para um grande escritor como é reconhecido, as de um ano comum, se eu puder me permitir, pois um ano nunca há de se parecer com outro? Digamos que, como ao longo da maioria deles, Hugo é publicado, representado, adaptado, se fazem pesquisas sobre sua obra ou sua biografia – um grupo universitário[2] se reúne uma vez por mês em Paris para ouvir e discutir comunicações a seu respeito –, fazemos conferências... assim como a de hoje, como ouviremos em Brasília nos dois próximos dias. Mas vocês entenderão logo que atividades como estas que nos reúnem aqui são ao mesmo tempo normais, tratando-se de um grande escritor, e excepcionais, levando em conta o local e a amplitude da manifestação. A meu ver, não havia ocorrido nada parecido no Brasil desde 2002. Esses três dias estão sendo então um evento extraordinário na rica vida póstuma de Victor Hugo. Eles se destacam sobre um fundo permanente, garantido, por exemplo, pelas Casas-Museus que têm o seu nome.

As Casas-Museus

São seis casas: a da Place des Vosges em Paris[3], no segundo andar da qual morou de aluguel em um apartamento, de 1832 a 1848; a casa de seu exílio em Guernesey (ilha anglo-normanda), Hauteville House[4], a única comprada por Hugo para não ser expulso dela, e onde morou, mobiliou e decorou, de 1855 à 1870; a Casa, dita literária, em Bièvres[5], propriedade de seus amigos Bertin, onde ele ia com frequência nos anos 1830, época na qual a filha (dos Bertin) compunha com ele, como libretista, uma ópera baseada em *Notre-Dame de Paris*; a Casa de Hugo em Pasajes[6] no País Basco espanhol, onde se hospedou em 1843; a Casa Hugo de Villequier[7], na Normandia, à margem do rio Sena, propriedade dos pais de Charles Vacquerie, que casou com sua filha Léopoldine e que, não podendo arrancá-la de um afogamento, partilhou o

---

[2] Em seu site <http://www.groupugo.univ-paris-diderot.fr/>, encontra-se notadamente uma bibliografia hugoana com alcance exaustivo, realizada por Jacques Cassier, que a alimenta progressivamente.
[3] <http://www.paris.fr/musees/maison_de_victor_hugo/>.
[4] <http://www.hautevillehouse.com>.
[5] <http://www.maisonlitterairedevictorhugo.net/>.
[6] <http://www.victorhugopasaia.net/fr/>.
[7] <http://www.museevictorhugo.fr/>.

pesar de sua morte, casa onde o poeta se hospedou pelo menos três vezes, antes e depois de seu exílio; a casa de Vianden[8], em Luxemburgo, onde em 1871 ficou por um mês e meio, depois de sua expulsão da Bélgica, consequente às turbulências causadas pela sua proposta de asilo a todos os perseguidos por terem participado à Comuna de Paris, oriunda de uma insurreição. A primeira destas casas não cessa de propor visitas-conferências para adultos, visitas contadas para as crianças, percursos temáticos, instalações temporárias de elementos de sua rica coleção – em 2012 – para ilustrar a visita do romancista Charles Dickens a Hugo ou a amizade de Louise Michel, uma das grandes figuras revolucionárias da Comuna – e outras exposições importantes, sobre as quais voltaremos. As outras *Casas* fazem o mesmo, na medida de suas possibilidades. Atualmente, Villequier expõe retratos e caricaturas de Hugo.

AS NOVAS EDIÇÕES

Visto que Hugo é um escritor, a divulgação de suas obras, mesmo nos tempos da internet, que permite o acesso a um número crescente delas, digitalizadas, ainda se faz principalmente por meio da impressão[9]. Quais são as novas edições encontradas nas livrarias? Quero salientar quatro títulos: *Os miseráveis* – era previsível neste ano em que festejamos cento e cinquenta anos da primeira edição, mas em uma versão mais leve, embora integral, "em duas vezes 123 gramas", no formato ultrarreduzido (8x12 cm); as páginas se viram de baixo para cima, e não da direita para a esquerda; a encadernação é concebida de tal maneira que o livro fica aberto na página escolhida, que este seja segurado com uma única mão ou esteja em superfície plana; não tem as margens centrais habituais; tem linhas mais longas, supõe-se, para descansar a vista. A fonte usada (Verdana 8) foi escolhida também com uma preocupação de conforto máximo[10]; Hernani[11], peça famosa dentre as outras, precisamente pela batalha travada em torno de sua criação em 1830 na Comédia Francesa e que marcou na França a liberalização das regras e convenções clássicas, o estabelecimento da mistura de gêneros, em suma, do romantismo no teatro; *Promontorium somnii* (*O Promontório do sonho*[12]), um texto sobre a importância do sonho na Arte, escrito por Hugo por volta de 1864, na época em que preparava seu grande livro crítico, *William Shakespeare*; *Diário daquilo*

---

[8] <http://www.victor-hugo.lu/>.
[9] Mas é no site do *Groupe Hugo* que se encontra a edição genética e crítica de *Os miseráveis* por Guy Rosa: <http://www.groupugo.univ-paris-diderot.fr/Miserables/Default.htm>.
[10] Robert Porcheron, em carta eletrônica de 22 de agosto da associação *Cuba Coopération*, chama a atenção acerca desta inovação. Ver: <http://www.editionspoint2.com>.
[11] GF Flammarion, apresentação de Florence Naugrette.
[12] Gallimard, coleção *L'Imaginaire*, prefácio de Annie Le Brun.

que aprendo todo dia[13], experiência original vivenciada por Hugo durante dois anos, de 1846 a 1848, paralelamente à redação do romance que se tornará *Os miseráveis*. Destaquemos que este *Diário*, com prefácio de Danièle Gasiglia-Laster, foi publicado pela primeira vez em uma coleção de bolso e por um jovem editor.

OS DESENHOS

A autora do prefácio de *Promontório de um sonho*, Annie Le Brun, também é responsável por uma exposição, apresentada simultaneamente na Casa de Victor Hugo em Paris e intitulada *Les arc-en-ciel du noir*. Oportunidade para reencontrar ou descobrir o gênio de Hugo, desenhista, reconhecido pelos surrealistas, e que se impõe cada vez mais. Os preços alcançados em 2012, por seus desenhos leiloados, são prova disso: *Lembrança da Bélgica*, estimado em 100 a 150.000 euros, encontra comprador por um preço três vezes mais alto, 447.500 euros (cerca de 1,2 milhões de reais), recorde absoluto para um desenho de Hugo (o recorde anterior era de 277.000 euros). E não é um caso único, pois, alguns dias depois, outro desenho, com o mesmo título, foi adquirido por 409.000 euros (quase 1,02 milhões de reais). A este Hugo colocado no mercado da arte e favorecendo o comércio dos manuscritos, temos outro no oposto, Hugo doador da Biblioteca Nacional da França (o poeta legou-lhe tudo aquilo que se acharia de escrito ou de desenhado por ele), acerca do qual Pierre Georgel, que prepara o catálogo organizado de seus desenhos, verifica a extensão da obra apresentada nas paredes da própria Biblioteca, pouco tempo após estas vendas ressonantes, embora Marie-Laure Prévost evoque o caso do manuscrito do *Homem que ri* e de seus rascunhos, colocados à disposição dos pesquisadores, graças à doação de Hugo. A admiração dos artistas plásticos atuais pelos desenhos de Hugo também é comprovada neste início do ano de 2012, com a exposição na Casa de Victor Hugo em Paris, das "Sobrepinturas" de um artista alemão, Arnulf Reiner, realizadas sobre fundos constituídos por reproduções de desenhos de Hugo. Sua confrontação com os desenhos originais, longe de arquiyá-los no passado, torna evidente sua extraordinária modernidade.

NOS PALCOS DE TEATRO E DE ÓPERA E NAS TELAS DE CINEMA

As representações de peças de Hugo se multiplicam, elas também, revelando um talento desmentido por aqueles que subestimaram seu teatro: na ocasião de reprises, neste mês, de conferências dos anos 1949 a 1959, pela emissora de rádio France-Culture, ainda se pode ouvir propósitos que são testemunhas deste desconhecimento.

---

[13] Edições *D'ores et déjà*, coleção dirigida por Fabrice Millon.

Marcel Achard, cujas comédias estão longe de ter a garantia de sobreviver com tanta glória, fala de *Hernani* como uma "peça caduca", obsoleta.

No entanto, somente neste 1° semestre de 2012, poderão ser vistas na França cinco encenações diferentes do drama de Hugo[14]. As quais se pode acrescentar a ópera *Ernani* de Verdi, montada no Metropolitan Opera de Nova York e transmitida ao vivo, ou programada, em numerosas salas de cinema do planeta, incluídas as do Rio de Janeiro. Atendendo ao pedido da Radio Canada, para animar um de seus intervalos, permito-me esboçar uma comparação entre o livreto de Piave e o drama de Hugo. Redigido dois anos após *Hernani*, proibido após sua primeira apresentação e ainda, mais de quarenta anos depois, *Le Roi s'amuse*, foi bem menos apresentado, apesar das encenações episódicas, a mais recente datando de 2010. Uma comunicação de Clélia Anfray no simpósio da Sociedade dos Estudos românticos e do século XIX, *Le 19ᵉ siècle et ses langues* lembra o peso do vocabulário e do estilo, escolhidos por Hugo, no fato da censura de seu teatro.

Em *Le Roi s'amuse*, o tema, o tratamento dos personagens e as situações não provocaram menos escândalos. Sem que a maioria do público de hoje o saiba, de fato, a peça de Hugo triunfa graças à maldição da primeira recepção dada a peça: por meio da segunda ópera de Verdi, segundo Hugo, *Rigoletto*, adaptada do drama por Piave, como *Ernani* e sem dúvida, uma das mais apresentadas no mundo; contam-se treze produções diferentes para estes oito primeiros meses de 2012, algumas delas estão em turnê em várias cidades; podemos ver e ouvir *Rigoletto*, em Hamburgo e Colônia, na Alemanha; em Salt-Lake City, Miami, Fort Lauderdale, Sacramento e Pensacola nos Estados Unidos; em Paris e Troyes, na França; em Turino e Trieste na Itália; em Zurique, na Suiça; em Las Palmas, nas Ilhas Canárias; em Tel Aviv, Israel: a produção de Dresden está na televisão; a de Londres está sendo retransmitida nas salas de cinema. Mesmo modo de transmissão para *Lucrécia Borgia*, representada somente durante este primeiro semestre de 2012, sob a forma da ópera criada a partir de 1833, apenas alguns meses após o drama *Lucrezia Borgia* de Donizetti, livreto de Romani: em cartaz atualmente em Santiago do Chile e nas telas da televisão, em uma produção gravada em Munique. A *Maria Tudor* do compositor brasileiro Carlos Gomes, sobre a qual a professora Junia Barreto fez suas primeiras e brilhantes pesquisas, não é suficientemente conhecida e representada para garantir a fortuna da peça de Hugo, atualmente em cartaz em um pequeno, porém dinâmico teatro parisiense, *Le Lucernaire*, em uma encenação original de Pascal Faber e uma interpretação louvável.

---

[14] Por Rosalie Brun (Paris, Théâtre des Deux-Rêves), Christine Berg (Reims et Avignon), Margaux Askenazi (Paris, Théâtre de Belleville), Sophie Belissent (Meaux), Nicolas Lormeau (Montpellier).

Ruy Blas, considerada por muitos como a obra dramática de Hugo, foi escolhida para a reabertura do *Théatre national populaire* em Villeurbanne, perto de Lyon, herdeiro de Jean Vilar, diretor de uma produção memorável da peça em 1954, com o ator Gérard Philipe, no papel do protagonista-título. A nova encenação de Christian Schiaretti é apresentada em várias cidades, como também uma encenação de Daniel Annotiau, menos prestigiosa e, no entanto, para além de satisfatória. *Os Burgraves*, último drama de Hugo, apresentado antes do exílio, cujo fracasso relativo na época é sinal de que o teatro romântico, segundo uma tradição tenaz, continua ausente dos teatros, desde uma encenação experimental de Antoine Vitez: ele somente deverá ser revisitado outra vez este ano a partir de uma bela realização de 1968 para a televisão francesa de Maurice Cazeneuve, encontrada nos arquivos do Instituto Nacional do Audiovisual, para colocá-lo na programação do *Festival Victor Hugo et Égaux*[15], criado em 2007, por meio da iniciativa da Sociedade dos Amigos de Victor Hugo, para celebrar Hugo e outro importante escritor diferente a cada ano. Como terei frequentemente a oportunidade de evocá-lo, abreviarei seu nome, designando-o simplesmente como "nosso Festival". Ao contrário do que se deixou acreditar durante muito tempo, a produção teatral de Hugo não se encerra em 1843 com *Os Burgraves*; continua durante seu exílio, sob a forma de peças tão originais quanto diversas, que teve intenção de reunir e publicar sob o título *Le Théâtre en liberté*; dentre as peças, a comédia poética *Mangeront-ils?*, dirigida por Jean-Pierre Drouin, está programada para uma turnê no departamento da Marne e estará em cartaz em dez vilarejos e pequenas cidades; estas apresentações fazem a transição entre o hoje e o amanhã, visto que as próximas ocorrerem nesta sexta e sábado; tomei nota também de duas produções – por Yves Beaunesne em Poitiers e Gabriel Gau em Paris – de outra comédia de *Le Théâtre en liberté*, desta vez em prosa, inédita até 1951 e encenada apenas em 1964, cerca de cem anos após a sua redação, *L'Intervention*. Sua intriga, contemporânea à época em que foi escrita, visto que ocorre sob o Segundo Império, o contexto de crise e de desemprego evocado, a confrontação apresentada entre a riqueza e a pobreza, o condicionamento exibido, pela publicidade e pela focalização em corridas de cavalos nela exibidas, atribuem-lhe uma atualidade que surpreende cada vez os espectadores que a descobrem.

A POESIA LIDA, DITA E CANTADA

A poesia não desfruta mais da superioridade que lhe era conferida na hierarquia dos gêneros literários e Hugo não é mais considerado poeta em primazia. Sua obra

---

[15] <http://www.festival-victorhugo-egaux.fr>.

poética, no entanto, nunca foi negligenciada. E não apenas nas pesquisas universitárias – Florence Naugrette, por exemplo, ao apresentar ao *Groupe Hugo* da Universidade Paris Diderot (Paris VII), em uma carta de Juliette Drouet, companheira de Hugo durante meio século, a gênese de um poema de *Les Contemplations*: "Paroles dans l'ombre" –, ou ainda durante um evento nacional anual, *Le Printemps des poètes*, cujo tema de 2012, "Les Enfants", é propício para sua convocação. Testemunhas desta atração persistente pela poesia de Hugo, leituras públicas a ela dedicadas, e outras nas quais a poesia de Hugo é apresentada ao lado de trechos das peças e romances do autor. A primeira manifestação é ilustrada, com maior significado coletivo possível, por meio de uma leitura oral da coletânea épica, publicada progressivamente em 3 séries de 1859 a 1883, *La Légende des siècles*, partilhada e dividida por entre cem leitores em Saint-Haonle Chatel, no departamento do Loire. Vale destacar, em outros lugares (em Villeneuve-la-Comptal, no departamento da Aube, por Alice Tabart; em Annot, nos Alpes-de-Haute-Provence, por Jean-Paul Ben), duas interpretações diferentes de um poema desta mesma *Lenda dos séculos*: "O sátiro". E a inspiração, buscada pelo cineasta Robert Guédiguian, em outro poema da coletânea, "Les pauvres gens", para seu filme *As neves do Kilimandjaro*, em cartaz desde 2011, mas ainda muito programado. Na França, uma criação teatral, apresentada em Clermond-Ferrand pela Companhia Greffe e dirigida por Bernadette Sansot, tem por título um verso de "L'Océan d'en haut", um dos conjuntos destinados por Hugo à imensa epopeia que dedicou à busca de *Deus*: "O mundo dos prantos começa com vosso riso". *L'Art d'être grand-père* resultou em um livro-áudio, distribuído gratuitamente. O ator Jean-Paul Zennacker e sua trupe, Le Domaine de l'acteur, que colaboram com nosso Festival desde seu começo, reiteram, em Saint-Amand Montrond, a experiência de uma leitura alternada de textos de Hugo e de Prévert (autor associado a Hugo no Festival 2011), selecionados por nós, por poderem se corresponder.

Outro modo de divulgação da poesia: o canto. Os recitais de melodias dão lugar à musicalização de poemas de Hugo; a comemoração da morte de Massenet, ocorrida há cem anos, é a ocasião de ouvir as inspiradas por Hugo. Um cantor, Hervé Oléon, sob o título tomado ao nosso poeta, "Se meus versos tivessem asas", compõe inteiramente um recital, o Aven Armand, de melodias por sobre versos de Hugo, acompanhado de uma soprano e uma harpista, no ambiente muito original de uma gruta: de Berlioz, Bizet, Fauré, Gounod, Hahn, Massenet, Saint-Saëns. É a ocasião para lembrarmos que atribuímos a Hugo uma fórmula que ele nunca escreveu, nem aplicou: "Proibido colocar música ao longo de meus versos". Há tempos tenho me esforçado em redefinir as relações de Hugo com a música, objeto de minhas primeiras pesquisas, e, este ano ainda, por meio de duas conferências dadas no âmbito de nosso Festival, na Casa de Victor Hugo em Paris e em Avellino. O repertório de canções com letras de Hugo é rico também: uma amostra constava em uma montagem concebida por mim, com base nos arquivos do Instituto Nacional do Audiovisual, para nosso Festival 2011, no qual elas alternavam com interpretações de canções de Prévert. Dois recitais de novas canções em estilos muito diferentes serão propostos: o primeiro por Bertrand Pierre, que pertenceu a um grupo famoso nos anos 1990, PowWow, usa como título o incipit de um dos poemas que musicalizou "Se não tiverem nada para me dizer", e que inscrevemos na programação de nosso Festival 2012, assim como um encontro com o cantor; o segundo, por Philippe Guinet, intitulado *Hugo for ever*, recebe nossa simpática atenção e um tipo de saudação de nossa parte: no decorrer de uma noite de nosso Festival, projetamos um vídeo de sua interpretação, em uma encenação aparentada a de um filme de Bollywood, do poema *J'aime l'araignée et j'aime l'ortie...*

Os romances adaptados para as cenas e para as telas

Será necessário destacar o fato de que os romances de Hugo são responsáveis, hoje, por seu mais amplo sucesso? *O último dia de um condenado*, escrito aos vinte e sete anos, tornou-se um dos romances mais lidos, na escola e fora dela. Seu estilo conciso, a modernidade de sua escrita, seu tema – um homem perante sua morte anunciada – explicam facilmente este estatuto excepcional. O combate contra a pena de morte da qual ele é uma das primeiras e mais fortes expressões na obra de Hugo, foi ganho na França, mas continua em muitos países. Três adaptações fazem-no ouvir nestes últimos meses: em Paris (por Marie Popovici, encenação de Hervé Jouval e David Mallet), nos arredores parisienses (encenação de André Valverde) e na província (por David Lesné, encenação de François Bourcier). Acrescentarei uma ópera, *O prisioneiro*, de Dallapiccola, apresentada em Frankfurt, inspirada em parte por um fragmento de um poema de *La Légende des siècles*, "La Rose de l'infante", mas talvez também, como o sugeri em um artigo[16], por *O último dia de um condenado*. Outra narrativa de Hugo, *Claude Gueux*, vem reforçar sua denúncia contra a pena capital, mas em 1834 visa denunciar também o regime penitenciário e os abusos de poder sofridos na prisão pelos condenados à reclusão. A partir dos fatos relatados por Hugo, alunos de um colégio em Châteauroux reconstituem o processo de Claude, condenado pela

---

[16] "*Le Prisonnier* de Dallapiccola, un livret hugolien", *L'Avant-Scène Opéra* n. 212, janeiro-fevereiro de 2003, p. 44-45.

morte do diretor da prisão que o havia separado do seu companheiro de detenção, graças a quem Claude não passava fome.

Notre-Dame de Paris, publicada pelo escritor aos vinte e nove anos, entre estas duas histórias, continua sendo um dos romances de Hugo mais lidos e adaptados. O primeiro volume de uma nova história em quadrinhos inspirada na obra é publicado: Robin Recht é o roteirista, Jean Bastide, o desenhista. Quatro dos filmes baseados na obra estão sendo projetados: na Cinemateca de Bruxelas, a versão muda de Worsley (1923), com LonChaney, a versão de Dieterle (1939), com Charles Laughton (igualmente programada pelo Forum des Images, em Paris); em Szeged na Hungria, a versão com Prévert como adaptador e Delannoy, como diretor (1956), com Anthony Quinn; quanto ao desenho animado de Trousdale e Wise para os Estudios Disney (1996), é atualmente difundido novamente pela televisão. O balé, coreografado por Jules Perrotsobre uma música de Pugni, em 1844, e por Marius Petita em 1886, *La esmeralda*, é dançado em Tallin, na Estônia. Vale assinalar também a apresentação de uma versão italiana do espetáculo musical de Plamondon e Cocciante, de 1998, em uma pequena cidade perto de Bolonha.

Na ocasião da morte de Ray Bradbury, lembramos[17] que se projetava em Quasimodo um desses "monstros humanos por demais", rejeitados pelos outros, apesar de repletos de amor. Andrea Beaghton, pouco antes de ter sido eleita vice-presidente de nossa Sociedade dos Amigos de Victor Hugo, defende na Universidade de Bristol na Grã-Bretanha uma tese acerca do personagem do padre enamorado, que compara o Claude Frollo de Hugo ao Magnus de George Sand (personagem de seu romance Lélia). George Sand que, por sinal, é a autora associada a Hugo para nosso Festival 2012. Um capítulo do romance "Isto matará aquilo", considerado desde 1991 como precursor da mediologia por Regis Debray, fundador da teoria, suscitou um colóquio inteiro na Escola Normal Superior, cujos atos foram publicados no final de 2010, sob o título do capítulo, seguido de um ponto de interrogação[18]. Sou o autor de uma das contribuições – uma comparação das apresentações do capítulo nas telas – e falo disso, em fevereiro, durante uma das duas mesas redondas dos autores convidados para o Salão do Livro Victor Hugo, que animamos em Villequier, no âmbito de nosso Festival. Encontra-se parte deste capítulo por entre os textos escolhidos por Jean-Marc Hovasse, autor da biografia de Hugo mais amplamente documentada até hoje[19], para um Caderno Especial Hugo do jornal *Le Monde*, do

---

[17] Entre outros, ver <http://www.lefigaro.fr>.
[18] *Livraisons d'histoire de l'architecture et des arts qui s'y rattachent*, reunidas por Ségolène Le Men, n. 20, 2° semestre de 2010.
[19] Dois volumes publicados pela editora Fayard em 2001 e 2008.

qual voltaremos a falar. "A desmaterialização do livro tornado pássaro, 'volátil, inalcançável', como escreve, tornando o pensamento indestrutível, remete de maneira irresistível aos leitores do século XXI, com a invenção da internet". E ele pergunta: "os novos rumos digitais serão uma nova revolução ou o simples resultado, tanto para a livre circulação das ideias quanto para a concentração dos conhecimentos do tempo, da invenção de Gutenberg?"

Antes de adentrarmos *Os miseráveis*, que trinta e um anos separam de *Notre-Dame de Paris*, e que, salvo *Claude Gueux*, sucedem cronologicamente ao romance de 1831, façamos um balanço das adaptações dos três grandes romances que seguirão *Os miseráveis*. A adaptação do romance concebido em Guernesey, *Os trabalhadores do mar*, por Paul Fructus, simultaneamente poderosa e emocionante, apoiada pela Sociedade dos Amigos de Victor Hugo, foi retomada em Avignon. *O homem que ri*, último romance do exílio, é apresentado em três adaptações bem diferentes: por uma atriz sozinha em cena, por um ator em leitura-espetáculo, e em Pequim, pela trupe do Teatro Nacional da China, sob a codireção de um diretor chinês e da adaptadora francesa, Yamina Hachemi, cujo trabalho muito apreciamos, desde sua criação em 2002, no subúrbio parisiense e na companhia de amigos chineses, Dong Chung e Shen Dali, que haviam compartilhado nossa felicidade[20] e que se tornaram os tradutores desta adaptação. De nosso lado, colocamos novamente na programação de nosso Festival a adaptação cinematográfica muda de Paul Leni, filme expressionista de 1928 que considero o mais genial por entre todos os filmes inspirados por Hugo, embora reste apenas a versão com final feliz, apesar de, originalmente, coexistir com outra, mais fiel ao romance. A sala de cinema, a Filmoteca do Quartier Latin, que acolhe esta projeção, está lotada e o grande número de espectadores impedidos de assistir ao filme faz com que o diretor queira programar novamente o filme, com o mesmo sucesso de sempre. Os debates que seguem estas projeções permitem responder a muitas perguntas do público. Por fim, deve-se mencionar um novo filme, lançado em 2011, *L'Apollonide / Souvenirs de la maison close,* cujo diretor, Bertrand Bonnello, declarou ter sido influenciado pelo romance de Hugo pelo viés do filme de Leni, que começa a ser exibido na televisão. Duas adaptações – por Sylvain Wallez e Godefroy Segal – de *Noventa e três*, último romance de Hugo, fruto de suas reflexões sobre a revolução, inscrito em 1874 no combate pela anistia dos homens perseguidos pela Comuna de Paris reprimida três anos mais cedo, estão sendo apresentadas paralelamente; a segunda, prazerosa-

---

[20]Testemunha o fato, em 3 de fevereiro de 2002, meu "Journal d'um spectateur du bicentenaire", cuja primeira parte foi publicada pela revista *Histoires littéraires* em seu n. 17 de 2004.

mente descoberta no subúrbio, está sendo acolhida pela Casa da Poesia e uma das apresentações ocorre no âmbito de nosso Festival.

Os miseráveis: CENTO E CINQUENTA ANOS APÓS SUA PRIMEIRA PUBLICAÇÃO

Nenhum outro romance pode rivalizar com *Os miseráveis* em seus cento e cinquenta anos de publicação. A Bélgica havia aberto a comemoração, celebrando a partir de 2011 os cento e cinquenta anos da conclusão do romance. Uma das iniciativas mais impressionantes foi a leitura integral do romance, organizada em Waterloo, a partir de 7 de abril. Esta aventura tem concorrentes em 2012: em Granby, na província do Quebec, e em Faux la Montagne, no departamento da Creuse, onde leitores se revezaram durante sessenta horas para propor outra leitura. No catálogo das edições Thélène, encontra-se doravante uma versão integral em dez CDs do romance, com duração de cinquenta e cinco horas. Duas cidades onde se encontram momentos-chaves do romance, Montreuil-sur-Mer, da qual Jean Valjean, sob a identidade do Senhor Madeleine, torna-se prefeito, e Montfermeil, onde Cosette torna-se a "sofre-as-dores" ("souffre-douleurs") de um casal de pousadeiros, os Thénardier, a quem a confiou sua mãe Fantine, antes que Jean Valjean a encontrasse na floresta vizinha e a arrancasse das garras do casal, há tempos estas cidades mobilizam-se para apresentar *Os miseráveis* sob a forma de espetáculos com "som e luz". Estes são alvo de promoções bem peculiares neste ano especial. Uma cidade pioneira em 1962, na mobilização de seus habitantes para apresentar *Os miseráveis*, Cluis-Dessous no departamento da Indre, acrescenta à celebração dos cento e cinquenta anos do romance a do cinquentenário de seu próprio espetáculo. Em Lesparre, na região do Médoc, *Os miseráveis* são evocados sob a forma de dezesseis quadros vivos. Em Fougères, na Bretanha, o romance é apresentado em língua de sinais. Novas adaptações iniciaram suas turnês desde antes de 2012: a mais apresentada, *Tempête sous un crâne*, encenada por Jean Bellorini, está programada em 2012, de Lyon a Besançon, com pouso em Tourcoing igualmente; durante este mesmo tempo, *Miserables!*, adaptação de Philippe Honoré, é exibida de Montauban a Saint-Jean d'Angély, e, por fim, em Versailles. Em Reims, o nome da companhia produtora é Les enfants de la balle. Em Marselha, uma de minhas estudantes, Elsa Granat, apresenta com sua companhia L'Envers des corps, *Miserábles, libre cours*. "Desejei trabalhar sobre a extensão da miséria do século XIX até a precariedade atual", releva, quando fala do espetáculo voltado para "um público jovem". Sua Fantine, a mãe de Cosette, faz fila na Agência Nacional de Desemprego (hoje *Pôle emploi*), a instituição que, na França, centraliza as ofertas de empregos. Apesar de sonhar com algo melhor para sua "pequena coisa", nada acontece como previsto: a pequena será obrigada a fazer faxinas, antes de encontrar-se com um antigo detento e de receber seu primeiro presente. A peça levanta questões ligadas à infância. "Em quem confiar? Como construir-se um percurso de vida?" Algumas adaptações optam por focalizar em um personagem: *Je m'appelle Jean Valjean* em Mériel; *Cosette: ça finit bien* pelo Badaboum Teatro de Marselha, *Pour l'amour de Cosette* em Saint-Avold, *Un peu de Cosette* na abadia de Valence. Também é nossa escolha para uma *Histoire de Gavroche*, criada em 2011 na Ópera de Massy, retomada em 2012 no Teatro musical de Besançon e, na Rússia, no Festival *Le jardim des génies* organizado no museu-propriedade Tolstoï de Iasnaïa Poliana, em torno de sete gênios, cada qual representando um país europeu, Dante, Cervantes, Shakespeare, Goethe, Hugo, Tolstoï, Joyce: a narração é feita por um autor e é pontuada por dez canções, das quais seis são tiradas do romance e da coletânea póstuma de Hugo *Toute la lyre*, e quatro são canções adicionais escritas por Danièle Gasiglia-Laster. A música, composta para piano e percussões, é de um compositor nascido na Argentina, Fernando Albinarrate, já autor de uma comédia lírica baseada em Hugo, *La Forêt mouillée*, criada em versão para concerto, na ocasião de nosso Festival 2010, e atualmente em cartaz em Buenos Aires. As canções são cantadas por uma soprano, Anahi Scharovsky, acompanhada no piano pelo compositor e nas percussões por Diana Montoya Lopez. Quanto ao espetáculo musical de Schönberg, Boublil e Natel, baseado em *Os miseráveis*, criado em 1980, em Paris, e em versão inglesa em 1985, em Londres, ele segue sua carreira triunfal e planetária, acumulando recordes como musical: em Londres, o recorde de continuidade em um mesmo lugar (vinte e sete anos em 2012), no mundo o do número de espectadores (mais de 65 milhões). Sua atual turnê americana o faz ser apresentado em San Antonio, no Texas, em Knoxville, no Tennessee, em Orlando, na Florida, em Raleigh, na Carolina do Sul, em Syracuse, no Estado de Nova York, em Hartford, no Connecticut, em Boston, no Estado de Massachusetts, em Indianapolis, em Atlanta, na Geórgia, em Cincinnati, no Estado de Ohio, em Albuquerque, no Estado do Novo México, em Seattle, no Estado de Washington, em San Francisco, na Califórnia; lista não exaustiva... Uma versão polonesa reivindica, em fevereiro, trezentos mil espectadores desde sua criação em 2010 em Varsóvia; e, em Barcelona, a versão espanhola tem apresentações até 18 de março. Outro modo de divulgação para o romance: o cinema. Besançon projeta as versões de Le Chanois (1958), com Gabin, d'Hossein (1982), com Lino Ventura, de Lelouch (1995), com Jean-Paul Belmondo, de Bille August (1998), com Liam Neeson. A televisão exibe novamente o telefilme de Josée Dayan (2000), com Depardieu. A Aliança Francesa d'Avellino, perto de Nápoles, desejosa em acolher nosso Festival todo ano (o que faz desde 2008, no palácio que é sua sede e leva o nome de Palazzo Victor Hugo porque, quando criança, teria ido ao encontro de seu pai que lá residia como governador da província), projeta a meu pedido, a primeira parte de um telefilme italiano de 1964, realizado por Sandro Bolchi, com Gastone Moschin, nunca visto por mim e que me parece ser de alta qualidade.

Exposições também prestam homenagem a Os *miseráveis*: na Biblioteca Nacional da Bélgica, e mais modestamente na Casa de Victor Hugo em Paris, sob a forma da instalação de elementos de suas coleções referentes à parte noturna do romance, o museu da Place des Vosges, que apresentou há pouco tempo, em 2008, uma grande exposição cujo título apresentava uma pergunta provocante: *Os miseráveis, um romance desconhecido*? Outras exposições-homenagens, aquela feita por dezessete artistas na Dordogne (em Ribérac e na abadia de Chancelade) e em Charente (no castelo de Montbron); outra com crianças portadoras de deficiências, no Instituto médico-educativo de Noisy-le-Sec, no subúrbio parisiense, sobre as figuras de crianças no romance. Outra forma de homenagem, na Casa Victor Hugo em La Havana, dá-se o nome de Gavroche a uma sala de pintura e o de Cosette à biblioteca. Impossível listar aqui todas as conferências e comunicações de simpósios ou jornadas de estudos sobre o tema de *Os miseráveis*. Citarei aqui apenas aquela ocorrida em Besançon, de Robert Badinter, que tanto fez, especialmente como Ministro da Justiça, sob a presidência de François Mitterand, pela abolição da pena de morte, e que trata do conceito da justiça em *Os miseráveis*; e três outras muito interessantes das quais posso testemunhar: uma na Sorbonne, no contexto de um jornada de estudos com a temática *Hugo face aux juges de la foi et des moeurs*, de Jean-Marc Hovasse, sobre a maneira pela qual Hugo contorna a censura, e de Jean-Baptiste Amadieu sobre a inscrição na lista negra do romance pelo Vaticano; a de Pierre Georgel, no ramo do *Groupe Hugo* da Universidade Paris Diderot sobre "o museu imaginário de *Os miseráveis*". Em Bristol, na Grã Bretanha, Kathryn Grossmann, professora na Universidade da Pensilvânia, evoca o sucesso do romance nos Estados Unidos; seu título "*Os miseráveis* tomam os Estados". O impacto do romance ainda atualmente é testemunhado pela prática de um juiz do Utah, Thomas Willmore, que consiste em substituir, para alguns presos, a pena de prisão por um relatório da leitura de *Os miseráveis*. Muito inspirado pela parábola acerca da importância em outorgar uma segunda chance, ilustrada pelo comportamento do bispo Myriel com Jean Valjean que o roubou, o juiz considera esta pena de substituição uma "ferramenta" para ajudar as pessoas a fazerem um balanço de suas vidas. O juiz Willmore recorreu várias vezes a esta sentença peculiar, desde sua primeira tentativa em 2009. Ele estima que um dos componentes essenciais a ser levado em consideração em toda sentença é a reabilitação como saída para a pena. O juiz reserva esta sentença insólita, sobretudo, para presos que sejam réus primários, para que eles não tenham a impressão de que está tudo acabado para eles. Outro exemplo do sucesso de *Os miseráveis*, Aung San Suu Kyi, a oponente birmana, Prêmio Nobel da Paz, declara em várias ocasiões que a leitura do romance a apoiou durante seus vinte anos de liberdade condicional em regime de prisão domiciliar e expressa sua admiração por Victor Hugo e pelo personagem de Jean Valjean. Ela faz questão de visitar em 27 de junho a Casa de Victor Hugo, na Praça des Vosges. A atualidade do romance está também sublinhada por um filme realizado por Didier Martiny para a televisão, *Les misérables, du roman à la réalité*, que aponta para as situações e os personagens descritos por Hugo que ainda têm seus equivalentes hoje, e por uma jornada da rádio France-Culture, sobre "os novos Miseráveis". Danièle Gasiglia-Laster participa do debate depois da transmissão do filme no canal de televisão France 5 e reúne, entre outros convidados, o Valjean e a Cosette de hoje, dos quais o diretor recolheu os testemunhos. Transmitiremos o filme na ocasião de nosso Festival, com a presença do cineasta e dos dois mesmos protagonistas de seu filme.

Na imprensa e na campanha eleitoral

Outra consequência dos cento e cinquenta anos: Hugo (mais septuagenário como ele é representado tradicionalmente, e não com a idade que tem quando publica o romance, ou seja sessenta anos) está nas capas de revistas. "Há cento e cinquenta anos *Os miseráveis / Victor Hugo*", é o título da edição de fevereiro, do mensal *Lire*, que dedica ao romance seu editorial e uma sequência de artigos. Exceto para uma entrevista interposta (*L'édition des Misérables: un lancement planétaire*) com Jean-Marc Hovasse, não foram solicitados especialistas, fato admissível no caso de um jornal generalista; mas os erros são frequentes, sobretudo em artigos biográficos, e até mesmo na entrevista, pelos quais, posteriormente, Jean-Marc Hovasse foi responsabilizado, apesar de não o ser, e de não ter tido sequer o direito de reler o que o fizeram dizer. O caderno especial de cento e vinte e duas páginas, muito difundido, do jornal *Le Monde*, intitulado: "Victor Hugo / O eleito do povo / cento e cinquenta anos após *Os miseráveis*, a homenagem dos políticos", não escapou do mesmo roteiro. O título parece um pouco exagerado, pois dissonâncias se fazem ouvir nas contribuições de alguns desses "políticos". Jean-Marc Hovasse é solicitado, mais do que em *Lire*: ele assina o prefácio e as introduções em três das partes do caderno. Podemos imaginar que ele tenha tido um papel relevante na "Cronologia", que tenha escolhido os textos de Hugo e imagens, e que lhe devamos a seleção criteriosa do trecho do livro, tão discutível por outro lado, de Mario Vargas Llosa, publicado em 2004, traduzido para o inglês em 2007 e para o francês em 2008: *La tentation de l'impossible / Victor Hugo et les Miserables*. Ele francamente nos diz que a conjuntura dos cento e cinquenta anos e, na França, de um "ano eleitoral", orientou sua seleção dos textos de Hugo, e cuja maioria (uma dúzia pelo menos entre dezessete) tem uma dimensão política, mesmo se a coletânea por Hugo de seus *Actes et paroles* está menos representada com relação ao que é anunciado. Sensíveis aos cento e cinquenta anos ou seguindo o exemplo de *Lire* e do *Le Monde*, outros jornais, das mais diversas orientações, tratam de Hugo: do *Pélerin*, semanal católico (com um caderno de dez páginas, intitulado "Hugo em Guernesey / O exílio de um titã"), ao *L'Humanité-Dimanche*, jornal semanal comunista que se distingue por mobilizar vários especialistas de Hugo, por entre os quais Jean-Marc Hovasse, Bernard Leuilliot e Delphine Gleizes (cuja contribuição excelente abre a edição)... Prenuncia-se também uma edição *Hugo* do jornal mensal *Le Magazine Littéraire*.

No Salão do Livro Victor Hugo, do qual participamos em Villequier, no quadro de nosso Festival, convidamos Jean-Paul Scot que, juntamente a Henri Pena-Ruiz, é o autor de uma obra intitulada *Un poète en politique: les combats de Victor Hugo*, publicado há alguns anos. A mesa redonda dos autores convidados permite intercâmbios ricos entre eles e com os visitantes do Salão. Atendendo ao pedido da cidade natal de Hugo, Besançon, Danièle Gasiglia-Laster e eu mesmo demos uma conferência sobre os engajamentos e combates de Victor Hugo.

Entre as criações teatrais, quatro pelo menos se inscrevem neste contexto político e militam a seu modo, graças a Hugo: *Les Parias chez Victor Hugo*, pela qual Pierrette Dupoyet, incarnando a cada vez os personagens de Fantine, Jean Valjean, Claude Gueux, Gwynplaine, convida-nos para ver e escutar excluídos, e que já apresentou a peça na Alemanha, no Azerbaijão, em Bangladesh, nas Ilhas Comores, nos Emirados Árabes, no Haïti, na Ilha Maurício, na Ilha da Reunião, no Líbano, em Madagascar, nas Ilhas Seychelles, na Turquia, nos Estados Unidos; e, criadas neste ano mesmo: *Place Victor Hugo – Direction République, Victor Hugo et la Politique* (por Colette Teisseidre com Julie Desmet, que acolheremos em nosso Festival), e *La parole est à Victor Hugo*.

As referências feitas a Hugo nas duas campanhas eleitorais que movimentam a França durante os primeiros meses de 2012 são observadas em todo o mundo. Nunca ele havia estado tão presente em circunstâncias semelhantes, mesmo se existe uma montagem saborosa que ilustra a recuperação feita de Hugo por responsáveis políticos de todas as orientações partidárias nas campanhas anteriores. Seria preciso toda uma conferência, ou até mesmo um livro, para analisar a maneira pela qual se dá esta presença, mas principalmente sobre o fenômeno da presença recorrente de Hugo nos discursos políticos. Saibam de qualquer maneira que bem antes de 2012 já circulou intensamente uma montagem de trechos do panfleto de Hugo *Napoléon-Le-Petit*, escrito contra o presidente da República de 1852, Luís Napoleão Bonaparte, que parecia poder ser aplicado ao presidente Nicolas Sarkozy, ao ponto que geralmente era seguida de uma pergunta do tipo: "Este panfleto de Victor Hugo não lhe faz pensar em alguém?" Esta montagem ainda está circulando no início de 2012. Mas não é deste texto que vai se servir o candidato à presidência que mais cita e citará Hugo, Jean-Luc Mélenchon, candidato da frente de esquerda: ora são fórmulas curtas e impactantes – por exemplo, "O símbolo mais excelente do povo é o paralelepípedo da rua. Andamos nele até ele nos cair na cabeça[21]" ou "o paraíso dos ricos é feito com o inferno dos pobres[22]" – ora são desenvolvidas de maneira bastante longa – tal como uma página de *Os miseráveis* que opõe os homens de 93, qualificados de "bárbaros da civilização", aos reacionários, qualificados de "civilizados da barbárie[23]" –, ora até mesmo estrofes de um poema dos *Castigos* – "França, na hora em que você se prosterna...[24]" – que ele não teme em ler em suas assembleias e diante de milhares de auditores entusiasmados. A contribuição substancial de Mélenchon para a pesquisa do Caderno Especial do *Le Monde* confirma um conhecimento de Hugo bem aprofundado e poderíamos facilmente justificá-lo, ele, senador oriundo da esquerda do partido socialista, de recorrer a Hugo tendo se proclamado socialista em muitas ocasiões e havendo sido senador da extrema esquerda. Ao mesmo tempo, não nos surpreenderá ouvir dizer por François Hollande, candidato do partido socialista, que o livro que "mais o marcou foi *Os miseráveis*, por ser uma pintura terrível das desigualdades sociais e uma testemunha admirável da dignidade humana". *L'Humanité-Dimanche* obtém do presidente eleito uma contribuição que confirma a importância para ele "deste romance do povo, de suas felicidades e de seus sofrimentos, de suas esperanças e de suas indignações", este "romance da Revolução imitado perpetuamente, reproduzido, recomeçado e no entanto sempre inacabado". Esta homenagem acompanha aquelas dos representantes do Partido comunista (Alain Bocquet) e da

---

[21] *Feuilles paginées*, II, 1830-1833, texto estabelecido diretamente sobre o manuscrito, apresentado e com anotações por Guy Rosa, *Œuvres complètes*, edição cronológica publicada sob a direção de Jean Massin, v. 4, Le Club français du livre, 1967, p. 961.
[22] *L'Homme qui rit*, 2ª parte, livro 2°, XI, "Gwynplaine est dans le juste, Ursus est dans le vrai", edição apresentada e com anotações por Myriam Roman com a colaboração de Delphine Gleizes, Le Livre de poche classique, 2002, p. 432.
[23] *Les misérables*, 4ª parte, livro 1°, " Quelques pages d'histoire ", V, editora Pocket, 1992, v. II, p. 291.
[24] *LesChâtiments*, Livre 1°, I, edição apresentada, estabelecida e com notas por René Journet, Poésie/Gallimard, 1977, p. 39-40.

Frente da esquerda (Eric Coquerel). "A Fantine moderna é grega e sobrecarregada de dívidas", declara Jean-Pierre Brard; "será uma Europa com o rosto de Javert que queremos?", questiona... Um cortejo de elogios a Hugo, por Antoine Vitez, Carlos Fuentes, Robert Merle, Georges Simenon, precede a reprodução de um artigo de Aragon publicado em 1935 em *L'Humanité*, que tem o mérito de denunciar o preconceito de Lafargue, em seu panfleto cheio de ódio contra Hugo, de 1885, "panfleto no qual a paixão vence o espírito científico, não sendo análise marxista alguma", cujo poder nocivo ainda se manifestou há pouco no Caderno Especial do *Le Monde*, por meio de caricaturas de Hugo feitas por dois representantes da extrema esquerda.

NA TELEVISÃO

Mas a popularidade de Hugo não é um efeito dos cento e cinquenta anos de *Os miseráveis* nem uma moda ligada a sua presença na campanha eleitoral. Um programa de televisão, da série *Secrets d'Histoire*, intitulado "Victor Hugo, a face escondida de um grande homem", está programado para 10 de julho; no canal France 2, nacional e público, é verdade, às 20h30, em horário nobre, horário de grande audiência, e apresentado por um jornalista com notoriedade inegável junto aos telespectadores, dada sua paixão pelas cabeças coroadas, ainda fascinantes. No entanto, a audiência da qual se beneficia esta edição da série é excepcional, o segundo canal mais assistido na França: 17,7% dos telespectadores assistem ao programa do começo ao fim, ou seja, 4,2 milhões de pessoas, atrás de um filme de animação difundido pelo canal TF1, *Les Indestructibles*, de Brad Bird, que conta com 24% de audiência (5,3 milhões de espectadores). Um dos canais mais culturais, Arte, consegue chegar apenas em 8° no ranking, com um grande filme de testemunhos sobre a Segunda Guerra mundial, *Le Chagrin et la Pitié*, (3% da audiência, setecentos mil espectadores, comparados aos oitocentos mil da ópera, *A boemia*, de Puccini, retransmitida ao vivo, que está atrás do programa sobre Hugo do canal France 2. A apresentação de Victor Hugo pelo jornalista e pela montagem de curtas intervenções de diversas personalidades, entre as quais Robert Badinter e, em especial, de dois especialistas de Hugo, Danièle Gasiglia-Laster e Jean-Marc Hovasse, não está isenta de aspectos mais do que discutíveis (os comentários de um psicanalista pouco informado, por exemplo), mas as impressões e opiniões recolhidas após o programa são geralmente positivas. A audiência amplia-se ainda com as reprises, em particular no canal TV5 Monde, e as consultas possíveis na internet.

Ainda mais criações

Longe desta impressionante cobertura mediática, Hugo inspira também, atualmente, criadores em todos os ramos da arte: já mencionamos um músico, cantores e um pintor, que trabalham diretamente sobre seus textos ou seus desenhos; acrescentemos outro pintor, Serge Kantorowicz, evocado no n° de 2009 do *Echo Hugo*, revista de nossa Sociedade dos Amigos de Victor Hugo e convidado a nosso Festival 2010, que propõe em 2012, no departamento de Haute-Marne, um *Voyage à travers Hugo*. E também uma dramaturga, chamada Danièle Gasiglia-Laster, que apresenta no Festival deste ano, em leitura-espetáculo, uma peça criada em setembro de 2011, em Iasnaïa Poliana, e intitulada *Victor Hugo et George Sand / Et s'ils s'étaient rencontrés?*, onde, a partir de sua correspondência e outros documentos, uma mulher autora imagina o que esses dois grandes escritores poderiam ter se dito.

Como esta linda peça será apresentada novamente (uma apresentação já está programada no sul da França, em Forcalquier) e que, sobretudo, esperamos, Danièle e eu, que seja encenada, ela me servirá de transição para a última parte de minha intervenção: Hugo amanhã. Para maior clareza, seguirei o mesmo plano.

Amanhã

Abertura da casa natal para o público

Começarei logo por anunciar-lhes que haverá em 2013 outra Casa de Hugo, que foi a primeira, já que se trata de sua casa natal que a cidade de Besançon abrirá para o público. O edifício e os muros ainda existem, mas não resta quase nada do que continham, exceto, no andar térreo, uma farmácia, conservada hoje em Nice, que talvez volte a seu lugar original. Não haverá reconstituição da casa, mas um tipo de centro de documentação e de recursos, sobre os engajamentos e combates de Hugo, que lembramos em 2012, Danièle e eu, na ocasião de uma semana preparatória a esta futura abertura. Projeções e apresentações modestas poderão ser realizadas, mas Besançon possui teatros, cinemas, museus e uma ópera, suscetíveis a acolher as manifestações culturais mais ambiciosas.

Exposições anunciadas

A Casa de Victor Hugo em Paris apresentará, a partir de outubro de 2012, uma exposição *Entrée des médiums / Spiritisme et Art de Hugo à Breton*, cujo título sugere que a prática do espiritismo por Hugo em Jersey será considerada como um tipo de experiência surrealista antes do tempo. Também pensamos para 2013 em um *Hugo politique*.

Publicações por vir, edições em curso

A edição de 2011 da revista anual publicada pela Sociedade dos Amigos de Victor Hugo, *L'Echo Hugo*[25] deverá ser publicada em setembro de 2012, com atraso excepcional, que sua redatora-chefe, Danièle Gasiglia-Laster, tentará evitar futuramente. No sumário: a primeira parte de um estudo que dedico às relações entre Liszt e Hugo, relatórios – do Festival Victor Hugo et Égaux 2011, publicações sobre Hugo, filmes inspirados pela sua obra –, uma reportagem sobre a edição 2011 do Jardim dos Gênios em Iasnaïa Poliana, as rubricas habituais e contribuições especiais.

No que tange às edições de obras de Hugo, uma enorme publicação está em preparação, na editora Garnier, que não será encontrada nas livrarias antes do final de 2013, tampouco o *Dictionnaire Victor Hugo*, em curso, no mesmo editor, que mobiliza um grande número de colecionadores reunidos por Claude Millet e David Charles, entre outros Delphine Gleizes e eu. Franck Laurent prepara para *Le livre de poche*, uma edição antológica de *Choses Vues*, esta publicação póstuma de Hugo cujo conteúdo varia conforme as edições. Não ouso falar em uma nova edição de *Claude Gueux*, atrasada por demais, que me foi solicitada pela coleção Folio classique de Gallimard, na qual publiquei em 2002 a primeira edição de *Le Théâtre en liberté* que não se limita a reproduzir esta obra póstuma de 1886, mas integra nela as peças que Hugo lhe destinava no final de seu exílio e que ele mandou publicar depois, separadamente – *Les Deux Trouvailles de Gallus* e *Torquemada* – ou que somente foram publicadas no século XX: *Mille francs de recompense* e *L'Intervention*.

Faltam ainda muitas edições críticas das obras de Hugo – muito trabalho para várias gerações de pesquisadores –, mas também edições de bolso – que tornariam, por exemplo, mais acessíveis o conjunto poético que constituem *Les Quatre Vents de l'Esprit* ou a coletânea de seus discursos e intervenções políticas, *Actes et Paroles*.

Mas as maiores lacunas de nosso conhecimento acerca dos escritos de Hugo são devidas à falta de uma edição de sua *Correspondence générale*. Um casal de pesquisadores eméritos, Sheila e Jean Gaudon, trabalham no assunto há pelo menos cinquenta anos, mas apenas correspondências parciais estabelecidas por eles foram publicadas: cartas à Juliette Drouet, companheira de Hugo durante cinquenta anos, correspondências com Hetzel, um dos editores de Hugo, com seu amigo Schoelcher, promotor da abolição da escravatura, e dois volumes de *Correspondence familière et écrits intimes*; o terceiro está anunciado, mas ainda sonhamos com a integralidade da correspondência

---

[25] Pode-se consultar no site da Société des Amis de Victor Hugo, além da carta informativa semanal aos assinantes e atualidades hugoanas arquivadas, as primeiras edições da revista: de 2001 a 2006, e de 2008: <http://www.victorhugo.asso.fr/page_archive.htm>.

e a contribuição trazida à biografia e ao esclarecimento das obras. Setenta e cinco volumes do tamanho da coleção *Bouquins* seriam necessários, como dissemos, e nenhum editor teria os meios para finalizar tal publicação. Poderíamos conseguir ajuda do Estado, mas não é suficiente, e a internet parece ser a resposta para tal desafio. Outra lacuna: uma edição rigorosa dos cadernos e das agendas de Victor Hugo. Ela também seria preciosa, para completar e corrigir suas publicações muito parciais, com lacunas e defeitos até o momento presente, e viria enriquecer a biografia e a história das obras.

Um projeto cujo interesse pela obra de Hugo é evidente foi lançado por Florence Naugrette na Universidade de Rouen: trata-se da edição na rede das cartas de Juliette Drouet a Hugo; ela lhe escreveu diariamente durante meio século e há mais de vinte mil cartas; é então um grande trabalho, mas são muitos os jovens pesquisadores que colaboram.

O teatro em cena

As representações de peças de Hugo não faltarão nos meses e anos que se seguem: três das encenações de *Hernani,* já criadas, serão retomadas, uma delas na Comédie Française, mas na sala do Vieux-Colombier que não permite uma encenação de grande porte. Uma nova produção de *Lucrécia Borgia* será proposta pelo Théatre du Nord e por uma diretora, Lucie Berelowitsch, que apresentou em 2012 um espetáculo sobre a experiência das mesas falantes a que Hugo se dedicou em Jersey – cinco cidades já tem previsão de acolher a peça. *Marie Tudor* também será produzida novamente e estará em turnê na Suíça. Um *Ruy Blas* interpretado por marionetes está sendo anunciado em Bruxelas. *L'Intervention* será apresentada em Soissons. Mas o espetáculo mais esperado é seguramente a encenação de *Mangeront-ils?* por Laurent Pelly, diretor do Teatro Nacional de Toulouse, que se distinguiu várias vezes e particularmente com uma encenação de outra peça genial do *Théatre en Liberté, Mille francs de recompense,* a qual assistimos no Théatre de l'Odéon, em Paris. Genebra e Marselha vão acolher esta encenação de *Mangeront-ils?,* antes de Toulouse. Com esta peça, podemos esperar que a dimensão visual do teatro de Hugo não seja sacrificada. Se for por falta de meios, que encenações não seguem o que chamamos de suas didascálias – suas indicações ou instruções –, estamos dispostos a admitir o fato, mas quando é por escolha podemos somente lamentar esta austeridade neoclássica. Que não se objete a monotonia que poderia resultar do respeito das didascálias: haverá sempre tantas maneiras de realizá-las quanto diretores de arte e diretores.

Os romances: *Notre-Dame de Paris*, *Os miseráveis* e *O homem que ri*

A adaptação de *Notre-Dame de Paris* por Jacques Prévert, a melhor no meu ponto de vista, realizada por Jean Delannoy (1956), com Anthony Quinn no papel de Quasimodo, estará na programação da retrospectiva dos filmes para os quais o roteirista e dialoguista contribuiu, apresentada pela Cinemateca de Paris, na ocasião de sua exposição acerca do filme de Prévert e Carné, *Les enfants du paradis*. A celebração dos cento e cinquenta anos de *Os miseráveis* não acabou. Um artista espanhol, José Antonio Zaragoza, propôs fazer os retratos de todos os personagens do romance: cento e setenta e um retratos pintados, desenhados, gravados ou sob a forma de colagens, serão expostos pelo Museu provincial de Jaen, na Andaluzia, antes de serem expostos, como o espera o pintor, onde queiram acolhê-los e onde tiver espaço. Porque não em Brasília? Danièle e eu falaremos de Cosette, de Gavroche e das outras crianças do romance na Ilha de Ré na França, a convite de uma associação – *Les enfants du désert*[26] – que age em favor das crianças para continuar o que fazia Hugo. Uma grande adaptação teatral do romance está anunciada para setembro em Bruxelas, onde foi criada a adaptação pelo filho de Hugo, Charles. Outra será proposta em Paris, no Vingtième-Théâtre. No entanto, veremos novamente ou descobriremos um *Jean Valjean / Itinéraire d'un misérable*, já apresentado em 2011, pelo ator Alain Daumer, sozinho na cena, e *Tempête sous un crâne* continuará sendo apresentada. Mas o grande evento do final do ano e do começo de 2013 será seguramente o lançamento em Londres primeiro, e depois no resto do mundo, com certeza em Paris e em Brasília, do filme de Tom Hooper (diretor do *Discurso de um rei*, muito apreciado pelos cinéfilos e pelo grande público), segundo a versão inglesa de *Os miseráveis*, o espetáculo musical de Schönberg e Boublil (em turnê nos Estados Unidos até maio de 2013 e em Londres até dezembro de 2013!) com uma distribuição, cuja revelação progressiva deixou todos os curiosos ansiosos: Hugh Jackman interpretará Jean Valjean, Russell Crowe, Javert, Anne Hathaway, Fantine, Sacha Baron Cohen e Helena Bonham-Carter, os Thénardier, Amanda Seyfried, Cosette, Eddie Radmayne, Marius, Samantha Barks, Eponine, Aaron Tveit, Enjolras, Colm Wilkinson, Myriel.

Em Paris, ela poderá até ser precedida de outra nova adaptação cinematográfica de *O homem que ri*, realizada por Jean-Pierre Améris, com Marc-André Grondin, ator canadense, em Gwynplaine, ChristaTheret (Dea), Emmanuelle Seigner (Josiane) e no personagem do saltimbanco Ursus, misantropo benévolo, Gérard Depardieu, que já atuou no papel de Jean Valjean, num telefilme muito criticado e numa realização para

---

[26] <http://www.lesenfantsdudesert.org>.

a televisão de *Ruy Blas*, que não nos pareceu das melhores, um Don Salluste bastante satisfatório.

Na música

Fora mesmo dos espetáculos musicais (*Os miseráveis* e *Notre-Dame de Paris* de Plamadon e Cocciante, cuja versão italiana será retomada nas Arenas de Verone em setembro), a ópera é, junto ao cinema, uma das artes mais suscetíveis de atravessar as fronteiras, sobretudo quando é legendada nos teatros, e retransmitida com legendas nas salas de cinema e na televisão. Uma peça de Hugo, conforme constatado, é muito mais conhecida na sua transposição lírica que na sua versão original: *O rei se diverte*. A nova produção do *Rigoletto* de Verdi, que estará em cartaz na Metropolitan Opera de Nova York em fevereiro de 2013, na época do Festival, beneficiar-se-á da divulgação internacional como para *Ernani* em 2012. A Ópera de Paris, assim como outras, parece estar decidida em se engajar nesta política de captação e transmissão de seus espetáculos: talvez então tenham a chance, sem irem para a França, de assistir uma nova produção de uma das grandes óperas inspiradas por Hugo, mas menos conhecida do que *Rigoletto*: *La Gioconda de Ponchielli*, livreto adaptado de *Angelo, tyran de Padoue*, de Hugo, pelo poeta e músico Arrigo Boito. O repertório das óperas inspiradas de Hugo enriqueceu-se de uma adaptação do *Último dia de um condenado* por David Alagna, irmão do famoso tenor francês que a criou em concerto em Paris, depois em Valência na Espanha, onde foi acompanhada de uma mesa redonda, na prolongação de nosso Festival 2008. A obra foi encenada na Hungria e volta para Paris em setembro, mas novamente em versão de concerto. A ópera de Lyon proporá em março de 2013 uma criação imediatamente cênica de uma nova ópera adaptada de *Claude Gueux* por Robert Badinter e composta por um músico ainda jovem, mas já muito apreciado, Thierry Escaich. A "première" será integrada nas prolongações de nosso festival 2013, como também *Fidelio*, de Beethoven, apresentada no dia seguinte, e *O prisioneiro*, de Dallapiccola, apresentado dois dias depois. Já lhes falei da relação desta terceira ópera com Hugo. Uma representação da segunda, *Fidelio*, em 1829 em Paris, foi motivo de convite de Hugo a Lamartine para ouvir, cito Hugo, a música admirável. Estou convidado para um Seminário da Escola Normal Superior, para apresentar neste outono a única ópera cujo livreto o próprio Hugo escreveu e composto por uma musicista, Louise Bertin: *La Esmeralda* para a qual contribuímos a sua nova divulgação em versão reduzida para piano e canto, de Franz Liszt, antes que seja apresentada na versão concerto no Festival da Radio France em Montpellier, com grande orquestra e coros, pela primeira vez, há mais de cento e cinquenta anos, concerto que foi gravado em CD. Mas essa ópera ainda esta aguardando a ressurreição cênica merecida.

Já posso lhes adiantar que um diretor, Christian Fregnet, que montou em 2002 com grande talento um dos dramas mais fortes de Hugo, *Torquemada*, cujo protagonista, o grande inquisitor espanhol, encarna o fanatismo mais completo, gostaria de montar a ópera que fez em 1943 o compositor Nino Rota, músico dos filmes de Fellini, ópera criada em Napoli em 1976, não sendo mais apresentada nem gravada em disco. E contamos com vocês, amigos brasileiros de Victor Hugo, assim como vocês podem contar conosco, para militarmos em favor da retomada das óperas de seus conterrâneos, a *Maria Tudor*, de Carlos Gomes (1879), o *Bug-Jargal*, de Gama Malcher (1890), inspirado por um romance de juventude de Hugo, ...e o menos conhecido de todos, *La Esmeralda*, de Carlos de Mesquita (nascido em 1864 no Rio, morto em Paris em 1953), criada no Cassino Fluminense, em 1888.

UM RAIAR AINDA MAIOR

Terminarei com o desejo de que sejam traduzidas em todos os idiomas as obras de Hugo que, por ventura, não o foram ainda. Sendo introduzida a língua de Shakespeare por seu filho, Hugo defendeu com ardor as traduções:

> temos de traduzir, comentar, publicar, imprimir, imprimir de novo, estereotipar, distribuir, criar, explicar, recitar, espalhar, dar a todos, dar barato, dar a preço de custo, dar por nada, todos os poetas, todos os filósofos, todos os pensadores, todos os produtores com grandeza de alma[27].

Vocês já fizeram o inventário, aqui no Brasil, das obras de Hugo, que ainda não foram traduzidas para o português? Vocês já têm como projeto mudar isso? Quaisquer que sejam os projetos, comentá-las, explicá-las, reencontrar as marcas da recepção na literatura brasileira, daquelas que puderam ser lidas na língua original ou em traduções, vamos amplamente fazê-lo aqui, vocês e nós, em Brasília, no decorrer desses dois dias por vir. Hugo ficaria muito feliz, se soubesse, ele que confirmava ao editor da tradução italiana de *Os miseráveis* que ele tinha escrito este livro "para todos os povos", Hugo que gostava da crítica a ele enviada por alguns críticos na França, por "estar fora do que chamavam do gosto francês" e que confessava: "na medida

---

[27] *William Shakespeare*, 2ª parte, livro V, "Les esprits et les masses", II, em *Œuvres complètes*, coleção *Bouquins*, Robert Laffont, 1985, volume " Critique ", p. 390.

em que avanço na vida, eu me torno mais simples e torno-me cada vez mais patriota da humanidade[28]". Sim, porque, "gênio sem fronteiras" como o definia Baudelaire[29], ele não escreveu apenas para seus concidadãos, mas para todos os cidadãos do mundo, porque ele não foi criado somente para seu tempo, mas para o futuro, o raiar de Hugo tem todas as chances de se intensificar ainda mais.

Tradução do francês por Olivier Chopart.

---

[28] Carta a M. Daelli, citada na edição Pocket dos *Misérables*, 1998, tomo III, p. 375-376.
[29] Em um artigo de 1861 acerca da Primeira série de *La Légende des siècles*, reproduzida em anexo da edição da obra em *Poésie* / Gallimard, 2002, p. 928.

Sesquicentenário de Les misérables

Ne laissons jamais s'effacer ces anniversaires mémorables. Quand la nuit essaie de revenir, il faut allumer les grandes dates, comme on allume les flambeaux.

Réponse aux organisateurs d'un banquet destiné à célébrer, le 24 février 1877, l'anniversaire du 24 février 1848

Os miseráveis 2012
Jean-Marc Hovasse[1]

> *Celebrar cento e cinquenta anos é uma boa oportunidade para consertar o esquecimento, vencer a inércia e a dúvida, renovar este monumento nacional.*
> Aragon, *Vocês leram Victor Hugo?*, Os Editores franceses reunidos, 1952, p. 8.

Após 1952 (cento e cinquenta anos do nascimento de Victor Hugo), 1985 (centenário de sua morte) e 2002 (bicentenário de seu nascimento), achávamos que as comemorações tivessem acabado por algum momento (pelo menos até 2035). Era esquecer-se das obras: assim, *Os miseráveis* completam cento e cinquenta anos, ou seja, um século e meio, ou ainda três meio séculos. É muito para um romance, mas não é nada para uma obra-prima. Se ele conseguiu impor-se imediatamente pelo sucesso junto ao público, precisou de mais tempo para que a crítica seguisse o mesmo caminho. Depois da avalanche de artigos mais ou menos interessantes, saudando sua publicação no primeiro semestre do ano de 1862 (e até um primeiro livro com um título premonitório, editado por Castel e assinado Mario Proth: *Le Mouvement à propos des "Misérables"*[2]), as datas a serem celebradas se contam nos dedos de uma mão. Começam com uma admirável travessia do deserto, de quase um século:

1863, ano do grande livro, muito criticado, de Lamartine, acerca de *Os miseráveis*, intitulado *Considérations sur un chef-d'œuvre* ou *Le danger du génie* (é toda uma história), ou seja, trezentos e cinquenta páginas, ocupando cinco edições mensais do *Cours familier de littérature*.

1962, o Simpósio de Estrasburgo *Centenário de Os miseráveis – 1862-1962, Homenagem a Victor Hugo*, que lançou novamente os estudos de Hugo na universidade francesa, praticamente interrompidos desde a época entre as duas guerras mundiais (eles tratavam sobretudo da poesia e da obra antes do exílio). O ano foi marcado também por uma edição especial *Miseráveis* da revista *Europa* (fevereiro-março de 1962), e por uma exposição na Casa de Victor Hugo em Paris (novembro de 1962-fevereiro de 1963), resultando em um catálogo. Apesar dos protestos de sua própria academia das letras, a Bélgica celebrou ao seu modo o aniversário glorioso. Mandou demolir o *Hôtel des Colonnes* em Waterloo, onde Victor Hugo havia terminado a sua maior obra.

---
[1] Diretor de pesquisa, CNRS/ITEM.
[2] Ver Jean-Marc Hovasse, "Mario Proth (1832-1891), um discípulo de Michelet, de George Sand e de Victor Hugo, com documentos inéditos", Minard, col. *Lettres modernes*, série Victor Hugo (n° 7), dir. Florence Naugrette, 2008.

1985, ano da publicação da coletânea de estudos intitulada *Ler Os miseráveis*, sob a direção de Anne Ubersfeld e Guy Rosa, pela editora da livraria José Corti. Nenhuma alusão é feita às cerimônias oficiais do centenário do nascimento do autor, mas reivindica inscrever-se na continuidade do simpósio de Estrasburgo de 1962.

1994-1995, primeira inscrição de *Os miseráveis* no programa dos concursos de licenciatura em letras (clássicas e modernas), os mais prestigiosos na França de recrutamento dos professores do segundo grau e da universidade. Esta escolha foi também tão histórica quanto contestável, já que apenas as duas primeiras partes do romance eram abordadas. "Renunciando finalmente ao ostracismo, no qual seus predecessores mantinham *Os miseráveis*, o alto escalão responsável pelo ensino das letras no Ministério da Educação Nacional acabam de acrescentar ao programa dos concursos para professor, as duas primeiras partes da obra", escreve então Guy Rosa: "como não apreciar a prazerosa confissão e a homenagem à Hugo contidas neste ato de censura (ROSA, 1995, p. 4)?" De fato, as duas primeiras partes do romance são bem menos politizadas que as seguintes... Essa inscrição parcial no programa do concurso teve, apesar de tudo, como consequência feliz, a publicação naquele ano de sete livros e resenhas de artigos importantes.

No século XXI, do mesmo modo que seus personagens, transformados em nomes comuns (os gavroches, os Thénardier e em medida menor, os Javert), há tempos o romance caiu na esfera pública. Não se trata aqui falar desta queda ou ascensão, iniciada antes de 1900, por uma das primeiras produções dos irmãos Lumière e encerrada alguns cinquentas filmes depois (cinema, televisão e animação). Se levarmos em conta a duração das produções e realizações, isso significa que em média, durante todo o século, não houve ano sem o qual uma adaptação de *Os miseráveis* não estivesse em produção em alguma parte do mundo. Nos Jogos Olímpicos das versões cinematográficas, a França e os Estados Unidos continuam disputando o primeiro lugar, a frente do Japão, Inglaterra, Rússia, Índia, e finalmente do Brasil, México e Itália – ainda a frente da Áustria, Coreia, Vietnã e Turquia[3]. Assumir um papel numa versão de *Os miseráveis* aparece como passagem obrigatória para todo grande ator francês, mas os americanos também não ficam para trás. O sucesso universal da "tragédia musical" em três atos e dezoito quadros de Claude-Michel Schönberg, adaptado de um livro de Alain Boublil, se encarrega do resto. Criada no *Palais des Sports* (Palácio dos Esportes) em Paris, em 18 de setembro de 1980, numa encenação

---

[3] Ver a filmografia elaborada por Delphine Gleizes em *Le Victor Hugo des cinéastes*, dir. Mireille Gamel e Michel Serceau, CinémAction, Condé-sur-Noireau, Corlet edições e difusão, 2006, p. 255-261 para *Os miseráveis*.

de Robert Hossein, é sua versão inglesa (criada cinco anos mais tarde pelo Royal Shakespeare Company no Barbican Theater de Londres) e, sobretudo, americana (criada em 1987, em Nova York) quem quebra todos os recordes, fiel a sua fonte romanesca: apresentada em quase quarenta países, traduzida em mais de vinte idiomas, com mais espectadores do que habitantes na França, ela é desde 2006 "recordista mundial no que tange a longevidade, mantida anteriormente por Cats (GASIGLIA-LASTER, 2006, p. 89)". Para o aniversário de cento e cinquenta anos do romance, os dois principais vetores de sua difusão no mundo se unem em um projeto com marketing impecável. Tom Hooper, o diretor inglês, premiado pelo *Discurso de um rei* na entrega do Oscar, leva para o cinema a famosa comédia musical, com uma distribuição otimal, na qual as estrelas internacionais cantarão seus próprios trechos ao vivo (ou seja, sem pós-sincronização): Hugh Jackman (aliás Wolverine) será Jean Valjean, Russel Crowe (aliás Gladiator) Javert, Anne Hathaway (aliás Catwoman) Fantine, Sacha Baron (aliás Borat) Thénardier, Helena Bonham Carter (aliás Bellatrix Lestrange) Mme Thénardier etc. O primeiro trailer com Anne Hathaway cantando o sucesso mundial *I dreamed a dream* não se esquece de ninguém (Schönberg, Boublil, o produtor britânico Cameron Mackintosh), a não ser de Victor Hugo, não mencionado: como o de Jean Valjean, no seu túmulo no *Père-Lachaise*, onde o nome do autor deve ter se esvanecido "por conta da chuva e da poeira" de três meio séculos... O filme vai ser lançado nos Estados Unidos, no Canadá, Austrália, Japão, Hungria, Noruega, Espanha e Grécia em dezembro de 2012; na Bulgária, Itália, no Reino Unido, na Holanda e na Suécia em janeiro de 2013; na França, na Rússia, na Bélgica e na Alemanha em fevereiro de 2013; na Argentina, na Turquia, na Dinamarca e no Brasil em março de 2013. "Isso ilustra bem a que ponto *Os miseráveis* continuam a seduzir as multidões", como comenta Ben Brantley, crítico dramático no *New York Times*. "Particularmente durante este período de dificuldades econômicas, as pessoas não sentem dificuldades em se identificar com os personagens da peça que, sem exceção, ilustram as dificuldades em sobreviver perante a pobreza, adversidade e injustiça. Os americanos sentem isso hoje na própria carne[4]."

O aniversário celebrando seus cento e cinquenta anos havia começado na França bem antes que fosse adaptado, de maneira tão plástica, pelas coproduções globais da mundialização triunfante. Optando, em vez de datas marcadas, pelos ecos temáticos no tocante a crise econômica que já assolava o país, a Casa de Victor Hugo abriu fogo, com uma grande exposição intitulada *Os miseráveis, um romance desconhecido?* (10

---

[4] "'As Mis' triunfam em Londres e na Broadway", entrevista com Ben Brantley, *L'Humanité dimanche*, n° 324, 9-22 agosto de 2012, p. 87.

de outubro de 2008 – 1º de fevereiro de 2009), sob a curadoria de Danielle Molinari e Vincent Gille. O título almejava ser paradoxal, e a exposição inovadora, à imagem de seu catálogo, em formato inabitual, mesclando gravuras antigas e imagens da atualidade, ilustrações históricas e arte moderna (Paris Museus, 2008). O princípio era relacionar o romance a obras de arte, não obrigatoriamente contemporâneas a ele, e assim renovar sua iconografia tradicional. O processo de Arras, por exemplo, era evocado por *L'Accusé* (O réu) de Georges Rouault, Cosette pela *Nièce du Peintre* (Sobrinha do pintor) de Derain, Éponine pelo *Nu assis* (Nú sentado) de Picasso de 1905 etc. Mas a exposição honrava sobretudo novamente o primeiro ilustrador do romance, o pintor e desenhista da região da Alsace, Gustave Brion (1824-1877), fio condutor do evento e objeto de novas pesquisas dirigidas por Vincent Gille. Exatamente nas mesmas datas que a exposição da *Place des Vosges* e, não distante dela, o museu Carnavalet, possuidor do acervo mais rico sobre a História da capital, apresentava a exposição "Paris no tempo de *Os miseráveis*, de Victor Hugo", sob a curadoria de Danielle Chadych e Charlotte Lacour-Veyranne. Seu catálogo, com uma iconografia preciosa, como a exposição, retomava as cinco partes do romance, em ordem e com seus principais episódios, enquanto mapas antigos da cidade permitiam acompanhar quase ao vivo, os itinerários parisienses dos protagonistas (Paris Museu, 2008). Se fosse necessário pensar em uma quinta data, no caminho que leva de 1862 a 2012, seria seguramente 2008: não somente por causa desta dupla exposição, nem mesmo pela publicação do ensaio de Mario Vargas Llosa *A tentação do impossível, Victor Hugo e "Os miseráveis"*, na França pela editora Gallimard, mas antes de tudo pela publicação na rede, por Guy Rosa, da primeira edição crítica genética do romance, jamais realizada até então, disponibilizando a todos e com acesso livre seus três estados sucessivos e suas variantes (http://groupugo.div.jussieu.fr/Miserables).

Ao aproximar da data sagrada, foram os belgas que primeiro celebraram "seu" aniversário. Acontece, episodicamente, eles reivindicarem a parte preponderante que tomaram na história do romance, antes mesmo de sua compra e publicação movimentada, por dois jovens editores de Bruxelas, Lacroix e Verboeckhoven. Em maio de 1861, Victor Hugo, que havia deixado pela primeira vez suas ilhas anglo-normandas em dez anos e havia a pouco, deixado crescer a barba, tinha se instalado próximo a Waterloo, com seu grande manuscrito, com o propósito de terminá-lo. Escrevia precisamente sobre Marius, trazido de volta por Jean Valjean pelas galerias do esgoto, a beira da morte para a casa de seu avô, onde acabava de receber a visita do médico. Foi então, na beira do campo de batalha, onde em 18 de junho de 1815 decidia-se o destino da Europa moderna, no primeiro andar do Hotel das Colunas em Mont-Saint Jean, que Victor Hugo voltou a escrever seu romance para a última campanha de redação. Tratando em suma do suicídio de Javert, do casamento de Cosette e da agonia de Jean Valjean, esta campanha durou pouco mais de quarenta dias: já que estava em Waterloo, não poderia passar do mês de junho. A carta anunciadora enviada triunfalmente a Auguste Vacquerie "com a última gota de tinta do livro" tinha como objetivo homologar esta vitória, ganha por um fio, aos olhos da posteridade: "Caro Augusto, hoje, nesta manhã de 30 de junho, às oito e meia, com um sol lindo nas minhas janelas, acabei de escrever *Os miseráveis*. (...) é na planície de Waterloo e no mês de Waterloo, que enfrentei minha própria batalha. Espero não ter perdido esta" (HUGO, 1969, p. 120-121). Quando Augusto Vacquerie, em seu livro *Perfis e caretas* falou de *Os miseráveis*, cinco anos antes, o discípulo e amigo de Victor Hugo, lamentava que nada anunciasse a chegada de obras-primas no universo:

> Seria realmente proveitoso que alguma coisa mudasse; no instante no qual Hamlet aceita honrar nosso globo com sua presença, tudo deveria se comover, deveriam jazer do solo flores extraordinárias, o ar deveria preencher-se de músicas celestiais, as estrelas deveriam se aproximar para ver, os cometas deveriam se aproximar deslumbrados![5]

Provando que o tinha lido de fato, no instante em que Jean Valjean aceitaria honrar nosso globo com sua presença, Victor Hugo acrescentou, com uma letra pequena, um pouco diferente, na última página de seu manuscrito, abaixo da palavra "fim", do local, da data e da hora ("Mont-Saint Jean, 30 de junho, 8h30 da manhã"), este parêntese surpreendente: "Hoje, em 30 de junho, aparição de um cometa às 8h da noite. É imenso. Sua cauda mede dezessete milhões de milhas[6]." Era indefinidamente menos do que os futuros leitores de seu romance (sem falar dos espectadores), mas não o sabia ainda...

A Bélgica ensejou ardorosamente celebrar então o 150º aniversário deste duplo milagre: não fosse a aparição do cometa, ao menos o término, sobre seu território, do romance em 30 de junho de 1861. Juntamente a leitura popular integral e pública do romance, estendendo-se durante três anos (2011-2013), a exposição intitulada

---

[5] Auguste Vacquerie, *Profils et grimaces*, Michel Lévy frères, 1856, p. 112-113. Dois ou três anos depois, Victor Hugo parecerá responder-lhe em *William* Shakespeare: "Le génie sur la terre, c'est Dieu qui se donne. Chaque fois que paraît un chef-d'œuvre, c'est une distribution de Dieu qui se fait. Le chef-d'œuvre est une variété du miracle." (*William Shakespeare,* II, VI, 1; Victor Hugo, *Œuvres complètes,* ed. Jacques Seebacher e Guy Rosa, *Critique,* Laffont, coll. *Bouquins*, 1985, rééd. 2002 (edição doravante anotada com o título do volume concernido seguido da única menção Laffont), p. 399.)

[6] Anotação no manuscrito, 30 juin 1861 ; *Romans II,* Laffont, p. 1248. Publicação confirmada na imprensa da época...

Os miseráveis, 150 anos em Waterloo, organizada por Jean Lacroix no museu Wellington (30 de junho – 30 de setembro de 2011) também foi marcada por um milagre duplo: o retorno, ao mesmo local do seu término, da primeira metade do manuscrito do romance, excepcionalmente cedida pela Biblioteca Nacional da França, e a anexação por Victor Hugo, do quartel general de Wellington em Waterloo. Pois o autor de *Os miseráveis*, numa digressão muito comentada, e que escandalizou especialmente Lamartine, não havia poupado esforços para explicar que o vencedor de Napoleão em Waterloo não havia sido de maneira alguma Wellington, e sim Deus. Assim, esta exposição dos cento e cinquenta anos, que fazia de Victor Hugo hóspede de Wellington, ilustrava exatamente o comentário que o romancista faz sobre o encontro de Napoleão e seu último rival: "Jamais Deus, a quem agradam as antíteses, permitiu um contraste mais marcante e uma confrontação mais extraordinária" (*Os miseráveis*, II, I, 16). Particularmente, ao juntar pela primeira vez de sua história o manuscrito e as provas corrigidas do romance, a exposição, cujo catálogo com lindas ilustrações, felizmente ainda conserva os rastros, esteve à altura do desafio. Não se pode dizer o mesmo da adaptação teatral de *Os miseráveis*, assinada por Stephen Shank e Patrick de Longrée, encenada dos dias 6 a 18 de setembro de 2011, a céu aberto, no campo de batalha, ao pé do monte do leão: o cenário (natural) encobria todo o resto, e as condições meteorológicas desastrosas não tiveram culpa. Enquanto a *Revue générale* (publicação mensal da Valônia, de reflexão cultural) intitulava seu número de abril *Em torno de Os miseráveis*, com a fotografia na capa, de uma estatueta original e raríssima de Victor Hugo sentado, segurando *Os miseráveis* no colo, Bruxelas contentou-se em organizar, inicialmente, de 20 de janeiro a 15 de abril de 2012, com suas próprias coleções, no Librarium da Biblioteca Real da Bélgica, um pequeno evento de divulgação com o título explícito ("Os miseráveis, 1862-2012"), em publicar um mapa destinado a passeios, em organizar "tours Victor Hugo", em dois ou três idiomas, e, finalmente, nas galerias Saint-Hubert, em tentar a reconstituição do famoso banquete de *Os miseráveis*, que reuniu oitenta jornalistas em 16 de setembro de 1862. Mas não foi tudo: no momento em que, cento e quarenta e nove anos depois de sua criação, acontece no Teatro das galerias Saint-Hubert a primeira adaptação oficial em cartaz de *Os miseráveis* por Charles Hugo, filho do poeta, cuja peça havia sido proibida na França, o Teatro Real do Parque, onde certa Juliette Drouet iniciou a carreira em 1828, apresenta a última adaptação do mesmo romance, assinada por seu diretor Thierry Debroux, enquanto Daniel Scahaise, o diretor do Teatro da Praça dos Martírios, encena *Mille francs de récompense*. A ligação entre estas duas obras, com ressonâncias múltiplas, mas com fortuna póstuma invertida (tivemos de esperar 1934 para que a peça seja publicada, e ela continua desconhecida até hoje) aparece cheia de significações – e talvez seja bom atribuir isso a sorte.

Na França, o ano de 2012 havia se iniciado sob o sinal da atualidade de *Os miseráveis* com a difusão, no meio do mês de janeiro, no canal de televisão France 5, em horário nobre, de um documentário cativante, seguido de um debate, intitulado *Os miseráveis, do romance à realidade*. O diretor Didier Martiny havia buscado o equivalente contemporâneo dos protagonistas: Fantine, uma jovem mulher, de quem a sociedade retira o filho, Gavroche, um mendigo romeno da rua, Jean Valjean, um prisioneiro que tem dificuldades para se inserir de volta na sociedade, Javert, um policial intratável, Marius, um jovem idealista etc. Em sua edição de fevereiro, a revista literária mensal *Lire* dedicava um caderno mais tradicional ("Há cento e cinquenta anos, *Os miseráveis*"), a revista católica semanal *Le Pèlerin* não deixou de publicar algo, em sua edição de 29 de março ("*Os miseráveis*, um romance de nossa época"), o primeiro quotidiano regional *Ouest-France* também celebrava o 4 de abril a sua maneira: "150 anos depois, *Os miseráveis* ressoam ainda", enquanto o jornal *Le Monde* publicava um caderno especial trimestral *Une vie, une œuvre*, intitulado *Victor Hugo, L'élu du peuple*. Além das exigências habituais desta coleção (retrato liminar, cronologia detalhada, escolha de trechos e comentários significativos, ilustrações, abecedário da vida e da obra), os candidatos escolhidos para a eleição presidencial de 2012 e responsáveis políticos foram igualmente solicitados. Esse projeto partiu de uma ideia de Maurice Barrès um século mais cedo:

> Ele nunca será louvado o suficiente, por uma só escola, por um só partido. Para que justiça lhe seja feita, todas as opiniões têm de lhe dar voz juntas. Ele não foi apenas um eco, e para mudar de metáfora, ele passou no meio de nós, como um rio que, em seu curso magnífico, recolhia e mesclava todas as fontes de nosso solo e todas as nuvens de nosso céu. E eis está que a obra que ao longo de todo o século XIX foi de uma tão poderosa atualidade tornou-se imóvel. Cada vez mais, ela nos aparecerá debaixo de seus altos carvalhos proféticos, como um tipo de lago sagrado, para o qual iremos todos, qualquer que seja nossa diversidade, buscar formulas de mágica beleza (BARRÈS, 1927, p. 253-254).

Se a imagem é bela, não é certo que seja justa: nada de sagrado, nada de imóvel nas contribuições políticas recolhidas. Três perguntas haviam sido feitas: O que Victor Hugo representa para os senhores? Os temas evocados em sua obra têm para os senhores alguma ressonância em 2012? Segundo vocês, qual é o lugar de *Os miseráveis* na história e na cultura francesa? Todos os candidatos aceitaram em participar, exceto, de modo curioso e, digamos, pouco compreensível dos ecologistas, cujo partido era o único a se mostrar abertamente europeu, e dos centristas, cujo candidato era o único com formação em letras (clássicas). Com exceção do ex-presidente do Conselho representativo das associações negras, que contestava o discurso de Victor Hugo sobre a África, em 18 de maio de 1879, ninguém mais ousava contestar a obra realizada e publicada, nem mesmo os partidos extremos: "Gostei tanto de Victor Hugo que eu o perdoo por tudo" (LE PEN, 2012, p. 81), declarava de supetão a então candidata do *Front National* (extrema direita), cuja participação à dita edição especial levantou alguns protestos de leitores e internautas. Se a obra de Victor Hugo escapava às críticas, não ocorria o mesmo com sua vida: as velhas divagações maldosas do genro de Karl Marx, Paul Lafargue, em *A lenda de Victor Hugo, 1885*, foram retomadas em coro pelos dois candidatos trotskistas, como se fossem verdades eternas. Apesar da atualidade dos combates de Victor Hugo, não contestados, ambos aproveitaram para denunciar o paternalismo de um Jean Valjean, refazendo-se uma respeitabilidade "ao dirigir uma fábrica e explorar operários" (ARTAUD, 2012, p. 77). Já o candidato da Frente de Esquerda se coloca de outra maneira, ao focalizar logicamente nas duas últimas partes do romance: por meio dos combates dirigidos sobre as barricadas, ele associava *Os miseráveis* de antigamente aos indignados de hoje, e lembrava que Hugo Chávez havia mandado imprimir uma edição em massa do romance para oferecê-lo aos venezuelanos. A conclusão era obvia: "*Os miseráveis* são um convite atual para a luta"[7] (MÉLENCHON, 2012, p. 88). Em todos os comícios, ele reservava um longo tempo para a leitura de *Os miseráveis* (IV, I, 5), esperado e fervorosamente aplaudido. "E me pergunto, se somos nós, ao menos Jean-Luc, que incarnou Hugo nestas assembleias", pergunta retrospectivamente o então secretário nacional do partido de esquerda, "ou se, não seria o próprio Hugo, cento e cinquenta anos depois da publicação do seu romance, que teria encarnado em nós" (COQUEREL, 2012, p. 96). Que outro autor e, sobretudo, que outro livro poderia ter se convidado, com cento e cinquenta anos de intervalo, no seio de uma campanha presidencial? "Hugo é para a França a própria França" (FILIPPETTI, 2012, p. 80), concluía Aurélie Filippetti, outra diplomada e concursada em letras clássicas, hoje Ministra da Cultura do presidente François Hollande. Jean-François Copé, secretário geral do partido de direita, antecipando-se nas citações que Nicolas Sarkozy usaria por sua vez nas reuniões de campanha, de modo a mostrar boa imagem, lembrava que nenhum partido tinha o

---

[7] Neste artigo, Mélechon faz referência ao final da resposta do candidato trotskista Philippe Poutou: "À nous d'ouvrir un nouveau chapitre!" (id., p. 89).

direito de colocar Victor Hugo em anexo, e propunha uma leitura surpreendentemente sentimental do romance: "Ler *Os miseráveis* pela primeira vez é uma experiência inesquecível e que se quer compartilhar sempre" (COPÉ, 2012, p. 78). Martin Hirsch, ex-presidente do movimento de solidariedade Emmaus para com os mais pobres e, antigo alto comissário para a solidariedade ativa contra a pobreza no governo de direita, também partilhava no mesmo jornal sua experiência fascinante, como leitor muito jovem (onze anos), e lembrava que o movimento Emmaus havia nascido, em 1949, "de um encontro entre um prisioneiro, Georges, e um clerical, o padre Pierre" (HIRSCH, 2012, p. 107), "avatares" inesperados de Jean Valjean e Monsenhor Bienvenu.

Lançado em fevereiro de 2012, este número especial do *Le Monde*, reforçado por conferências, debates e espetáculos em Besançon, assim como as obras na casa onde Victor Hugo nasceu, com vistas na abertura ao público (no verão de 2013), obteve grande receptividade na primavera. *L'Humanité Dimanche*, caderno semanal especial do jornal comunista *L'Humanité*, inspirou-se dele durante o verão para propor um numero especial "Há cento e cinquenta anos saia *Os miseráveis*". Entre outras intervenções ligadas à miséria atual ("A Fantine moderna é grega e afogada em dívidas..."), a publicação recebia do novo presidente da República francesa, por entre outras, uma definição do romance: "*Os miseráveis* permanecem um tesouro da literatura francesa e um momento da consciência humana" (HOLLANDE, 2012, p. 81). Ocupando toda a capa da revista, um Victor Hugo declarava que explicaria porque havia escrito *Os miseráveis*. Essa promessa tratava da carta escrita em outubro de 1862, a Gino Daelli, o editor da tradução italiana de *Os miseráveis*, preocupado pelo interesse dos leitores italianos por um romance francês tão volumoso. A resposta tinha o mérito de oferecer uma versão *internacional* e ampla do prefácio breve e impactante:

> Ele foi destinado tanto à Inglaterra quanto à Espanha, à Itália como à França, à Alemanha como à Irlanda, às repúblicas que têm escravos, como também para os impérios que têm servos. Os problemas sociais ultrapassam as fronteiras. As feridas do gênero humano, essas feridas enormes que cobrem o globo, não param nas linhas azuis ou vermelhas traçadas no mapa do mundo. Em todo lugar onde o homem for ignorante e cai desesperado, em todos os lugares onde a mulher se vende por um pão, em todos os lugares onde a criança sofre, por falta de um livro que lhe ensina e de um lar que o aquece, *Os miseráveis* batem à porta e dizem: "Abram para mim, estou vindo para vocês"[8].

---

[8] Carta a M. Daelli, editor da tradução italiana de *Os miseráveis*, em Milão, 18 de outubro de 1962.

Retomada como anotação em várias edições francesas do romance, esta carta publicada originalmente no final do quinto dos dez volumes da primeira tradução italiana (*I Miserabili*, G. Daelli, 1862-1863) foi parcialmente reproduzida no *L'Humanité Dimanche*. Mais desconhecida ainda na Itália que na França, a carta havia sido traduzida também em *Il Sole 24 Ore* (primeiro jornal econômico italiano) no domingo 20 de maio de 2012, onde Chiara Pasetti fazia um balanço das celebrações dos cento e cinquenta anos de *Os miseráveis* sob um título chamativo e atual: *Manifesto per tempi di crisi* (Manifesto para tempos de crise).

E a edição, em tudo isso? Se Everyman's Library, "a Pléiade dos países de língua inglesa" (Nova York, Londres, Toronto), aproveitava o ano de 2012 para lançar uma nova edição de... *Notre-Dame de Paris* (*The Hunchback of Notre Dame*), único título de Victor Hugo programado em seu catálogo com *Os miseráveis*, a única nova edição de *Os miseráveis* na França é quase anedótica dada ela deter o recorde da leveza: na coleção estonteante "Point 2", na qual o texto é impresso paralelamente a encadernação, o que resulta em ser preciso virar as páginas do alto para baixo e, não da direta para a esquerda, a integralidade do romance impresso em papel de bíblia está contida em dois pequenos volumes de cerca de cem gramas cada (1488 e 1502 pag.). No que diz respeito à atividade editorial, como podemos observar, estamos longe das nove traduções oficiais que foram lançadas, desde a publicação franco-belga dos dois primeiros volumes do romance, cujas traduções mais longínquas eram a versão espanhola para a América do Sul (diferente daquela de Madri) e a versão em português editada por de Villeneuve no Rio de Janeiro, com uma edição aproximativa, para ambas, em torno de 1.500 exemplares (LEUILLIOT, 1970, p. 351, nota 3).

Então, o ano de 2012 ficará como uma grande data na história póstuma de *Os miseráveis*? Um único simpósio francês, sob a direção de Pierre Laforgue, era anunciado para o final do outono na universidade de Bordeaux, com a ambição óbvia de celebrar tanto o 150° aniversário do romance quanto o 50° aniversário do simpósio de Estrasburgo: uma metade de século fértil em estudos sobre Victor Hugo. Talvez se trate apenas de um simples dia de estudos na inauguração de uma nova coleção "Victor Hugo", com um volume coletivo sobre *Os miseráveis*, codirigido por Pierre Laforgue e Claude Millet. Por fim, o único simpósio universitário do ano seja talvez este, 210 *HugoAnos*, organizado de maneira magistral por Junia Barreto, na Universidade de Brasília. Este simpósio revela o vigor dos estudos acerca de Victor Hugo "nesse Brasil / Tão dourado, que faz, aliás / Do universo um exílio" (PAGÈS,

2012, p. 21-22): todo um programa que terá de celebrar em 2015, os cento e cinquenta anos das *Chansons des rues et des bois*...

Tradução do francês por Olivier Chopart.

REFERÊNCIAS

ARTAUD, Nathalie (2012). "Victor Hugo ne fait pas partie de mon Panthéon". *Le Mond*, hors-série Victor Hugo, fev-abr, p. 77.

BARRÈS, Maurice (1927). "Comment la Lorraine a formé Victor Hugo". Conference. In: *Les maîtres*. Paris: Plon, p. 253-354.

COPÉ, Jean-François (2012). "Hugo est la France intière". *Le Mond*, hors-série Victor Hugo, fev-abr., p. 78.

COQUEREL, Éric (2012). "Oui, il fallait Hugo, forcément Hugo. *Le Mond*, hous-série Victor Hugo, ago., p. 96

FILIPETTI, Aurélie (2012). "La voix d'une nation". *Le Mond*, hors-série Victor Hugo, fev-abr., p. 80.

GASIGLIA-LASTER, Danièle (2006). "Los Misérables (...) Queen's Theatre, Londres, julho de 2006". *L'Echo Hugo*, p. 89.

HIRSCH, Martin (2012). "Les miserables? Indemodable!". *Le Mond*, hors-série Victor Hugo, p. 107.

HOLLANDE, François (2012). "Le roman de la libertè en marche". *L'Humanitè dinamiche*, n. 324, 9-22, ago., p. 81.

HUGO, Victor (1969). "Vcitor Hugo a Auguste Vacqueire". *Œuvres complètes*. Dir. Jean Massin. Paris: Club Français du Livre, p. 1120-1121.

LE PEN, Marine (2012). "Victor Hugo ne fut pas toujours en accord avec Hugo". Le Monde, hors-série Victor Hugo, fev-abr., p. 81.

LEULLIOT, Bernard (1970). "Victor Hugo publie *Les Miserables*: correspondence avec Albert Lacroix, août, 1861". *Revue Anecdotique*, p. 351, nota 3.

MÉLENCHON, Jean-Luc (2012). "Un roman dont le peuple este le héros". *Le Mond*, hors-série Victor Hugo, fev-abr., p. 88.

PAGÈS, Frederic (2012). "Entre delícias e terror". *Le Grand Babyl*, p. 21-22.

As mulheres na obra Os miseráveis

Danièle Gasiglia[1]

Em seu prefácio a Os *miseráveis*, Victor Hugo declara ser uma das danações sociais "a decadência da mulher pela fome". No romance, esta decadência foi encarnada, sobretudo, pelo personagem de Fantine. No entanto, é a mulher que aparece, em todos seus estados, por meio de várias figuras femininas: em todas as idades e todas as classes sociais, em todas suas funções e papéis sociais, como também em suas marginalidades – prostituta, mendiga, mãe solteira, delinquente, religiosa. Pois bem, o romancista se engaja também em um trabalho de sociólogo e de antropólogo. Este trabalho de testemunha de seu tempo se desdobra em ambição de psicólogo. O autor acredita perceber comportamentos e maneiras de ser, de pensar e se emocionar, especificamente femininos. Tentaremos analisar de que forma, por meio desta representação da mulher do século XIX, ele é o reflexo de seu tempo, e ao mesmo tempo se distancia das ideias de sua época; e, finalmente, quais são as soluções propostas pelo escritor, visto seu livro, como o releva em seu prefácio, querer ser útil ou, ao menos, poderia "não ser inútil"...

A SUBMISSÃO AOS HOMENS

Figura 1 – *Senhorita Baptistine vista*, por Brion.

Apesar da disparidade entre estas mulheres, todas têm pontos em comum. De maneira geral, quase todas elas se submetem a um homem, incluindo quando são o que chamávamos na época de "solteironas". É o caso da senhorita Baptistine, irmã de Monsenhor Myriel, que vive com ele. Ela ama e tem admiração pelo irmão, admiração compartilhada com sua servente, a senhora Magloire. Podemos imaginar que, para cuidar deste irmão tão querido, a senhorita Baptistine renunciou ao casamento. É o caso de algumas velhas senhoritas do século XIX que continuavam solteiras para cuidar de algum parente. Por Myriel ser bispo também, a senhorita Baptistine e a senhora Magloire, muito devotas, respeitam-no também pela sua dignidade.

À de certains moments, sans qu'il eût besoin de le dire, lorsqu'il n'en avait peut-être pas lui-même conscience, tant sa simplicité était parfaite, elles

---
[1] Escritora, Crítica Literária e Secretária Geral da *Société des Amis de Victor Hugo*.

sentaient vaguement qu'il agissait comme évêque ; alors elles n'étaient plus que deux ombres dans la maison. Elles le servaient passivement, et, si c'était obéir que de disparaître, elles disparaissaient. Elles savaient, avec une admirable délicatesse d'instinct, que de certaines sollicitudes peuvent gêner. Aussi, même le croyant en péril, elles comprenaient, je ne dis pas sa pensée, mais sa nature, jusqu'au point de ne plus veiller sur lui[2] (HUGO, 1992, p. 56).

Servidão passiva e apagamento voluntário, obediência: tais são suas vidas. Mesmo se amor e respeito recíprocos se mesclam a esta obediência e que a submissão se dá com um homem de uma generosidade e bondade excepcionais – um tipo de Gandhi do século XIX – observamos que estas mulheres são como sombras. Hugo não toma claramente partido, mas adota a ideia do senso comum sobre a intuição feminina, que ele chama de "delicadeza de instinto".

A "solteirona", aqui encarnada pela senhorita Baptistine, corresponde a uma categoria de mulheres representada de maneira bastante ampla em *Os miseráveis*. O que deixa supor que se trata de uma proporção bem significativa de mulheres concernidas na época. É o caso também da senhorita Gillenormand, vivendo com o pai. A senhorita Gillenormand sonhou em casamento com um homem rico e poderoso, mas nunca conseguiu realizar este sonho. Essa burguesa rica (ela é herdeira de uma fortuna herdada de sua mãe) aparece como uma mulher inacabada e frustrada: há "em toda sua pessoa o estupor de uma vida acabada que mal começou" (p. 41). Mas, de repente, quando se depara com a felicidade de Marius e Cosette, outra forma de existência surge para ela:

> La tante Gillenormand assistait avec stupeur à cette irruption de lumière dans son intérieur vieillot. Cette stupeur n'avait rien d'agressif ; ce n'était pas le moins du monde le regard scandalisé et envieux d'une chouette à deux ramiers ; c'était l'oeil bête d'une pauvre innocente de cinquante-sept ans ; c'était la vie manquée regardant ce triomphe, l'amour[3] (p. 183).

Esta palavra "estupor" se repete então por várias vezes nas evocações desta velha senhorita. No século XIX, vive-se um "estado de dormência, de inércia acompanhada de insensibilidade física e moral". Mas este estado, que é geralmente momentâneo,

---

[2] Tradução: "Em certos momentos, sem que ele precisasse dizer (que era bispo), e sem nem mesmo ter consciência disto, tanto a sua simplicidade era perfeita, elas sentiam levemente que ele agia como bispo; assim, elas viravam apenas duas sombras dentro de casa. Elas o serviam passivamente, e se obedecer significasse ter que desaparecer, elas desapareciam. Com uma delicadeza instintiva admirável, sabiam que certas solicitações indevidas podiam incomodar. Assim, mesmo achando que ele pudesse estar correndo perigo, elas compreendiam, não digo seu pensamento, mas sua natureza, ao ponto de deixar de cuidar dele".

[3] Tradução: "Com estupor, a tia Gillenormand assistia a esta irrupção de luz em seu interior envelhecido. Este estupor não tinha nada de agressivo; não era em nada um olhar escandalizado e invejoso de uma coruja com relação a dois pombos; era o olhar bobo de uma pobre inocente de cinquenta e sete anos; era a vida perdida diante desse triunfo, o amor".

parece permanente na senhorita Gillenormand. Hugo a descreve como uma pessoa enrijecida pelos seus hábitos e pela ausência de paixões. A pobre mulher não tem ao menos o consolo de ser amada por Gillenormand: "Son père avait pris l'habitude de la compter si peu qu'il ne l'avait pas consultée sur le consentement au mariage de Marius. (...) que la tante existât, et qu'elle pût avoir un avis, il n'y avait pas même songé, et toute moutonne qu'elle était, ceci l'avait froissée[4]" (p. 193-194).

No entanto, a senhorita Gillenormand costuma obedecer ao irmão que a trata não como um carneirinho, mas como um cachorrinho, mandando-a sair do quarto onde ele está, e ir roer seu osso no cômodo ao lado, ou seja, voltar ao seu tricô... Mulher da sombra por excelência, ainda mais por não ter a bondade luminosa da senhorita Baptistine, e que Hugo chega até mesmo a qualificar de "alma crepuscular" (p. 41). O fato de a senhorita Baptistine ser apagada convém a seu gosto e a seu caráter: mal chega a ser um corpo, de tanto que o corpo não tem importância para ela. No entanto, a senhorita Gillenormand, apesar de suas esperanças, não encontrou o homem de seus sonhos. O narrador que identificamos, sem grandes riscos de engano, com Victor Hugo em Os miseráveis – oscila entre piedade e sarcasmo quando se refere a ela. Ele a compara a um "ganso" (id., p. 40) e a concessão que lhe faz, de ela nunca ter sido maldosa, é contrabalanceado com o seguinte comentário: "o que é uma bondade relativa" (p. 41). A única falha nesta "pudica incombustível" (p. 40): ela sente um afeto todo especial pelo sobrinho Théodule, prova de que seu pudor é um recolhimento necessário, mais do que uma escolha voluntária. Hugo não a condena, por ser solteirona, mas sim por ter, desde nova, privilegiado mais as honras e o dinheiro do que o amor.

Figura 2 – *Mme Thénardier*, por Brion.

Difícil dizer a qual classe social pertence Thénardier, mulher casada dessa vez, que oscila entre a burguesia – dona de uma pousada em Montfermeil, mesmo a pousada não indo muito bem – e mulher do povo, evidenciada quando mergulha na miséria em Paris. Esta mulher violenta e mons-

Figura 3 – *Fantine*, por Brion.

---

[4] Tradução: "Seu pai costumava dar a ela tão pouca importância que nem sequer a consultou, para obter seu consentimento, quando Marius casou-se (...) que a tia existisse e que ela pudesse ter sua própria opinião, não tinha passado pela cabeça dele. E, visto ser como um carneiro, isto a havia melindrado".

truosa não tem como dizer uma só palavra diante do Senhor Thénardier, pelo qual sente amor, admiração e devoção:

> Elle n'était pas la maîtresse. Le maître et la maîtresse, c'était le mari. Elle faisait, il créait. Il dirigeait tout par une sorte d'action magnétique invisible et continuelle. Un mot lui suffisait, quelquefois un signe; le mastodonte obéissait. Le Thénardier était pour la Thénardier, sans qu'elle s'en rendît trop compte, une espèce d'être particulier et souverain. (...) Quoique leur accord n'eût pour résultat que le mal, il y avait de la contemplation dans la soumission de la Thénardier à son mari. Cette montagne de bruit et de chair se mouvait sous le petit doigt de ce despote frêle[5]" (p. 411).

Não se pode dizer desta mulher gorda, maldosa e temperamental, que seja apagada, mas o fato é que Thénardier a domina, mesmo quando ela não sente mais amor por ele, e quando ele maltrata suas filhas amadas.

Com Fantine, abordamos um aspecto mais trágico da condição feminina, o das jovens garotas do povo, destinadas ao inferno da prostituição, "danação social" que deixará Hugo revoltado ao longo de toda sua vida. O ponto de vista narrativo que mostra a pureza e a inocência iniciais de Fantine, sua decadência involuntária, progressiva e fatal, comprova o partido tomado sem equívoco possível. O romancista não esconde que está de seu lado, contra o jovem burguês, inconsistente e egoísta, que a seduz e a abandona, contra a sociedade que vai esmagá-la. Por não serem casados e não pertencerem à mesma classe social, a submissão de Fantine a Tholomyès torna-se ainda mais perigosa, o desequilíbrio entre homem e mulher é aqui mais forte do que nunca: apenas ele existe para ela, ela não existe para ele, ele não a vê como uma individualidade, mas como um objeto de distração e de prazer intercambiável. Ao ponto de ele se enganar e beijar outra garota pensando que é Fantine.

Sr. Madeleine, que apesar de saber muito bem, por ter sido Jean Valjean, o significado da exclusão, durante algum tempo compartilha a moral burguesa, que rejeita integralmente a mulher decaída. Em Montreuil-sur-Mer, onde acha um emprego salvador, Fantine sofre a lei severa do prefeito que não quer em sua fábrica "garotas sem virtude", noção questionada rapidamente, quando o Sr. Madeleine vai entender a fragilidade e a inanidade de seus princípios. Apesar de ter dado belos papéis a

---

[5] Tradução: "Ela não era a amante. Era o marido que fazia função do e da amante. Ela executava, ele criava. Ele mandava em tudo, com um tipo de ação magnética invisível e contínua. Bastava uma só palavra, às vezes apenas um sinal: o mastodonte obedecia. Sem que o percebesse, o Thénardier era para a Thénardier uma espécie de ser especial e soberano. (...) Embora o acordo deles somente resultasse em mal, havia contemplação na submissão ao marido pela Thénardier. Bastava o déspota franzino mexer o dedinho para esta montanha de barulho e de carne se movimentar".

cortesãs como Marion de Lorme e Tisbe, depois de haver reabilitado Jane[6], perdoado Esmeralda por ter se deixado seduzir pelo lindo e superficial Phoebus, desta vez, Hugo escolhe como um de seus personagens principais a mais lamentável das prostitutas, que caiu no degrau mais baixo da escala social, revelando à luz de holofotes um ser humano considerado apenas como objeto de repulsão aos olhos da sociedade. E ele tem a audácia de questionar as leis, criadas para manterem a ordem. Como escreve, "esta classe de mulheres é entregue por nossas leis à discrição da polícia. Esta faz o que bem quer com elas, as castiga como bem entender e retira delas essas duas coisas tristes chamadas de sua indústria e sua liberdade[7]." Estas leis cruéis e desumanas são aplicadas por homens, tal como o inspetor Javert, que percebem o mundo com um maniqueísmo no mínimo simplista: "Quanto mais ele examinava o caso desta garota, mais ele se sentia revoltado. Era evidente que acabava de ver um crime ser cometido. Acabava de ver lá, na rua, a sociedade, representada por um proprietário eleitor, insultada e atacada por uma criatura fora de tudo"[8]. Como, no entanto, não compartilhar neste século XIX, bem pensante e puritano, o ponto de vista deste policial obtuso? Salvo alguns espíritos mais esclarecidos, Hugo incomodava a muitos com tal revelação.

Figura 4 – *Cosette*, por Brion.

Ao menos, talvez ele nos mostrasse a beleza de uma vida religiosa e santa dedicando um grande capítulo de seu romance à vida em um convento? Nada disso: a descrição das regras rígidas e opressivas às quais estas mulheres estavam reduzidas não faz concessões, apesar de Hugo nunca se colocar como juiz: "não entendemos tudo, mas não insultamos nada" (p. 540-541), ele admira estas mulheres que escolheram uma sorte de exílio – o que as aproxima muito dele – e que obram de maneira útil, segundo ele, ao rezarem por todos aqueles que nunca rezam. Quanto às internas, sem serem forçadas ao mesmo rigor, elas têm de obedecer a regras rigorosas e podem apenas receber visitas com autorização especial e rara. Lá também, apagamento voluntário – ao menos para algumas – dentro de uma comunidade onde a regra é abdicar de qualquer individualidade.

Cosette evita o mesmo destino de Fantine, ao escapar dos Thénardier e, depois de sua educação no convento, torna-se uma moça bem educada e exemplar. No entanto,

---

[6] Protagonistas de Marion de Lorme, Angelo, Tirano de Pádua, Marie Tudor.
[7] *Os miseráveis*, v. I, Primeira Parte, Livro 5°, capítulo XIII, p. 216.
[8] *Os miseráveis*, v. I, Primeira Parte, Livro 5°, capítulo XIII, p. 216.

o amor lhe proporciona certa audácia: ela se encontra com Marius escondido, mesmo sabendo que o homem considerado por ela como seu pai não gostaria nada disso. Consciente de sua condição de mulher, ela diz a Marius: "Você, você fica fora, você vai e vem! Como vocês homens são felizes!" (p. 469). Por várias vezes Hugo dá por entender de que ela é vítima desta condição, sendo ao mesmo tempo privilegiada, por Valjean a adorar e a colocar sobre um pedestal. Ao se tornar servente na casa deles, a velha empregada se surpreende ao ver esta jovem moça ser designada pelo seu empregador como "a dona da casa" (p. 321). Enquanto as leis do século XIX dão ao pai todo poder sobre sua filha, Jean Valjean replica a Toussaint que ele é "bem melhor do que o dono", por ser "o pai" (id.). Mas este afeto, esta recusa de se mostrar autoritário ou mesmo severo com Cosette, não impede este pai, doce e bom, de ser protetor, ou seja, de pôr limites à liberdade da jovem moça. Na sociedade, tal como ela é, estes limites são indispensáveis: a liberdade em demasia gera as Fantine.

Se, por um lado, Cosette escapa à vigilância de Jean Valjean e se encontra com Marius em segredo, por outro lado, sua obediência será absoluta perante a ele, quando tornado seu marido. Hugo a descreve como subjugada e hipnotisada pelo homem que ela adora, e como mulher que se esquece de pensar e agir por si mesma, ao ponto de não se preocupar com a ausência de Jean Valjean, do qual é afastada pouco a pouco por Marius.

> Il y avait de Marius à elle un magnétisme tout-puissant, qui lui faisait faire d'instinct et presque machinalement, ce que Marius souhaitait. (...) elle subissait la pression vague, mais claire, de ses intentions tacites, et obéissait aveuglément. (...) Sans qu'elle sût elle-même pourquoi (...), son âme était tellement devenue celle de son mari, que ce qui se couvrait d'ombre dans la pensée de Marius s'obscurcissait dans la sienne[9] (p. 267).

UMA REBELDE

Talvez seja Eponine a única exceção a esta submissão geral das mulheres. De fato, ela apanha do pai quando não faz o que ele quer, mas ela é capaz de afrontá-lo e de falar com ele de maneira audaciosa. Seu caráter rebelde se manifesta com uma violência particular e uma coragem inegável quando impede Thénardier e seu bando de entrarem na propriedade da Rua Plumet, porque Marius está com Cosette no jardim:

---

[9] Tradução: "Entre Marius e ela havia um magnetismo todo poderoso, que resultava no fato de ela fazer tudo que Marius desejasse instintivamente e quase mecanicamente. (...) Ela sofria a pressão vaga, mas nítida, de suas intenções tácitas, e obedecia cegamente. (...) Sem que ela mesma soubesse o porquê (...), sua alma havia se tornado a tal ponto a do marido que se alguma sombra viesse encobrir os pensamentos de Marius, também obscurecia os seus".

Vous êtes six, qu'est-ce que cela me fait? Vous êtes des hommes. Eh bien, je suis une femme. Vous ne me faites pas peur, allez. Je vous dis que vous n'entrerez pas dans cette maison, parce que cela ne me plaît pas. Si vous approchez, j'aboie. (...) Je me fiche pas mal de vous. Passez votre chemin, vous m'ennuyez : Allez où vous vous voudrez, mais ne venez pas ici, je vous le défends! Vous à coups de couteau, moi à coups de savate, ça m'est égal, avancez donc! (...) Sont-ils farces, ces bêtas d'homme de croire qu'ils font peur à une fille? (...) Moi, je n'ai peur de rien! (...) Pas même de vous! mon père![10] (id.).

Eponine reivindica alto e forte sua feminidade. Nesta confrontação a homens, matadores sem escrúpulos, ela, como mulher, afirma sua força – mesmo ao preço de sua morte, por sua audácia – e recusa se submeter à vontade masculina. Com Marius, ela até inverte os papéis tradicionais, e o protege em várias ocasiões. Mesmo não conseguindo ser amada por ele, ela conduz um pouco o destino dele: é ela quem acha o endereço de Cosette para ele, é ela também que o leva à morte, quando lhe diz que seus amigos o esperam na barricada e o aguardam para morrer com ele, e é ela notadamente que, pela segunda vez, lhe salva a vida, quando se interpõe entre ele e uma bala. Pobre coitada sem amor que, morrendo de fome, bate perna pela rua: sem dúvida alguma, ela é a mais viva, a mais forte das mulheres em *Os miseráveis*. Eponine não é uma mulher submissa e Hugo a ama, essa rebelde, como o percebemos no romance, e como ele mesmo o diz: "Esta pobre Eponine é uma das minhas preferidas secretas e dolorosas" (SIMON, 1862, p. 1177).

Figura 5 – *Eponine*, por Brion.

Sem homens ao lado delas para amá-las, resta apenas às mulheres, uma existência sem grande interesse; no pior dos casos, são entregues ao inferno da fome, da rua e da prostituição. Como remediar isso?

O TRABALHO DAS MULHERES

Fantine poderia se sair dessa, se continuasse a trabalhar na fábrica de vidro do Senhor Madeleine. Mas, para uma mulher que tem filhos, na época, trabalhar fora não é a melhor das soluções. Estruturas para acolher as crianças não existem e, no

---

[10] Tradução: "Vocês são seis, e acham que me assustam? Vocês são homens e eu sou mulher. Vejam só, vocês não me provocam medo. Estou lhes dizendo que não vão entrar nesta casa, pois isso não me agrada. Se vocês se aproximarem, vou latir (...). Faço pouco caso de vocês. Vão, vocês me entediam. Vão para onde quiserem, mas não venham mais aqui, eu vos proíbo! Vocês de canivetes, eu a golpes de savate, não me importo, então avancem e verão! (...) Será que são farsas, estes homens tolos, que acham que vão assustar uma garota? (...) Eu, não tenho medo de nada! (...) Nem mesmo do senhor! meu pai".

melhor dos casos, estas serão confiadas a uma pessoa nem sempre competente ou pouco cuidadosa ou, no pior dos casos, serão abandonadas na rua. É o que acontece com o pequeno garoto da irmã de Jean Valjean. Ela tem de estar no seu trabalho antes da abertura da escola e a criança aguarda no frio do inverno até as portas abrirem. Ademais, estas mulheres trabalhadoras geralmente são exploradas. Na fábrica do Senhor Madeleine, patrão exemplar, o salário ganho por Fantine, permite-lhe sobreviver, apesar das exigências dos Thénardier. Mas a fábrica do Senhor Madeleine é uma fabrica modelo e fictícia: o trabalho das mulheres nas fábricas era geralmente mal visto e mal pago. A sociedade rígida do século XIX exigia que a mulher permanecesse discretamente em seu lar, tomasse conta dos filhos e cuidasse da casa. Além disso, os homens veem uma concorrência perigosa (MICHEL, 1980) nestas mulheres trabalhadeiras. No entanto, ainda existe situação pior e, quando Fantine experimenta em ganhar seu pão quotidiano costurando camisas para soldados, ela não demora em se dar conta disso. Em seu livro *La Femme pauvre au XIXe siècle*, J.V. Daubié explica que estes trabalhos de costura eram supervisionados por empresários que ganhavam uma margem de lucro muito acima do preço de venda dessas camisas, mas exploravam as mulheres que as confeccionavam, pagando-lhes um salário derrisório. Fantine sofre com esta exploração de maneira cruel, e esta tentativa desesperada em se manter honesta a faz mergulhar na miséria mais profunda (DAUBIÉ, 1870). Naquela época, trabalhar não trazia liberdade às mulheres: elas são desconsideradas e representam um subproletariado, ainda mais explorado do que o proletariado masculino. Em seu livro *L'Ouvrière*, publicado no mesmo ano da publicação de *Os miseráveis*, Jules Simon, homem político e filósofo, que se proclama "profundamente republicano e de fato conservador", evoca a vida difícil dessas mulheres. Este sugere, para remediar a situação, em vez de melhorar as condições de trabalho das mulheres, elevar o salário dos homens, o que, pasmem, permitiria acabar com o trabalho das mulheres! (apud BADER, 1883, p. 453). Alguns anos depois, na sua peça *L'Intervention*, Hugo evocará essa discrepância entre o salário de uma operária e o de um operário, fazendo Edmond comparar os ganhos de sua mulher Marcinette, rendeira, com os seus, como fabricante de leques (GASIGLIA-LASTER, 2009).

A EDUCAÇÃO DAS MULHERES E A EVOLUÇÃO DAS LEIS

Hugo tem o cuidado de explicar ou de frisar o tipo de instrução ao qual tiveram acesso às mulheres, das quais conta a história. Algumas não sabem nem ler, nem escrever: é o caso de Fantine que cresceu sozinha na rua. Mas quando elas sabem ler, como a senhora Thénardier ou a servente do Sr. Mabeuf, fazem uso errado dessa capacidade, ao se deslumbrarem com romances leves. Esse interesse por uma literatura ruim vem da educação dada às mulheres, o que não contribui para enriquecer sua cabeça, tampouco para incentivar sua inteligência. Clarisse Bader que, em 1883, publica um livro intitulado *La Femme française dans les Temps modernes* que, apesar de muito conformista, aponta e lamenta esta tendência por leituras pouco intelectuais e responsabiliza essa educação restrita como culpada: "quando impedimos às jovens moças o acesso a estudos sérios, as abandonamos à frivolidade. Quando lhes recusamos as obras que falam do que é relevante, seja na história, seja na literatura, nas ciências ou nas artes, as deixamos se deleitarem com romances que distorcem seu espírito e corrompem seu coração" (BADER, 1883, p. 451). A senhora Thénardier e a servente de Mabeuf vêm provavelmente de um meio social pouco favorecido (embora não saibamos nada do passado delas). E, apesar de as jovens moças da alta sociedade receberem certa educação, ninguém lhes ensina como desenvolver suas aptidões intelectuais. Hugo cita um exemplo, quando evoca Cosette no convento, frequentado principalmente por jovens moças da aristocracia. Ensinaram-lhe a cuidar do lar; é assim que ela se torna capaz de assumir a responsabilidade das despesas da casa na *rue Plumet*. Além disso, como o explica o narrador, "ensinaram-lhe também a religião, e principalmente, a devoção": não é surpreendente então que haja tantas beatas nessa sociedade do século XIX. Ensinaram-lhe também "a História, ou seja, como comenta Hugo, a coisa assim chamada no convento", uma história, então muito censurada, "a geografia, a gramática, os particípios, os reis da França, um pouco de música etc.". Esta educação é tão sumária, que muitas mulheres padecem com isso. Até mesmo o senhor Dupanloup que, em 1878, se destacou por sua hostilidade a Victor Hugo[11], e que não é conhecido por ter um espírito revolucionário, considera a educação das moças insuficiente. Por sua vez, Clarisse Bader relata e explica que os testemunhos das mulheres que Hugo encontra o abalaram, como o desta mulher que confessou não ser feliz: "Me falta alguma coisa – O quê? – Há na minha alma potencial demais, abafado e inútil, coisas demais que não são desenvolvidas e não servem para nada e para ninguém" (id., p. 486). Esta ignorância não é sem perigo, como explica o narrador de *Os miseráveis*: "mais du reste elle (Cosette) ignorait tout, ce qui est un charme et un péril"[12] (HUGO, 1992, p. 327). De fato, Hugo sugere que a jovem garota, que não sabe nada da vida, se expõe ao perigo ao receber Marius às escondidas em seu quintal, e que ele poderia não ter sido o rapaz honesto e sincero que é:

---

[11] Indignado pelo discurso para o Centenário da morte de Voltaire, ele publicou nos jornais do clero uma carta aberta muito hostil para com o autor do discurso, que respondeu no mesmo tom. Ver a carta de Hugo nas Obras Completas, "Política", *Actes et paroles*, Bouquins, Laffont, p. 991.
[12] Tradução: "Cosette ignorava tudo, o que representa um charme e um perigo".

> L'âme d'une jeune fille ne doit pas être laissée obscure ; plus tard il s'y fait des mirages trop brusques et trop vifs comme dans une chambre noire. Elle doit être doucement et discrètement éclairée, plutôt du reflet des réalités que de leur lumière directe et dure. (…) Il n'y a que l'instinct maternel, intuition admirable où entrent les souvenirs de la vierge et l'expérience de la femme, qui sache comment et de quoi est fait ce demi-jour[13] (id.).

Hugo questiona então a educação das jovens moças proferida por religiosas que não sabem grande coisa da vida. A revolução preparada pelos amigos do ABC, esses jovens cheios de ideais, que participarão da revolta de 1832, preocupa-se com o destino das mulheres e pensa em melhorar sua condição? Pode-se observar que a presença de mulheres não é aceita em suas reuniões. Por outro lado, suas discussões sobre as mulheres em privado não deixam augurar coisas boas sobre a maneira pela qual as consideram. Grantaire bêbado, ao tentar agarrar a lavadora de louças, afirma que "Femme rime avec infâme (Mulher rima com infâmia)". Bahorel, que comenta a sorte de Joly em ter uma amante alegre, replica-lhe: "é erro dela (…). Isso me motiva a traí-la" (p. 102-103). O belo discurso de Enjolras que, antes do assalto às barricadas, vislumbra uma sociedade ideal, não fala em melhoria necessária do destino das mulheres. Por sorte, Combeferre antecipou esta falha. Quando todos seus companheiros querem morrer, ele os conclama para sentirem piedade por suas mulheres, mães, filhas e irmãs, para as quais a maioria deles representa um apoio, e que eles, ao se entregarem à morte, as condenavam ao pior. Em seguida, no entanto, Hugo condena a educação dada às mulheres: "les malheureuses femmes, on n'a pas l'habitude d'y songer beaucoup. On se fie sur ce que les femmes n'ont pas reçu l'éducation des hommes, on les empêche de lire, on les empêche de penser, on les empêche de s'occuper de politique[14]" (id., p. 24). Se invertermos essas negações, podemos imaginar que Hugo, por meio de seu personagem, insinua em lhes dar para ler outra coisa além de romances estúpidos, em lhes ensinar a pensar e em despertar nelas o interesse pela política.

---

[13] Tradução: "A alma de uma jovem moça não deve ser deixada na escuridão; mais tarde, verá miragens bruscas e intensas por demais, como se estivesse numa câmara escura. A alma deve ser iluminada suave e discretamente, mais pelo reflexo das realidades do que por sua luz direta e dura (…). Apenas o instinto materno, intuição admirável, no qual entram as lembranças da virgem e a experiência da mulher, pode saber como é, e de que é feito, este dia feito de luz e penumbra".
[14] Tradução: "essas mulheres infelizes, não temos o hábito de pensar muito nelas. Confiamos no fato de as mulheres não receberem a educação dada aos homens, nós as impedimos de ler, as impedimos de se envolverem na política".

Contradições significativas

Encontram-se contradições ao longo de todo o romance, talvez em parte por ter sido escrito em duas épocas diferentes da vida de Hugo, mas, sobretudo, porque cada coisa tem seu avesso. Para ele, a verdade nunca é única, nem definitiva.

Em *Os miseráveis*, assim como em toda sua obra, Hugo apresenta uma imagem um pouco conformista da maternidade e da virgindade. A mulher que não se tornou mãe é vista frequentemente como uma incongruência, um ser inacabado e não plenamente realizado. É dessa maneira que a senhorita Baptistine, ao envelhecer, ganhou "o que poderíamos chamar de beleza da bondade" – linda expressão –, representa a realização, segundo o narrador, do "ideal expresso pela palavra 'respeitável'", com, no entanto, uma restrição: "pois parece ser imprescindível à mulher, ser mãe para ser venerada" (p. 23). Portanto, a descrição de Monsenhor Myriel que, apesar de cego, é feliz graças ao amor da irmã, revela a mulher como um ser venerável:

> Tout avoir d'elle, depuis son culte jusqu'à sa pitié, n'être jamais quitté, avoir cette douce faiblesse qui vous secourt, s'appuyer sur ce roseau inébranlable, toucher de ses mains la providence et pouvoir la prendre dans ses bras, Dieu palpable, quel ravissement! (…) L'âme ange est là, sans cesse là ; si elle s'éloigne, c'est pour revenir ; elle s'efface comme le rêve et reparaît comme la réalité[15] (p. 192).

Neste exato momento, Hugo-narrador parece compreender que se pode ser venerável e mãe, sem ter dado à luz, quando o irmão torna-se filho dessa irmã tão devota que tanto ama. Ademais, se, por um lado, ele nos apresenta a maternidade exemplar de Fantine, que se sacrifica pelo filho, e que representa a devoção absoluta, ele nos fornece também um contraexemplo; o da Thénardier, que é mãe para suas filhas – seu lado "mamífero" (p. 412), como explica ao sugerir que o instinto materno que tanto exalta pode ser simplesmente bestial –, mas que não demonstra sentimento algum pelos filhos homens. Rezadora do convento do Pequeno-Picpus, a senhorita de Blemeur que, ao contrário da maioria das mulheres, é "letrada, erudita, culta, competente, curiosamente historiadora, recheada de latim, entupida de grego, repleta de hebraico", é considerada "mais beneditino do que beneditina" (p. 532), como se toda essa ciência a tornasse necessariamente masculina. No entanto, ele diz também que a educação das mulheres é sumária demais. Faz homenagem à pureza de Fantine antes

---

[15] Tradução: "Conseguir tudo dela, desde seu culto até sua piedade, não ser abandonado jamais, ter ao seu lado essa fragilidade suave que ampara, apoiar-se neste bordão inabalável, tocar a providência com as mãos e poder pegá-la nos braços, Deus palpável, que êxtase! (...) A alma anjo presente, sempre presente; quando se afasta, é para voltar; esvanece-se como o sonho e reaparece como a realidade".

de sua queda, não ousa entrar no quarto da virgem Cosette, mas revela, por outro lado, as consequências desta sacralização para as pobres moças do povo, marginalizadas pela sociedade quando não conseguem conservar sua virgindade. Finalmente, pode-se ficar surpreso com a frivolidade e a leveza de Cosette quando interrompe a conversa de Jean Valjean e de Marius com propósitos de criança e se mostra aos poucos infantilizada – "– Pronto, diz ela, vou me instalar numa poltrona ao lado de vocês, (...) vocês poderão dizer tudo que quiserem, sei bem que os homens precisam falar, ficarei bem quieta. (...) Não vos compreenderei, mas vos ouvirei." –, resignada em ser transparente – "Será que sou alguém?" (p. 239-240) – superficial e irresponsável – "Vamos apostar que vocês estão falando de política. Como é estúpido, em vez de estar comigo! (...) Acabei de ouvir pela porta o padre Fauchelevent dizer: A consciência... – Cumprir seu dever... – é isto política. Não quero. Não é justo" (p. 238).

Ela não contesta a necessidade de ser excluída desta conversa de homens, mas lamenta apenas não a deixarem se divertir num canto, presente e, no entanto, ausente ao mesmo tempo, irresponsável, inconsistente. Para Nicole Savy, essa "mulher ideal", que carrega dentro de si muitas referências culturais – ela é tudo ao mesmo tempo, o Chapeuzinho Vermelho, A Bela Adormecida, Cinderela – é reduzida "ao estatuto de um álbum de imagens, um saco sincrético e mitológico". Objeto, não sujeito, "não intervém nunca na ação, depende sempre de um personagem masculino atuante, não se pensa por si mesmo" (SAVY, 1985, p. 173-190). Fato que compartilhamos exceto em dois detalhes: ela decide realmente se encontrar com Marius às escondidas – mas é verdade que esta aparente rebelião não irá muito longe –, e ela cuida das despesas da casa, o que parece muito surpreendente para Toussaint e que não é habitual para uma tão jovem moça. É verdade que essas duas manifestações de autonomia relativa são bem derrisórias, se comparadas a sua irresponsabilidade de jovem mulher casada, e sua desobediência a Jean Valjean é consequência de seu fascínio por Marius. Mas o narrador já nos advertiu: criada em convento, lhe foi ensinado a ser uma jovem moça, como se espera na época, alheia a política e aos assuntos masculinos. Não é surpreendente que seja um dos raros personagens a ser aceito pelos personagens repugnados em *Os miseráveis*, como Lamartine ou até mesmo o muito reacionário Barbey d'Aurevilly.

❖

Os miseráveis fazem um terrível relato acerca da situação das mulheres no século XIX, muito próximo da realidade. Este simples relato foi considerado como escandaloso: uma sociedade não admite de forma alguma que se aponte para seus erros, suas sombras e suas taras, e, sobretudo, que sejam reabilitados os que foram rejeitados. Mas, como se pode perceber, Hugo sugere remédios: uma educação mais completa, que dê à mulher a possibilidade de defender-se, realizar-se, tornar-se mais inteligente, e de ter direitos mais importantes. Ao evocar os revolucionários de 1830, ele não se esquece de lembrar que "Au droit de l'homme proclamé par la révolution française ils ajoutaient le droit de la femme et le droit de l'enfant[16]" (HUGO, 1992, p. 277). De retorno do exílio, e até o final de sua vida, inicialmente como deputado, e depois como senador, Hugo vai lutar por esses direitos, exigindo, por entre outros, o direito de voto para as mulheres[17], provocando o deboche de seus colegas senadores.

Tradução do francês por Olivier Chopart.

REFERÊNCIAS

BADER Clarisse (1883). *La femme française dans les Temps modernes*. Paris: Didier.
DAUBIÉ, J.V. (1870). *La femme pauvre au XIXe siècle* – III – Condition professionnelle. Paris: Ernest Taorin éditeur.
GASIGLIA-LASTER, D. (dir.) (1991). *Victor Hugo 3* – Femmes. Paris: Lettres Modernes/Minard.
_____ (2009). "La femme du XIXe siècle dans Mille francs de récompense et dans L'Intervention: ce qu'il y a dans la tête des femmes". In: _____. *Victor Hugo 7* – Le Théâtre et l'exil. Textes réunis et présentés par Florence Naugrette. Caen: Lettres Modernes/Minard.
_____ (2003). "Victor Hugo et le droit des femmes: 'rêveries extravagantes'"?. In:_____. *Victor Hugo, Ivan Tourguéniev et les droits de l'Homme*. Direction Alexandre Zviguilsky. Paris: Cahiers Ivan Tourguéniev/Pauline Viardot/Maria Malibran, 2003.
HUGO, V. (1992). *Les misérables*. Préface et commentaires d'Arnaud Laster. Paris: Presses Pocket, 3 v.
MICHEL, A. (1980). *Le Féminisme*. Paris: Presses Universitaires de France.
SAVY, N. Cosette (1985). "Un personnage qui n'existe pas". In:_____. *Lire Les misérables*. Textes réunis et présentés par Anne Ubersfeld e Guy Rosa. Paris: José Corti, p. 173-190.
_____ (1985). "Victor Hugo, féministe?". In:_____. *La Pensée*. n. 245, maio/jun., p. 7-18.
SIMON, J. (1862). *L'Ouvrière*. Paris: Librairie de L. Hachette et Cie.

---

[16] Tradução: "ao Direito do Homem, proclamado pela Revolução Francesa, eles haviam acrescentado o direito das mulheres e das crianças".
[17] Sobre seu combate em favor do direito de voto das mulheres e a importância que teve no jornal *L'Avenir des femmes*, GASIGLIA-LASTER, 2003, p. 163.

Representações da monstruosidade em Os miseráveis

Junia Barreto[1]

> *Homo homini lupus*[2], Plauto
> *Homo homini monstrum*[3], Victor Hugo

Diante do cruzamento de campos de pesquisa variados, envolvendo as ciências humanas e sociais, coloca-se a complexidade da noção de representação e de como compreendê-la aqui, visto que propomos discutir as diferentes representações da monstruosidade no romance *Os miseráveis*. O senso comum pretende que representar seja "tornar presente aquilo que está ausente", mas é igualmente o que é tornado presente e o que substitui; não se tratando apenas da ação de representar, mas também do resultado dessa ação.

A representação é um elo simbólico entre o mundo exterior e o mundo mental, exercendo um papel primordial nas teorias cognitivas, visto que nossa relação com o real, a maneira pela qual o concebemos e nele interferimos dependem essencialmente de suas aparências manifestas e de uma série de processos cognitivos. Tomada enquanto entidade concreta ou abstrata, a representação dá forma e conteúdo à outra entidade real ou supostamente real. Apesar da natureza plural da representação, de seu caráter individual ou coletivo/social, seria possível em termos metodológicos pensar em reagrupar suas diferentes manifestações em dois grandes domínios, divididos entre representações imateriais (uma imagem mental, a ideia que fazemos de um objeto ou conceito) e materiais (um quadro, uma escultura, um espetáculo, discursos e explanações de pontos de vista, a literatura).

A representação literária caracteriza-se por sua extrema ambiguidade devido a seu caráter quase exclusivamente linguístico. Pensar em representação literária implica pensar na própria definição daquilo que *é* e que se *entende* por literatura. Compreendê-la como representação do mundo, do real, da ficção, enquanto tecido de palavras

---
[1] Professora do Departamento de Teoria Literária e Literaturas da Universidade de Brasília; Coordenadora do Grupo de Pesquisa Victor Hugo e o Século XIX.
[2] Tradução minha: "O homem é o lobo do homem". In: PLAUTO, As*inaria*, A comédia dos asnos, ≅ 195 a.C. A expressão foi retomada por diversos autores, como Erasmo, Rabelais, Montaigne, d'Aubigné, Bacon, Hobbes, Schopenhauer e Freud, em seu *Mal-estar da civilização*.
[3] Tradução minha: "O homem é o monstro do homem". In: *L'Archipel de La Manche*, 2002, p. 41. Segundo Yves Gohin, a variação da conhecida expressão de Plauto pretende que cada homem tem outros monstros a afrontar além daquele que, para ele, é outro homem: os monstros da natureza e aqueles que ele próprio contém no fundo de si.

conscientemente escolhidas. A noção de literatura nem sempre existiu, não existe ainda em toda parte, é uma noção demarcada historicamente e que não constitui unanimidade em sua compreensão e definição. É possível evocar certa concordância sobre a ideia de que a literatura é uma representação que se faz coletivamente, segundo tradições de um conjunto de produções da língua. Assim, entende-se que a representação literária seria a literatura sendo produzida como representação ou então a representação produzida pelo que se representa como literatura, complicando o entendimento de representação literária, mas assegurando, de forma bastante ampla, sua compreensão enquanto representação do mundo, do real, daquilo que é dado ou do que quer que seja, por meio de palavras organizadas em textos.

Para prospectar e discutir em torno das diferentes representações da monstruosidade no romance *Os miseráveis*, de Victor Hugo, interessa-nos tomá-la aqui em sua confluência com a noção mesma do monstro, enquanto encerra, ao mesmo tempo, exibição e mostração, mas também a ideia de mediação, de "estar no lugar de", como propõe Roger Chartier (apud SIMONIN, p. 135), observando signos, imagens e figuras associadas ao campo semântico da palavra monstro, expressas dentro do próprio texto hugoano.

Após o empreendimento de uma longa pesquisa em torno das figuras do monstro na obra de Hugo, retomamos aqui, algum tempo depois, sua trilha e parâmetros de base, com o fim de abordarmos as representações da monstruosidade em *Os miseráveis*.

Ao longo de nossas pesquisas percorrendo a obra hugoana, leitura após leitura, texto após texto, tratando-se do conjunto de textos poéticos, dramáticos, romanescos ou críticos, constatamos uma considerável ocorrência de diferentes figuras de monstros e, sobretudo, um uso bastante frequente de palavras e de expressões em torno do campo semântico da palavra monstro. A monstruosidade dissimulada ou explícita, adquirida ou natural dos personagens ou a monstruosidade como expressão da natureza ou ainda aquela característica da humanidade e das organizações sociais nos pareceu obsecar o imaginário hugoano e suas produções, desvelando assim uma leitura possível da obra do autor à luz do monstro, de suas figurações, desfigurações e transfigurações.

Foi preciso então empreender um estudo de peso, mais detalhado e rigoroso, que permitisse pensar a escritura hugoana a partir das figuras de monstro entalhadas pelo autor e da representação da monstruosidade nos textos, de forma maior. Em 2006 concluímos parte desse trabalho, uma pesquisa que abarcou a figura do monstro dentro de sua obra teatral e romanesca, o que está ainda distante de esgotar a problemática da monstruosidade em Hugo e mesmo o estudo de suas figuras humanas de monstro ou ainda as formas monstruosas criadas, os elementos, as ideias, os animais e os acontecimentos relacionados ao monstruoso.

Durante nosso estudo, tomamos, em um primeiro momento, unicamente os personagens cuja denominação de monstro estava explicitamente inscrita nos textos, seja nomeada por outros personagens ou associada ao narrador, dentro da trama ou em prefácios, prólogos e que tais. O critério adotado, o de trabalhar a partir da nominação textual, denota nosso desejo de colocar em discussão o que *quer dizer* o texto propriamente dito, logo que um personagem é expressamente designado como monstro.

O fato de atribuir um nome a alguém ou alguma coisa coloca em relação à linguagem e à realidade. O ato de nomear ou de fazer referência a uma entidade determinada é uma questão analítica pertencente ao domínio da filosofia, que evidencia uma problemática na qual intervêm a significação, a realidade e a verdade. Fazer referência a alguma coisa é diferente de falar de forma significativa, concreta. As ideias são diferentes das representações; se a representação pertence a certo indivíduo em um tempo e espaço determinados, o pensamento não pertence à pessoa em particular, permanecendo em sua própria identidade, a despeito dos indivíduos, das épocas e dos lugares. Essa concepção da filosofia da linguagem, que aparece com o lógico Frege[4], faz diferença entre o sentido e a referência, entre significar (sentido) e nomear (representação). Segundo ele, o valor da verdade é um objeto abstrato, um postulado, pertencendo ao domínio dos julgamentos. O valor cognitivo das palavras, das expressões e das preposições não depende da referência.

Essa perspectiva da filosofia da linguagem nos parece útil para compreender a utilização da palavra *monstro* no texto. O fato de nomear um personagem *monstro* não corresponde forçosamente a um sentido ou a uma ideia única. Da parte do leitor, é preciso lembrar que cada um pode associar à mesma palavra *monstro* uma representação diferente, porque a representação depende da experiência e a experiência é diferente segundo os indivíduos. O que não quer dizer que os leitores não possam atribuir sentidos diferentes a uma mesma palavra (para um, o sentido de monstro pode ser "pessoa de uma feiura assustadora", para outro "ser vivo de conformação anormal" ou ainda "pessoa assustadora por seu caráter" etc.). O mesmo se dá da parte daquele que nomeia. Ele pode manipular a representação (o fato de nomear

---

[4] Gottlob Frege (1848-1925), matemático, lógico e filósofo alemão, considerado como um dos fundadores da lógica contemporânea.

o monstro) como os diferentes valores que ela pode assumir, de acordo com as intenções veladas nas malhas da escritura. E são essas intenções que nos interessa prospectar.

Concernente ao *corpus* da obra hugoana por nós utilizado naquela pesquisa, abordamos naquele momento textos concebidos para o teatro e textos romanescos. Entre nossas escolhas, destacamos aqueles que consideramos como mais relevantes ao estudo das figuras de monstros criadas por Hugo, isto é, textos nos quais o volume de ocorrências se configura de forma mais significativa, e também aqueles que melhor mostram o monstro em suas particularidades, isto é, aqueles cuja ocorrência nos pareceu mais característica.

Nesse primeiro tempo de nossa pesquisa, o romance *Os miseráveis* não se encontrou entre as obras do *corpus* romanesco, pois, ao contrário de textos como *O homem que ri*, *Notre-Dame de Paris*, *Bug-Jargal* e outros mais, a obra não denota uma única figura de monstro ou figuras de monstro específicas e relevantes, que sejam capazes de ilustrar o sistema da denominação monstruosa existente na obra hugoana. Em *Os miseráveis*, o que nos inquieta é a utilização de um amplo vocabulário em torno do campo semântico do monstro, que chamaremos aqui de *vocabulário monstruoso*, utilizado não apenas para caracterizar personagens, mas, sobretudo, para marcar e diferenciar coisas, animais, formas, ideias e entidades, às quais ele associa o monstruoso.

Nosso objetivo é, então, mapear e traçar os indícios das diferentes representações da monstruosidade em *Os miseráveis*, a partir do uso de um vocabulário abarcando o uso da palavra monstro e seu campo semântico, quer dizer, a partir do emprego textual das palavras *monstro*, *monstruoso*, *monstruosa*, *monstruosidade* e *monstruosamente* e das implicações de tal utilização eclipsadas na escritura.

As figuras nomeadas monstro criadas por Hugo são a imagem daquilo que define o monstro – ambivalência, transbordamento, transgressão. O que implica que, a cada tentativa de estabelecer qualquer tipo de agrupamento dessas figuras, constatamos que os monstros hugoanos escapam a todo tipo de categorização estrita ou inflexível. Em nosso estudo anterior sobre as figuras de monstro hugoanas, considerando e examinando a plurivocidade própria ao monstro, regrupamos tais figuras em grandes eixos de análise, a fim de apreendê-las e de evidenciar as noções centrais utilizadas para discuti-las.

Em primeiro plano elas foram abordadas em relação à *especificidade física*, o monstro sendo apresentado como produto da natureza, portador de uma deformidade física inata ou até mesmo adquirida. Em seguida, efetuou-se uma abordagem consoante a uma *referência sociopolítica*, o monstro figurando como produto da manipulação infligida por uma autoridade sociopolítica, por motivos lucrativos ou em razão de diferentes formas de preconceito praticadas pelo corpo social, transformando-se, assim, numa figura de alienação e de exploração. Tal criação monstruosa (de fato ou imaginada), operada sobre um indivíduo pela própria sociedade à qual pertence, manifesta-se principalmente no plano moral, mas também pode se manifestar no plano físico – o que não se opera sem contradições ou ambiguidades. Por fim, estabeleceu-se uma abordagem *concernente à psicologia*, o monstro não sendo um ser disforme fisicamente, mas nomeado enquanto tal, em razão de características de sua personalidade, portanto morais, e das violências e barbarismos por ele praticados contra o outro.

Para pensar essas figuras de monstro, propusemos naquele momento a criação de grandes eixos, por conveniência teórica, o que permitiu cruzar diferentes perspectivas – ética, estética, teológica, lógica, retórica, histórica, filosófica e epistemológica, e possibilitou também organizá-las, considerando a natureza primeira de sua monstruosidade. Foram então separados em monstros *físicos*, *sociais* e *morais*. Insistimos que a tentativa de classificação a partir de estados ou mesmo níveis de monstruosidade permanece problemática, visto que o monstro pode receber a denominação monstruosa a ele atribuída em razão de mais de uma especificidade, a julgar que as fronteiras da apelação monstruosa não são claramente definidas, como as próprias fronteiras que delimitam o monstro. É o caso de determinadas figuras reconhecidas entre os monstros físicos e sociais, personagens que se inserem em um sistema de alteridade maior e nos quais, ao malogro da forma produzida pela natureza se acrescentam, por vezes, danos morais causados pela violência e os preconceitos praticados pelo corpo social (o caso de Habibrah no romance *Bug-Jargal*, anão na forma física que se torna disforme na alma). Não discutiremos aqui a monstruosidade da forma, os monstros ditos físicos, visto que não há qualquer recorrência desta categoria em *Os miseráveis*.

Nos casos dos monstros ditos sociais, o conjunto mais complexo, percebemos que os personagens recebem a denominação de monstro por causa da sua diferença em relação à norma, e ressaltamos que alguns deles não se encaixam, em absoluto, dentro de quaisquer parâmetros que reconhecem a monstruosidade (como no caso de Aïrolo, da peça *Mangeront-ils?*). Nesses personagens, a sociedade se configura como responsável por engendrar o monstro ou *imagina* sua pretensa monstruosidade. Nesse grupo de personagens, constatamos um processo de "monstruação" do sujeito, logo que realizamos a presença de signos que evidenciam sua marca de alteridade: o sexo, a raça, a idade, a condição social, a nacionalidade, os comportamentos considerados bizarros (o estranho), sua associação aos mitos fantásticos; enfim, tudo o que escapa às normas e ao conhecimento de certo grupo social, o que está à margem, se torna monstruoso. É uma verdadeira produção de monstros que se instala a partir da diferença, do que podem advir ações negativas (o caso da bastarda e violentada Lucrécia, que se transforma na temível e assassina duquesa e senhora de Ferrara, na peça *Lucrécia Borgia*) ou uma construção monstruosa imaginária do indivíduo por parte da sociedade (como acontece com Gilliatt, em *Os trabalhadores do mar* – estranho e estrangeiro, personagem regido por forças positivas, mas visto como monstro pelo grupo social no qual está pretensamente inserido).

Em *Os miseráveis*, as ocorrências do campo semântico em torno do monstro são bastante numerosas, totalizando cento e oito ocorrências repertoriadas ao longo das cinco partes em que se divide o romance. Nas partes intituladas "Fantine" (I) e "Marius" (III), tais ocorrências são mais abundantes[5].

São quarenta e três denominações atribuídas a personagens, das quais sete são dirigidas a Jean Valjean. Dentre essas nominações, duas delas são feitas por Fantine nomeando o senhor Madeleine de monstro (Madeleine é o próprio Valjean travestido), totalmente enganada a propósito de sua demissão, inteiramente arquitetada por Madame Victurnien. Todas as outras nominações são feitas pelo narrador, seja dando vazão ao pensamento do execrável Javert ou do advogado geral. Essas apelações são de certa forma astuciosas e viciadas, pois Madeleine não estava informado do licenciamento de Fantine da fábrica (não é ele seu carrasco, mas Madame Victurnien); e quanto a Javert e a Justiça, eles estavam obsecados pelo mero desejo de punir o antigo forçado Valjean por um crime que, finalmente, em nada se configurava como monstruoso. A implacável perseguição da qual Valjean era a presa tinha como causa primeira o roubo de um pouco de pão para saciar os sobrinhos miseráveis, esfomeados e órfãos de pai. Tal crime vai lhe custar dezenove anos de encarceramento e também sua descida ao inferno. Ele despenca até o fundo do abismo, mas, a partir do encontro com o Senhor Myriel (ou Monsenhor Bienvenu), produz-se no antigo forçado o desencadeamento de uma consciência ética, a qual permanecerá em progresso durante seu percurso, de provação em provação. As apelações de monstro atribuídas a Valjean não se adéquam completamente à moral do personagem, confrontado incessantemente às diferentes associações ligadas ao bem e ao mal. Portanto, aqueles que o nomeiam de monstro são efetivamente vilões, invertendo a lógica de reconhecimento do monstro.

---

[5] Vinte e cinco e vinte e quatro ocorrências respectivamente.

Os personagens possíveis de serem identificados como *monstros sociais* na obra de Hugo são tipos cujos limites são bastante tênues e não facilmente determináveis, o que os expõem à desordem e à perda de identidade. Tal problema de identidade nos leva a assinalar na trama de *Os miseráveis* a contínua mudança de identidade do miserável forçado Jean Valjean. Primeiramente, ele se torna o burguês, empreendedor e prefeito Madeleine. Depois assume a identidade de Ultime Fauchelevent, enquanto jardineiro do convento, e em seguida se torna o bem-sucedido senhor Leblanc. O tema do disfarce e da máscara é bastante frequente no que concerne esses personagens, cuja máscara é, por vezes, imposta pelas circunstâncias; como no caso de Valjean, que tenta recomeçar sua estória, mas tem sempre o pesadelo Javert tentando reinseri-lo na condição de forçado.

Alguns desses monstros que chamamos de sociais são detentores de uma identidade pessoal e de eventuais identidades específicas constituindo, então, uma espécie de identidade grupal. Quando falamos de identidade pessoal dos personagens, é preciso considerar que cada identidade individual é também múltipla, visto que cada indivíduo recepta intersecções de múltiplos pertencimentos. Significa que existe uma *folia* de diferenças que se cruzam e se interpenetram em um mesmo indivíduo (personagem), antes que o consideremos no seio de um grupo qualquer. Quando falamos de identidade grupal, quer dizer que, apesar de todas as diferenças, eles se regrupam todos enquanto membros da rede de *monstros* hugoanos ligados pela alteridade (estrangeiros, mulheres, negros, mestiços, anões, anciãos, forçados etc.; excluídos de todo tipo).

Os monstros sociais compreendem personagens submetidos a uma monstruosidade gerada pelo corpo social e que, à revelia, tornam-se monstros. São seres cuja monstruosidade seria sobretudo adquirida, efeito da opressão e do poder, em diferentes níveis, produto da manipulação infligida, e podendo se transformar em figuras da exploração e da alienação. Em geral, na obra de Hugo, os indivíduos colocados à margem pela sociedade não nascem monstros, eles se tornam monstros. Sua monstruosidade permanece então ambígua, caracterizada por uma mistura de forças contrárias e que coexistem entre si. Esses personagens testemunham de características que são da alçada de um mundo de alterações, tais como aquelas que evocam à nossa imaginação o termo *monstro*. Esses personagens excluídos e malditos, rejeitados, maltratados e mesmo deformados pelos limites e sujeições impostas pelo corpo social dominante são constantemente repelidos e confinados enquanto *outro*. Constata-se que esses indivíduos não são monstros por si só e que sua designação como tal emprega-se a refletir a monstruosidade daqueles que os sujeitam. A figuração desses monstros, enquanto produtos sociais, poderia funcionar para Hugo como uma espécie de mecanismo de denúncia sociopolítica a favor dos indivíduos à margem do corpo social; o que se aplicaria de justeza no caso de Jean Valjean.

A família Thénardier (pai, mãe e filhas), que também se apresenta sob a identidade de Jondrette, é nomeada *monstro* uma dezena de vezes na narrativa. Uma vez a nominação é feita por Marius, em outra passagem é Jean Valjean que assim nomeia a mãe, e todas as outras denominações são proferidas unicamente pelo narrador. No caso dos Thénardier, o desvio parece provir em parte da própria moral do personagem, evidenciando aí a complexidade de um julgamento, sobretudo se demarcado pela fixidez e severidade. Não é possível pretender uma universalidade da moral, pois há numerosas implicações que tocam o estabelecimento de seus padrões, além de a própria prática social do homem não nos provar que isso seja possível. A moral muda de acordo com o espaço-tempo, as civilizações e os agrupamentos sociais. Não é possível pensar em uma única moral, mas na existência de diferentes morais.

Toda monstruosidade moral pressupõe um julgamento de valor sobre atos, pulsões e comportamentos do indivíduo, submetido a um exame crítico das normas sociais convencionais (o que implica regras de comportamentos e de ação). Esse tipo de monstruosidade não pode ser *vista* ou *mostrada* como a monstruosidade física, mas apenas sentida. Não estamos então no domínio dos desvios estéticos, mas naquele dos desvios éticos; as deformidades se situando no nível do espírito e não da matéria. Ser monstruoso moralmente permanece no caráter e no comportamento do indivíduo, implicando geralmente a ação de uma potência destrutiva.

Na obra de Hugo, a nocividade intransigente do monstro é representada por personagens ligados ao poder ou àqueles que os secundam, e àqueles que ocupam posição de algum destaque no seio do corpo social. A essa força nociva dos personagens se ligam potências criminosas: esses indivíduos praticam assassinatos, crimes de todo tipo, estupros, complôs contra o Estado, privações junto ao povo, vigarices, além de atentados contra a moral e os hábitos. O poder na obra hugoana pode ser produtor no homem de um individualismo extremo, levando-o a perder os parâmetros em relação à equidade, ao respeito e aos direitos do outro. O poder pode provocar a degenerescência moral do indivíduo, ocasionando os sentimentos mais abjetos e as atitudes mais infames. O poder é então o grande gerador de monstruosidade nociva e de personagens aqui tratados enquanto monstros morais.

Thénardier não é um personagem ligado diretamente ao poder, nem o detém, mas ele é um antigo soldado que terminou sargento. Foi condecorado na Batalha de

Waterloo por ter pretensamente resgatado um oficial gravemente ferido, moribundo, o coronel Pontmercy, pai de Marius. À época, Thénardier estava de fato ocupado em espoliar o corpo do oficial, da mesma forma como agia com os outros cadáveres do campo de batalha. Para evitar ser fuzilado como saqueador, ele se fez passar por uma boa alma, salvador do coronel Pontmercy. Assim, o personagem nos oferece um histórico que o liga de certa forma ao campo do poder (sua condição de militar), ao mesmo tempo em que Thénardier é também um tipo qualquer, um miserável, velhaco, mentiroso e escroque. Junto a sua mulher, ele recorre a todo tipo de malfeitos para escapar da miséria, o que não justifica a parte de monstruosidade moral da dupla caracterizada na narrativa, visto que ambos exploram a pobreza alheia, roubando, praticando assaltos, exercendo todo tipo de agressões, não hesitando a cometer crimes, sempre em oposição a Cosette e Jean Valjean, ao longo de toda a trama, o que nos faz retomar a fórmula de Myriam Roman, Thénardier seria o "mau pobre" (ROMAN, 1999, p. 271). Mas é preciso considerar, sobretudo, sua condição de miserável, de marginal, que na tentativa de sobreviver e de sustentar a família se dispõe o fazer o que se apresentar (o que também faz Jean Valjean, mesmo que os métodos não sejam os mesmos), além de não hesitar a trocar de identidade para atingir seus fins (aliás, também como fez Valjean). Sua monstruosidade é, portanto, ambígua, pois Thénardier é produto de uma sociedade absurdamente discrepante, ela própria uma aberração e geradora de desvios diversos, de monstros sociais.

O uso da nominação monstruosa no tocante aos personagens do romance ao menos surpreende e faz refletir o leitor, visto que o endereçamento do vocabulário monstruoso é principalmente e de forma afluente aos próprios miseráveis e em menor proporção a seus carrascos. Resta a Javert, Jourdan-Coupe-Tête, Bonaparte e o Conventionnel G, personagens ou entes mencionados na narrativa associados ao poder e que compreendem uma monstruosidade de caráter estritamente nocivo, uma nominação monstruosa sem expressividade, sobretudo se comparada à nominação acordada a Jean Valjean, à Cosette e mesmo aos Thénardier, miseráveis de fato e vítimas da arbitrariedade e da violência do poder.

O vocabulário monstruoso no romance é também utilizado para referenciar coisas, animais, entidades, ações, ideias e imagens que desvelam o imaginário hugoano, no qual a figura do monstro ocupa um lugar capital. São setenta e oito ocorrências que abarcam esse conjunto, dentro do qual é possível destacarmos quatro grandes grupos distintos de ocorrências: o grupo do uso do vocabulário monstruoso em torno das *rebeliões e da guerra* (dezessete ocorrências), o mais fecundo; o grupo de empregos em torno das figuras de *monstros fabulosos* (oito ocorrências, envolvendo bestas fantasmagóricas e assustadoras, dragões e grifos); um pequeno grupo de utilizações em torno do *argot*[6] e seu uso (três ocorrências); outro pequeno conjunto fazendo referência aos esgotos de Paris (três ocorrências), além de outros empregos esparsos e análogos a outras associações. Como, por exemplo, as entidades da natureza (o oceano) ou entidades abstratas (Deus, o destino/a fatalidade, a alma), assim como noções ligadas à existência humana (a opulência, a miséria, o preconceito, o privilégio, os abusos, as superstições, iniquidades e violências; até mesmo a própria civilização) são igualmente caracterizadas pelo vocabulário monstruoso. Apesar de esse vocabulário reunir elementos distintos, os quatro grupos de maior número de ocorrências, bem como outras imagens, ideias e ações associadas ao monstruoso no texto têm ligação com a "danação social" evocada por Hugo, que se abate sobre a civilização e que é objeto central do romance, caracterizando então os diferentes infernos que assolam a sociedade.

Em *Os miseráveis* as representações do monstro e do monstruoso parecem funcionar e trabalhar como um instrumento político permitindo ao autor, sobretudo denunciar, acusar, combater e preconizar suas causas, identificando-se ao povo e à democracia, em oposição ao poder instalado, vertical e teocrático. Se o vocabulário em torno do monstro e do monstruoso se torna instrumento político na narrativa hugoana, torna-se também instrumento social. Ligado à pluralidade, à multiplicidade, à equivocidade e ao estranho, o vocabulário monstruoso faz de suas diferentes representações nesse romance social e no qual a miséria é um objeto perturbante e indelimitável, elementos de exposição e denúncia da marginalização da alteridade. A utilização do monstruoso ligada à ideia da diferença não é caracterizada unicamente pelo campo semântico do vocabulário monstruoso, cujo sentido é portador de complicação (como o próprio monstro), mas também pelas figuras de retórica a ele relacionadas, usadas para evocar e caracterizar os excluídos sociais e o babelismo da própria sociedade no século XIX. A apelação de monstro no texto hugoano é então complexa e compreende diferentes nuances, indo da nocividade da força monstruosa (monstros como Bonaparte e Javert), passando por pontos de contato (os Thénardier), até sua parte sobretudo afirmativa (como no caso da nominação de Cosette ou Jean Valjean); caracterizando-se no seu uso por ser portadora de crítica social.

A descentralização do vocabulário monstruoso e sua proliferação a outras categorias no romance, para além do âmbito dos personagens e de seu uso comum,

---

[6] Hugo dedica o livro sétimo, "L'Argot", da quarta parte do romance *Les misérables*, ao uso dessa linguagem popular, característica aos próprios miseráveis franceses do século XIX. (HUGO, 2002, p. 775-789).

parece fazer referência à imagem de uma fina e complexa teia de aranha, incitam-nos a pensá-lo como um dispositivo de transgressão, de movimento e de transformação, marcado por diferentes tipos de força, se inscrevendo no centro do tecido da escritura hugoana.

Figura1 – HUGO, V. *Vianden à travers une toile d'araignée*, (1871). Plume, encres brune et violette et lavis, crayon de graphite, aquarelle, grattages, sur un feuillet d'album. Paris, Maison de Victor Hugo, Inv. 83.

Referências

BARRETO, Junia (2008). *Les figures de monstres dans l'œuvre théâtrale et romanesque de Victor Hugo*. Lille: ANRT.

CONDE, Michel (1994). "Représentations sociales et littéraires de Paris à l'époque romantique". In: *Romantisme*. DOI: 10.3406/roman.1994.5934. n. 83, p. 49-58.

HUGO, Victor (2002). "Les misérables". *Œuvres complètes* – II. Direção Jacques Seebacher e Guy Rosa, Groupe inter-universitaire de travail sur Victor Hugo. Paris: Robert Laffont.

_____ (2002). "L'Archipel de La Manche". *Œuvres complètes* – III. Direção Jacques Seebacher e Guy Rosa, Groupe inter-universitaire de travail sur Victor Hugo. Paris: Robert Laffont.

POTY, Max (2004). "Monstres et dé-monstres métaphoriques de la Planète Hugo". In: *Imaginaire & Inconscient*. DOI: 10.3917/imin.013.0037. n. 13, p. 37-43.

ROMAN, Myriam (1999). *Victor Hugo et le roman philosophique*. Du "drame dans les faits" au "drame dans les idées". Paris: Honoré Champion.

SIMONIN, Anne (1999). "Représentations: approches et usages". In: *Vingtième Siècle*. Revue d'histoire, n. 63, jul./set., p. 135-137.

Tempo de pose: atitudes e personagens em Os miseráveis

Delphine Gleizes[1]

É pouco dizer que os personagens de *Os miseráveis* possuem uma presença que muito contribuiu, sem dúvida alguma, ao sucesso do livro, como testemunham as edições ilustradas que gravaram para posteridade as silhuetas de Monsenhor Myriel, Jean Valjean, Cosette e Gavroche. A impressão fornecida pela leitura do romance é simultânea e paradoxalmente a de uma singularidade, até mesmo de uma estranheza dos personagens e a de uma grande familiaridade com seus afazeres, como se o texto lembrasse constantemente dos arquétipos comumente compartilhados pela memória coletiva. Isso se deve certamente ao modo de exposição particular adotado por Victor Hugo e ao fato de ele se inspirar de formas frequentemente populares e de fácil difusão. Formas textuais, mas também formas visuais – e delas tratarei inicialmente. O universo de *Os miseráveis* convoca todo um universo imagético (cf. HAMON, 2001) – gravuras, impressões, representações populares – que o escritor integra ao seu romance de maneira falsamente literal e que, na realidade, ele trabalha, altera, desnatura, para servir-se dele em seu projeto de romance da miséria.

O MODELO DO BISPO DE DIGNE: UM SANTO "PATRÃO"

O que surpreende logo de início em *Os miseráveis* é a maneira pela qual Hugo entra na narração. Desde o princípio, ele se apega a um tipo de modelo, de "patrão" – em todos os sentidos do termo – representado pela figura do Monsenhor Bienvenu, e vai utilizar este procedimento ao longo de todo o romance. Em que consiste esse modelo de exposição descritiva? As diferentes acepções da palavra "patrão" podem ajudar a entendê-lo. A palavra designa primeiramente "quem fornece proteção, apoio²" – o que Myriel será para Jean Valjean e, ademais, para todos *Os miseráveis*. Na indústria, é também "o nome dado pelos operários ao dono da empresa" – e Jean Valjean o será, se começarmos a olhar para a difusão do modelo. Além disso, se considerarmos as ressonâncias com a literatura hagiográfica observadas no início do romance, um "patrão/patrono" também é o "santo do qual carregamos o nome". Neste caso

---

[1] Professora da Universidade Lyon 2/CNRS, diretora da equipe LIRE 19e.
[2] Segundo as definições do dicionário Littré.

também, o personagem de Myriel nos vem à mente³, mas igualmente o de Valjean, várias vezes qualificado como santo, mesmo se, segundo a distinção feita pelo bispo, ele busca mais ser um justo que um santo⁴. É Fauchelevent, ao ver chegar pelos ares o prefeito de Montreuil-sur-Mer ao convento do Petit-Picpus, que se exclama: "Meu Deus Senhor, será que os santos estão se tornando loucos agora?" (II, V, 9, p. 646). Por fim, e esta última acepção não tem a mínima relevância para os propósitos por vir, o "patrão" designa um modelo, no qual trabalham alguns artesãos, como os rendeiros, os estofadores e os alfaiates. E mais exatamente ainda, trata-se de um tipo de estêncil, de matriz para a impressão de motivos⁵. Nesse sentido, o termo se refere ao artesanato, igualmente às formas de representações populares, indefinidamente duplicadas, de que Victor Hugo gosta particularmente, nos remetendo, por exemplo, em *Os miseráveis*, à gravura do "Sonho" de Epinal, que evoca as vitórias de Napoleão⁶.

O personagem de Monsenhor Myriel atuará na economia do romance, no papel de "patrão" e em todo o leque de suas acepções. Primeiramente, a história se apresenta sob a forma de uma série de pequenos esboços edificantes, que encenam o personagem em suas obras santas e são varas as "pausas na imagem": o traslado do hospital para o bispado, a assistência aos miseráveis e aos moribundos, a visita aos fiéis nas aldeias remotas, a caridade, a coragem perante os ladrões, o diálogo com o convencional G. etc.

Esta maneira de proceder é um traço da estética de Victor Hugo, mas ela encontra-se radicalizada em *Os miseráveis*. De fato, o livro, "espécie de ensaio sobre o infinito", foi "composto de dentro para fora", segundo uma confissão do próprio Hugo, em uma carta a Frédéric Morin, em 21 de junho de 1862. "A ideia gerando os personagens, os personagens produzindo o drama (...)"⁷. No entanto, esta observação sobre o romance designa mais seguramente o processo criativo e até sua

---

³ Em um dos primeiros esboços conhecidos do romance, não datada, mas posterior a abril de 1845, Hugo já havia, sob a forma de uma lista, traçado as grandes linhas de sua obra: "Histoire d'un saint / Histoire d'un homme / Histoire d'une femme / Histoire d'une poupée", "Le dossier des *Misérables*", *Œuvres complètes*, Paris: Robert Laffont, coll. *Bouquins*, "Chantiers", 1985, p. 731, ms n.a.f. 24744, f° 660. A referência será doravante abreviada por Bouquins, seguido do título do volume.
⁴ "Être un saint, c'est l'exception; être juste, c'est la règle. Errez, défaillez, péchez, mais soyez des justes.", *Les misérables*, I, I, 4. Referências dadas na edição fornecida por Guy Rosa, Paris: Librairie générale française, Livre de Poche, 2 tomos, 1998 (1985), p. 38.
⁵ "Papel ou cartão recortado que se aplica sob uma superfície qualquer para pintar as partes que estes recortes deixam descobertas. As cartas de baralho são impressas com patrões" (Littré).
⁶ *Les misérables*, III, VIII, 6, p. 1023-1024. Acerca da questão das gravuras evocadas em *Les misérables*, ver SUEUR-HERMEL, V., "De l'imagerie aux maîtres du noir et blanc: l'estampe au cœur du musée imaginaire de Victor Hugo", *L'Œil de Victor Hugo*, Paris: Editions des cendres/Musée d'Orsay, 2004, p. 109-147.
⁷ "Dossier des *Misérables*", *Bouquins*, "Chantiers", p. 749.

própria gênese. Tratando-se dos personagens, o mecanismo que preside sua recepção pelo leitor poderia parecer invertido em certos pontos: eles são mais frequentemente abordados pelo lado de fora, de "fora" para "dentro" e o acesso a sua psicologia, ou melhor, a seu ser espiritual, é objeto apenas de "aberturas", como se diria de uma perspectiva de paisagem manejada por meio de uma abertura em uma vegetação confusa.

Estas aberturas, como levantou Myriam Roman (1995, p. 207), apresentam-se sob várias modalidades: manifestam-se em capítulos autônomos, sorte de *psicomachiae*, como em *La tempête sous un crâne;* ou são sinalizadas por "comoções", fulguras e tremores: o arrepio/tremor sentido por Jean Valjean, quando pensa reconhecer Javert no mendigo a quem dá esmola normalmente, o momento de estupefação que comove o pai adotivo de Cosette, no episódio do "bêbado falante" etc. E este abalo não poupa ninguém, nem mesmo o ser de doçura que representa Monsenhor Myriel, sentindo o revés de sua visita ao convento (I, I, 10) ou sofrendo da alucinação da guilhotina (I, I, 4). Mas esses acessos fugazes à interioridade dos personagens manejados pelo romancista passam precisamente pela percepção de ligeiras reações do corpo elaboradas para remeter à mente de maneira sintomática. De modo que, exceto os grandes capítulos de introspecção que são para a alma, o que a batalha de Waterloo representa para a História, a percepção dos personagens passa pela sua presença corporal e pelos seus atos.

Um diálogo vem apresentar de maneira quase surrealista essa tensão entre corpo e alma, este regime duplo de apreensão dos personagens atuando em *Os miseráveis*. Trata-se do trecho no qual Toussaint, a servente de Jean Valjean, que vive meio escondida na rue Plumet, troca algumas palavras com um fornecedor:

> Quant à Toussaint, elle vénérait Jean Valjean, et trouvait bon tout ce qu'il faisait. Un jour, son boucher, qui avait entrevu Jean Valjean, lui dit: C'est un drôle de corps. Elle répondit: C'est un-un saint[8].

Se a fórmula usada, sobretudo na época de Victor Hugo, na qual a expressão ainda era lexicalizada, "un drôle de corps" designa "um homem original, agradável[9]", ela parece, no entanto, ser usada pelo escritor por conta da tensão que ela permite criar: ela ressoa de maneira programática neste diálogo, colocando à vista o corpo e a mente, a santidade e marginalidade. Monsenhor Myriel, por mais santo que seja não é poupado pela caracterização de seu "drôle de corps". Além disso, isso não se

---

[8] *Les misérables*, IV, III, 2, p. 1197. Toussaint sendo gago, Victor Hugo define o traço de sua gagueira no diálogo.
[9] Littré.

enquadra na ambição espiritual do livro. Disto testemunham os modelos potenciais deste primeiro livro, cujo objetivo é claramente religioso. Os capítulos referentes a Monsenhor Myriel relatam dessa maneira uma vida de santo e buscam sua inspiração em toda uma tradição hagiográfica, articulando a gestual de caráter piedoso e as sentenças espirituais proferidas durante a vida. "Actes et paroles" de certa forma. Modelo da *Légende dorée* de Jacques de Voragine e, no entanto, ainda mais seguramente *Fioretti*, de São Francisco de Assis, convocado ademais em *Os miseráveis*, no trato da ternura de Myriel diante de uma aranha "negra, peluda, horrível", mas "pobre bicho". E Hugo comenta: "Por que não falar dessas infantilizações quase divinas da bondade? Puerilidade, de fato; mas estas puerilidades sublimes foram as de São Francisco de Assis e de Marc-Aurèle" (I, I, 13, p. 89). Finalmente textos, do século XIX, retratando a vida edificante do bispo Miollis, modelo de Monsenhor Bienvenu[10] e cujo modo de exposição, ao fazer uso de minúsculas parábolas e micronarrativas evangélicas, lembra muito o primeiro livro de *Os miseráveis*. Assim no *Discours sur la vie et les vertus de Monseigneur Charles-François-Melchior Bienvenu de Miollis*, que evoca o espírito de caridade do bispo de Digne:

> Ne fut-il pas détaché des richesses celui qui, loin de thésauriser, était, dans certains cas, réduit à faire une aumône si légère, qu'on en eût été peut-être mal édifié, si l'on n'avait su d'ailleurs qu'en donnant si peu de chose il donnait le dernier argent qui lui restât? Ne fut-il pas détaché des richesses, celui qui, voyant un jour la fortune arrivée à sa porte, l'accueillit à peine un instant, puis lui donna une autre adresse et la pria de passer son chemin? (BONDIL, 1843, p. 43).

Outro trecho encontra ressonância nos capítulos 7 e 9 do primeiro livro:

> Il ne serait pas aisé de se faire une juste idée des incommodités et des privations auxquelles le saint Evêque, arrivé à l'âge des infirmités, était condamné par ses courses journalières dans la visite de son diocèse; mais sans parler d'autre chose, était-ce peu de voyager, tantôt par un soleil ardent, entre des rochers; tantôt par une pluie froide et pénétrante? d'être, un jour, battu par l'ouragan ; un autre, inquiété par la grêle ou la neige? Sans doute, de telles contrariétés étaient fâcheuses; mais Mgr l'Evêque de Digne avait toujours devant les yeux le bon Pasteur qui a donné sa vie pour le salut de ses brebis, et ce souvenir lui rendait toutes les fatigues supportables et mêmes légères (id., p. 74).

Além do fato dos modelos da literatura hagiográfica possuírem uma comunidade de sujeito e de tratamento com o retrato feito de Monsenhor Myriel em *Os miseráveis*,

---

[10] Na história da gênese de *Os miseráveis*, deve-se destacar uma nota feita por Victor Hugo em 1835 sobre a biografia da família Miollis. No entanto, o interesse do autor na época parece mais voltado para o general da família do que sobre o seu irmão, o bispo de Digne. Ver Savy, N., *Les misérables*, Livre de Poche, op. cit., t. 2, p. 2008 et 2013.

certamente não reside nela a única razão deste uso por Victor Hugo. Esta tradição religiosa da poesia dos santos não é unicamente textual. Ela também é visual e permite por uso desse meio um modo de divulgação popular da lenda. Não podemos pormenorizar este último ponto que Hugo busca com Os miseráveis um modo de expressão romanesca capaz de tocar todas as classes da população.

Para citar apenas um exemplo contemporâneo a Os miseráveis, precisaríamos evocar as imagens produzidas em volta do padre d'Ars[11], personagem piedoso objeto de grande devoção popular. Sua personalidade e suas boas ações estando em todas as memórias nos anos 1860, apoiadas por todo um conjunto de publicações, cartões comemorativos, brochuras e cartazes.

Figura 1 – " Jean-Marie Baptiste Vianay (sic) Curé d'Ars ", litografia por J. Meunier (séc.XIX).
Figura 2 – " Dernier Sacrifice de la Ste Messe célébrée par Mᵍʳ Vianney, curé d'Ars ", litografia (séc. XIX).

Significativos por seu modo de organização, estes pequenos cartazes (Figuras 1 e 2) retomavam a tradição antiga das predelas, que organizam em torno de um quadro central pequenas cenas da vida do santo. Como seu antigo modelo, esses pequenos cartazes possuem uma verdadeira dimensão narrativa: cada imagem constitui "um tempo de pose", apresentando uma etapa da ação e permitindo a compreensão e o

---

[11] Jean-Marie Baptiste Vianney, dito Pároquo de Ars (1786-1859), foi pároquo da paróquia de Ars, próximo a Lyon, e foi canonizado em 1925. Acerca do assunto das imagens de piedade no século XIX, ver LERCH D., "L'image, dans l'imagerie pieuse en Alsace (1848-1914). Souvenirs d'ordination et souvenirs mortuaires", in Usages de l'image au XIXᵉ siècle, MICHAUD, St., MOLLIER J.-Y., SAVY, N., Paris: Créaphis, 1992, p. 39-50.

que Barthes, numa tradição que remete a Lessing[12], chama de *numen*, o "momento mais raro do movimento", a "captura do instante único", "o estremecimento solene de uma pose, no entanto impossível de ser fixado no tempo" (BARTHES, 1957, p. 99). É esta instantaneidade artificial do movimento que o pintor ou o ilustrador têm o papel de restituir.

Ademais, a organização em predelas permite oferecer ao olhar, de maneira sinótica, várias ações também sintetizadas em torno de um "instante fértil", suposto refletir os tempos fortes da vida do santo. Este modelo plástico religioso conheceu no século XIX uma reativação interessante na edição popular. Certamente não é um acaso o fato de esta reativação ter ocorrido na ocasião da ilustração de *Notre-Dame de Paris*, a temática arquitetônica e religiosa prestando-se de maneira admirável ao uso desta antiga forma de quadro. Nasceu assim o "frontispício à moda catedral", fórmula inaugurada pelo artista e ilustrador amigo de Hugo, Célestin Nanteuil (figura 3), para a edição Renduel de 1833[13].

Figura 3 – Célestin Nanteuil, Frontispício para *Notre-Dame de Paris*, Paris: Renduel, 1833.
Figura 4 – A. de Lemud, *Notre-Dame de Paris*, Paris: Perrotin, 1844.

O princípio é idêntico ao das predelas: trata-se de distribuir bem, num espaço construído e arquitetado – no caso presente, o motivo da catedral – toda uma série de cenas que correspondem a tempos de pose na ação da qual revelam a estrutura primordial. Maneira mnemotécnica – a moda dos sítios de memória da retórica clássica – e sintética de garantir a divulgação da obra, notadamente junto ao público popular.

---

[12] Em LESSING, encontra-se a noção de "instante fecundo", *Laocoon*, 1766, tradução de Courtin, Paris: Hermann, 1990, notadamente capítulo XVI, p. 120. Ver também DIDEROT, artigo "Composition", *Encyclopédie ou Dictionnaire raisonné des sciences, des arts et des métiers*, em Paris na editora Briasson, David, Le Breton, Durand, 1753, t. III, p. 772.
[13] A imagem será usada mais tardiamente por A. de Lemud, *Notre-Dame de Paris*, Paris: Perrotin, 1844 retomada na edição Eugène Hugues, Paris, 1876-1877 (Ill. 4).

A edição ilustrada, mesmo se de maneira mais imprecisa, retoma, além disso, a mesma fórmula e beneficia-se de sua carga significante. É muito presente na primeira edição ilustrada de *Os miseráveis*[14], em Lacroix, em 1865, cujo efeito acentuado pela regularidade na apresentação das ilustrações com duas gravuras por vez, produz no texto sequências visuais idênticas ao mecanismo da predela, embora repartidas ao longo das páginas. Todas as ações de Monsenhor Myriel, escolhidas intencionalmente pelo ilustrador estão apresentadas (figura 5).

A escrita romanesca parece favorecer esta cultura religiosa, ao mesmo tempo visual e textual. A evocação do personagem ocorre então por pequenas peças fragmentárias que, uma vez recompostas com esta sequencialidade própria ao retábulo, desenham os gestos do herói. Este trabalho de fragmentação é encontrado na conduta narrativa: os eventos relatados por Victor Hugo são inúmeros medalhões imbricados nessa narração-quadro[15]. Que eles sejam encarregados pelo narrador principal ou por um narrador adicional, eles obedecem ao mesmo "patrão": uma ação relatada com simplicidade, seguida de uma cláusula. É dessa maneira que se desenrola o episódio relativo à volta do bispo na montanha acima de Chastelar: ao perigo corrido pelo padre, às incitações para renunciar ao exercício perigoso de seu ministério, vem responder, no final da narração, à retomada de uma sentença com significado moral, formulada pelo Monsenhor Myriel: "Minha irmã, por parte do padre nunca (há) precaução contra o próximo" (I, 1, 7, p. 55). Às vezes, a narração é assegurada, segundo o mesmo princípio, por uma testemunha privilegiada, como a senhorita Baptistine, evocando o caráter ao mesmo tempo destemido e tranquilo de seu irmão: "Ele sai com chuva, ele anda na água, ele viaja no inverno. Não tem medo da noite, das estradas suspeitas, nem mesmo dos encontros" (I, I, 9, p. 62). Às vezes, ainda, a narração é assegurada pela *vox populi*, como no caso da cena da execução capital que ocorre publicamente:

> Comme les choses les plus sublimes sont souvent aussi les moins comprises, il y eut dans la ville des gens qui dirent, en commentant cette conduite de l'évêque: *C'est de l'affectation*. Ceci ne fut du reste qu'un propos de salons. Le peuple, qui n'entend pas malice aux actions saintes, fut attendri et admira (I, I, 4, p. 41).

Da mesma forma em que na cena do pelourinho em *Notre-Dame de Paris*, o espetáculo sublime provoca a adesão literal do povo e incita o leitor a fazer o mesmo.

---

[14] O efeito é um pouco menos patente na edição Hugues de 1879-1882.
[15] Tantos germes romanescos também, semelhantes à incrível restituição por Cravatte do tesouro de Notre-Dame d'Embrun (*Les misérables*, I, I, 7).

Os modelos utilizados são, certamente, como o destacam Myriam Roman e Marie-Christine Bellosta, o melodrama (ROMAN; BELLOSTA, 1995, p. 23), no sentido em que mobiliza uma estética do quadro, mas poderia também ser o universo imagético da piedade, propício à propagação do mito e da lenda.

Figura 5 – *Os miseráveis*, ilustrações de Gustave Brion, Paris : edição Lacroix, 1865, (A gestual de M\. Myriel).

Figura 6 – *Les misérables*, ilustrações de Gustave Brion, Paris : edição Lacroix, 1865, (A gestual de Jean Valjean).

A REPRESENTAÇÃO FORÇADA: UMA SUBVERSÃO DOS MODELOS

Seria, no entanto, errôneo em ver em *Os miseráveis* apenas uma sucessão de imagens piedosas. A prevenção havia sido forte em seu tempo, no momento da publicação do romance. Testemunha disso a preocupação de alguém como George Sand, escrevendo para o mestre: "Fiquei espantada com esta ingenuidade santa por meio da qual o senhor nos mostrava os santos do passado (...). Sua pena de escritor vale mais do que a mitra de todos os bispos" (SAND, 1862). Apesar de este indício de recepção assinalar o forte impacto do modelo hagiográfico, convém certamente destacar que

Hugo recorre a ela na proporção da utilidade romanesca, pela eficácia da figuração, por seu potencial de eleição – cada episódio sendo fortemente isolado conforme um processo de suspensão e de fragmentação da ação – assim como por sua capacidade de divulgação para um público amplo.

Deste ponto de vista, *Os miseráveis* são um romance popular, não somente pelo seu conteúdo[16], mas também pela consciência dos suportes mediáticos que o cercam e o inspiram. Para ser um romance do povo e da miséria, convinha renovar a aproximação e as estratégias de escritura, pois, como o relevou Guy Rosa, "o primeiro caráter da miséria é desafiar a representação, escapar de qualquer modo, de suas técnicas realistas e documentárias" (ROSA, 1995, p. 173). Neste sentido, o uso feito por Hugo das imagens hagiográficas serve a este projeto. De fato, o escritor, usa formas, "patrões/padrões" que cada qual possa reconhecer e apropriar-se, mas ele os transforma em instrumentos críticos, acarretando em um distanciamento do modelo, faz uso de procedimentos de forçamento e, assim, confere a estas formas um poder de subversão. Ninguém duvida que os clamores da igreja católica[17] contra a representação de Monsenhor Miollis, sob os traços de Myriel no romance, são devidos parcialmente a essas distorções impostas pelo romancista às representações suaves por demais, comumente recebidas. Quais são os procedimentos usados pelo escritor para subverter estas imagens?

A lacuna

O primeiro procedimento revela uma prática generalizada da lacuna. Ao contrário da imagem piedosa, que recorre principalmente à explicação – ela torna, por exemplo, o milagre visível, pela ingenuidade emocionante –, a representação de Hugo baseia-se no déficit de informação e na elipse. Não há demonstração mais brilhante além da que é feita no pedido de benção do bispo ao convento, e que Guy Rosa comenta nestes termos:

> Longtemps la catholicité s'émut de cette bénédiction. Le scandale est plus grand encore si l'on observe qu'à l'inverse de ce que représentent les illustrateurs, rien ne dit que le conventionnel bénisse l'évêque. Ce "trou" de la représentation est un des moyens par lesquels *Les misérables* déroutent la pensée et la conduisent à l'irreprésentable, "au bord de l'infini" (id., p. 78).

---

[16] Ainda que frequentemente muito sábio ou muito sabiamente trabalhado.
[17] A família do bispo Miollis havia, em cartas publicadas em *L'Union* em abril de 1862, criticado Victor Hugo por ter atingido a memória do bispo. O meio católico foi especialmente escandalizado pelo episódio do encontro de Myriel e do convencional. Ver a recepção do romance na edição da *Imprimerie nationale*, op. cit.

Quando de fato a ilustração (figura 5) retoma os códigos deste universo de imagens, explicitando pelos gestos e postura dos personagens o que o texto mantém hipotético, o romance preserva sua parte de mistério, reserva ao leitor uma margem de interpretação forçando-o, como Hugo o escreverá a respeito do *Homem que ri*, "para pensar a cada linha".

O CONTÁGIO

O segundo mecanismo, ainda mais subversivo, poderia aparentar-se a um fenômeno de contágio, a imagem do modo de exposição do personagem do bispo, que difunde de maneira inesperada no conjunto do romance. Ao fazer isso, ele parece "santificar", por meio do santo patrão que ele impõe, as figuras que permite evocar. O fato de este modelo se aplicar uniformemente à maioria dos "Miseráveis" não é nada surpreendente.

É obviamente notório para o personagem de Jean Valjean, o ex-presidiário engajado na via da redenção e da abnegação. O reflexo fornecido pela ilustração de Brion revela os rastros desta escolha, ao retomar as mesmas fórmulas de vinhetas hagiográficas para evocar as boas ações de M. Madeleine (III.6). Ademais, Hugo trata destas cenas pensativas e suspensivas, que apresentam Myriel e Jean Valjean diante do sacrifício e da devoção, por meio de uma relação espelhada.

Testemunha disso o paralelismo possível estabelecido entre o episódio da execução do condenado a morte (I, I, 4) e a denúncia voluntária do presidiário no processo de Champmathieu em Arras (I, VII 11). Nos dois casos, o gesto do justo garante a salvação do condenado: por meio da salvação de sua alma, no caso de Myriel, por meio do reconhecimento de sua inocência, no caso de Jean Valjean. Hugo emprega os mesmos termos para qualificar a ação dos dois personagens, assim como o pode evidenciar a comparação de dois extratos. O primeiro se aplica ao condenado que vem assistir Monsenhor Myriel, ao "oficiar pontificalmente", como diz maliciosamente a sua irmã:

> (Mgr Myriel) monta sur la charrette avec lui, il monta sur l'échafaud avec lui. Le patient, si morne et si accablé la veille, *était rayonnant* (*Les misérables*, I, I, 4, p. 40, grifo meu).

O segundo relata o efeito produzido pelo ato do sacrifício de M. Madeleine, revelando sua verdadeira identidade no processo de Champmathieu:

> Le propre des spectacles sublimes, c'est de prendre toutes les âmes et de faire de tous les témoins des spectateurs. Aucun peut-être ne se rendait compte de

ce qu'il éprouvait; aucun, sans doute, ne se disait qu'il voyait *resplendir là une grande lumière*; tous intérieurant se sentaient éblouis.

Il était évident qu'on avait sous les yeux Jean Valjean. *Cela rayonnait*. L'apparition de cet homme avait suffi pour remplir de clarté cette aventure si obscure le moment d'auparavant. Sans qu'il fût besoin d'aucune explication désormais, toute cette foule, comme par une sorte de révélation électrique, comprit tout de suite et d'un seul coup d'oeil cette simple et magnifique histoire d'un homme qui se livrait pour qu'un autre homme ne fût pas condamné à sa place (*Les misérables* I, VII, 11, p. 396-397, grifos meus).

Nesta última passagem, Hugo insiste no caráter visual da cena ("com um único piscar de olhos") e na captura sinótica de seus embates. Ele releva também a simplicidade, tantas qualidades que se aplicam às imagens edificantes. Um mesmo "efeito de vinheta" hagiográfico encontra-se novamente na semelhança da pose dos personagens e do tratamento da peça: o silêncio do justo, a comoção da assistência, a luz desconhecida e a radiação quase sobrenatural.

Este contágio do modelo hagiográfico, não satisfeito em estender-se ao personagem de Jean Valjean, cuja trajetória de redenção estrutura toda a obra, se difunde igualmente aos outros personagens de *Os miseráveis*: nela são tratados, segundo o mesmo procedimento, a degradação de Fantine, o calvário de Cosette, o martírio de Gavroche, e mais comovente ainda... o ministério rígido e glacial de Javert. Hugo parece plenamente consciente do procedimento forçado que ele impõe aos códigos da representação, ao ponto que, por um efeito de encaixe de uma obra dentro da outra (*mise en abyme*), aponta para o termo mais escandaloso deste mecanismo. Esse escândalo absoluto é o relato horrendo por meio do qual Thénardier tentou apresentar seus supostos "feitos" no campo de batalha de Waterloo: o generoso sargento salvador do coronel, "pintado por David em Bruqueselles". Neste mesmo ponto, as imagens são das mais edificantes, ainda que num modo mais heroico que religioso. E, como sabemos, ela é vergonhosamente mentirosa. O retrato de Monsenhor Myriel, segundo a confissão de Hugo, era mais assemelhado do que verossímil[18]; o retrato de Thénardier, como salvador do coronel Pontmercy é mais verossímil que representado. O "pobre ruim" falsifica a história com vistas em fazê-la servir a seus pequenos interesses de subsistência[19]. Por este viés, Hugo parece aprofundar mais sua concepção estética de um romance da miséria. Para apreender a miséria, não bas-

---

[18] "Nous ne prétendons pas que le portrait que nous faisons ici soit vraisemblable ; nous nous bornons à dire qu'il est ressemblant" (I, I, 2, p. 32).
[19] Ver LAFORGUE, P., "Filousophie de la misère", in *Les misérables. Nommer l'innommable*, CHAMARAT G. dir., Orléans : Paradigme, 1994, p. 73-85 e SPIQUEL A., "Le misérable peintre", *in De la palette à l'écritoire*, CHEFDOR M. dir.., Centre d'études du roman et du romanesque, Université de Picardie-Jules Verne, Nantes : éd. Joca Seria, 1997, p. 195-199.

ta de fato operar um forçamento da representação, mas convém igualmente integrar a alteração – e em suma a desnaturação – que a miséria acarreta à representação. E é do que testemunha, tal é um ponto de chegada, o estandarte de Thénardier.

A ALTERAÇÃO

Pois, por fim, é acerca destes procedimentos de alteração que conviria interrogar-nos. Este processo, generalizado no conjunto da obra, poderia, no entanto, e a título de exemplo, ser analisado em um caso bem específico. Existe uma figura de fato familiar aos leitores do século XIX, que permeia muitos romances e peças teatrais da época, assim como também impõe sua furtiva silhueta nas ruas de Paris, a figura do trapeiro. Este personagem, que as representações (III. 7) popularizaram com seus atributos – cesto nas costas, sua lanterna, "um bastão terminado com um gancho de ferro" com o qual ele vasculha os montes de lixo, a procura de velhos objetos jogados, para catá-los e revendê-los –, passou no imaginário do século XIX, como aquele para quem "tudo está bom, que recolhe tudo o que encontra sem escolher" (LAROUSSE, 1866-1876). Figura da miséria, "vestido com sórdidos trapos", ele surge então sem surpresa para o leitor no decorrer de várias páginas de *Os miseráveis*. No capítulo "Gavroche a caminho" (IV, 11,2), a figura faz parte da população tradicional dos bairros pobres, em companhia das "fofoqueiras da rua de Thorigny". O trapeiro (*chiffonnier*) também é, a exemplo de Diógenes, do qual partilha a lanterna, uma imagem do filósofo vagabundo: "Em Paris, até mesmo os trapeiro são sibaritas; Diógenes tanto teria gostado de ser trapeiro na praça Maubert quanto filósofo no Pireu" (III, IV, 4, p. 918).

Esta silhueta familiar constitui também um "patrão/padrão" duplicado ao longo do romance, do qual Hugo não se contenta em reter os traços estruturais, em nome de um pitoresco aspecto da descrição urbana. Ele aumenta o alcance do personagem, conferindo-lhe um valor alegórico. Disto testemunha, por exemplo, a evocação do cortiço Gorbeau:

> À cette époque, la masure 50-52, habituellement déserte et éternellement décorée de l'écriteau : "Chambres à louer", se trouvait, chose rare, habitée par plusieurs individus qui, du reste, comme cela est toujours à Paris, n'avaient aucun lien ni aucun rapport entre eux. Tous appartenaient à cette classe indigente qui commence à partir du dernier petit bourgeois gêné et qui se prolonge de misère en misère dans les bas-fonds de la société jusqu'à ces deux êtres auxquels toutes les choses matérielles de la civilisation viennent aboutir, l'égoutier qui balaye la boue et le chiffonnier qui ramasse les guenilles (III, 1, 13, p. 819-820).

Nesse ponto, o trapeiro torna-se emblemático da miséria social. Ele encarna o submundo da sociedade, do mesmo modo que o limpa-esgotos, do qual, ademais, o romance tematiza o imaginário por meio do "Intestino de Léviathan". Tal como uma alegoria, o trapeiro dispõe de atributos significantes em si: os trapos (cf. DIDI-HUBERMAN, 2002). Os farrapos em decomposição da miséria atemorizam o universo de Victor Hugo de maneira obsessiva a partir dos anos 1850, sejam eles descritos em seu discurso de março de 1851 nos porões de Lille, ou, ainda, na descrição da Jacressarde de Saint Malo, em *Os trabalhadores do mar*, barraco infame "onde as coisas, sem falar dos homens, que lá apodreciam, enferrujavam e mofavam, eram indescritíveis[20]". Em *Os miseráveis*, a imagem retorna na ocasião da evocação dos eventos da revolução de 1848:

> Par qui furent escortés en 1848 les fourgons qui contenaient les richesses des Tuileries? par les chiffonniers du faubourg Saint-Antoine. Le haillon monta la garde devant le trésor. La vertu fit ces déguenillés resplendissants (IV, VII, 3, p. 1749).

O trapeiro torna-se então uma alegoria do povo miserável, mais uma alegoria alterada, desnaturada e, de certa forma, trabalhada pelo grotesco. A retórica clássica assegura a sua maneira, o estabelecimento das relações e a circulação das classes sociais. Ela o faz de modo rígido e codificado, por meio dos encontros e desencontros do burlesco[21] e do registro herói-cômico[22]. Uma carnavalização, no entanto, bastante conservadora, visto até mesmo no jogo desta circulação, ela assegura a cada qual o reconhecimento e a recuperação do lugar que lhe pertence. A estética romântica, ao que se sabe, desmantela essa classificação pelo viés do grotesco. Como o destaca Myriam Roman, "ao contraste simples que define o burlesco (nobre, porém baixo), o grotesco acresce uma relação causal (nobre por ser baixo)[23]". O grotesco, ao mesmo tempo em que opera um esfacelamento dos limites das classes sociais, mantidas identificáveis pelo burlesco – os "trapeiros do faubourg Saint Antoine" encarnam não mais o povo baixo (povão), mas o povo –, transforma a alegoria em uma figuração pujante da condição miserável, onde a sublimidade da humanidade apenas se entrevê no caso da sua representação estar alterada e como que devolvida à miséria.

---

[20] *Les Travailleurs de la mer*, Bouquins, "Roman III", I, V, 6, p. 135 sqq. A notar que, conforme o esperado, um trapeiro também se aloja por lá.
[21] Distanciamento que consiste em tratar o sujeito nobre em estilo baixo.
[22] Distanciamento que consiste em tratar o sujeito baixo em estilo nobre.
[23] Sobre esta questão, ver o artigo ROMAN, M., "Poétique du grotesque et pratique du burlesque dans les romans hugoliens", communication au *Groupe Hugo* du 6 avril 1996, http://groupugo.div.jussieu.fr/groupugo/96-04-06Roman.htm. Acesso em 24 de setembro de 2012.

Testemunha disso, mais uma vez, o processo de construção da alegoria da figura da trapeira que conversa com três porteiras na esquina:

> Elles semblaient debout toutes les quatre aux quatre coins de la vieillesse qui sont la caducité, la décrépitude, la ruine et la tristesse. (IV, 11, 2, p. 1447)

Figura 7 – "Chiffonnier", littografia dos Métiers de Paris, XIXe siècle.
Figura 8 – "La chiffonnière MORS", 1856, BNF ms. naf 13447, f° 77.

Um desenho anterior de alguns anos à publicação de *Os miseráveis*, já revelava as marcas da mesma prática. No croqui intitulado "La chiffonière MORS"[24] (figura 8), a alegoria que retomava claramente os atributos tradicionais da representação, conhecia um tratamento grotesco por meio de sua assimilação ao personagem da trapeira: a silhueta feminina alongada envolta em um lençol cobria-se de trapos, a foice era assimilada ao bastão com gancho com que mexe nos detritos, o cesto por fim, no qual acumulava sua colheita de mortos, assim como teria feito com os dejetos abandonados pela sociedade. Bernard Vouilloux destacou o papel simbólico interpretado pela figura do trapeiro: "(Ele) situa-se, na verdade, no ponto de articulação (ou de reversão) entre o circuito de produção-recepção de bens e os dejetos (que se insere fora do circuito), cujo "estatuto" foge à economia do uso e do mercado, exceto, precisamente, ao mercado dos "recicláveis". Por meio do trapeiro, o que o século

---

[24] "La chiffonnière MORS", *Œuvres complètes de Victor Hugo*, Paris, Club français du Livre, 1967-1970, sob a direção de Jean Massin, XVII, n° 401, 1856. O referimento a esta edição será doravante abreviada por M. seguido do tomo. Sobre a questão das relações entre alegoria e símbolo, ver GLEIZES, D., "Allégorie et symbole dans les dessins de Victor Hugo", *in De la plume au pinceau, écrivains, dessinateurs et peintres depuis le romantisme*, LINARES S., dir., Presses Universitaires de Valenciennes, 2007, p. 63-90.

XIX traz à luz é a questão do valor, seja ele afetivo, estético, artístico ou mercante (VOUILLOUX, 2007, p. 203-204).

Talvez Victor Hugo, a exemplo de seus personagens anônimos, não faça nada além de dedicar-se a uma atividade de romancista-trapeiro, ao interceptar o que circula – universo imagético, lugares comuns, estereótipos e "patrões" – e que acaba por sair do circuito de consumo dos valores vigentes. Coisas pequenas que recupera, aceitando sua alteração, até mesmo acentuando-as para conferir-lhes uma nova afetação, dar-lhes um novo uso, em um sistema de valores recompostos. Talvez existam igualmente, não muito distante das ambições de Hugo, aquelas de Walter Benjamin, ao declarar, quanto ao seu trabalho de historiador: "Eu não vou usurpar nada precioso nem apropriar-me das formas espirituais. Mas os trapos, os dejetos: não quero fazer o inventário deles, mas permitir-lhes obter justiça da única maneira possível: utilizando-os" (BENJAMIN apud DIDI-HUBERMAN, 2000, p. 121).

REFERÊNCIAS

HUGO, Victor (1985). *Oeuvres complètes*. Direção J. Seebacher. Paris: Robert Laffont.
_____ (1965-1970). *Oeuvres complètes*. Direção J. Massin. Paris: Club français du livre.
_____ (1998 [1985]). *Les misérables*. Paris: Librairie générale française/Livre de Poche, 2 t.

❖

BARTHES, R (1957). "Photos-chocs". In : *Mythologies*. Paris: Seuil.
BENJAMIN, W. (1997). *Paris, capitale du XIXe siècle*. Paris: Cerf.
BONDIL, L.-J. (1843). *Discours sur la vie et les vertus de Mgr Charles-François-Melchior Bienvenu de Miollis, évêque de Digne, prononcé dans l'église de St-Jérôme, le 12 septembre 1843... par L.-J. Bondil, chanoine théologal*. Digne, Mme Veuve A. Guichard.
DIDEROT, D. (1753). "Composition". In: *Encyclopédie ou Dictionnaire raisonné des sciences, des arts et des métiers*. Paris: Briasson, David, Le Breton, Durand, t. 3.
DIDI-HUBERMAN, G (2000). *Devant le temps*. Paris: Minuit.
_____ (2002). *Ninfa moderna, Essai sur le drapé tombé*. Paris: Gallimard.
GLEIZES, D. (2007). "Allégorie et symbole dans les dessins de Victor Hugo". In: LINARES, S. (dir.). *De la plume au pinceau, écrivains, dessinateurs et peintres depuis le romantisme*. Presses Universitaires de Valenciennes, p. 63-90.
HAMON, Ph. (2001). *Imageries, littérature et image au XIXe siècle*. Paris: José Corti.
LAFORGUE, P. (1994). "Filousophie de la misère". In: CHAMARAT, G. (dir.) *Les misérables*. Nommer l'innommable. Orléans: Paradigme, p. 73-85.
LAROUSSE, P. (1866-1876). *Grand Dictionnaire universel du XIXe siècle*. Paris: Larousse, artigo " Chiffonnier".
LERCH D. (1992). "L'image, dans l'imagerie pieuse en Alsace (1848-1914). Souvenirs d'ordination et souvenirs mortuaires". In: MICHAUD, St.; MOLLIER J.-Y., SAVY, N. *Usages de l'image au XIXe siècle*. Paris: Créaphis, p. 39-50.
LESSING, G. E. (1990). *Laocoon*. 1766. Trad. Courtin. Paris: Hermann.
ROMAN, M., BELLOSTA, M.-C. (1995). *Les misérables, roman pensif*. Paris: Belin Sup, .

ROSA, G. (1995). "Histoire sociale et roman de la misère". In: *Hugo/Les misérables*. Paris: Klincksieck, p. 166-182.

SPIQUEL A. (1997). "Le misérable peintre". In: CHEFDOR M. (org.). *De la palette à l'écritoire*. Nantes: Centre d'études du roman et du romanesque/Universidade de Picardie-Jules Verne/Joca Seria, p. 195-199.

SUEUR-HERMEL, V. (2004). "De l'imagerie aux maîtres du noir et blanc: l'estampe au coeur du musée imaginaire de Victor Hugo". *L'Oeil de Victor Hugo*. Paris: Editions des Cendres/Musée d'Orsay, p. 109-147.

VOUILLOUX, B. (2007). "Portrait de l'artiste en chiffonnier". *Les Cahiers d'Arts*. Bordeaux: Université Bordeaux III, n. 3.

REFERÊNCIAS ELETRÔNICAS

ROMAN, M. (1996). *Poétique du grotesque et pratique du burlesque dans les romans hugoliens*. Comunicação no *Groupe Hugo* em 6 de abril de 1996. Disponível em: <http://groupugo.div.jussieu.fr/groupugo/96-04-06Roman.htm>. Acesso em: 24 setembro 2012.

Victor Hugo: história, política e filosofia

Quand on creuse l'art, au premier coup de pioche on entame les questions littéraires, au second les questions sociales.
Littérature et Philosophie mêlées

Presença de Victor Hugo no Romance histórico de Lukács

Hermenegildo Bastos[1]

Neste texto procuramos tecer alguns comentários ao diálogo entre um grande crítico e um grande escritor, um diálogo procurado pelo crítico, que, antes de crítico, foi um leitor cuidadoso e sério. Como diálogo, não pode ser tomado como alguma coisa pronta, mas aberta a novos diálogos.

Interessa-nos, então, apresentar o argumento de Lukács, como ele aparece em *O romance histórico* (2011).

Por efeito da Revolução Francesa, as massas descobriram que a História não é natural e depende da ação humana. A ideia de progresso como algo mecânico é substituída pela ideia de que os homens fazem a História, ainda que sob condições que ele não escolhe. O progresso linear é substituído pelo progresso contraditório.

Em *O romance histórico* (LUKÁCS, 2011, p. 314), Lukács sublinha a força da obra tardia de Victor Hugo. O simples fato, diz ele, de Victor Hugo escrever sua glorificação da Revolução Francesa – ainda que romanticamente monumentalizada – em uma época em que se considerava particularmente moderno depreciar esse acontecimento histórico, seja cientificamente (Taine), seja literariamente (os Goncourt) mostra que o último Victor Hugo ia contra a corrente geral.

A burguesia era, naquele momento, uma classe ascendente, à qual interessavam mudanças. O mundo estava em movimento: a velha aristocracia já não tinha como ordenar formas novas de relações sociais e por isso fazia-se necessária uma nova organização do mundo que só a burguesia, como classe então revolucionária, podia propor.

Mas ao que acabamos de dizer é necessário acrescentar duas outras coisas que tornaram o processo muito mais complicado e muito mais rico também, ao menos no que diz respeito à literatura. A primeira é que as mudanças não ocorreram da mesma forma nos diversos países europeus; a segunda é que no meio da luta entre a classe ascendente e a decadente alguns grupos e camadas sociais foram arrastados para o centro das lutas e foram obrigados a se aliarem a uma ou outra classe. Tudo isso porque a chegada da burguesia ao poder, sendo um processo nacional, entretanto foi

---

[1] Professor do Departamento de Teoria Literária e Literaturas da Universidade de Brasília. Coordenador do Grupo de Pesquisa de Literatura e Modernidade Periférica.

também um processo mundial. A Europa burguesa se expandiu por todos os continentes, europeizando o planeta, que desde então se fez uno e desigual.

Em *O romance histórico*, Lukács observa que a ciência da história não estava à altura de entender a complexidade daqueles fenômenos. Foi a literatura, mais especificamente o romance, que pôde captar o novo mundo em movimento ou as contradições do progresso. O problema da historicidade é visto por Lukács como interno ao romance. Não é uma questão de conteúdo apenas, mas de forma artística.

Sendo a literatura (a arte) um resultado da evolução humana, está sempre ligada às questões do destino dos homens, à sua história, portanto, individual e coletivamente. Não se trata, pois, de rastrear a presença da história a partir de dados extraliterários, sim de vislumbrar a história na figuração artística.

A história é, assim, o que ocorre no tempo e está submetido a mudanças – a vida social. Mas os setores da vida social não mudam todos no mesmo ritmo, observando-se aí defasagens que manifestam a natureza dialética da relação literatura/história.

A relação não é mecânica nem "natural": o fato de toda obra literária estar condicionada historicamente é pouco ou quase nada, ou é apenas isso, um fato, e nada diz do seu significado propriamente histórico.

Não sendo mecânica, a relação literatura/história é mediada. Falar de mediação implica analisar contradições.

A rigor não há relação literatura/história a não ser mediada pela política. Sem a política, a relação é algo externo, um dado cujo interesse está apenas em uma abordagem positivista que consiste em catalogar nomes de autores e obras e suas "correspondências históricas".

Político é o gesto de criação da obra porque é um gesto de invenção de um mundo outro, diverso daquele do cotidiano, um gesto que se faz para estabelecer uma contraditoriedade.

Se disséssemos então que a dimensão política está presente mesmo quando o autor procura negá-la, não estaríamos errados, mas a afirmação seria insuficiente. Isso porque dessa forma conformaria uma espécie de inércia. E outra vez nos encaminharíamos para uma perspectiva positivista. Mais do que isso: a obra é política porque se abre para os problemas do seu tempo.

Parte da dificuldade que se apresenta quando se pensa a relação literatura/história vem de não se considerar a mediação política que a constrói. *O romance histórico* de

Lukács foi uma obra em que essa mediação foi contemplada. Aí se coordenam uma nova forma (romance histórico) e um novo tipo de consciência histórica.

A literatura traz em si mesma a sua historicidade. Isso reafirma a autonomia da literatura, não a submete a condicionamentos mecanicistas. A história não é só o passado nem o registro do passado, é fundamentalmente um devir: movimentos e transformações. A relação literatura/história diz respeito à capacidade que tem a obra literária de captar e revelar o devir.

Assim o conceito de evolução presente em *O romance histórico* não é mecânico, tampouco fatalista.

Diz Lukács que a revolução literária operada por Scott e, na sua esteira, por Balzac e Tolstoi, consistiu em superar a visão da história mecânica e natural. Por efeito da Revolução Francesa, a história passou a ser vivida como ação humana. As mudanças deixaram de ser fenômenos naturais. Reforça-se aí o sentimento de que há história, de que ela é um processo ininterrupto de transformações e que intervém diretamente na vida de cada indivíduo.

Condição básica para a criação de um romance histórico é que a história não figure como uma roupagem e decoração, posto que determina realmente a vida, o pensamento, o sentimento e a ação dos personagens.

O romance histórico não se confunde com a crônica histórica, nem a verdade poética com a verdade da documentação. Os seus traços principais são: a) a percepção da história como algo não natural, mas como humanamente necessária; b) a vivência do presente como história; c) a afirmação do progresso humano. Na "Nota prévia à edição alemã", afirma ele que o que lhe interessava era um "estudo da interação entre o espírito histórico e aquela literatura grande que representa a totalidade da história" (LUKÁCS, 2011, p. 28).

Um bom romance histórico mostra aptidão para evocar os acontecimentos passados, não com a curiosidade distanciada do arquivista ou do museógrafo, mas considerando-os como precursores orgânicos, ainda que por meio de múltiplas mediações, do presente. Nele temos o fluido da comunicação entre o passado e o presente, o sentimento do passado como pré-história do presente.

Os personagens medíocres, de envergadura média, que são os heróis principais, personagens da vida normal, cotidiana, representam a posição mediana entre as principais forças antagônicas; as personagens históricas de primeiro plano, por sua vez, só podem ser personagens secundários.

O interesse da representação desloca-se do objeto representado para o sujeito que representa. Daí o entendimento da história como necessária, que não acontece de modo predeterminado, da história como construção humana.

Para os escritores revolucionários (até 1848), o progresso é algo contraditório. Na época da decadência, pelo contrário, a história é vista como uma evolução retilínea. A tendência então é dar um caráter privado aos conflitos humanos, com a apologia do herói solitário em contraste com a massa amorfa. A história real é substituída pelo subjetivismo: a história só existe como reflexo do eu.

Marcas do declínio são a modernização e a arcaização da linguagem, que são tendências paralelas e conexas. O passado se estiliza e se idealiza, do que resulta ou a modernização das estruturas básicas do passado, que consiste em atribuir aos homens do passado as ideias, os sentimentos e motivos dos homens de hoje, ou a arcaização da linguagem, como a tentativa de reproduzir a autenticidade por imitação da linguagem antiga.

O interesse pelo passado advém da necessidade de entender o presente. Por isso no romance histórico o passado não pode ser visto como algo morto e sepultado ou um museu de antiquário, mas como o passado ainda vivo no presente, o passado como pré-história do presente.

O romance histórico é histórico em dois sentidos: em primeiro lugar porque trata da pré-história do presente; em segundo porque responde a grandes transformações sociais e, assim, também evolui e muda.

Lukács estudou aí os recursos formais que os romancistas criaram para narrar as mudanças. E diferentemente do que se poderia esperar, a simples adesão do escritor à classe revolucionária, a classe que estava com a verdade porque era a classe capaz naquele momento de superar os problemas existentes, criando novos problemas, é claro, não era garantia da grandeza artística. Em alguns casos, foi a resistência à mudança que abriu portas para a qualidade da obra. O escritor inglês Walter Scott fazia parte de um grupo social que via a chegada ao poder da burguesia com desconfiança. Ele incorporou muitas vezes o ponto de vista das sociedades gentílicas que estavam sendo destruídas pela força avassaladora da nova classe. Pelo contrário, o escritor que viu a revolução burguesa como algo pleno deixou de perceber as contradições presentes em todo momento de transformação.

O grande romance histórico coloca em contato, na intriga, os extremos da luta, por meio da construção de um terreno neutro no qual as forças sociais distintas são aproximadas.

É nesse contexto que ganha importância o que Lukács chamou de personagem mediano, aquele que representa o homem comum em cuja vida individual e coletiva o movimento de história penetrava, sem que ele entendesse bem o que estava vivendo. Ao contrário do herói romântico, o personagem mediano encarna o movimento da história porque é nele que esse movimento se faz mais patente.

É preciso ter em mente que com *O romance histórico* Lukács não pretendia escrever uma história do romance, mas avançar nas discussões teóricas sobre o gênero romance. Aí já estão presentes as ideias básicas do autor acerca do realismo e da contraposição deste com o naturalismo. O romance histórico estudado por Lukács apreende o movimento da História, ou seja, capta a realidade humana em sua totalidade. A totalidade artística, como ele observa em vários outros escritos, como em "Arte y verdad objetiva" (LUKÁCS, 1977), por exemplo, é intensiva e não extensiva. A arte sempre nos dará, num romance ou num simples verso, a totalidade intensiva. Este poder da obra literária está ligado à forma da narrativa por oposição à forma da descrição. Narrativa e tempo, portanto, narrativa e historicidade são indissociáveis.

Não se trata, entretanto, como pode parecer à primeira vista, de contrapor uma lista de bons escritores, que seriam os realistas, a uma lista de maus escritores, que seriam os naturalistas. Um grande escritor como Zola encontra seu limite não no seu talento, mas no momento histórico em que viveu. Assim, o que se coloca aí é a relação entre arte e sociedade.

Sempre que se fala de forma artística costuma-se entender por forma algo cuja existência é puramente literária. Contudo, a forma, e não apenas o conteúdo, antes de existir na obra, existe na sociedade. Com o conceito de forma objetiva, Lukács entende o conjunto das relações sociais em um determinado momento da História. Na verdade, esta é a única maneira de entendermos as diferenças entre dois modos de produção, o feudalismo e o capitalismo. Essas diferenças estão no modo como os homens se relacionam – relações de trabalho, mas não apenas, relações familiares também e as demais formas de relação. Esse modo é uma forma e é essa forma, forma objetiva, que é trabalhada pelo escritor no seu trabalho propriamente artístico.

A forma social preexiste à forma literária. Esta é a ideia básica do conceito de evolução literária em Lukács. Tal conceito, entretanto, não reduz a obra literária à condição de escrava das condições sociais, mesmo porque tudo dependerá de como o escritor reelabora a forma social. Longe de apontar para uma sociologia vulgar da literatura, Lukács traça aqui a dialética sujeito/objeto na obra literária.

Citando Hegel, Lukács diz que conteúdo é forma em mutação e forma é conteúdo em formação.

O romance histórico surge inicialmente na Inglaterra. Espalhou-se pela Europa e pelo mundo, de maneira diversificada. Na França, Lukács ressalta a importância de Balzac, como um dos grandes romancistas que souberam representar as novas contradições surgidas com a ascensão da burguesia. Além de Balzac, Lukács estuda um número significativo de grandes escritores franceses, dentre eles Victor Hugo. É de se registrar a dedicação com que leu tradições literárias distintas e, dentro delas, um número considerável de escritores, sempre com interesse e perspicácia.

A partir de 1848 o romance histórico declina, perdendo a sensibilidade épica e a capacidade de narrar. A burguesia, de classe revolucionária da Revolução Francesa, muda completamente de feição em 1848 no momento das tentativas de revolução proletária em vários países da Europa. Disse Marx em *O 18 brumário de Luís Bonaparte* (2011, p. 80) que em 1848 a burguesia percebeu que todas as armas que ela havia forjado contra o feudalismo começavam a ser apontadas contra ela própria.

O romantismo foi, para Lukács, um momento de reação à Revolução Francesa. Nesse período o romance histórico perde a sua grandeza épica. Tratando dessa época, Lukács aproxima Alfred de Vigny de Victor Hugo e diz que este foi incomparavelmente mais significativo como homem e poeta do que o primeiro. Mas construiu seus romances históricos segundo o mesmo princípio presente nas obras de Vigny, ou seja, o princípio de subjetivação e moralização histórica.

Em Scott, ao contrário, os destinos dos personagens estavam conectados ao destino da coletividade. Público e privado se conectam, impedindo, assim, o que Lukács chama de subjetivação no tratamento do destino do herói.

Sobre Victor Hugo diz Lukács: "Para todo conhecedor dos romances históricos de Victor Hugo, está claro que ele não apenas crítica Scott, mas também lança um programa de sua própria atividade ficcional" (id., p. 101). Contudo a posição de Hugo sobre Scott é mais positiva que a de Vigny. Ele reconhece as tendências realisticamente da arte scottiana. Mas entende que essas tendências devem ser superadas por outro modelo literário – o do romantismo.

Transcrevemos aqui a citação que Lukács faz do texto de Victor Hugo sobre Scott:

> Depois do romance picaresco, porém prosaico, de Walter Scott, ainda resta criar outro romance, que segundo nossa concepção, será mais belo e mais

completo. Um romance que será ao mesmo tempo drama e epopeia, pitoresco, porém poético, real, porém ideal, verdadeiro, porém monumental, que nos conduzirá de Walter Scott de volta a Homero.

Lukács sublinha em Victor Hugo a "poetização romântica da realidade histórica" que, segundo ele, é empobrecedora da poesia autêntica da vida histórica. Do herói scottiano, o homem comum da vida cotidiana, chegamos ao grande herói romântico.

Victor Hugo vai muito além, política e socialmente, das finalidades reacionárias do seus contemporâneos românticos, mas conserva seu subjetivismo moralizador. A história, então, se transforma em uma série de lições morais para o presente, onde predomina uma trama moralista que deve provar a supremacia da virtude sobre o vício.

Romantizar a história resulta em perder de vista as contradições reais. O personagem realista vive as contradições e por isso ele não é exclusivamente virtuoso ou viciado. Dando a ver as contradições, a obra de arte realista apreende o fluxo real da História. A romantização da História é uma projeção do desejo do escritor, um desejo muitas vezes politicamente correto, mas literariamente problemático.

Ao tratar, porém, da obra tardia de Victor Hugo, Lukács a relaciona com o que chama de "novo espírito do humanismo contestador". Diz ele que nessas obras Victor Hugo tomou rumos diferentes dos seus contemporâneos e também dele próprio, Victor Hugo.

Lukács considera a obra de Hugo *Quatrevingt treize* o último suspiro do romance histórico romântico. Ele conserva a velha técnica do autor de substituir o movimento interno defeituoso da vida por contrastes grandiosos, decorativos e retóricos. Mas entre seus romances românticos e *Quatrevingt treize,* Victor Hugo escreveu Os *miseráveis.* Essa obra nos dá uma imagem do povo em um sentido muito diferente daquele dado por qualquer outra obra de autor romântico (inclusive do próprio Hugo).

Victor Hugo retrata conflitos realmente trágicos, que brotam da Revolução Francesa. No entanto, ele faz isso com mais retórica do que realismo.

Em sua evolução, Victor Hugo acabou por rejeitar o romantismo e tornou-se o precursor da revolta humanista contra a crescente barbárie do capitalismo. Nessa evolução, Victor Hugo adota muito da ideologia do Iluminismo; artisticamente, porém, mantém muitas concepções românticas, profundamente anti-históricas.

O diálogo do grande escritor com o grande crítico continuará a nos dar elementos para compreender a complexidade histórica do fenômeno literário.

Referências

LUKÁCS, Georg (2011). *O romance histórico*. São Paulo: Boitempo Editorial.

_____ (1977). "Arte y verdad objetiva". In: _____. *Materiales sobre el realismo*. Barcelona/Buenos Aires/México: Grijalbo.

MARX, Karl (2011). *O 18 de brumário de Luís Bonaparte*. São Paulo: Boitempo Editorial, 2011.

O imbricado nó entre história e ficção em Noventa e três, romance de Victor Hugo

Rosária Cristina Costa Ribeiro[1]

Assim como ocorre em outros romances históricos tradicionais do século XIX francês, *Quatrevingt-treize* (1874) apresenta uma espacialidade que podemos dizer "em sistema". Da mesma forma que Flaubert em *Salammbô* ou Balzac em *Les Chouans*, Victor Hugo opõe em seu romance as espacialidades de acordo com os dois lados que se enfrentam em batalhas, caracterizadamente, no dito romance, os enfrentamentos entre monarquistas e republicanos. Desse modo, apesar de tratar-se de uma obra ficcional, fica quase impossível não rever alguns fatos da Revolução de 1789, principalmente onde ela foi mais feroz: a *Guerre de Vendée* e do contexto de produção da obra. Portanto, nesta apresentação, faremos uma breve exposição das condições de surgimento desse romance histórico tradicional, a teorização desse gênero por George Lukács e a relação de *Quatrevingt-treize* e a representação da história.

A TEORIA DE LUKÁCS: *LE ROMAN HISTORIQUE*

Das teorias propostas por Lukács no campo da literatura, talvez a mais conhecida tenha sido a de considerar o romance como a expressão literária da burguesia, da mesma forma que a epopeia fora a representante da sociedade clássica. Isso está apresentado em *A teoria do romance* e *Romance como epopeia burguesa*. O autor colocava como exemplo de romance aqueles escritos por Balzac e pregava que, assim como havia ocorrido na Grécia Antiga, a sociedade baseada no comunismo poderia escrever epopeias, uma vez que a unidade e igualdade da primeira seriam restabelecidas nessa última, enquanto o substituto para a epopeia no sistema burguês seria o próprio romance. Ao tentar determinar a forma literária por meio da estrutura social, esse teórico aprofundou-se nessa questão tão importante para o romance histórico e conseguiu determinar o fator que estabeleceu esse gênero tal como ele é.

Já em sua obra *Le roman historique*, de 1935-36, o teórico húngaro descreve as principais características apontadas por ele próprio como pertencentes ao romance histórico tradicional. Seriam elas: 1) a presença de personagens registradas pela

---

[1] Programa de Pós-Graduação em Estudos Literários – Universidade Estadual Paulista.

historiografia apenas *en passant*, como forma de dar credibilidade ao que estava sendo narrado, de maneira que a imagem destas não fosse alterada nem contestada; 2) a presença de um fato registrado historicamente e que se constitua como de grande interesse da população no momento da escrita. Como consequência, temos o espaço geográfico restrito e fiel ao acontecimento; 3) poucas intervenções do narrador; e, por fim, 4) que as personagens constituam-se como linhas de força de sua época, isto é, sejam tipicamente representantes do período retratado.

Para Lukács, durante o século XVIII, já existia um pseudorromance histórico. Pois, assim como aconteceu no século XIX, com obras produzidas nesse período, havia a personagem histórica, o tema histórico, o cenário e o tempo característicos, mas faltava a essas obras a verdadeira "alma" do romance histórico, ou seja, não havia a ideologia do período retratado presente na obra. Para o teórico, o que ocorria era que todo o contexto histórico era usado para transmitir, indiretamente, por motivo proposital ou não, o pensamento dominante somente no momento da escrita. Dessa forma, a ideologia, os pensamentos e conceitos que caracterizaram o tempo representado eram deixados de lado em função dos valores presentes na sociedade contemporânea ao autor literário.

A grande descoberta desse primeiro "arqueólogo" do romance histórico é a de que apenas o romance iniciado por Walter Scott era de fato histórico, uma vez que suas personagens traziam em si a força da época em que viviam e não daquela em que eram lidas. Por esse motivo, as personagens passaram a ser o meio de representar todo o contexto ideológico e filosófico e, dessa forma, constituir "linhas de força" para as quais convergia toda a representação o momento histórico. Em outro texto, Lukács (1999) defende que tais personagens eram "típicas", ou seja, representavam uma tipicidade histórica característica de um momento. Por esse motivo, mesmo não se tratando de personagens históricas conhecidas, os protagonistas de Scott poderiam ter mesmo existido e ser qualquer pessoa do povo, inserida no pensamento de seu tempo.

No que diz respeito à obra de Hugo, Lukács mostra como esse autor renova o referido gênero literário em sua época. Durante o *fin-de-siècle*, as obras traziam em si o pessimismo que tomava conta do povo e que contestava a validade da Revolução. A burguesia abandonava o povo que a havia ajudado a conquistar o poder e desprezava as palavras de ordem da Revolução: *Liberté, Egalité et Fraternité*. Os atos do período revolucionário, bem como a própria Revolução Francesa, eram questionados, pois após toda a luta, novamente, a monarquia se instaurava e resgatava antigas leis e políticas. Hugo, deputado democrata e humanista, mesmo sendo contra qualquer tipo de terror, traz uma renovação ao tema e tem como ponto de partida temporal 1793 abandonando o já desgastado 1789 (LUKÁCS, 1965) e aponta para os ideais que moveram pessoas em torno daquele momento.

QUATREVINGT-TREIZE E A REESCRITURA DA REVOLUÇÃO FRANCESA

Quatrevingt-treize veio à luz em 1874, pouco tempo depois dos violentos acontecimentos na *Commune de Paris*. Nessa ocasião, Victor Hugo previa, e temia, que o terror dos primeiros anos da Revolução ganhasse novamente corpo. Assim motivado, escolheu para resgatar por meio de sua obra um "monumento histórico" que representasse todos os sentimentos provocados pela Revolução: o ano de 1793:

> 93 est la guerre de l'Europe contre la France et de la France contre Paris. Et qu'est-ce que c'est la révolution? C'est la victoire de la France sur l'Europe et de Paris sur la France. De là l'immensité de cette minute épouvantable, 93, plus grande que tout le reste du siècle (HUGO, 2002, p. 151).

Essas palavras vêm ao encontro daquelas de Rouanet (2002) em seu artigo *Hugo face à l'Histoire et à la Révolution*, em que o autor aponta para a semelhança do momento, pois "C'est en 1874 qu'il publie Quatrevingt-treize. Le roman se situe à une époque où la France est dans la même situation qu'en 1870-1871: la guerre au dehors et au-dedans" (ROAUNET, 2002, p. 23). Nesse trecho, podemos verificar o que a teoria Lukácsiana tem a dizer a respeito da coincidência do momento histórico (1793) e do momento da escritura de um romance (1871). Ou seja, nessas duas datas, a França possuía instabilidades internas e externas. No período relatado no livro, as agruras eram de Paris contra a província e da expansão exterior dos ideais da revolução. Já em 1871, havia a guerra contra a Prússia, perdida pela França, e a revolta popular pela insatisfação com as atitudes tomadas pelo governo de Napoleão III. Esta última foi um dos motivos da queda do II Império e fundação da Terceira República poucos anos depois, em 1875. Assim, Hugo resgatou em seu romance a ambiguidade da liberdade revolucionária e de terror no universo literário.

Victor Hugo buscou na lenda aquilo que ele precisava para completar a História. No romance, temos a representação de uma província com população fortemente rural e pouco escolarizada, na qual a força das lendas transmitidas oralmente era maior do que a da própria História.

> L'histoire a sa vérité, la légende a la sienne. La vérité légendaire est d'une autre nature que la vérité historique. La vérité légendaire, c'est l'invention ayant pour résultat la réalité. Du reste, l'histoire et la légende ont le même but, peindre sous l'homme momentané l'homme éternel (HUGO, 2002, p. 232).

Portanto, a lenda requer um público menos culto, como aquele que se constitui por camponeses bretões. Dessa forma, ao retratar a Bretanha e seus habitantes não letrados, o autor liga-se à lenda, fechando um ciclo história-lenda, que enriquece bastante os fatos históricos e produz o fato literário.

O resgate da Revolução Francesa pela obra de Victor Hugo significa, principalmente, a recuperação de um momento no qual o povo francês sentiu-se "massa" e "nação". A Comuna de Paris, em 1871, é mais um momento importante de mudanças políticas do século XIX que levou os franceses à constatação de serem, eles próprios, sujeitos determinantes da História, como já tratamos. Esta marcou a Literatura, mas nesse caso da publicação do romance *Quatrevingt-treize* determina também os aspectos da realidade.

Historiografia: uma base

O século XIX tornou-se o século da História, pois esse foi o momento no qual as pessoas comuns se deram conta de que não eram mais os reis, nobres e o clero que produziam a História, mas sim eles próprios, como indivíduos ou como conjunto de indivíduos. Após diversos enfrentamentos entre povo e burguesia, a população percebeu que os ideais revolucionários estavam esquecidos e que a Revolução era apenas uma mancha de sangue no passado da França. Os acontecimentos revolucionários de 1830, 1848 e 1871 constituíram uma sequência que desencadeou o processo histórico aos olhos do povo e deu-lhe a consciência de ser o verdadeiro sujeito da História. E é esse turbilhão revolucionário e de conscientização do indivíduo que caracterizou o século XIX no qual floresceu também o romance histórico.

Segundo Demogeot (1882), em sua obra *Histoire de la Littérature Française*, existiram no século XIX dois tipos de História, ou melhor, de escrita histórica. A historiografia, que aquele momento tinha como herança a escrita nos gabinetes, feita por pessoas que jamais tinham visto aquilo sobre o que falavam. Eram somente narrações, nas quais a retórica ficava no centro e o compromisso com a realidade era mínimo. Os fatos em si eram massacrados: todos os reis eram como Luís XIV, quatorze séculos de monarquia eram apenas um desfile de cortesãos. Ora, no século XIX, com o avanço do positivismo e do cientificismo, a história não mais foi vista como uma encenação dos fatos. Por meio das mudanças sucessivas, tanto na forma de escrita quanto na de investigação, logo no princípio do século, já podiam ser percebidas duas escolas principais de estudos históricos: a descritiva e a filosófica, que podem remeter aos termos *empirismo* e *idealismo*, que virão ao encontro da proposta de Hugo de aliar história e lenda para reescrever o passado, atribuindo-lhe sentidos.

Metafísica e humanismo

Segundo Maria Teresa de Freitas, em seu artigo "Romance e história", o romance histórico é aquele no qual a realidade histórica passa a ser parte da própria estrutura interna da obra, "fazendo dela uma realidade estética" (FREITAS, 1989, p. 113). Em *Quatrevingt-treize*, a história está presente na estrutura do livro como se fosse mais uma personagem do que uma temática propriamente dita. A cada passo, a cada momento, para o leitor comum, todas as personagens têm como objetivo construir a história que já é conhecida, mas sobre a qual não temos muita ideia de como tomou a forma que possui hoje.

No caso de *Quatrevingt-treize*, a reescritura da história começa pela escolha do tema, escolha esta que se insere no fato de que Hugo tinha planos para escrever uma trilogia, que nunca foi concretizada. Em tal trilogia, haveria uma obra para representar a Aristocracia, outra a Monarquia e outra a Revolução. Assim, *O homem que ri* representaria a primeira, *Quatrevingt-Treize* seria a parte referente à última. Porém a monarquia nunca foi publicada, impossibilitando a conclusão da trilogia:

> L'esprit architectural de Hugo lui fait voir son roman comme l'élément d'une trilogie sur l'Aristocratie (L'Angleterre avant 1688, ce sera *L'homme que rit*, 1869), la Monarchie (la France avant 1789, non écrit), enfin la Révolution (Quatrevingt-treize) (TIEGHEM, 1985. p. 178).

Conforme as principais características propostas por Lukács para a interpretação do romance histórico, inicialmente, podemos contemplar no romance em questão algumas delas, a começar pela temática histórica.

A Revolução Francesa, segundo o teórico húngaro, é o tema fundador do romance histórico tradicional na França, gênero que concentra em si todo o teor histórico, a saber, personagem, espaço, tempo e, principalmente, o aspecto psicológico representativo de um indivíduo de determinada época, caracterizando uma personagem "típica". Ainda de acordo com Lukács, Hugo mostra nesta obra um sentimento distinto do pensamento corrente. Em razão das diversas turbulências pelas quais passava a República, havia em 1871 um sentimento contra a Revolução, e, principalmente, contra o terror, uma vez que a burguesia se levantava em oposição ao povo. Hugo, humanista, apontou para a necessidade dos fatos acontecidos de 1789, mas também mostrou-se implacável contra o terror de 1793. No romance histórico, o povo concentra em si o conjunto de características que um indivíduo possui para representar uma coletividade. Mesmo quando o povo é retratado, trata-se de uma massa que transmite em si todo o clima de uma época. A população parisiense é o próprio agente de seu destino, ou seja, traz para si o terror ou, até mesmo, o produz:

LES RUES DE PARIS DANS CE TEMPS-LÀ

On vivait en public; on mangeait sur des tables dressées devant les portes; les femmes assises sur les perrons des églises faisaient de la charpie en chantant "la Marseillaise"; le parc Monceaux et le Luxembourg étaient des champs de manoeuvre; il y avait dans tous les carrefours des armureries en plein travail, on fabriquait des fusils sous les yeux des passants qui battaient des mains; on n'entendait que ce mot dans toutes les bouches: "Patience. Nous sommes en révolution". On souriait héroïquement. On allait au spectacle comme à Athènes pendant la guerre du Péloponnèse (HUGO, 2002, p. 141).

Nesse trecho, temos a caracterização da massa. Ou seja, do conjunto de indivíduos colocados em um mesmo espaço e unidos por um ideal. Nesse caso, especificamente, temos a representação da união da coletividade pelo espaço: Paris simboliza essa união do povo que a compõe e ao mesmo tempo o povo simboliza a cidade. Aqui constatamos uma segunda característica fundamental do romance histórico teorizado por Lukács: a personagem marcada ideologicamente que, embora ficcional, transmite o modo de vida e de pensar da maioria da população. Denunciando até o fim a segregação social, Hugo declara, então, na última reunião pública que ele preside: "La question sociale reste. Elle est terrible, mais elle est simple, c'est la question de ceux qui ont et de ceux qui n'ont pas!". Tratava-se, precisamente, de recolher os fundos para permitir que os cento e vinte e seis operários delegados participassem do primeiro Congresso Socialista da França, em Marselha.

Em *Quatrevingt-treize*, verificamos a existência de personagens que funcionam como linhas de força e que representam bem os preceitos de seu período histórico. Assim, temos diversas personagens que representam os mais diferentes tipos sociais da época. Por se tratar de uma obra na qual o deslocamento espacial é muito importante, podemos dizer que cada aspecto da espacialidade representativa possui uma personagem, ou várias, que transmitem características e pensamentos regionais e socialmente marcados. Em razão da divisão das partes do romance de acordo com os espaços, temos três como os principais: *En Vendée*, que retrata uma região considerada atrasada; *À Paris*, o centro irradiador dos ideais revolucionários; e *En Mer*, que pode ser tomado como um espaço neutro, no qual todos os tipos de personagens transitam. Dessa forma, a principal oposição se constitui entre o indivíduo pertencente à província e aquele que pertence à cidade. Aqui necessitamos abrir um parêntese para esclarecer a palavra *Vendée*. Apesar de tratar-se, primeiramente, de uma região do Departamento da Bretanha, *Vendée* é também o nome da guerra que se estendeu pela Bretanha, Normandia e Maine. Dessa forma, apesar do título da parte, o romance hugoano estabelece como espacialidade uma região ao norte do Loire, não propriamente a região da Vendée.

Logo de início, destaca-se o protagonista Gauvain, que pode ser uma personagem típica, ou seja, que consegue representar em sua proporção toda a existência de uma ideologia e de uma sociedade, mas que não se encaixa nem como aldeão, nem como revolucionário da capital. Ele é um nobre que renegou seu título em favor dos ideais revolucionários. Por ter circulado nas duas classes sociais, ele funciona como um informante do leitor. Além de Gauvain, temos também Cimourdain, que representa em si a própria Revolução, com seu lado luminoso e com o seu lado sombrio. Trata-se de um antigo padre que se tornou também revolucionário. Com tal personagem, temos aqui outro exemplo que nos leva, na condição de leitores do romance, a confrontar dois lados de uma mesma situação: a ideologia do clero e aquela dos revolucionários.

> La figure de Cimourdain incarne la dualité foncière, inhérent À l'année 93, "aneeé intense"; c'est lui qui représente le plus la fatalité tragique des comportements des hommes dans l'année terrible: "Cimourdain savait tout et ignorait tout. (...) Il était l'effrayant homme juste", "Cimourdain, c'est-à-dire 93". Pour Hugo, Cimoudain est porteur du mal nécessaire; il conduit avec une froideur calculée le processus d'éradication jusqu'au terme de l'œuvre accomplie par la 'machine infernal' mise en branle (ROUANET, 2002, p. 23-24).

As demais personagens retratadas no romance vêm completar a descrição dos protagonistas à medida que contrastam ou se assemelham a eles. As figuras mais recorrentes na obra são os camponeses e os soldados, além, é claro, do povo de Paris. As descrições dos vendeanos mostram bem a ideologia que os moviam para a defesa de um rei e seu sistema que mal conheciam. Ao mesmo tempo, evidenciam ainda mais as características pertencentes aos protagonistas:

La femme le considérait, terrifiée. Elle était maigre, jeune, pâle, en haillons; elle avait le gros capuchon des paysannes bretonnes et la couverture de laine rattachée au cou avec une ficelle. Elle laissait voir son sein nu avec une indifférence de femelle. Ses pieds, sans bas ni souliers, saignaient.

(...)

– J'ai été mise au couvent toute jeune, mais je me suis mariée, je ne suis pas religieuse. Les soeurs m'ont appris à parler français. On a mis le feu au village. Nous nous sommes sauvés si vite que je n'ai pas eu le temps de mettre des souliers.

(...)

Elle continua de le regarder comme ne comprenant pas. Le sergent répéta:
– Quelle est ta patrie?
– Je ne sais pas, dit-elle.
– Comment! tu ne sais pas quel est ton pays?
– Ah! mon pays. Si fait.
– Eh bien, quel est ton pays?
La femme répondit:
– C'est la métairie de Siscoignard, dans la paroisse d'Azé. Ce fut le tour do sergent d'être stupéfait. Il demeura un moment pensif. Puis il reprit:
– Tu dis?
– Siscoignard.
– Ce n'est pas une patrie, ça.
– C'est mon pays.
Et la femme, après un instant de réflexion, ajouta:
– Je comprends, monsieur. Vous êtes de France, moi je suis de Bretagne.
– Eh bien!
– Ce n'est pas le même pays.
– Mais c'est la même patrie! cria le sergent.
La femme se borna à répondre:
– Je suis de Siscoignard! (HUGO, 2002, p. 34-35).

A disparidade entre esses dois indivíduos representativos é ressaltada pelo autor. Aqui a diferença de conceitos básicos aponta para a dificuldade de comunicação e de conceituação existente entre os camponeses e os parisienses. A afirmação e a valoração de um lugar separado pela ideologia, considerada arcaica, do sistema feudal espanta o cidadão que prima pelos significados de nação e de civilidade.

Em sua teoria, Lukács ressalta a característica popular das massas representadas nesse gênero; assim, "Les romanciers historiques classiques ont été grands précisément parce qu'ils ont rendu justice à cette variété de la vie populaire" (LUKÁCS, 1965, p. 235). Basta lembrar a vida prosaica das personagens deste romance de Hugo, mesmo dos protagonistas para termos o quadro popular daquele contexto. O próprio diálogo entre as personagens transcrito acima é uma prova da banal e corriqueira vida relatada nessas páginas, com todas as características e valores da época, inclusive nas contradições.

> Tout d'abord il y a la période tardive de Victor Hugo, dont *Quatrevingt-treize* est peut-être la première oeuvre historique importante où l'on ait tenté d'interpréter l'histoire du passé dans l'esprit du nouvel humanisme protestataire et pris ainsi des voies littérairement différentes de celles des romans historiques des contemporains de Victor Hugo plus jeunes ou plus agés, que nous avons déjà analysés. A maints égards aussi d'autres voies que celles des romans de Victor Hugo lui-même (id., p. 290-291).

Mais adiante no texto, surgem novamente as evidências de sua preocupação em deixar uma marca de seu protesto humanitário:

– Mon grand-père était huguenot. Monsieur le curé l'a fait envoyer aux galères. J'étais toute petite.
– Et puis?
– Le père de mon mari était un faux-saulnier. Le roi l'a fait pendre.
– Et ton mari, qu'est-ce qu'il fait?
– Ces jours-ci, il se battait.
– Pour qui?
– Pour le roi.
– Et puis?
– Dame, pour son seigneur.
– Et puis?
– Dame, pour monsieur le curé.
– Sacré mille noms de noms de brutes! cria un grenadier.
(...)
– Vous voyez, madame, nous sommes des Parisiens, dit gracieusement la vivandière.
La femme joignit les mains et cri:

– O mon Dieu seigneur Jésus! (HUGO, 2002, p. 36).

Assim, para alertar ao leitor sobre a peculiaridade desse ponto longínquo a França, perdido nos confins da Bretanha, o autor explicita, logo nas primeiras páginas do capítulo intitulado *Vendée*, a consciência que rege a vida do camponês, suas superstições, seus medos e seus deveres, da mesma forma como caracterizou Paris na parte que lhe cabia:

> L'histoire des forêts bretonnes, de 1792 à 1800 pourrait être faite à part, et elle se mêlerait de la vaste aventure de la Vendée comme une légende.
>
> (...)
>
> La Vendée ne peut être complètement expliquée que si la légende complète l'histoire; il faut l'histoire pour l'ensemble et la légende pour le détail (id., p. 232).

Por meio dos espaços e da escolha das personagens, *Quatrevingt-treize* retrata uma Revolução Francesa centrada não nos acontecimentos da capital, mas sim nos da província da *Vendée*. A partir da escolha dessa localidade, o autor transforma um simples romance em um documento que desnuda a ideologia que movia os acontecimentos daquela minoria. Os pensamentos de seus personagens e seus consequentes atos são derivados da situação vivida ali naquela localidade. Tudo o que é aí retratado tem como objetivo recriar todo o contexto, inclusive o psicológico e social. É aqui que o romance de Hugo encontra-se com a teoria Lukácsiana, e cria um romance histórico revolucionário para o seu tema, para a sua época e para a historiografia literária.

REFERÊNCIAS

DEMOGEOT, J. (1882). *Histoire de la littérature française*: depuis ses origines jusqu'à nos jours. 19. ed. Paris: Hachette.
FREITAS, Maria Teresa de (1989). "Romance e história". In: *Uniletras*. Ponta Grossa, n. 10, dez., p. 109-118.
HUGO, Victor (2002). *Quatrevingt-treize*. Paris: Gallimard.
LUKÁCS, George (1965). *Le roman historique*. Trad. Robert Sailley. Paris: Payot.
_____ (1999). "O romance como epopeia burguesa". Trad. Letícia Zini Antunes. In: *Ad Hominem I*. Santo André: Ad Hominem, p. 87-136.
ROUANET, Jean-Claude (2002). "Hugo face à l'Histoire et à la Revolution". In: EVRARD, Franck. *Analyses & réflexions sur* Quatrevingt-treize. Paris: Ellipses.

Espectros de Victor Hugo: a Revolução de 1848

Marcos Moreira[1]

> *Seize ans comptent dans la souterraine éducation de l'émeute, et juin 1848 en savait plus long que juin 1832.*
> *Il n'y avait plus d'hommes dans cette lutte maintenant infernale. Ce n'étaient plus des géants contre des colosses. Cela ressemblait plus à Milton et à Dante qu'à Homère. Des démons attaquaient, des spectres résistaient.*
> Victor Hugo

---

[1] Professor do Departamento de Línguas Estrangeiras e Tradução da Universidade de Brasília. Coordenador do Grupo de Pesquisa Desconstrução como Justiça.

Primeiro, gostaria de agradecer à professora Junia Barreto por esse especial convite – que é quase um desafio – que é falar de Victor Hugo – como gostaria de agradecê-la, ao lado de Arnaud Laster e Danièlle Glasiglia-Laster pela apresentação de perspectiva de leitura de Victor Hugo diferente daquela que me foi dada anteriormente, uma leitura que se afasta de uma dicotomia binária entre Baudelaire e Victor Hugo, como dois estilos diferentes e distantes da literatura francesa do século XIX. Agradecer a Jacques Derrida, que me proporcionou o tema e a perspectiva de leitura de Victor Hugo apresentada nesse trabalho. Trata-se de uma citação que Derrida faz do livro *Os miseráveis*, de Victor Hugo.

> Juin 1848 fut, hâtons-nous de le dire, un fait
> à part, et presque impossible à classer dans la
> philosophie de l'histoire. (...) Mais, au fond, que
> fut juin 1848? Une révolte du peuple contre lui-même.
> (...) Qu'il nous soit donc permis d'arrêter
> un moment l'attention du lecteur sur les deux
> barricades absolument uniques dont nous venons
> de parler (...) ces deux effrayants chefs-d'œuvre de
> la guerre civile. (...) La barricade Saint-Antoine
> était monstrueuse (...) la ruine. On pouvait dire
> qui a bâti cela? On pouvait dire aussi: qui a
> détruit cela? C'était grand et c'était petit. C'était
> l'abîme parodié sur place par le tohu-bohu.
> (...) Cette barricade était forcenée (...) démesurée et
> vivante; et, comme du dos d'une bête électrique,
> il en sortait un pétillement de foudres. L'esprit de
> révolution couvrait de son nuage ce sommet où
> grondait cette voix du peuple qui ressemble à la
> voix de Dieu; une majesté étrange se dégageait
> de cette titanique hottée de gravats. C'était un tas
> d'ordures et c'était le Sinaï.
> Comme nous l'avons dit plus haut, elle attaquait
> au nom de la Révolution, quoi? La Révolution.
> (...) Au fond se dressait ce barrage qui faisait de
> la rue un cul-de-sac ; mur immobile et tranquille;
> on n'y voyait personne, on n'y entendait rien, pas

un cri, pas un bruit, pas un souffle. Un sépulcre.
(...) Le chef de cette barricade était un géomètre
ou un spectre.
(...) La barricade Saint-Antoine était le tumulte
des tonnerres; la barricade du Temple était le
silence. Il y avait entre ces deux redoutes la différence
du formidable et du sinistre. L'une semblait
une gueule; l'autre un masque.
En admettant que la gigantesque et ténébreuse
insurrection de juin fût composée d'une colère et
d'une énigme, on sentait dans la première barricade
le dragon et derrière la seconde le sphinx. (...)

QUE FAIRE DANS L'ABÎME À MOINS QUE L'ON NE CAUSE?
Seize ans comptent dans la souterraine éducation
de l'émeute, et juin 1848 en savait plus long que
juin 1832.
(...) Il n'y avait plus d'hommes dans cette lutte
maintenant infernale. Ce n'étaient plus des géants
contre des colosses. Cela ressemblait plus à Milton
et à Dante qu'à Homère. Des démons attaquaient,
des spectres résistaient.
(...) Une voix du fond le plus obscur des groupes,
cria (...) Citoyens, faisons la protestation des cadavres.
(...) On n'a jamais su le nom de l'homme qui avait
parlé ainsi (...) ce grand anonyme toujours mêlé aux
crises humaines et aux genèses sociales (...). Après
que l'homme quelconque, qui décrétait "la protestation
des cadavres", eut parlé et donné la formule
de l'âme commune, de toutes les bouches
sortit un cri étrangement satisfait et terrible, funèbre
par le sens et triomphal par l'accent
– Vive la mort! Restons ici tous.
– Pourquoi tous? dit Enjolras.
– Tous! Tous! (HUGO, 2009).

De início, essa citação parecia ser simples e objetiva, mas, pouco a pouco, revelou-se como a ação de alguém que nos leva delicadamente pela mão em direção a um abismo – da leitura.

A propósito do abismo, começaremos justamente pela referência ao abismo.

Que faire dans l'abîme à moins que l'on ne cause?

O que me motiva a escrever este trabalho não é uma relação direta com o texto de Victor Hugo. É sua presença fantasmagórica no livro *Espectros de Marx*, publicado em 1993 por Jacques Derrida. Essa grande epígrafe, retirada do livro *Os miseráveis*, abre o capítulo 4: "Au nom de la révolution, la double barricade (impure impure impure histoire de fantôme')". Entretanto, Victor Hugo não é mais muito citado. Sua ausência, contudo, possui uma força estratégica.

Nosso pressuposto é que Derrida tenha usado de um recurso da escrita para representar a importância de Victor Hugo para uma perspectiva marxista. Essa importância seria principalmente em relação à ideia de consciência do real e consciência alienada. Ele estaria se colocando em paralelo à leitura que Walter Benjamin faz de Baudelaire. Victor Hugo permaneceria, depois da epígrafe, sendo discutido, sem a determinação de uma presença, da mesma forma que um fantasma – que é um dos temas de Espectros de Marx. O desafio seria reconhecer os fantasmas de Victor Hugo para melhor reconhecer os fantasmas sociais que nos rodeiam.

Para tentar confirmar essa tese, tentamos ler lentamente essa epígrafe, supervalorizando algumas frases, como já começamos ao destacar o trecho do abismo – para verificar seus reflexos no texto de Derrida. Nossa impressão final, depois de aberto o abismo que aproxima Derrida de Victor Hugo, é que existe uma ampla presença dissimulada de Victor Hugo que deseja se tornar visível e presente. Isso retirou a segurança inicial, como um solo que se abre, prevista para o trabalho. Esse abismo seria um espaço sem sistema, na perspectiva de Derrida, como que provocando o desejo de tornar presente esse Victor Hugo de Derrida, seu fantasma. Esse *desejo de presença* pode ser associado ao mesmo abismo de Victor Hugo porque

> La représentation *en abyme* de la présence n'est pas un accident de la présence; le désir de la présence naît au contraire de l'abîme de la représentation, de la représentation de la représentation etc. (DERRIDA, 1992, p. 233).

O AMANHÃ – O SEU DESEJO DE PRESENÇA

Na abertura de *Os miseráveis*, Victor Hugo projeta para o porvir uma justiça ainda não presente por meio de uma luta permanente "enquanto houver a miséria". É como um desejo de presença da justiça porvir que só nasce da percepção do abismo.

Esse abismo pode ser entendido como uma tensão temporal que age sobre os personagens do romance, demandando alguma ação política em busca de um futuro que não poderá ser assegurado ou tranquilizador. Os personagens estão entre duas grandes revoluções francesas, entre duas barricadas: a de 1789 e a de 1848. Elas operam sobre eles como um peso do passado e, outra, resultado da compreensão do desejo de luta contra o seu presente – sentimento de deslocamento no presente – como responsabilidade pelo futuro.

Essa tensão entre dois tempos também é tensão entre os efeitos do passado e do futuro, entre a mudança e a estabilidade, entre a destruição e a construção, que cada revolução, aparentemente, representaria. Essa tensão também é a causa e resultado da duplicidade que rege a ação do povo que não pode se identificar a si mesmo. Derrida parece destacar esse jogo do duplo, condição do fantasmagórico, que forma o abismo, desta vez, ele próprio como farsa ou paródia, enfim repetição dependente de sua origem, a Revolução de 1848 em função da de 1789, em sua epígrafe:

> Juin 1848 fut, hâtons-nous de le dire, un fait
> à part, et presque impossible à classer dans la
> philosophie de l'histoire. (...) Mais, au fond, que
> fut juin 1848? Une révolte du peuple contre lui-même.
> (...) Qu'il nous soit donc permis d'arrêter
> un moment l'attention du lecteur sur les deux
> barricades absolument uniques dont nous venons
> de parler (...) ces deux effrayants chefs-d'œuvre de
> la guerre civile. (...) La barricade Saint-Antoine
> était monstrueuse (...) la ruine. On pouvait dire
> qui a bâti cela? On pouvait dire aussi : qui a
> détruit cela? C'était grand et c'était petit. C'était
> l'abîme parodié sur place par le tohu-bohu (HUGO, 2009).

Esse abismo, como barricada de 1848, produz seus próprios desejos de presença: o espírito de revolução. Como o filósofo da história reclamado por Hugo, Derrida se apropria mais uma vez do escritor, talvez em forma de paródia, farsa ou ação fantasmagórica, e recolhe outros momentos que, pela proximidade vocabular, parecem seguir uma lógica subterrânea. Cita Derrida:

> L'esprit de révolution couvrait de son nuage ce sommet où grondait cette voix du peuple qui ressemble à la voix de Dieu; une majesté étrange se dégageait de cette titanique hottée de gravats. C'était un tas d'ordures et c'était le Sinaï. Comme nous l'avons dit plus haut, elle attaquait au nom de la Révolution, quoi? La Révolution (id.).

O abismo se tornou espírito de revolução. Essa expressão, "espírito da revolução", que acaba de ser evocada, de forma discreta, por Derrida em *Espectros de Marx*, é recuperada, explicada sua importância, como título de uma das entrevistas sobre todo o conjunto do livro. Foi uma entrevista concedida por Derrida à psicanalista Elizabeth Roudinesco.

Essa entrevista está no livro, de 2001, que se intitula *De quoi demain*. O título foi retirado de um verso de Hugo: "De quoi demain serait-il FAIT". Derrida parece se associar a Victor Hugo na preocupação com o amanhã, com o futuro – mesmo com o futuro da revolução. Parece haver um desejo, mesmo que ainda sem presença, de que o amanhã preserve o espírito da revolução, evitando que fevereiro de 1848 se torne junho de 1848. Isso significa que a revolução não seja canonizada nem canonize o crime, como Derrida explica em "Le Siècle et le Pardon", entrevista incluída em *Foi et savoir*, e que assim ela não apague o abismo que a originou. A revolução mantém sua alteridade em sua repetição.

O verso citado pertence ao poema "Napoleão II", que está no livro *Chants du crépuscule*. Nesse poema, Victor Hugo expressa um futuro como uma abertura infinita e incontrolável, futuro como alteridade, como porvir. Pela leitura do poema, podemos concluir que a expressão "De que amanhã se trata" pode ser substituída pela "De que espectro se trata". O amanhã desse poema, como o amanhã do *Manifesto comunista*, é um espectro ameaçador a um determinado grupo. Do mesmo modo que o amanhã se passa por espectro, o espectro se torna uma forma fantasmagórica do futuro. Victor Hugo, antes de Derrida, coloca o espectro como futuro e não como passado, misturando os tempos, revelando sua heterogeneidade.

No mesmo gesto, retira do futuro o lugar de segurança, seu otimismo. Ela atinge dessa forma a própria ideia de predestinação. O destino não está sob controle. Porque não existe predestinação e nenhum "homem predestinado", como poderia ter sido o filho de Napoleão.

> Comme ils parlaient, la nue éclatante et profonde
> S'entr'ouvrit, et l'on vit se dresser sur le monde
> L'homme prédestiné,
> Et les peuples béants ne purent que se taire,
> Car ses deux bras levés présentaient à la terre
> Un enfant nouveau-né!

O futuro brincou com o otimismo do povo. Ele confundiu seu destino com o destino de somente uma pessoa. O nascimento do filho de Napoleão personificou o futuro e o poder ao qual se deve submeter.

> Courbés comme un cheval qui sent venir son maître,
> Ils se disaient entre eux: – Quelqu'un de grand va naître!
> L'immense empire attend un héritier demain.
> Qu'est-ce que le Seigneur va donner à cet homme
> Qui, plus grand que César, plus grand même que Rome,
> Absorbe dans son sort le sort du genre humain?

O próprio imperador Napoleão, descrito por Victor Hugo, iludiu-se no controle do futuro. Quando do nascimento de seu filho, Victor Hugo o imagina gritando, sem poder prever a sua morte ainda em juventude em 1832:

> Et Lui! l'orgueil gonflait sa puissante narine;
> Ses deux bras, jusqu'alors croisés sur sa poitrine,
> S'étaient enfin ouverts!
> Et l'enfant, soutenu dans sa main paternelle,
> Inondé des éclairs de sa fauve prunelle,
> Rayonnait au travers!
>
> Quand il eut bien fait voir l'héritier de ses trônes
> Aux vieilles nations comme aux vieilles couronnes,
> Éperdu, l'œil fixé sur quiconque était roi,
> Comme un aigle arrivé sur une haute cime,
> Il cria tout joyeux avec un air sublime:
> – L'avenir! l'avenir! l'avenir est à moi!

Responde Victor Hugo, continuando o poema, num discurso de desapropriação:

> Non, l'avenir n'est à personne!
> Sire! l'avenir est à Dieu!

> A chaque fois que l'heure sonne,
> Tout ici-bas nous dit adieu.
> L'avenir! l'avenir! mystère!
> Toutes les choses de la terre,
> Gloire, fortune militaire,
> Couronne éclatante des rois,
> Victoire aux ailes embrasées,
> Ambitions réalisées,
> Ne sont jamais sur nous posées
> Que comme l'oiseau sur nos toits!

Podemos começar a compreender a resposta relativa à pergunta de Derrida e Roudinesco: de qual amanhã se trata. Victor Hugo responde:

> Non, si puissant qu'on soit, non, qu'on rie ou qu'on pleure,
> Nul ne te fait parler, nul ne peut avant l'heure
> Ouvrir ta froide main,
> Ô fantôme muet, ô notre ombre, ô notre hôte,
> Spectre toujours masqué qui nous suis côte à côte,
> Et qu'on nomme demain!

O amanhã é o espectro, fantasma mudo. Espectro que ronda um espaço bem maior do que o europeu e atinge tanto o povo como o imperador ou seu cavalo. Uma sequência de fatos, sob a regência do espectro, descreve sua lei final:

> Demain, c'est le cheval qui s'abat blanc d'écume.
> Demain, ô conquérant, c'est Moscou qui s'allume,
> La nuit, comme un flambeau.
> C'est votre vieille garde au loin jonchant la plaine.
> Demain, c'est Waterloo! demain, c'est Sainte-Hélène!
> Demain, c'est le tombeau!

A lei final é a morte. Ela denuncia que toda conquista é fantasia. É um jogo do "fantasma mudo", diante do qual o silêncio nos impõe novas leituras. Diante da morte, como lei, que se desenha toda a ação política, tanto a de Napoleão quanto todas as demais. É uma mistura de vida e morte, como ensinada pela guilhotina descrita por Victor Hugo. A guilhotina, como ameaça de morte, torna-se a síntese de todas as leis. Victor Hugo descreve o impacto da guilhotina aos olhos do bispo Myriel e sua reflexão sobre as diferenças, obviamente em sua perspectiva, entre as leis divinas e leis humanas.

> Quant à l'évêque, avoir vu la guillotine fut pour lui un choc, et il fut longtemps à s'en remettre.
>
> L'échafaud, en effet, quand il est là, dressé et debout, a quelque chose qui hallucine. On peut avoir une certaine indifférence sur la peine de mort, ne point se prononcer, dire oui et non, tant qu'on n'a pas vu de ses yeux une guillotine; mais, si l'on en rencontre une, la secousse est violente, il faut se décider et prendre parti pour ou contre. Les uns admirent, comme de Maistre; les autres exècrent, comme Beccaria. La guillotine est la concrétion de la loi; elle se nomme *vindicte*; elle n'est pas neutre, et ne vous permet pas de rester neutre. Qui l'aperçoit frissonne du plus mystérieux des frissons. Toutes les questions sociales dressent autour de ce couperet leur point d'interrogation. L'échafaud est vision. L'échafaud n'est pas une charpente, l'échafaud n'est pas une machine, l'échafaud n'est pas une mécanique inerte faite de bois, de fer et de cordes. Il semble que ce soit une sorte d'être qui a je ne sais quelle sombre initiative; on dirait que cette charpente voit, que cette machine entend, que cette mécanique comprend, que ce bois, ce fer et ces cordes veulent. Dans la rêverie affreuse où sa présence jette l'âme, l'échafaud apparaît terrible et se mêlant de ce qu'il fait. L'échafaud est le complice du bourreau; il dévore; il mange de la chair, il boit du sang. L'échafaud est une sorte de monstre fabriqué par le juge et par le charpentier, un spectre qui semble vivre d'une espèce de vie épouvantable faite de toute la mort qu'il a donnée.
>
> Aussi l'impression fut-elle horrible et profonde; le lendemain de l'exécution et beaucoup de jours encore après, l'évêque parut accablé. La sérénité presque violente du moment funèbre avait disparu; le fantôme de la justice sociale l'obsédait. Lui qui d'ordinaire revenait de toutes ses actions avec une satisfaction si rayonnante, il semblait qu'il se fît un reproche. Par moments, il se parlait à lui-même, et bégayait à demi-voix des monologues lugubres. En voici un que sa sœur entendit un soir et recueillit: – Je ne croyais pas que cela fût si monstrueux. C'est un tort de s'absorber dans la loi divine au point de ne plus s'apercevoir de la loi humaine. La mort n'appartient qu'à Dieu. De quel droit les hommes touchent-ils à cette chose inconnue?

Toda a ação, portanto, toda revolução que sonha o amanhã, é uma ação diante da lei da morte – reflexão sobre a morte e os limites do Direito, da estrutura legitimada que resiste à revolução. A revolução sonha a sua própria morte, mas também a de seus sobreviventes que fantasmagoram os sobreviventes destes, mantendo no futuro, o fantasma ou o espírito da revolução. Talvez seja a lição da guilhotina. A guilhotina produz um choque, do qual não se pode ser indiferente. O bispo aprendeu a lição do *choque*. Seu choque permite uma reflexão de Hugo, recorrendo a Maistre e a Beccaria, sobre a lei, mais especificamente, sobre a guilhotina como lei. Ele escreve que ela é "a concretização da lei".

Sua estrutura moderna, feita de ferro e madeira e corda, sua máquina, não é neutra, do mesmo modo que não permite a neutralidade de quem a vê. Ela é mais do que sua construção, que sua estrutura. A ideia desse excesso, suplemento da coisa, nos termos de Derrida, pode ser retirada da descrição do patíbulo que se confunde com sua função e com sua força de lei – sem justiça.

Do mesmo modo, o texto denuncia a *dupla origem* da guilhotina, síntese de todas as leis, juiz e carpinteiro, como um espectro "un spectre qui semble vivre d'une espèce de vie épouvantable faite de toute la mort qu'il a donnée". Sua vida, que é sobrevida, ou seja, vida misturada com a morte, parece assinalar para a ideia de trabalho de luto infinito de Derrida.

"A guilhotina é a síntese de todas as leis", escreve Victor Hugo. A figura da lei, para Derrida, é dissimétrica porque ela nos olha como um fantasma que não permite o cruzamento de olhar. A guilhotina, como síntese de todas as leis, talvez seja a síntese de todos os seus espectros.

Continua Victor Hugo, a guilhotina é lei porque sua visão separa quem é a favor ou contra, obviamente no gesto em que separa que permanece vivo de quem morre e do olhar e do olhado que serão invertidos pela lógica do espectro. Quando levantada separa, não a realidade em si, mas a sua realidade espectral da alucinação. A indiferença diante da guilhotina, como diante de um espectro, só ocorre sem a sua visão, que nem por isso ela deixa de comandar nossas ações. É preciso ver, podemos concluir essa lição política ou esse imperativo político. É preciso ver a guilhotina – que existe enquanto espectro – para se ter a consciência do real e dessa síntese das leis. Esse imperativo do olhar não se destina, como veremos, a coisa em si, mas a sua espectralidade. Não se verá a guilhotina, mas o espectro alucinante da guilhotina.

É isso que acontece com o bispo de Digne, que no dia seguinte ao espectro do cadafalso convive com o fantasma da justiça social: "le lendemain de l'exécution et beaucoup de jours encore après, l'évêque parut accablé. La sérénité presque violente du moment funèbre avait disparu; le fantôme de la justice sociale l'obsédait". Mas para reagir às injustiças sociais, o mesmo bispo alertava:

> Il disait: – "Prenez garde à la façon dont vous vous tournez vers les morts. Ne songez pas à ce qui pourrit. Regardez fixement. Vous apercevrez la lueur vivante de votre mòrt bien-aimé au fond du ciel". Il savait que la croyance est saine. Il cherchait à conseiller et à calmer l'homme désespéré en lui indiquant du doigt l'homme résigné, et à transformer la douleur qui regarde une fosse en lui montrant la douleur qui regarde une étoile.

JOGO DE SUBSTITUIÇÕES

De que amanhã se trata?, De que morte se trata?, De que fantasma se trata?

Derrida parece construir uma teia textual na qual o *fantasma* de Victor Hugo está fortemente relacionado com o *espírito* da revolução. Podemos concluir isso, seja pelo trecho da epígrafe destacado anteriormente, seja pelo título da entrevista concedida. Roudinesco considera que o tema de *Espectro de Marx* seja a melancolia da Revolução. O destaque fica principalmente para o momento melancólico de 1789 até 1848, ou seja, entre o passado e o amanhã de Jean Valjean, no romance de Victor Hugo.

Derrida amplia o amanhã do personagem, trazendo para o século XX. Esse sentimento de melancolia histórica, relação constante com fantasmas, com a morte e com o luto, serve de alegoria para a relação sobre a possível morte do socialismo real, na imagem da queda do muro de Berlim ou da morte do socialismo ideal, exigindo um luto pelo engajamento. Derrida recontextualiza o livro.

Por outro lado, Jean Valjean parece ganhar outro nome. A melancolia, em *Espectros de Marx*, é personificada, ou transformada em novo luto, pela morte em 1993 de Chris Hani, a quem Derrida dedica o livro. Ele foi mártir do *apartheid*, que só terminará em 1994, um ano depois da publicação do livro. Foi também líder do CNA (Congresso Nacional Africano), mesmo grupo de Nelson Mandela e Jacob Zuma. Ele foi, nos termos de Derrida, "assassinado como comunista". Hoje, supomos, ele poderia ser assassinado como terrorista. Foi morto também numa guerra civil – agora na África do Sul. Nessa relação, a África do Sul do século XX possui algum vínculo com a França do século XIX – quando se morre pelo ideal da igualdade, mesmo por estratégias da diferença. Eis o espírito da revolução descrito por Derrida a ser ressuscitado diante das novas guilhotinas. Os fantasmas agem sobre o real. Os espectros rondam nosso mundo.

Roudinesco considera que três cenas conduzem o livro *Espectros de Marx*: Hamlet e o fantasma que exige vingança ("La guillotine est la concrétion de la loi; elle se nomme *vindicte*") para salvar o mundo da desonra; a cena da publicação do *Manifesto Comunista*, de Karl Marx, em 1848, com o espectro do comunismo que ronda a Europa; a cena do mundo atual globalizado, unificado pela economia de mercado, fantasmagorado por um comunismo que deseja morto, temendo seu *retorno*.

Derrida, por esse conjunto de relações, cria um vínculo entre o espírito da revolução francesa e o espírito da revolução marxista por meio do espectro do comunismo, ligando Valjean a Chris Hani, com todo cuidado para não tornar, como Derrida nos alerta no início de *Espectros de Marx*, o assassinato de um homem como uma figura de linguagem. Temendo o espectro do comunismo, a sociedade capitalista deseja a morte da Revolução e dos atos revolucionários, quando não, como no caso de Hani, dos próprios revolucionários. O espectro do comunismo causa temor tanto em nosso mundo quanto no de Jean Valjean. O que significa que podemos aprender com ele.

Valjean vive um momento de melancolia política. Mas os momentos de melancolia política (momentos de perdas, de luto por revoluções, por greves ou revoltas) não possuem necessariamente efeitos negativos. Ela produz utopias, sonhos, fantasmas. Seus fantasmas podem ser transformadores. Valjean, na prisão, demonstra isso:

> Dans cette situation, Jean Valjean songeait, et quelle pouvait être la nature de sa rêverie?
> (...)
> Toutes ses choses, réalités pleines de spectres, fantasmagories pleines de réalités, avaient fini par créer une sorte d'état intérieur presque inexprimable (HUGO, 2009, p. 153).

A consciência com seus fantasmas não distancia Valjean da necessidade de transformação da realidade porque a realidade era plena de espectros e os fantasmas plenos de realidade. Não existia, para ele, oposição entre a consciência dos fantasmas e a consciência da realidade para a transformação social. Assim como não havia oposição entre a *fantasmagoria* e o *choque*.

> Sa raison, à la fois plus mûre et plus troublée qu'autrefois, se révoltait. Tout ce qui lui était arrivé lui paraissait absurde; tout ce qui l'entourait lui paraissait impossible. Il se disait: c'est un rêve. Il regardait l'argousin debout à quelques pas de lui; l'argousin lui semblait un fantôme ; tout à coup le fantôme lui donnait un coup de bâton (id., p. 153).

Por meio dos fantasmas, Valjean sente a realidade. Na perspectiva de Freud, fantasma faz referência ao tema da imaginação tanto como uma faculdade de produzir fantasmas quanto como produto dessa própria faculdade (*l'argousin*). Suas características relacionam a produção de cenários, roteiros, construções narrativas, portanto, literárias. Possuem uma relação com o sonho e com a vigília da consciência. Relaciona-se com o modo de percepção, com a maneira com a qual a consciência apreende seu objeto.

O fantasma é o resultado de um sonho acordado. A consciência desperta age como se fosse uma consciência adormecida, recusando uma realidade frustrante por meio da imaginação. Para Derrida, "l'imagination, origine de la différence entre la puissance et le désir, est bien déterminée comme *différance*" (DERRIDA, 1992, p. 264). A diferença entre a consciência adormecida e em vigília, entre o sonho e a realidade, entre o desejo e a potência, não é de fácil separação, porque, continuará Derrida, o poder de transgredir a natureza está na natureza, ou, ainda, a natureza possui o modo de excesso, de suplemento nela mesma. Em outros termos, a possibilidade da imaginação, e do fantasma, origem da diferença entre poder e desejo, realidade e prazer, está inscrita na natureza. O fantasma, fruto da imaginação, é condição da realidade.

Quando Victor Hugo escreve, no início de *Os miseráveis*, que "enquanto existir miséria", a frase pode ser uma exemplificação dessa imaginação entre a potência e o desejo. A impotência de mudar o mundo se tornaria desejo de um futuro. Baudelaire critica esse trecho de Victor Hugo, como se Hugo sonhasse com um mundo sem miséria, como se ele vivesse numa fantasia. Baudelaire parece não acreditar no fim da miséria. Derrida parece tomar outro caminho. A utopia, a fantasmagoria de *Os miseráveis*, pode ser entendida não somente como uma expectativa de futura compensação diante da miséria, mas como à própria forma de perceber a miséria.

Laster nos alerta que Victor Hugo retira do campo metafísico a miséria. Victor Hugo escreveria não um Paraíso Artificial, mas um inferno artificial, produzido pela sociedade da injustiça e da miséria. Esse inferno artificial parece ter valor de realidade social. Renato Janine Ribeiro destaca que "a miséria é um tema novo no século XIX. Como realidade é bem antiga, mas a novidade é que ela se torna tema". Ribeiro considera que tenha ocorrido uma mudança de consciência da miséria, tornada realidade para a consciência social. Sua perspectiva de comparação da consciência da miséria de Victor Hugo é a consciência da realidade política a partir de Marx. Relembra que no final de *O dezoito Brumário de Luís Bonaparte* Marx teria insinuado uma ingenuidade de Hugo quanto à iminência do golpe político.

Walter Benjamin, outro teórico da fantasmagoria, também se interessava pelo século XIX francês, por Victor Hugo e Baudelaire. Como Derrida, ele também tem a publicação do *Manifesto Comunista* como um grande marco do século, como referência para analisar o pensamento da época. Para Benjamin, o texto teria terminado com a era dos conspiradores profissionais e suas consciências equivocadas do real.

Ele elege como imagem dessa conspiração Baudelaire. "O nível de consciência política de Baudelaire nunca foi basicamente além do desses conspiradores profissionais" (BENJAMIN, p. 46). De forma divertida, descreve a participação de Baudelaire nas barricadas de 1848, mas percebe as possibilidades do uso político de seu comportamento. Benjamin opõe Hugo a Baudelaire por meio da imagem do "tremor cósmico" e da familiaridade com o mundo dos espíritos em relação à ideia de "choque direito" de Baudelaire. Baudelaire se transforma em um poeta lírico que descreve o auge do capitalismo como apogeu da fantasmagoria desse sistema, sendo Paris, a capital do luxo, o tema de sua poesia, enquanto Victor Hugo serve de seu contraponto.

Espectros de Marx centraliza mais seu tema nos fantasmas e no espírito revolucionário do que nos choques. A epígrafe de Derrida retirada de *Os miseráveis* parece ser uma tomada de posição, de inversão do ponto de vista de Benjamin. O livro nos parece uma defesa da perspectiva de Hugo mediante a da defesa dos fantasmas e de uma exploração da imagem da mesa de espiritismo. Por meio da relação da consciência com seus fantasmas, Derrida parece pôr em questão a ideia de consciência alienada e da percepção dos fantasmas não como uma forma de consciência alienada do real, propondo uma aproximação de forma espectral do real, porque se "l'argousin lui semblait un fantôme; tout à coup le fantôme lui donnait un coup de bâton". E, de outro modo, tendo consciência de que:

> *Des démons attaquaient, des spectres résistaient.*

O FANTASMA DA MISÉRIA E O TRABALHO DE LUTO
A sociedade do amanhã

O trabalho de luto, para Derrida, não é um trabalho qualquer entre outros. Todo trabalho, segundo ele, comporta uma transformação, uma idealização apropriante, um movimento de interiorização que caracteriza o luto. Esse raciocínio deveria servir para a tentativa de compreender a geopolítica, mais exatamente, o *inconsciente geopolítico*, a partir da queda do modelo soviético e da morte de Marx. Mas serve também para tentar entender os nossos trabalhos aqui sobre *Os miseráveis*, de Victor Hugo, como trabalho de luto pelos miseráveis e por próprio Victor Hugo, com atos de transformação e de idealização apropriante. Derrida parece transformar e se apropriar de Victor Hugo contra uma apropriação anterior, como se não preocupasse com o verdadeiro Victor Hugo ou com uma tentativa de retirar as "máscaras dos espectros", deixando a cada um o fantasma de seu Victor Hugo.

Marx, que criticou Victor Hugo, diz Derrida, tentou espantar os seus fantasmas. Essa tarefa, segundo ele, jamais poderia ser realizada. Derrida criou a hantologia, ciência dos fantasmas. Nada melhor do que ter como tema o escritor conhecido por sua experiência com as mesas redondas.

O fantasma silencioso nos espera amanhã. Ele é nosso íntimo e desconhecido futuro anfitrião. Concluo, na perspectiva de permitir o retorno dos nossos fantasmas pelo retorno da citação do poema de Victor Hugo:

> O fantôme muet, ô notre ombre, ô notre hôte,
> Spectre toujours masqué qui nous suis côte à côte,
> Et qu'on nomme demain!

REFERÊNCIAS

BENJAMIN, Walter (1989). *Charles Baudelaire*: um lírico no auge do capitalismo. São Paulo: Brasiliense.
_____ (1985). "Paris, capital do século XIX e a Paris do segundo império em Baudelaire". In: KOTHE, Flávio (org.). *Walter Benjamin*. São Paulo: Ática.
DERRIDA, Jacques (1992). *De la gramatologie*. Paris: Minuit.
_____ (1996). *Foi et Savoir* suivi de *Le Siècle et le Pardon*. Paris: Éditions du Seuil/Éditions Laterza.
_____ (1993). *Spectres de Marx*: L'État de la dette, le travail du deuil et la nouvelle Internationale. Paris: Ed. Galilée.
_____; ROUDINESCO, Elisabeth (2001). *De quoi demain... Dialogue*. Paris: Librairie Arthème Fayard/Éditions Galilée.
HUGO, Victor (2002). *Os miseráveis*. Apresentação Renato Janine Ribeiro. São Paulo/Rio de Janeiro: Cosac & Naify/Casa da Palavra.
_____ (2009). *Les misérables*. Prefácio e comentários Arnaud Laster. Paris: Pocket Classique.
_____ (1985). "Les chants du crépuscule". In: *Œuvres Complètes – Poésie I*. Paris: Éditions Robert Laffont.
MARX, Karl (2008). *A revolução antes da revolução*. São Paulo: Expressão popular.

Victor Hugo
e a literatura

La littérature, c'est le gouvernement du genre humain par l'esprit humain.
Congrès littéraire international, Discours d'ouverture, séance publique du 17 juin 1878.

Poesia

Odes et ballades: *Victor Hugo poeta, de 1818 a 1828*

Robert Ponge[1]

O presente artigo se propõe assinalar alguns aspectos da evolução da posição poético-política (ou político-poética) de Victor Hugo ao longo de dez anos, de 1818 a 1828. Para fazê-lo, analiso o seu primeiro volume de poemas (*Odes et poésies diverses*, 1822) e suas quatro edições seguintes (1823, 1824, 1826 e 1828)[2].

OS PRIMEIROS PASSOS DE VICTOR HUGO NA POESIA

Conforme testemunho do próprio Hugo, sua estreia na escrita de pretensões literárias ocorre em 1812 (aos dez anos de idade). Segundo os especialistas, seus primeiros poemas datam do início de 1814 (ou mesmo do fim de 1813). Começam a ser publicados em 1817 (aos quinze anos de idade). Em dezembro de 1819, às vésperas de seus dezoito anos, ele funda com seus dois irmãos *Le conservateur littéraire*. Como informa o adjetivo constante no título, trata-se de uma revista de caráter literário e poético. Por que *conservador*? O substantivo é uma homenagem a Chateaubriand, principal animador de um jornal de mesmo nome fundado em 1818; é também a indicação de uma filiação a esse jornal e a afirmação de uma postura política monarquista: *Le conservateur littéraire* trava polêmica contra os espíritos que se opõem à Restauração, sobretudo, os liberais. Durante quinze meses, Victor Hugo assume a direção de redação da revista cuja publicação é encerrada em março de 1821.

ODES ET POÉSIES DIVERSES (1822)

Em 8 de junho de 1822 é lançada a primeira coletânea de Hugo, *Odes et poésies diverses*. Reúne vinte e sete peças, das quais algumas remontam a 1818-1819, enquanto a grande maioria foi escrita em 1820-1822. Dois terços delas já haviam sido publicadas. O título, *Odes et poésies diverses*, é ligeiramente enganoso, pois, dos vinte e sete poemas que o compõem, o volume só contem três *poesias diversas* (uma elegia, um diálogo e um poema ossiânico); as vinte e quatro peças restantes são odes, gênero pelo qual Hugo escolheu tornar-se conhecido.

---

[1] Professor do Instituto de Letras da Universidade Federal do Rio Grande do Sul.
[2] As análises que se seguem devem muito a Albouy, 1964/1992; Albouy, 1990; Gaudon, 1991; Leulliot, 1985; Meschonnic, 1991.

Antes de me deter nesse livro, permito-me passar imediatamente à edição seguinte; logo ficará claro por quê.

ODES (1823)

O sucesso dessa primeira coletânea permite a Hugo publicar uma segunda edição sete meses mais tarde, em janeiro de 1823. Ele elimina as três *poesias diversas* do volume e, em consequência, desaparece a referência a elas antes contida no título, o qual se torna simplesmente *Odes*. Para compensar as supressões, ele acrescenta duas novas odes, além de retomar o prefácio da edição de 1822, ao qual ele acrescenta "outras observações" (HUGO, 1823, p. 54). Podemos agora estudar o conjunto das duas edições.

Entretanto, impõe-se uma questão preliminar:

O que é uma ode?

O início do século XIX recebe a ode como uma herança de três diferentes tipos de ode ilustrados na Antiguidade por Píndaro, por Alceu, Safo, Anacreonte e, enfim, por Horácio (DOUMET, 1999, p. 722), mas uma herança substancialmente enriquecida de inovações e da diversidade que a sucessão dos séculos lhe acrescentou a partir do Renascimento. Trata-se assim de um gênero amplo, aberto, variado, que não se reduz a uma definição ou forma única. A ode tende a ser definida menos por sua forma do que por seus três grandes tipos de assunto e por seu tom, que é necessariamente o do lirismo, isto é, o da emoção – emoção que pode variar tanto em caráter (terno, elegíaco etc.) quanto em intensidade, a qual pode chegar à exaltação e até mesmo ao furor (DOUMET, p. 722; GARDES-TAMINE e HUBERT, 1993, p. 137; VIGNES, 2010, p. 528-529).

No prefácio, Hugo se propõe renovar "a ode francesa, geralmente acusada de fria e monótona". Como? Situando "o movimento da Ode muito mais nas ideias do que nas palavras", pois "a poesia não está na forma das ideias, mas nas próprias ideias" (HUGO, 1823, 1822, p. 54-55), formulação um tanto elíptica e obscura que se volta contra o estilo ornamental, as flores da retórica. A intenção é boa, qual é o resultado?

AS ODES DE 1822-1823 E SEUS PREFÁCIOS

No que concerne ao tipo de ode, as vinte e sete peças podem ser reagrupadas em dois grandes conjuntos que reúnem uma quantidade aproximadamente igual de poemas: por um lado, as odes heroicas (cujo objeto é necessariamente nobre, elevado, podendo ser histórico, bíblico-religioso ou mitológico); por outro, as demais, que apresentam um assunto menos elevado, mais modesto.

Isso dá uma ideia, mas diz pouco sobre as odes heroicas, das quais é necessário delimitar o assunto. Algumas são poemas oficiais de circunstância ("Le Rétablissement de la statue de Henri IV", "La Mort du duc de Berry", "La Naissance du duc de Bordeaux", por fim "Le Baptême" do mesmo duque), outras são poemas históricos ("La Vendée", "Quiberon", "Buonaparte", "Louis XVII") ou religiosos ("Vision", "Jéovah")[3]. Esta última ode se limita a exaltar o personagem epônimo (*Gloire à Dieu seul! son nom rayonne en ses ouvrages!*[4] – HUGO, 1823, p. 251), mas todas as outras militam politicamente em favor da Restauração e de suas figuras de proa, contra a Revolução, seus desdobramentos, seus heróis e até mesmo contra suas causas. Assim, em "Vision", Jeová condena o século XVIII por ser "le Siècle coupable" ("o Século culpado" – *culpado*, ou seja, delinquente, criminoso – id., 1822, p. 113).

No prefácio, Hugo formula as bases teóricas sobre as quais ele construiu essa parte do livro. Após se ter declarado "convencido" de que a arte tem "por objeto principal ser útil", ele informa que, com esse volume, seu desejo é, sobretudo, o de "solenizar" os principais acontecimentos dos últimos trinta anos. A escolha unilateral que ele faz desses acontecimentos é significativa de sua posição poético-política (de suas convicções tanto poéticas como políticas: as duas são, para ele, intimamente ligadas) – opiniões que ele explicita: assentando a poesia nas "crenças religiosas" e nas "ideias monárquicas", ele lança o anátema sobre a França da Revolução de 1789, do Consulado e do Império, designada como a sociedade que viveu as "saturnais do ateísmo e da anarquia" (HUGO, 1822, 1823, p. 54-55). Resta-nos concordar com Pierre Albouy: nessa parte das odes de 1822-1823, Hugo se apresenta e se afirma como "o poeta do ultramonarquismo" (ALBOUY, 1990, p. 718). E é nisso que se concentra tudo aquilo que, para as gerações posteriores, é antimoderno e ultrapassado.

Dito isso, o que se pode encontrar de novo que, nessa coletânea, anuncia o Hugo romântico? Como a obra não se afasta muito das regras, dos hábitos da poesia clássica e das exigências das academias, não é devido às liberdades com a retórica, que Hugo não toma (ou toma pouco), que se pode medir sua originalidade. Em contrapartida, são merecedoras de nossa atenção as odes de registro médio ou leve, assim

---

[3] "O reerguimento da estátua de Henrique IV", "A morte do duque de Berry", "O nascimento do duque de Bordeaux", "O batismo do duque de Bordeaux", "Vendéia", "Quiberon", "Buonaparte", "Luiz XVII", "Visão", "Jeová".
[4] Tradução: "Glória a Deus só! Seu nome se irradia em suas obras!".

como certo número de concepções originais expressas seja no prefácio, seja nos poemas.

Em primeiro lugar, duas noções complementares: "a poesia, é tudo o que há de íntimo em tudo" e "o domínio da poesia é ilimitado". Nenhum tema lhe é, portanto, proibido. Essa declaração afirma um desejo de liberdade, liberdade da qual Hugo se vale para expor as "emoções de uma alma" – a sua – (HUGO, 1822, 1823, p. 54) em vários poemas de caráter íntimo (traço tipicamente romântico) como "Au vallon de Chérizy" ("Ao/No vale de Chérizy") ou "À toi" ("A ti"). Essa liberdade não se manifesta apenas nas odes íntimas; ela também inspira poemas tais como "Le Cauchemar" ("O pesadelo"), "La Chauve-souris" ("O morcego"), que se assentam na temática do pavor, sendo considerados por alguns como *frenéticos* ou *fantásticos*.

Por outro lado, Hugo afirma o papel social do poeta e, significativamente, o faz no poema que abre a coletânea, "Le Poète dans les révolutions" ("O poeta nas revoluções"): *le poète sur la terre /Console, exilé volontaire, /Les tristes humains dans leurs fers*[5] (HUGO, 1822, p. 71), e, sobretudo, ressalta seus poderes visionários, proféticos, fazendo do poeta um vate: *On dit que jadis le Poète, /Chantant des jours encor lointains, /Savait à la terre inquiète révéler ses futurs destins*[6] (id., p. 73).

Ideia que Hugo desenvolverá em "Fonction du poète" ("Função do poeta"), publicado em 1839 em *Les rayons et les ombres*, I (*Os raios e as sombras*, I).

Enfim, no prefácio, Hugo esclarece em que bases se assentam os poderes de vidência do poeta. É que, "sob o mundo real, existe um mundo ideal, que se mostra resplandecente aos olhos daqueles que graves meditações acostumaram a ver nas coisas mais que as coisas" (id., p. 54).

Nouvelles Odes (1824)

Em 1824, Hugo publica um volume de vinte e oito peças originais (intitulado *Nouvelles Odes*). Em seu prefácio, a função profética do poeta é reafirmada: "Ele deve guiar os povos como uma luz e mostrar-lhes o caminho" (HUGO, 1824, p. 62). Os temas dos poemas são os mesmos dos dois primeiros livros (históricos, religiosos, pessoais ou outro), mas se percebem algumas modificações: manifesta-se na obra um desejo de conciliação.

---

[5] Tradução: "o poeta na terra / Consola, exilado voluntário, / Os tristes humanos agrilhoados".
[6] Tradução: "Diz-se que outrora o Poeta, / Cantando dias ainda longínquos, / Sabia à terra inquieta revelar seus futuros destinos".

É bem verdade que Hugo continua sustentando que os cantos do poeta devem celebrar *"incessantemente* a glória e os infortúnios de seu país, as austeridades e os encantos de seu culto" (grifo meu), mas espera dele que "todas as fibras do coração humano vibrem em seus dedos como as cordas de uma lira" (id., p. 62), opinião que Hugo manifesta ainda em "La Liberté" ("A liberdade"): *Car mon luth est de ceux dont les voix importunes / Pleurent toutes les infortunes, / Bénissent toutes les vertus*[7] (id., p. 138).

Por certo, a liberdade republicana da Revolução Francesa continua a ser denunciada como um "monstro imenso" (HUGO, "La Liberté", 1824, p. 139) e Napoleão ainda é tido por "um tirano", mas é também apresentado como um "Chefe prodigioso" (a maiúscula é de Hugo – "À mon père"/"A meu pai", 1824, p. 134). A segunda ode do livro abre a história à generalização humanista:

>Les siècles tour-à-tour, ces gigantesques frères,
>Différents par leur sort, semblables dans leurs voeux,
>Trouvent un but pareil par des routes contraires,
>Et leurs fanaux divers brillent des mêmes feux[8] (id., p. 125).

No entanto, desvencilhados dos sofrimentos e das dúvidas da época do namoro escondido e do noivado, os poemas íntimos são dominados pela exaltação da felicidade, da mulher amada. A esse respeito, "À toi", publicado na primeira coletânea (1822), pode proveitosamente ser comparado a "Encore à toi" ("Novamente a ti", 1824), que lhe responde em eco.

ODES ET BALLADES (1826)

Em 1826, Hugo publica um volume de treze novas odes e dez baladas, separadas umas das outras. O título da obra – *Odes et Ballades* – coloca em evidência o surgimento do gênero *balada* ao lado das odes. Por outro lado, as modificações apresentadas na coletânea anterior são aprofundadas.

O prefácio critica a hierarquia dos gêneros, propõe uma diferença essencial entre a regularidade e a ordem ("A regularidade interessa apenas a forma exterior; a ordem resulta do próprio fundamento das coisas (...) a regularidade é o gosto da mediocridade, a ordem é o gosto da genialidade", HUGO, 1826, p. 65). Hugo rejeita a imitação, aconselha a "desdenha(r) da retórica" e "respeitar a gramática" (orientação

---

[7] Tradução: "Pois meu alaúde é daqueles cujas vozes importunas / Choram todos os infortúnios, / Abençoam todas as virtudes".
[8] Tradução: "Os séculos sucessivos, esses gigantescos irmãos, / Diferentes em seus destinos, iguais em suas aspirações, / Encontram um objetivo semelhante por rotas contrárias, / E seus diversos faróis brilham dos mesmos fogos".

que retomará em *Les Contemplations*) e exige do poeta que "não escreva com o que já foi escrito, mas com sua alma e seu coração" (id., p. 65-66). Em suma, o "Prefácio" apresenta uma série de orientações românticas nas quais se percebe a clara evolução de Hugo. O leque de suas reivindicações, de suas exigências se faz amplo e o tom, vivo. É lícito ver aí efeitos do *Racine e Shakespeare* de Stendhal, do qual Hugo acabara de conhecer a segunda edição.

Observemos que, pela primeira vez, Hugo se esforça em definir a ode, gênero que, como já observei, aceita formas muito variáveis e para o qual é, portanto, difícil dar uma definição única. Ele explicita que o título *Odes* compreende "toda e qualquer inspiração puramente religiosa, todo estudo puramente antigo, toda tradução de um evento contemporâneo ou de uma impressão pessoal" (id., p. 63). Definição extremamente vaga! Em suma, Hugo assume, aqui, o que já fazia sem dizê-lo: uma profunda renovação, romântica, da ode.

Passemos aos poemas do livro. Entre as odes, continuam a figurar os inevitáveis poemas de circunstância ("Les Funérailles de Louis XVIII", "Le Sacre de Charles X"[9]). Porém, em "Les Deux Îles" ("As duas ilhas"), a reflexão suscitada pelo destino de Napoleão (da ilha de Córsega – onde nasceu – à de Santa Helena: – *Là fut son berceau! – Là sa tombe!*[10] – id., p. 183) dá continuidade ao seu esforço de conciliação dos contrários (ele dá a palavra aos inimigos e aos partidários do Imperador). Esse esforço de conciliação traduz uma aproximação considerável com os liberais, que logo vai significar uma distanciação dos ultramonarquistas (notemos que Goethe elogia a "grande liberdade de espírito" desse poema – Eckermann, 1831, p. 135). Além disso, a poesia de Hugo se desvencilhou dos procedimentos do lirismo clássico para atingir uma expressão mais viva. No entanto, a cor e o movimento de "Un Chant de fête de Néron" ("Um canto de festa de Nero") já anuncia *Les Orientales* (*As orientais*, 1829) e, em "Aux ruines de Montfort-l'Amaury" ("Nas ruínas de Montfort-l'Amaury"), vê-se surgir o gosto do romantismo pela Idade Média.

As *Ballades* são a outra vertente dessa coletânea assimétrica, na qual estão em contraste com as *Odes*. Hugo reúne peças com um "caráter diferente: são esboços de um gênero caprichoso; quadros, sonhos, cenas, narrativas; lendas supersticiosas, tradições populares" (HUGO, 1826, p. 63). Elas apresentam o lado leve, fantasioso e até mesmo fantástico do volume. "Le Géant" ("O gigante") e "Les Deux Archers" ("Os dois arqueiros") revelam um satanismo bem-humorado. Neste último poema, o

---

[9] Tradução: "O funeral de Luís XVIII", "A sagração de Carlos X".
[10] Tradução: "– Lá foi seu berço! – Aqui sua tumba!".

verso *Alors tout s'éteignit, flammes, rires, phosphore*[11] (id., p. 340) é romântico ao extremo pelo jogo com o sentido literal e figurado do verbo *éteindre*. "La Fiancée du timbalier" ("A noiva do timbaleiro") apresenta uma mistura de leveza rítmica, erudição e cor local (abundância de detalhes concretos para evocar a cor local e histórica). O diálogo de "La Fée et la Péri"[12] (a fada ocidental e a fada oriental) simboliza o debate do poeta entre o maravilhoso medieval e a miragem oriental, o que anuncia a inspiração das *Orientales*.

O "PREFÁCIO" DE *CROMWELL*

No final de 1827, na continuidade de *Racine e Shakespeare* de Stendhal, mas com uma amplitude, um vigor e também particularidades pertencentes somente a Hugo, é publicado o "Prefácio" de *Cromwell*. Esse ensaio não faz parte das *Odes et Ballades*, mas é impossível aqui ignorar a publicação de um texto de tamanha importância. Deixemos de lado o que no "Prefácio" tem relação unicamente com o teatro (por exemplo, a polêmica contra a regra das *duas unidades*), para ater-nos exclusivamente e de maneira breve ao que interessa à poesia em geral.

Hugo denuncia "a arbitrária distinção dos gêneros" (HUGO, 1827, p. 18), assinala, além da estética do belo e do sublime, a existência de uma outra: a do grotesco. Na continuidade disso e em nome da natureza e da verdade, Hugo sustenta que o poeta deve ignorar os entraves que as *conveniências* fazem pesar sobre a arte:

> o real resulta da combinação perfeitamente natural de dois tipos, o sublime e o grotesco, que se cruzam (...) na vida e na criação. Pois a verdadeira poesia, a poesia completa está na harmonia dos contrários. Aliás, é tempo de dizê-lo em voz alta (...), tudo o que está na natureza está na arte.
>
> (...)
>
> O poeta, insistamos nesse ponto, só deve portanto aconselhar-se com a natureza, com a verdade e com a inspiração, que é também uma verdade e uma natureza (HUGO, 1827, p. 16-17 e 24).

Tudo isso é reunido e sintetizado em uma exigência de liberdade: "a liberdade da arte contra o despotismo dos sistemas, dos códigos e das regras. (...) O dogmatismo, nas artes, é do que (o poeta) foge, acima de tudo" (id., p. 31)[13].

---

[11] Tradução: "Então tudo se apagou, chamas, risos, fósforo".
[12] *Fée*: "fada"; *Péri*: gênio ou fada da mitologia árabo-persa (Dictionnaire *Petit Robert*, 2008).
[13] Para uma análise um pouco menos breve desse ensaio fundamental, remeto às páginas 3 a 5 de Ponge, 2003. Para comentários mais abrangentes, ver Ubersfeld, 2006, p. 42-51.

ODES ET BALLADES (1828)

Em 1828, é publicada a edição completa e definitiva das *Odes et Ballades*.

O "Prefácio" se limita a apresentar a economia da obra, a chamar a atenção do leitor para a evolução das ideias do autor ("uma progressão de liberdade que não é nem sem significação, nem sem ensinamento") e a resumir em uma fórmula as lições do "Prefácio" de *Cromwell*: "Esperemos que, um dia, o século XIX, político e literário, possa ser resumido em uma palavra: a liberdade na ordem, a liberdade na arte" (HUGO, 1828, p. 52-53). Tendo essa edição de 1828 surgido um pouco depois das cerca de quarenta páginas do polêmico prefácio de *Cromwell*, Hugo não precisava mais dizer muito.

Tal como na edição de 1826, as *Odes* estão claramente separadas das *Ballades*. Essas compreendem quinze poemas, enquanto a edição de 1826 possuía dez, mas apenas três peças são novas, pois três foram retomadas das *Nouvelles Odes* de 1824 (outra prova da elasticidade da etiqueta *ode*!) e as outras nove provêm das baladas de 1826 (das quais uma foi suprimida e destinada a uma coletânea em preparação, *Les Orientales*).

Em contrapartida, Hugo repensou toda a economia das *Odes*, que são organizadas em cinco livros. Os três primeiros reúnem as odes relativas a acontecimentos ou personagens históricos contemporâneos; cada um deles corresponde a uma edição (a de 1822, a de 1824, a de 1826). Eles abrangem, digamos, de "Louis XVII" ao "Sacre de Charles X", sendo esta a última peça de circunstância na qual, aliás, a crítica oficial notou certa falta de entusiasmo. Às poesias publicadas entre 1818 e 1826, ele acrescenta duas peças: "À la colonne de la place Vendôme" ("À coluna da praça Vendôme") e "Fin" ("Fim"), cujo título é significativo, pois o poema serve de epílogo às odes históricas: *Ainsi d'un peuple entier je feuilletais l'histoire! / (...) / Fermons-le maintenant ce livre formidable*[14] (id., p. 195).

O quarto livro é dedicado a temas diversos, "de fantasia", e o quinto a "impressões pessoais", íntimas (id., p. 52). A esses dois últimos livros, Hugo acrescenta cinco novas peças compostas desde 1826. No livro IV, ele inclui "Pour mon ami S.-B." ("Para meu amigo S(ainte)-B(euve)", o que é significativo, pois esse é o arauto do romantismo). As quatro outras peças estão inseridas no quinto livro. Hugo situa uma delas, "Premier soupir", na abertura do livro para, parece-me, colocá-lo sob o signo de sua evolução e, como bem notou Meschonnic, dar-lhe a primazia no plano afetivo

---

[14] Tradução: "Assim de um povo inteiro eu folheava a história! / (...) / Fechemos agora esse livro formidável".

e biográfico. As três últimas peças, situadas no final do livro V, evocam "a felicidade no amor, na natureza, na comunhão poética com o universo" (MESCHONNIC, 1977, p. 30). Parece-me sintomático que Hugo tenha escolhido finalizar as *Odes* com "Rêves" ("Sonhos"), poema no qual o desejo de idealidade está ligado ao sonho (*Qu'un songe au ciel m'enlève*[15]), mas sobretudo que tenha nele misturado a vida noturna e a vida diurna dentro do sonho (*Et que la nuit je rêve / À mon rêve du jour*[16] – HUGO, 1828, p. 309). Nas *Odes* começa a despontar o Hugo que agradará tanto aos surrealistas, o Hugo explorador das profundezas do ser.

Tradução do francês por Lísia Nunes e Érika Pinto de Azevedo;
Revisão de Rodrigo de Oliveira Lemos.

Referências

ALBOUY, Pierre (1990). "Hugo (Victor), le poète". In: *Encyclopédie Universalis* – Corpus. Paris: Encyclopédie Universalis, t. 11, p. 717-720.

_____ (1992 [1964]). Notice à *Odes et Ballades*. In: HUGO, Victor. *Œuvres poétiques – Avant l'exil, 1802--1851*. Paris: Gallimard, "Bibliothèque de la Pléiade", v. 1, p. 1216-1222.

DOUMET, Christian (1999). "Ode". In: LAFFONT; BOMPIANI (dir.). *Dictionnaire encyclopédique de la litterature française*. Paris: Robert Laffont, p. 722.

ECKERMANN, Johann Peter (1949). *Conversations de Gœthe avec Eckermann* (*Gespräche mit Gœthe*, 1836). Trad. Jean Chuzeville. Paris: Gallimard.

GARDES-TAMINE, Joëlle; HUBERT, Marie-Claude (1993). "Ode". In: _____. *Dictionnaire de critique littéraire*. Paris: Armand Colin, p. 137.

GAUDON, Jean (1991). "Introduction". In: HUGO, Victor. *Odes et Ballades*. Les Orientales. Paris: Flammario, p. 17-32.

HUGO, Victor (1985). "Odes et Ballades. ed. de 1822, 1823, 1824, 1826 e 1828, com seus respectivos prefácios". In: *Œuvres complètes* – Poésie I. Direção Jacques Seebacher. Paris: Robert Laffont, p. 51-407.

_____ (1985). "Préface de *Cromwell* (1827)". In: *Œuvres complètes* – Critique. Direção Jacques Seebacher. Paris: Robert Laffont, p. 3-44.

LEULLIOT, Bernard (1985). "Notice à *Odes et Ballades*". In: HUGO, Victor. *Œuvres complètes* –Poésie I. Direção Jacques Seebacher. Paris: Robert Laffont, p. 1050-1052.

MESCHONNIC, Henri (1977). *Pour la poétique IV*: écrire Hugo. Paris: Gallimard, t. 1.

PONGE, Robert (2003). "Victor Hugo, a literatura engajada e a arte pela arte – Simpósio Victor Hugo, gênio sem fronteiras". In: ABRALIC – ASSOCIAÇÃO BRASILEIRA DE LITERATURA COMPARADA. *Anais do 8º Congresso Internacional da Abralic*. Belo Horizonte: UFMG, p. 1-12.

UBERSFELD, Annie (2006). "Introduction". In: HUGO, Victor. *Cromwell*. (1827). Paris: Flammarion, p. 17-51.

VIGNES, Jean (2010). "Ode". In: ARON, Paul; SAINT-JACQUES, Denis; VIALA, Alain. *Le Dictionnaire du littéraire*. Paris: PUF, p. 528-529.

---

[15] Tradução: "Que um sonho ao céu me arrebate".
[16] Tradução: "E que à noite / Eu sonhe com meu sonho do dia!".

L'Âne

Francisco Alvim[1]

> *L'âne continua, car la nature approuve*
> *Ce couple, âne parlant, philosophe écoutant*
> *L'âne*
>
> **Routes**
> *Les routes différentes*
> *viennent du fait*
> *que les philosophes partent montés*
> *sur des ânes contradictoires*
>
> Zuca Sardan

Un âne descendaït au galop la science

E, ao descer de mais um píncaro, posição tão cara ao espírito romântico, em seu trote sincopado, seguro e competente, todo ele escandido em alexandrinos perfeitos e modernos, encontrava e enunciava o asno a forma do poema: o pastiche de um gênero. O animal já não contracenava com outros bichos, dentro da tradição da fábula clássica de Esopo, Apuleio, La Fontaine. Seu interlocutor não será mais o lobo, o corvo ou o cordeiro, no lugar dos quais o poeta põe o magno filósofo e do qual parte, logo no segundo verso, o convite para que se apresente

– Quel est ton nom, dit Kant – Mon nom est Patience.

Já não é o caso da busca de um conceito moral de referência ou de uma norma de conduta, que definem a fábula antiga; mas de uma verdadeira condenação dos procedimentos adotados na busca do conhecimento, marcados – na visão de Patience – por carências insanáveis da natureza humana que acabam por contaminar a própria essência desse conhecimento.

Trata-se de uma sátira epistemológica que nos chega de um tempo em que os animais falavam; só que agora não mais exclusiva ou preferentemente entre si, incorporada que foi à fábula-sátira a interlocução com o bicho homem, ou melhor não com o homem enquanto bicho, mas enquanto espírito como diz a terceira voz, possivelmente a do poeta, que profere os versos da parte conclusiva do poema,

... l'âne est un âne et Kant n'est qu'un esprit

---
[1] Poeta e Diplomata.

É bem verdade que a este, na pessoa do filósofo, ou em espírito, se ouve pouco no poema. O asno profere quase todo o deveras alentado discurso. Não será, contudo, um erro considerar que tal discurso é o do próprio filósofo, de que o animal parece ser na realidade e em boa medida o duplo.

❖

Como se conseguiu dotar tamanhas abstrações de materialidade poética? Qual a pele capaz de vestir o corpo de tantas ideias, todas elas destinadas ou derivadas do conceito?

A sátira se adequa maravilhosamente ao exercício da crítica e ao trato dos conceitos, ao jogo do logos na poesia. É um gênero sedutor capaz de cativar o entendimento pela via do riso, sobretudo como é próprio da sátira moderna, de que *L'âne* terá sido possivelmente um dos primeiros exemplos, quando esse riso serve para revelar uma percepção bastante negativa da natureza humana como a que tem o asno Patience, para o qual

> *L'homme, c'est l'impuissant fécondant l'inutile*

❖

O prodigioso muar que diz de si

> *Moi, l'ignorant pensif, vaguement traversé*
> *De lueurs en tondant les herbes du fossé,*
> *Qui serait dieu, si j'eusse été connu d'Ovide*
> *Je me résume, ô Kant...*
> *... La vie*
> *Fait quelques pas tremblants vers le bien, puis dévie*

contra o que ou contra quem se bate Patience?

> *J'ai vu le bout, j'ai vu le fond, j'ai vu la borne;*
> *J'ai vu du genre humain l'effort vain et béant*
> *... Voilà longtemps que j'erre et que je me promène*
> *Dans la chose appelée intelligence humaine*

Patience bate-se contra tudo e contra todos: na sua diatribe, o asno se vale de uma enumeração em que se amontoam centenas de personalidades históricas, mitos, filósofos, sábios, pedagogos, cientistas, poetas e lugares de real ou nenhuma importância, outros, quem sabe, produtos da fantasia do poeta; enumeração aparentemente caótica mas, na realidade, muito bem conduzida, de modo a que pela invocação ou contraste dos nomes apresentados — na dimensão excepcionalmente concentrada de cada alexandrino — viesse o conjunto desses a compor sua denúncia.

> *J'ai vu de près Boileau...*
> *... J'ai pratiqué Glycas, Suidas, Tiraboschi*
> *Sosiclès, Torniel, Hodierna, Zonare*
> *Il* (aqui o pronome se refere ao homem) *est toujours d'un lieu*
> *quelconque satellite*
> *Juif, grec, anglais dans l'Inde, au Brésil portugais*

Versos construídos com habilidade

> *Tantôt avec Philon dans le grand songe antique,*
> *Tantôt avec Bezout dans la mathématique,*
> *Tantôt chez Caliban, tantôt chez Ariel*
> *... j'ai pauvre âne à la gêne*
> *mangé de l'Euctemon, brouté du Diogène,*
> *Après Flaccus, Pibrac, Vertot, après Niebuhr*
> *Et j'ai revu Gonesse en sortant de Tibur*

criam uma encenação que pode não perder em eficácia se o leitor contemporâneo os deixar fluir meio que à deriva no fluxo da leitura. São elementos rítmicos de grande plasticidade sonora que surgem e ressurgem no correr da peça e a reforçam em seus efeitos satíricos.

❖

Aqui não resisto a uma digressão. Quem sabe se todos esses recursos não decorram de um certo sentimento escolar do jovem aluno brilhante do novo liceu e das novas pedagogias legadas pela Grande Revolução de 89, sentimento que permanece vivo na memória do velho Hugo e que também se faz presente na obra de jovens poetas do período, como Rimbaud, Lautréamont, Laforgue ou Corbière. Sentimento que vamos reencontrar no século seguinte, sempre vinculado a uma certa rebeldia própria das vivências escolares, em filmes como *Zéro de conduite*, de Jean Vigo e *Les quatre cents coups*, de Truffaut.

Exagerando na digressão, também os efeitos da escolaridade proveniente da Revolução Francesa talvez possa explicar para o brasileiro, cuja língua vive, por motivos vários, como que num estado ainda de permanente ebulição, a curiosa sensação de que todo o francês de inteligência mediana, que passa pelos bancos do liceu público ou privado de seu país com um aproveitamento razoável, é capaz de escrever quase tão bem como um membro da Academia.

Legado a mais da escola pública revolucionária terá sido ainda a parte que teve a escola na introdução à mescla de linguagens característica desses alexandrinos, e depois aproveitada e desenvolvida nos dodecassílabos de Baudelaire, em que a norma culta comparece junto à língua coloquial, com a adoção de procedimentos que ademais de favorecerem indiretamente de um lado a incorporação da imensa riqueza proveniente de uma dicção aberta a todos os estamentos da sociedade, de outro não abrem mão da continuidade nos ensinamentos e práticas adotadas em relação à versificação dos clássicos latinos. E da qual também resultaria as condições para que o poema se dotasse de novas formas criadas por uma linguagem exposta aos embates de um novo tempo histórico – a modernidade.

❖

Voltando ao poema. Depois de proferir as suas críticas e invectivas contra tudo o que fez e faz o homem, Patience vai embora, com o firme propósito de recuperar o seu puro e simples estado de natureza, de que se separou cedendo à vã ambição de ilustrar-se

Et l'âne disparut, et Kant resta lugubre

Deixando o filósofo imerso em meio a cogitações sombrias e na maior tristeza

– Oui! dit-il, la science est encore insalubre
... Jusqu'au jour
Où la science aura pour but l'immense amour
Où partout l'homme, aidant la nature asservie,
Fera de la lumière et fera de la vie
... Les oreilles de l'âne auront raison dans l'ombre

Quem vai socorrer o filósofo na situação em que se encontra?

O terceiro sujeito do poema – que pode bem ser o poeta, que profere os versos da parte conclusiva do poema, a qual leva o título justamente de *Sécurité du penseur* e que se inicia com o já citado verso

O Kant, l'âne est un âne et Kant n'est qu'un esprit

Versos finais, que reafirmam a adesão de Victor Hugo à esperança e à crença no destino humano, tão próprias do século XIX, e sua confiança no progresso da humanidade; em que a candura da visão – se confrontada com as realidades que trouxeram os séculos subsequentes e a complexidade das poéticas que os confrades e compatriotas mais jovens do poeta inauguram naquele mesmo período – em nada diminui a beleza desses alexandrinos românticos, verdade que um pouco *pompiers*, com os quais o poema se encerra num tom grave, bem diverso do satírico

> *Tout marche au but; tout sert; il ne faut pas maudire.*
> *Le bien sort de la brume et le mieux sort du pire*
> *... Du fond de l'idéal Dieu serein nous fait signe;*
> *et même par le mal, par les fausses leçons,*
> *par l'horreur, par le deuil, ô Kant, nous avançons*
> *... Pour gravir le sublime et l'incommensurable,*
> *Il faut mettre ton pied dans ce trou misérable;*
> *Un chaos est l'oeuf noir d'un ciel; toute beauté*
> *Pour première enveloppe a la difformité;*
> *L'ange a pour chysalide une hydre; sache attendre*

❖

Apesar de não ter lido quase nada da poesia de Victor Hugo, pelo que agradeço mais uma vez à Professora Junia Barreto a dádiva dessa experiência com a leitura de L'âne, sempre senti a poesia dele como algo familiar, próximo. Sentimento certamente derivado de minhas leituras dos românticos brasileiros, principalmente de Castro Alves, poeta em que a presença do grande confrade francês – menos como influência do que como afinidade profunda – é notável, tanto nos acertos quanto nas descaídas.

Fato que, aliás, não deixa de desmentir a opinião de Valéry segundo a qual Baudelaire teria sido o primeiro poeta a franquear à poesia francesa os limites impostos pelo território, abrindo-a para o mundo. A repercussão de Victor Hugo, e de outros poetas do romantismo francês, foi intensa e praticamente imediata entre os nossos românticos. Mas é claro que o mundo periférico não contava para Valéry, cujo juízo refletia ademais a adesão limitada àquela parte avançada do globo que começava a ler e a entender a nova poesia francesa, de que Baudelaire é a voz inaugural, como expressão mesma da modernidade; e a tomar distância do romantismo e mesmo a negá-lo.

REFERÊNCIA

HUGO, Victor (2002). "L'Âne". In: *Œuvres complètes* – Poésie III. Direção Jacques Seebacher e Guy Rosa. Paris: Robert Laffont, p. 1029-1059.

Romance

Homem e animal: representações da sexualidade em Notre-Dame de Paris

Caroline Marie Pierrard[1]

A relação entre os personagens Gringoire, Esmeralda e a cabra Djali tem sido foco de diversos questionamentos desde a publicação da obra *Notre-Dame de Paris* em 1831, em razão do fato de Gringoire escolher salvar a cabra Djali em vez da cigana Esmeralda. A escolha de um animal vem causando estranhamento e suscitando as mais diversas hipóteses. O presente estudo pretende discutir tal questão, observando a relação entre homem e animal, além de examinar a simbologia existente por trás da figura da cabra e a eventual especificidade hugoana ao tratar a relação entre homem e animal. Realizaremos inicialmente uma abordagem periférica, na qual observaremos as características dos personagens envolvidos nesse triângulo amoroso, além de aspectos da vida de Victor Hugo que podem ter influenciado o desencadear da trama. Será também realizado um estudo da simbologia relativa à figura da cabra e sobre eventuais aspectos ligados à sexualidade. A partir dos apontamentos obtidos, verificaremos a sua aplicação na obra, para tentar buscar uma resposta para a seguinte questão: Por que Gringoire salva a cabra e deixa Esmeralda nas mãos do personagem Claude Frollo? O que causará a sua morte?

O animal ocupa um lugar de destaque na obra de Victor Hugo, e o próprio autor nos dá uma indicação do significado desse uso constante em seu romance *Os miseráveis*, ao dizer que:

> É nossa convicção que, se as almas fossem visíveis aos olhos, ver-se-ia distintamente uma estranha coisa: que cada um dos indivíduos da espécie humana corresponde a uma das espécies de criação animal; e poder-se-ia reconhecer facilmente a verdade, entrevista apenas pelo filósofo, que desde a ostra até a àguia, desde o porco até o tigre, todos os animais estão no homem, e cada um deles num homem. Até mesmo algumas vezes, vários deles ao mesmo tempo.
>
> Os animais não são mais do que a materialização das nossas virtudes e vícios, que vagueiam diante da nossa vista; não são mais do que os fantasmas visíveis das nossas almas, figuras e fantasmas que Deus nos mostra, para nos fazer refletir e pensar (HUGO, 1985, p. 176).

---

[1] Membro do Grupo de Pesquisa Victor Hugo e o Século XIX; Universidade de Brasília.

A partir dessa citação, insistimos na importância dos animais na obra hugoana, e na íntima relação entre homem e animal, a qual Hugo acredita existir. Podemos verificar que o lado mais primitivo, mais instintivo de cada personagem humano é representado por um animal. No caso do personagem animal, Djali, percebemos que sua humanização – devida à sua descrição – lhe confere características de ser social, que sabe se portar segundo as circunstâncias exigidas pelo momento ou a situação. Segundo Brière, os animais constituem uma rede metafórica na qual o animal se apaga em proveito de sua imagem e da capacidade que ela tem de representar o homem (BRIÈRE, 2007). A descrição animalesca de Esmeralda, que é repetidamente caracterizada pelos mais diversos animais, entre vespas e rouxinóis, mostra que Gringoire considera Esmeralda e Djali sob uma mesma ótica. Ele descreve um ser humano usando feições animais, e um animal utilizando características humanas.

No prefácio da peça *Cromwell*, publicada em 1827, Victor Hugo estabelece um manifesto do Romantismo, o que nos permite verificar que tece um autêntico manifesto romântico pela liberdade da criação literária. Algumas das características do movimento da estética romântica estão fortemente presentes em *Notre-Dame de Paris*, publicado apenas três anos depois. Dentre esses aspectos, verificamos a presença da cigana. Segundo Agnès Spiquel[2], a cigana ocupa um lugar privilegiado no pensamento e na produção romântica, por ser uma junção de alteridade, errância e feminilidade, que se refere a muitos mitos, incluindo o de Isis, cujo sistro ecoa em seu tamborim (SPIQUEL, 2003). Encontramos aqui uma referência presente no romance de Hugo, ao sermos apresentados a Esmeralda, no momento em que a cigana dança na praça e toca seu tamborim. O personagem de Esmeralda representa então uma figura no ideal romântico do imaginário literário da época.

Quando Gringoire vê Esmeralda pela primeira vez, durante uma de suas apresentações de rua, ele a define como uma "criatura subrenatural", mistura de salamandra e ninfa, de deusa e bacante (HUGO, 2009, p. 94). Observamos aqui uma junção do grotesco e do sublime, representados a partir de figuras simbólicas. A salamandra é vista como uma manifestação viva do fogo, capaz de viver nele e também de apagá-lo, além de ser um hieróglifo egípcio que representa o homem morto de frio (CHEVALIER, J., GHEERBRANT, A., 1991). A ninfa, por outro lado, é a divindade das águas, que cria heróis, e que, ao mesmo tempo, causa fascínio e medo (CHEVALIER, J., GHEERBRANT, A., 1991). Observamos aí um forte contraste

---

[2] Professora de literatura francesa da Université de Valenciennes. Publicou, além de dezenas de artigos sobre Hugo, "La Déesse cachée: Isis dans l'œuvre de Victor Hugo", "Le Romantisme", "Du passant au passeur" e "Quand Victor Hugo devenait grand-père". É membro do *Groupe Hugo*.

nas emoções despertadas por Esmeralda. Além dos símbolos de fogo e água, Hugo destaca ainda mais essa oposição quando Gringoire a chama de deusa e bacante, contrastando a divindade com a figura de mulheres que cultuam deus Baco, que chegam muitas vezes ao delírio e por vezes à morte (CHEVALIER, J., GHEERBRANT, A., 1991).

Na obra *Victor Hugo raconté par um témoin de sa vie*, Adèle Hugo afirma que em 1811, durante uma viagem para a Espanha, Hugo conhece uma jovem espanhola que lê histórias para ele, e que teria sido sua primeira paixão. Segundo Spiquel, é talvez em razão desse primeiro amor que o espanhol tenha se tornado para Hugo a língua da intimidade amorosa. Os versos espanhóis cantados por Esmeralda, dos quais ela ignora o significado, seriam trechos do *Romancero*, que o irmão de Hugo, Abel, traduzira em 1821. Observamos então que Hugo pode fazer uso de sua experiência e intimidade para compor seus personagens (SPIQUEL, 2003). Essa imagem, essa criatura fantástica, como a define Gringoire, somente volta a adquirir feições humanas quando uma peça de cobre presa em seus cabelos se solta e cai no chão. Nesse momento, Esmeralda perde todo o seu encanto aos olhos de Gringoire, e volta a ser apenas uma cigana, por mais encantadora e atraente que ela possa ser.

É importante destacar que, apesar de ter sido criada como cigana, Esmeralda se chama na realidade Agnès, filha de Paquette de Chantefleurie, e nasceu em Reims. Agnès foi levada por ciganos quando era muito pequena, o que levou sua mãe a se trancar no chamado "*Trou aux rats*", em Paris, onde passará anos vivendo apenas daquilo que os transeuntes lhe ofereciam. Paquette de Chantefleurie, incapaz de reconhecer sua filha após quinze anos, é hostil para com Esmeralda, culpando-a de ter sequestrado sua filha. Esmeralda também ignora que a mulher que está no *Trou aux rats* é sua mãe. Somente antes de ser novamente presa Esmeralda descobre que Paquette é sua mãe, mas as duas morrerão logo após terem sido reunidas.

Após terminado o fascínio causado por Esmeralda, Gringoire nota a cabra Djali, que começa a realizar a sua parte da apresentação, demonstrando uma inteligência além do comum para um simples animal. É essa inteligência que desperta primeiramente a atenção de Gringoire, que então se encanta pela bela cabra branca e dourada. A cor tem um papel fundamental na descrição de Djali. O interesse de Gringoire surge por estranhamento. Quando Hugo descreve a chegada de Djali, ele a descreve como uma "bonita cabrinha branca, alerta, animada e lustrada, com chifres dourados, com pés dourados, com um colar dourado" (HUGO, 2009, p. 95). A noção de estranhamento neste caso se refere à admiração, que concentrará as atenções do poeta Gringoire na cabra Djali.

Segundo Chevalier e Gheerbrant, a cabra é conhecida pelo seu gosto pela liberdade, enquanto Djali tem dona e aceita ser domesticada. Esta característica lhe confere um diferencial perante ao resto de sua espécie, destacando-a, e lhe dando mais um motivo de estranhamento. Na Índia, as três cores atribuídas à cabra representam as três qualidades fundamentais: o vermelho é o *Sattva*, o preto o *Tamas* e o branco, o *Rajas* (CHEVALIER; GHEERBRNAT, 1991, p. 237). No caso de Djali, o *Rajas* é o termo mais representativo, em razão de seu pelo branco. *Rajas*, na filosofia do Sâmkhya, representa a paixão, segunda qualidade fundamental da natureza, essência ativa da força e do desejo, princípio do movimento, a energia que move a natureza e projeta o homem na paixão e no sofrimento. O branco também é um símbolo da cultura ocidental para a pureza, o que podemos associar diretamente ao sublime. A cor dourada também é predominante na descrição de Djali. O dourado remete diretamente à riqueza, ao ouro, o metal perfeito. Djali tem uma ligação importante com o dinheiro no romance, pois ela se apresenta com a cigana Esmeralda nas praças de Paris para receber dinheiro do público. O ouro é também representativo da iluminação, da inteligência e de algo quase divino, por ser o mais puro dos metais. No mais, para os egípcios, o ouro é a carne do sol e, por extensão, dos faraós, e lhes conferia uma sobrevida divina (CHEVALIER, J., GHEERBRANT, A., 1991). Outro contraste interessante em relação às cores se deve ao fato de a cabra Djali ser branca enquanto Esmeralda é morena. Gringoire se interessa primeiro pela figura aérea de uma "criatura" morena, que parece flutuar, até que um elemento faz com que ele perca esse interesse inicial e a cabra branca Djali se torna foco de sua atenção.

É importante também destacar que Djali significa "filho" em Albanês. Podemos então considerar que Djali seria como uma filha de Esmeralda, as duas muito unidas, uma cuidando da outra. O nome Djali, segundo Brière (2007), confere à cabra parte de seu mistério oriental, complementado pelos elementos citados acima. Segundo Brière, "a descrição distingue o animal dos representantes de sua espécie e lhe confere uma identidade que as reviravoltas do romance exploram na medida em que o leitor tem os meios de reconhecê-lo" (BRIÈRE, 2007, p. 4, minha tradução). Percebemos então que o empenho com que Hugo descreve a cabra faz com que ela deixe de ser simplesmente uma cabra, e assuma um papel maior na obra, utilizando uma figura presente no imaginário coletivo, para que o leitor possa fazer uma associação entre o animal e o conhecimento que tem dele, e então destacando-a por meio de sua descrição. Chantal Brière afirma ainda que "o animal ocupa uma função simbólica que dramatiza sua identidade zoológica, seus comportamentos naturais ou os que lhe são conferidos pela tradição cultural para definir a humanidade" (BRIÈRE, 2007, p. 6).

Quanto a Gringoire, podemos afirmar que ele seria um tipo de ironização que Hugo faz de si mesmo, pois ambos são poetas, filósofos, apreciam mulheres e tem apreço por animais. Tanto o personagem Gringoire quanto Victor Hugo, primeiro apoiam o governo e depois se opõem a ele. Essas semelhanças podem caracterizar um tipo de satirização de Hugo. Parece-nos importante destacar que quando Victor Hugo nasceu ele era também chamado de *bebête* (bichinho) por seus irmãos por ser fraco e estranho (HUGO, 1936, p. 33). Essa foi a primeira exclusão sofrida por Hugo, que, como o poeta Gringoire, vai passar por situações de exclusão repetidamente ao longo de sua vida.

Gringoire se sente primeiramente atraído pela cigana Esmeralda, mas quando a moeda de cobre se solta de seu cabelo, o encanto inicial chega ao seu fim, e cede a passagem para a admiração para a cabra Djali. Quando Esmeralda se casa com Gringoire para salvar sua vida, ele volta a ter interesse por ela, mas ela deixa claro que não tem interesse por ele, que então se lamenta, pois ela não lhe dá mais atenção do que "uma galinha para uma igreja" (BRIÈRE, 2007, p. 10). Ele volta então suas atenções para Djali, que o cobre de carinho. Podemos também observar o personagem Gringoire sob uma ótica diferente. Em vez de uma satirização de si mesmo, Hugo poderia pretender realizar uma crítica aos autores clássicos. Gringoire é um clássico. Logo no início do romance somos apresentados a ele como o autor de um mistério, estrutura literária geralmente clássica. Observando a obra sob o ponto de vista da crítica ao classicismo, percebemos que o narrador critica Gringoire quando este escolhe salvar a cabra em vez da jovem cigana, em um raciocínio totalmente egoísta, buscando apenas sua felicidade e bem-estar, e ignorando o fato de estar vivo apenas graças a Esmeralda. No final da obra, descobrimos que Gringoire conseguiu salvar a cabra e obteve sucesso com seu mistério. Após ter provado da astrologia, da arquitetura e de todas as "loucuras", Gringoire voltou para os mistérios, que representam a maior loucura de todas (HUGO, 2009).

As relações entre os três personagens desse triângulo amoroso são tecidas em diferentes planos. Djali pertence a Esmeralda, e faz parte da sua apresentação de rua. Esmeralda se casa com Gringoire para salvar sua vida, mas não o ama. A relação que deveria ser de marido e esposa não passa de uma caridade, e é a cabra Djali que vai assumir o papel de esposa para Gringoire, pois é ela que lhe dá a atenção negada por Esmeralda. A presença ou não de relações sexuais entre Gringoire e Djali não está explicitada na obra, mas toda relação de afeto acontece entre o homem e o animal, deixando o leitor tirar suas próprias conclusões. Como dito anteriormente, Gringoire desenvolve certa admiração pela cabra Djali desde que a viu pela primeira vez, por sua inteligência e por ser bonita. Seu encanto inicial por Esmeralda já diminui quando ele descobre que se trata de uma cigana, e mais ainda quando ela lhe diz e mostra que apesar de ter se casado com ele, ela não tem nenhum interesse nele. Ao contrário da cigana, a cabra Djali lhe dá constantes demonstrações de carinho.

Figura 1 – Triângulo amoroso.

Chantal Brière estabelece um panorama preciso da relação existente entre os personagens, mostrando a complementariedade entre Esmeralda e Djali, quando afirma que:

> A identificação de Esmeralda e sua cabra Djali é originária da fantasia, versão mágica e reluzente da bruxa e seu bode. Seus retratos se complementam, a beleza animal da egípcia, ao mesmo tempo vespa, salamandra e rouxinol, parece mais selvagem ou caprichosa do que a da "bonita" cabra, branca e dourada, que sabe manter um segredo. Ambas simbolizam a feminilidade, pelo menos no espírito de Pierre Gringoire, "duas finas, delicadas e charmosas criaturas, cujos pequenos pés ele admirava, as formas bonitas, as maneiras graciosas, quase confundindo-as em sua contemplação; para a inteligência e boa amizade, acreditando serem ambas jovens moças, pela leveza, a agilidade, a destreza do andar, vendo ambas como cabras". Na medida em que Esmeralda se nega a Gringoire, ele acha a cabra mais atraente, sensual e dócil, uma cabra sábia, "gentil, inteligente, espiritual", que o cobre "de carícias e de pelos brancos" (BRIÈRE, 2007. p. 11, tradução minha).

Para Gringoire, Esmeralda e Djali são partes de um mesmo ser, uma sendo a extensão da outra. É Djali que se torna responsável pela relação de afetividade, chegando a ser a representação da sexualidade, que é negada por Esmeralda. Os três unidos formam um casal, pois Esmeralda e Djali dividem a função de esposa. Quando Gringoire tem de escolher entre salvar uma ou outra, ele opta por deixar Esmeralda nas mãos de Claude Frollo, o que a levará à morte. Sua opção ao escolher Djali revela que é por ela que o poeta nutre um verdadeiro sentimento. Esmeralda, que sempre o recusou e casou-se com ele por comiseração, apenas para poupá-lo da morte, não terá o mesmo destino, e Gringoire desiste da cigana para seguir vivendo ao lado da cabra.

Podemos, com base nas prospecções ora realizadas, pretender a realização de um estudo de maior fôlego em torno da relação de Victor Hugo com a figura do animal de maneira mais ampla, a fim de tentar compreender as ocorrências animalescas presentes em sua obra e seus sentidos em razão do grande uso que o autor faz de animais em seus textos, como o lobo Homo em *L'Homme qui rit* ou o cão Rask de *Bug Jargal*. Uma análise das especificidades do uso de animais nas obras poderia oferecer pistas pertinentes em torno de uma leitura do pensamento hugoano no universo acadêmico.

REFERÊNCIAS

CHEVALIER, J., GHEERBRANT, A. (1991). *Dictionnaire des symboles*: Mythes, rêves, coutumes, gestes, formes, figures, couleurs, nombres. Paris: Robert Laffont.
HUGO, V. *Notre-Dame de Paris*. Paris: Pocket, 2009.
_____ (1985). *Os miseráveis*. Trad. Carlos do Santos. São Paulo: Círculo do Livro.

REFERÊNCIAS ELETRÔNICAS

BRIÈRE, C. (2007). *L'animal en territoire romanesque*. Communication au *Groupe Hugo*, Université Paris 7, le 17 mars. Disponível em: <http://groupugo.div.jussieu.fr/groupugo/07-03-17BRIÈRE.htm> Acesso em: 20 agosto 2012.
SPIQUEL, A. (2003). *La Bohémienne de Hugo*. Communication au *Groupe Hugo* du 24 mai. Disponível em: <http://groupugo.div.jussieu.fr/Groupugo/03-05-24spiquel.htm> Acesso em: 20 agosto 2012.

Grotesco e imagens espaciais em Notre-Dame de Paris

Leandra Alves dos Santos[1]

Victor Hugo escreveu *Notre-Dame de Paris*, publicado em 1831, no ano de 1830, momento em que ocorre a Revolução de Paris e ano da estreia de *Hernani*, peça de sua autoria que rompe com os padrões clássicos do drama e assume as ideias discutidas por ele, em 1827, sobre a teoria dos contrastes, encontradas no prefácio que escreve a *Cromwell*. Em *Notre-Dame de Paris*, Hugo explora a dualidade bem-mal, construção-destruição, amor-ódio, feio-belo, passado-presente que constituem não só o homem, mas toda a criação, contemplando os valores, ideais e costumes impostos pela sociedade responsável por moldar e aprisionar seus personagens. Toda a ação do romance está ambientada na Paris da Idade Média, 1482, muito embora o olhar crítico do autor esteja voltado para o século XIX; ainda nesse período, mesmo com toda a modernidade advinda da Revolução Industrial, Paris possuía características de uma cidade medieval com os muros que divisavam a cidade, as vielas e as casas construídas umas coladas às outras. Nesse momento de crescimento acelerado, provocado pela chegada e imposição do capitalismo, um grande número de migrantes e imigrantes pobres chegam ao espaço citadino que apresenta um índice populacional bastante alto.

> À peine avait-il fait quelques pas dans la longue ruelle, laquelle était en pente, non pavée, et de plus en plus boueuse et inclinée, qu'il remarqua quelque chose d'assez singulier. Elle n'était pas deserte. Çà et là, dans sa longueur, rampaient je ne sais quelles masses vagues et informes, se dirigeant toutes vers la lueur qui vacillait au bout de la rue, comme ces lourds insectes qui se trainent la nuit de brin d'herbe en brin d'herbe vers un feu de pâtre (HUGO, 2009, p. 159-160).

A referência a massas vagas e informes, arrastando-se na lama em uma pequena rua nos dá a ideia de invasão; um pequeno espaço sendo ocupado por uma multiplicidade de seres, no caso, bastante diferentes. Esse procedimento grotesco, usado para demonstrar a imagem de movimento e de renovação, cria o efeito de sentido que provoca no leitor o susto quanto ao crescimento populacional e o horror em relação

---
[1] Professora de Língua Portuguesa da Faculdade Meta, de Rio Branco.

à miséria das pessoas que habitam a cidade dos excluídos, mostrando o espaço cada vez mais precário frente à incapacidade geográfica e estrutural para receber tantos migrante e imigrantes.

> Gringoire continua de s'avancer, et eut bientôt rejoint celle de ces larves qui se traînait le plus paresseusement à la suite des autres. En s'en approchant, il vit que ce n'était rien autre chose qu'un misérable cul-de-jatte qui sautelait sur ses deux mains, comme un faucheux blessé qui n'a plus que deux pattes. Au moment ou il passa près de cette espèce d'araignée à face humaine, elle éleva vers lui une voix lamentable: *La buona manciam signor! La buona mancia!*
>
> Il rejoignit une autre de ces masses ambulantes, et l'examina. C'était un perclus. À la fois boiteux et manchot, et si manchot et si boiteux que le soutenait lui donnait l'air d'un échafaudage de maçons en marche.
>
> (...) Ce chose quelque, ou plutôt ce quelqu'un, c'était un aveugle, un petit aveugle à face juive et barbue, qui, ramant dans l'espace autour de lui avec un bâton, et remorqué par un gros chien, lui nasilla avec un accent hongrois: *Facitote caritatem!*
>
> (...) Mais l'aveugle se mit à allonger le pas en même temps que lui; et voilà que le perclus, voilà que le cul-de-jatte survienent de leur côté avec grande hâte et grand bruit (...)
>
> Gringoire se boucha les oreilles. – ô tour de Babel! S'écria-t-il.
>
> (...) Et puis, à mesure qu'il s'enfoçait dans la rue, culs-de-jatte, aveugles, boiteux, pullulaient autour de lui, et des manchots, et des borgnes, et des lepreux avec leurs plaies, qui sortant des maisons, qui des petites rues adjacentes, qui des soupiraux des caves, hurlant, beuglant, glapissant, tous clopin-clopant, cahin-chaha, se ruant vers la lumière, et vautrés dans la fange comme des limaces après la pluie (id., p. 160-161).

O autor também realça as condições precárias e degradantes daqueles que não encontraram as promessas de possibilidades de uma vida melhor anunciada pelo advento do capitalismo. A confusão de línguas e de homens descritos como meio homens, meio vermes, inacabados ocupando um lugar apertado, sujo cria a imagem de uma cidade degradada; o espaço aberto, simbolizando a amplitude, o ar respirável, a comodidade é invadido por essa população que produz o contraste: a sujeira, o escuro, o amontoado de gente e casas, a lama e a umidade. Essa imagem grotesca está associada à modernidade instaurada no século XIX; esse ideal burguês posto em prática, e as consequências originárias dessas transformações eram discutidas com extrema seriedade e profundidade pelos autores do século XIX, dentre eles Goethe, Hegel, Marx, Stendhal, Baudelaire, Carlyle e Dickens (BERMAN, 1987, p. 129), só para citar alguns poucos interessados na temática. Hugo revela o seu comprometimento com essa discussão apontando-nos o resultado dessas transformações. De acordo com Berman "a burguesia efetivamente organizou enormes movimentos de pessoas – para cidades, para fronteiras, para novas terras – que a burguesia algumas vezes inspirou, algumas vezes forçou com brutalidade, algumas vezes subsidiou e sempre explorou em seu proveito" (id., p. 91). Para realçar essa problemática, o procedimento grotesco utilizado por Hugo vai ao encontro do mesmo conceito expresso por Bakhtin.

> O verdadeiro grotesco não é de maneira alguma estático: esforça-se, aliás, por exprimir nas suas imagens o devir, o crescimento, o inacabamento perpétuo da existência: é o motivo pelo qual ele dá nas suas imagens os dois polos do devir, ao mesmo tempo o que parte e o que está chegando, o que morre e o que nasce; mostra dois corpos no interior de um único. (...) a morte está prenhe, tudo o que é limitado, característico, fixo, acabado, precipita-se para o "inferior" corporal para aí ser fundido e nascer de novo (BAKHTIN, 1993, p. 46).

Dessa forma, o contato desse ser excluído – homem degradado comparado a um verme, a um ser inacabado, deformado (que troca os pés pelas mãos para se locomover) – com a terra (seres que se arrastam) representa o espaço social transformado em espaço inabitado, conflituoso; é o disforme e inferior amalgamado a outra ponta da modernidade: o sonho de usufruir de melhores condições de vida. A cidade de Hugo é a cidade grandiosa que cresce com o progresso e com a diversidade cultural e linguística dos imigrantes que lá se instalam.

> Le pauvre poète jeta les yeux autour de lui. Il était en effet dans cette redoutable Cour des Miracles, où jamais honnête homme n'avait pénétré à pareille heure; cercle magique où les officiers du Châtelet et les sergents de la prévôté qui s'y aventuraient disparaissaient en miettes; cité des voleurs, hideuse verrue à la face de Paris; égout d'où s'échappait chaque matin, et où revenait croupir chaque nuit ce ruisseau de vices, de mendicité et de vagabondage, toujours débordé dans les rues des capitales; ruche monstrueuse où rentraient le soir avec leur butin tous les frelons de l'ordre social; hôpital menteur où le bohémien,

le moine défroqué, l'écolier perdu, les vauriens de toutes nations, espagnols, italiens, allemands, de toutes les religions, juifs, chrétiens, mahométans, idolâtres, couverts de plaies fardées, mendiants le jour, se transfiguraient la nuit en brigands; immense vestiaire, en un mot, où s'habillaient et se déshabillaient à cette époque tous les acteurs de cette comédie éternelle que le vol, la prostitution et le meurtre jouent sur le pavé de Paris (HUGO, 2009, p. 162-163).

A cidade emergente dentro da cidade-centro – a excluída cidade dos marginalizados, onde vive a cigana Esmeralda – é descrita com atributos grotescos que provocam no leitor uma sensação estética incômoda e de insegurança. A comparação dos *vícios* dos seus personagens a um *rio*, da *multidão* à pluralidade de nacionalidades, línguas, credos e caráter a uma *colmeia*, e do *espaço* a um *esgoto*, ou uma *verruga* no **rosto** de Paris – personificando a cidade e criando uma imagem esteticamente degradante do rosto dessa mulher-Paris maculado por um pedaço de pele de aspecto estranho nascendo sobre a pele "fresca" e lisa de sua face, realçam a degradação espacial e marcam, exageradamente, os atributos de cada uma dessas dicotomias: a abundância das águas desse rio de vícios – um mergulho nas formas de sobrevivência desses excluídos na urbe moderna. O espaço escuro, sujo e inabitado pelas pessoas de bem, como registra o autor, sinaliza a negação desse espaço-urbe, e a multidão – a pluralidade de corpos -, símbolo de todo o corpo dessas cidades, apresenta-se vivendo os novos e velhos valores, costumes e hábitos dentro de um espaço que se destrói e se renova diante da modernidade do século XIX. Na multidão os corpos se mesclam, hibridizam-se e lembram a população dos zângãos lutando bravamente por sua sobrevivência.

De acordo com Barbosa, "os burgueses só pensavam em proteger-se da turba de excluídos, pouco ligando para a paisagem urbana construída pela História durante séculos".

E encontramos nessa Idade Média travestida por Hugo, a mesma distribuição das pessoas pelos espaços físicos da cidade encontrada, mais tarde, no início da modernidade, na época da revolução industrial. Ou seja, quando da publicação do romance é que os indivíduos viviam separados em classes sociais bem distintas, espalhadas em guetos e em bairros marcadamente diferentes do ponto de vista da valoração social. Na Europa medieval, pelo contrário, havia uma promiscuidade de convivência dentro e fora dos palácios. O início dessa alteração, ainda na Idade Média, ocorreu quando a turba instalava-se ao lado da construção das catedrais, o que não ocorria nunca na "campagne", mas sempre "en ville". Em seguida, na época da burguesia, passados os longos séculos da construção, homens e mulheres permaneciam na capital, engrossando o seu exército de reserva de mão de obra, característico do século XIX urbano e moderno. Isso tinha consequências não só no traçado da cidade, mas igualmente na utilização simbólica do seu espaço (BARBOSA, 2003, p. 5).

O esgoto, definição dada ao espaço destinado à população do Pátio dos Milagres – cuja ironia do nome próprio do Pátio contrasta com a realidade vivida por esses personagens criando uma zona de contato entre o riso e o horror – é descrito por Hugo em seu romance *Les misérables* (1862) como o lugar da igualdade; há nesse lugar de negação o rebaixamento do espaço por meio da sujeira, do cheiro insuportável e do aspecto deprimente, porém é possível perceber que esse espaço não possui somente um caráter negativo. A conciliação do sublime e do profano, do belo e do feio não resulta na negativação do grotesco. Esse esgoto, o lugar que anuncia a exclusão e a degeneração dos seus habitantes reforça a confluência dos opostos usados pelo autor como uma categoria estética adequada para a discussão das questões referentes à modernidade.

> Na antiga Paris, o esgoto era o ponto de reunião de todos os desânimos e de todas as tentativas. A economia política vê nele um simples detrito; a filosofia social encara-o como um resíduo.
>
> O esgoto é a consciência da cidade. Tudo converge para ali e nele se confronta. Nesse lugar lívido há trevas, mas não há mais segredos. Cada coisa tem sua verdadeira forma ou, pelo menos, sua forma definitiva. O monturo tem isto em seu favor: ele não mente. A verdade se refugia ali. A máscara de Basílio ali se encontra, mostrando-nos, porém, os cordões e o papel, o exterior com o interior, acentuados por uma lama honesta. O nariz postiço de Scapin está-lhe bem vizinho. Todas as impurezas da civilização, uma vez fora de serviço, caem naquela fossa da verdade onde termina o imenso declive da sociedade; ali desaparecem, mas ali se ostentam. Aquele caos é uma confissão. Ali não há mais falsas aparências ou simulações possíveis; a imundície desnuda-se por completo, ruína de ilusões e de miragens, nada além da realidade, apresentando a sinistra figura do que foi. Realidade e desaparição.
>
> Lá, um gargalo de garrafa atesta a embriaguez, a asa de um cesto lembra a vida doméstica; o caroço de pêra que teve opiniões literárias volta a ser simples caroço de pêra; a efígie das moedas cobre-se de azinhavre, o escarro de Caifás encontra o vômito de Falstaff, o luís de ouro que cai da mesa de jogo bate

contra o prego de onde pende a extremidade da corda do suicida, um feto lívido rola envolto nas lantejoulas que dançaram o último carnaval da Ópera, o barrete que julgou os homens esponja-se ao lado da podridão que foi a saia de Margoton; é mais que fraternidade, é a intimidade. Tudo o que se disfarçava se emporcalha. O último véu foi arrancado. O esgoto é um cínico. Ele diz tudo (HUGO, 2002, v. 2, p. 603-604).

De acordo com Lins (1976, p. 74), o espaço social pode significar uma época de opressão como o grau de civilização de uma determinada área geográfica. "Os fatores sociais, econômicos e até mesmo históricos (...) assumem na narrativa uma importância extrema" revelando-nos as modificações promovidas pelo homem no ambiente natural. São essas modificações que cercam as personagens de plena significação, sendo denominadas de ambiente social (id., p. 74).

> A superfície urbana – povoada de coisas e seres abjetos – expõe uma faceta decadente e podre. Ao perambular pelas ruas, o sujeito poético está cercado pela rede de esgotos. Trata-se de elemento grotesco, que associa a cidade à miséria, à escuridão e à morte – a uma prisão infernal. Assim como a solidez do chão é ilusória – pois está minada pelos esgotos –, as instituições – hospitais, catedrais, palácios – apenas aparentemente são estáveis. (...) Por ser tela onde se desenrolam cenas do cotidiano, o espaço urbano é marcado por emblemas da modernidade – prédios em construção, operários, mendigos, comércio (SANTOS; OLIVEIRA, 2001, p. 87).

A descrição da formação da outra cidade, a oficial, é feita por meio da metáfora da água limpa, o que confere a ela uma característica oposta a da cidade que é comparada ao esgoto.

> Pendant plus d'un siècle, les maisons se pressent, s'accumulent et haussent leur niveau dans ce bassin, comme l'eau dans un réservoir. Elles commencent à devenir profondes, elles mettent étages sur étages, elles montent les unes sur les autres, elles jaillissent en hauteur comme toute sève comprimée, et c'est à qui passera la tête par-dessus ses voisines pour avoir un peu d'air. La rue de plus en plus se creuse et se rétrécit, toute place se comble et disparaît.(...) Mais une ville comme Paris est dans crue perpétuelle. Il n'y a que ces villes-là qui deviennent capitales. Ce sont des entonnoirs où viennent aboutir tous les versants géographiques; politiques, moraux, intellectueles d'un pays, toutes les pentes naturelle d'un peuple; des puits de civilisation, pour ainsi dire, et aussi

des égouts, où commerce, industrie, intelligence, population, tout ce qui est sève, tout ce qui est vie, tout ce qui est âme dans une nation, filtre et s'amasse sans cesse, goutte à goutte, siècle à siècle (HUGO, 2009, p. 207-208).

Parece que Hugo procura, por meio dessa metáfora, registrar o movimento de transformação que ocorria em Paris. O grande número de imigrantes e o aumento da população de habitantes da cidade é retratado nas imagens de uma urbe comparada à invasão das águas. Essa metáfora parece uma forma de apontar o crescimento ilimitado da cidade que sem estrutura para receber e assegurar moradia e trabalho para todos revela-se um espaço de miséria e revolta, mas também de necessidade de grandes mudanças. A água, símbolo da vida, assim como a seiva de uma planta, representa, de acordo com Chevalier e Gheerbrant, "a massa indiferenciada, representando a infinidade dos possíveis, contém todo o virtual, todo o informal, o germe dos germes, todas as promessas de desenvolvimento, mas também todas as ameaças de reabsorção" (CHEVALIER; GHEERBRANT, 2007, p. 15).

Para Victor Hugo, o homem é o ser em transformação que caminha constantemente entre a vida e a morte, a construção e a destruição, e não apresenta em sua natureza esses valores como elementos onde ora um se sobressai, ora outro reclama seu domínio, mas como um ser formado por essa "justaposição de elementos opostos que causam constantemente estímulos opostos" (VOLOBUEF, 2003, p. 26). Dessa forma, há em *Notre-Dame de Paris* uma relação amalgamada entre personagens, espaço, ambientação e os sentimentos despertados em seus habitantes. O espaço literário apresentado na obra situa seus personagens no tempo e lugar histórico da narrativa e contribui para nos apresentar seu perfil, demonstrando a cada passagem da leitura laços de afetividade entre eles e o espaço habitado.

A palavra *'ANATKH* (fatalidade) encontrada pelo narrador "em um canto de uma das torres da catedral" é o mote grotesco da obra hugoana, e está impressa nos sentimentos, no espaço e no tempo que permeiam toda a obra. De acordo com Jean Maurel, crítico literário francês que escreve o prefácio da obra hugoana em 1972, na coleção *Livre de Poche*, os personagens desse romance são construídos da mesma matéria de que é feita a catedral, ou ainda do elemento fundador da cidade: a pedra. Para Maurel, Quasimodo é um "pierre déplacée", o arcediago é "l'homme de pierre", Esmeralda é "pierre précieuse de pacotille", Pierre Gringoire é "le miracle de la pierre" (HUGO, 2009). Seguindo a ideia de Maurel, acrescentamos ainda essa característica às personagens Phoebus e "la recluse", pois também julgamos importante o papel que elas desenvolvem no romance. Phoebus pode ser considerado a "pedra bruta", a beleza dissociada da delicadeza, em razão das suas maneiras um tanto grosseiras na relação com as mulheres e com o amor; uma metáfora da chegada da Modernidade. A mãe de Esmeralda, a reclusa, apresenta-se como uma "estátua de pedra", uma Pièta que traz em seus braços não o corpo morto de seu filho, mas o símbolo da morte representado no único sapatinho deixado por aqueles que lhe roubaram a filha ainda pequena. Quasimodo, como a própria catedral, é a pedra modificada, uma vez que Notre-Dame carrega em si o símbolo da passagem da arte românica para a gótica, e da gótica para a renascença, sofrendo, como nos afirma o próprio autor, todos os tipos de mutilações possíveis causadas pelas mãos dos arquitetos.

O corcunda, aprisionado em um corpo disforme que o imobiliza – metáfora das transformações ocorridas com o passar do tempo e que refletem a falta de cuidados com a catedral – é a alma de Notre-Dame que se torna inanimada depois de sua morte; ele é a vida de Notre-Dame e só é vida porque habita o interior da catedral, pois não há espaço para Quasimodo fora dela. O arcediago Claude Frollo, uma alma inteligente e respeitada, porém machucada pela vida, aprisiona-se nas suas escolhas e recolhe-se, simbolicamente, a uma cela que parece a extensão de si mesmo: um lugar apertado e isolado onde a ciência e a alquimia procuram assassinar qualquer ímpeto de emoção. Gringoire é a referência à teoria dos contrastes discutida no prefácio a *Cromwell*: uma unidade conflituosa, um ser complexo, "filósofo prático das ruas", possuidor da sensibilidade que o orienta a considerar todos os extremos, e exatamente por isso defensor da liberdade. Esmeralda, a cigana nômade por natureza, moradora das estradas, símbolo da liberdade, conforme Bachelard, representa a vida e as transformações do tempo, a chegada do novo e o otimismo em relação às mudanças. Por isso ela é o objeto de desejo de Quasimodo, de Claude Frollo, do povo – de quem é representante – de Gringoire e de Phoebus, tendo para cada um a sua particular importância. Phoebus é o único homem, símbolo da sedução e leviandade, capaz de despertar o interesse da bela cigana; ele é a sua perdição (Relação tempo/fututo-modernidade); ela é a perdição de Claude Frollo (Relação tempo/futuro-razão); Quasimodo morre com Esmeralda (Relação patrimônio arquitetural-tempo/futuro). Gringoire escolhe a vida (Relação poeta-tempo/futuro).

O autor, que em sua escrita "reconstrói" para o leitor a cidade de Paris e a catedral de Notre-Dame à época da Idade Média – tomando-a como símbolo da cidade – marca em sua obra de "pedra" o grito imortalizado de alerta do romancista que protesta contra as restaurações, segundo ele, relacionadas a modismos que substituíam a imaginação por cópia e modelos os quais estariam atacando o monumento, tanto na sua forma como no símbolo e na beleza representantes da história do povo francês. Nesse sentido, a Paris atual da época do autor, comparada a Paris da Idade Média, parece-nos, pela descrição de Hugo, uma quase Paris, assim como Quasimodo é um quase homem, representando, a nosso ver, o passado histórico da França – a História e a arte do povo francês impressas na obra de pedra que é Notre-Dame. A voz do corcunda é o som dos sinos de Notre-Dame; sua surdez pode ser comparada à fragilidade da catedral diante do mundo: a recepção de tudo que lhe impunha o tempo e os homens, por isso o ódio de Quasimodo por todos aqueles habitantes da cidade, responsáveis por negar-lhe o direito à vida; capazes de decretar sua morte, não fosse a proteção de Claude Frollo. Essa fragilidade e/ou desamparo diante dos novos tempos nos remete ao artigo "Guerre aux démolisseurs!", publicado por Victor Hugo pela primeira vez em 1825, e depois em 1832. Trata-se de um artigo em que o autor denuncia a destruição da história francesa por meio da demolição do patrimônio cultural da cidade.

É o arcediago quem prevê o possível fim de Notre-Dame frente à modernidade. Sua preocupação é o registro do que Hugo havia escrito no já citado artigo. Mais uma vez, a literatura contribui com sua função social, qual seja a de sensibilizar o leitor por meio da reflexão lançada pelo personagem Claude Frollo. O medo da imprensa, como registra o autor, é o medo da perda do domínio da Igreja sobre o povo, mas também representa, por ser o arcediago um homem culto, a perda da arte e da História desse mesmo povo. O grito desesperado pela conscientização dos homens e das autoridades públicas sobre a importância necessária ao patrimônio público é a precaução contra a destruição que a modernidade se mostrava capaz de cometer. A cidade de Hugo no século XIX prosperava e crescia, precisava de espaço físico e da mudança de valores para inserir na vida cotidiana o conceito de mercadoria.

> A burguesia, como Marx o sabe, não perde o sono por isso. Antes de mais nada, os burgueses agem dessa forma uns com os outros, e até consigo mesmos; por que não haveriam de agir assim com qualquer um? A verdadeira fonte do problema é que a burguesia proclama ser o "Partido da Ordem" na política e na cultura modernas. O imenso volume de dinheiro e energia investido em construir e o autoassumido caráter monumental de muito dessa construção – de fato, em todo o século de Marx, cada mesa e cadeira num interior burguês se assemelhava a um monumento – testemunham a sinceridade e seriedade dessa proclamação. Não obstante, a verdade é que, como Marx o vê, tudo o que a sociedade burguesa constrói é construído para ser posto

abaixo. "Tudo o que é sólido" – das roupas sobre nossos corpos aos teares e fábricas que as tecem, aos homens e mulheres que operam as máquinas, às casas e aos bairros onde vivem os trabalhadores, às firmas e corporações que os exploram, às vilas e cidades, regiões inteiras e até mesmo as nações que as envolvem – tudo isso é feito para ser desfeito amanhã, despedaçado ou esfarrapado, pulverizado ou dissolvido, a fim de que possa ser reciclado ou substituído na semana seguinte e todo o processo possa seguir adiante, talvez para sempre, sob formas cada vez mais lucrativas (BERMAN, 1987, p. 97).

Em *Notre-Dame de Paris*, Hugo nos mostra de maneira apaixonada sua defesa pela ideia da conservação da arte e da História de um país, inclusive com essa ideia representada na arquitetura gótica exaltada por ele. A sensação de perda ou da morte simbolizada por meio do vazio, da destruição pressentida por Victor Hugo – sensação que permeia todo o romance –, é o sentimento característico da modernidade. A "crônica de pedra" é substituída pela crônica de papel; só a palavra impressa poderá lembrar o passado de uma cidade transformada por esse advento. O rompimento com a totalidade se instaura por meio da mão dos "dessacralizadores", essa multidão chamada burguesia. A leitura da obra revela-nos o espaço perdido/transformado, onde a heterogeneidade cultural e a modernidade ditam as regras para o progresso por meio do aumento descomedido da população nas cidades e da substituição em série dos bens materiais, culturais e artísticos agora entendidos como mercadoria.

Referências

BACHELARD, Gaston (2008). *A poética do espaço*. Trad. Antonio de Pádua Danesi. São Paulo: Martins Fontes.

BAKHTIN, M. (1993). *A cultura popular na Idade Média e no Renascimento*: o contexto de François Rabelais. Trad. Yara Fratechi. São Paulo: Hucitec.

BARBOSA, Sidney (2003). "O patrimônio arquitetônico francês, a modernidade e o romance Notre-Dame de Paris de Victor Hugo". In: *Polifonia*. Cuiabá: Ed. UFMT, n. 6, p. 87-101.

BENJAMIN, Walter (2002). "Paris, capital do século XIX". In: LIMA, Luiz Costa (Org.). *Teoria da literatura em suas fontes*. Rio de Janeiro: Civilização Brasileira, v. 2, p. 689-704.

BERMAN, MARSHALL (1987). *Tudo que é sólido desmancha no ar*. São Paulo: Companhia das Letras.

BORGES FILHO, Ozíris (2007). *Espaço & literatura*: introdução à topoanálise. São Paulo: Ribeirão Gráfica e editora.

CHEVALIER, Jean; GHEERBRANT, Alain (2007). *Dicionário de símbolos*. São Paulo: José Olympio.

HUGO, Victor (2009). *Notre-Dame de Paris*. 1482. Paris: Gallimard.

_____ (1967). *Nossa Senhora de Paris*. Porto: Lello & Irmão, 2 v.

_____ (2002). *Os miseráveis*. Trad. Frederico Ozanam Pessoa de Barros. São Paulo: Cosac & Naify, v. 1 e 2.

_____ (2004). *Do grotesco e do sublime*. Trad. do Prefácio *Cromwell*. Trad. Célia Berrettini. São Paulo: Perspectiva.

_____ (2009). "Guerre aux démolisseurs!". 1832. In: HUGO, Victor. *Notre-Dame de Paris*. 1482. Paris: Gallimard.

KAYSER, Wolfgang (2003). *O grotesco*: configuração na pintura e na literatura. São Paulo: Perspectiva.

LINS, Osman (1976). *Lima Barreto e o espaço romanesco*. São Paulo: Ática.

PREVIDE, Mauri Cruz; BARBOSA, Sidney (2009). "Céu e inferno na representação da cidade em "Os miseráveis", romance de Victor Hugo: Dite, Sodoma, Babilônia". In: *Linguagem, estudos e pesquisas*. Revista do Curso de Letras do Campus de Catalão – UFG, v. 13, dez.

SANTOS, Luís Alberto Brandão; OLIVEIRA, Silvana Pessoa de (2001). *Sujeito, tempo e espaço ficcionais*. São Paulo: Martins Fontes.

VOGADO, Eguimar Simões (2003). *Turismo no século XIX*: o narrador como guia. A construção do lugar. 2003. Dissertação. Araraquara: UNESP.

VOLOBUEF, Karin (2003). "Victor Hugo e o grotesco em Notre-Dame de Paris". In: *Lettres Françaises*. Revista da área de Língua e Literatura francesa da Faculdade de Ciências e Letras. Araraquara: UNESP, n. 5.

Feminino e perversão em
O homem que ri

Ariel Pheula do Couto e Silva[1]

Introdução

Pretendemos discutir aqui acerca do feminino ambivalente e da perversão em *O homem que ri* (doravante HQR), de Victor Hugo, tendo como foco a personagem Josiane. Sua ambivalência, observada também por meio da História em personagens míticas como Lilith e Diana, consiste, sobretudo, no contraste entre o sublime e o grotesco, representados metaforicamente por meio da cor dos olhos desta personagem, um olho azul e o outro preto. Enquanto o azul se refere, principalmente ao âmbito celestial, porém não tão divino quanto aquele da cor branca ligada à Déa, a personagem que é seu polo oposto na narrativa; o preto caracteriza tanto o lado grotesco moral de Josiane, relacionado à perversão psicológica, quanto seu lado divinal sombrio, ou seja, diabólico, ligado ao abismo do infinito.

Frisamos que, mesmo nos valendo de um feminino ambivalente, dedicamo-nos prioritariamente, no presente estudo, à análise de aspectos a princípio negativos de Josiane, associando o papel do grotesco teratológico à perversão, para melhor compreendermos as relações tecidas por esta personagem.

Partimos, a princípio, por uma breve descrição do enredo deste romance, pontuando o papel de Gwynplaine, personagem principal da trama, que possuirá uma importância capital na construção da cena ritual perversa de Josiane. Em seguida, aproximamos características da personagem Josiane e da grande deusa mítica Lilith; bem como da aparência física de Gwynplaine e as características de Satã, com o fim de melhor analisar os detalhes que são suscitados no encontro posterior de Josiane e Gwynplaine. A partir deste encontro, debruçamo-nos a analisar detalhes da perversão encontrada em Josiane, atentando principalmente para a criação de uma cena perversa, e o papel do fetichismo e sadomasoquismo nesta.

O homem que ri, Gwynplaine e Josiane

Dentro de um projeto de escrita contemplando a discussão sobre as formas de governo e a revolução em direção à democracia, *O homem que ri* seria a primeira obra de uma trilogia. Dedicando-se a esmiuçar o comportamento da aristocracia inglesa, o

---

[1] Membro do Grupo de Pesquisa Victor Hugo e o Século XIX, Universidade de Brasília.

romance foi pensado primeiramente sob o título de "Aristocracia", que veio a se tornar posteriormente *O homem que ri* (1869). A segunda obra seria destinada à monarquia francesa, sob o título "Monarquia", porém nunca chegou a ser escrita. O último romance se debruçaria sobre a mudança de governo em direção à democracia, e foi publicado em 1874, sob o título *Noventa e três*, uma referência clara ao ano de 1793.

O enredo de *O homem que ri* é conduzido pela história do filho de Lord Clancharlie: Lord Fermain Clancharlie, que, após a morte de seu pai já exilado, fora vendido aos dois anos de idade pelo rei Jacques II, a um grupo cujo objetivo era a fabricação de monstros em benefício da sociedade: os *comprachicos*. Lord Fermain Clancharlie estaria destinado a não mais ser reconhecido, se tornando então uma "máscara que ri. *Masca ridens*" (HQR, p. 519). Em razão de uma cirurgia facial, a *bucca fissa*, entalham-no uma máscara grotesca em seu rosto, forjando um riso eterno, além de terem adicionado ao processo cirúrgico outras características que o tornariam um saltimbanco promissor.

No desenrolar da trama, o destino de saltimbanco encontra Gwynplaine, e, juntamente com aquele que veio a se tornar seu novo pai, Ursus, e sua amada Déa, se apresenta pelas ruas de cidades e em feiras populares, representando também o espetáculo "Caos vencido" (*Chaos vaincu*). Mesmo sendo chamado de Gwynplaine desde criança, torna-se mais conhecido nas ruas como *O homem que ri*, devido à deformação de sua face, marcada por um riso hediondo e imutável.

Em determinado momento, após a queda do direito de mutilação reservado aos reis, com o qual Jaques II se utilizou para tentar eliminar Lord Fermain Clancharlie, e por meio das armações de Barkilphedro, a verdadeira identidade do homem que ri vem à baila. Ao encontrarem Gwynplaine e por ordem da Rainha, sua posição de par na aristocracia inglesa é restituída. No entanto, após se desiludir com a possibilidade de conseguir alterar a realidade que lhe angustiava e que oprimia majoritariamente o povo, Gwynplaine se entrega à morte, indo ao encontro com o infinito, após constatar o falecimento de Déa.

Já a duquesa Josiane, filha do rei Jaques II e irmã da rainha Anne, era em tudo, "por conta do nascimento, da beleza, da ironia, da luz, quase rainha"[2]. Desde seu nascimento fora prometida ao Lord Fermain Clancharlie, mas como este se encontrava desaparecido ou morto, foi ordenada a se casar com Lord David Dirry-Moir, com o fim de compor um par dos bastardos e herdar o pariato Clancharlie. No entanto, por mais que Josiane o considerasse "elegante", ela permanece evadindo-se do casamento, querendo ser totalmente livre e independente.

---

[2] Tradução minha. Em francês : "par la naissance, par la beauté, par l'ironie, par la lumière, à peu près reine" (HQR, p. 277).

Josiane é descrita como fisicamente bela e de uma beleza sublime, bastante enaltecida pelas características da carne:

> Ela era grande, grandiosa. Seus cabelos eram daquela nuance que se pode chamar de loiro púrpura. Ela era carnuda, jovial, robusta, de um vermelho brilhante, com muita audácia e graça[3] (HQR, p. 276).

Possuía um olho preto e outro azul, encerrando no corpo a metáfora de sua ambivalência. Seus olhos eram constituídos "de amor e de ódio, de bondade e de maldade. O dia e a noite se mesclavam em seu olhar" (HQR, p. 280), "o horror (...) se combinava com a graça. Nada de mais trágico" (HQR, p. 626). Enquanto a beleza radiante e luminosa, tendendo ao sublime, levava-a a um fascínio hipnótico de "sereia", como é por vezes referenciada, o lado grotesco de sua moral se relaciona à perversão, possuindo diversas intersecções com a personagem mitológica Lilith.

A DEUSA LUNAR LILITH

Na tradição sumério-acadiana a figura de Lilith foi relacionada ao campo do demoníaco, sobretudo ao mal e à perversidade, por meio de demônios, como Lilitû e Ardat Lili, estando sido ligada aos pássaros noturnos e animais predadores.

No entanto, é na tradição bíblica judaica, em textos como o Talmud e a Zohar que Lilith se revela como um demônio com rosto feminino, asas e cabelos longos. É considerada a profanadora da descendência humana, incitando os homens a ter relações sexuais consideradas maléficas ou criminais, dando origem assim a uma vasta linhagem de demônios (BARRETO, 2008, p. 194-195).

Segundo Sicuteri (1985), será no primeiro livro da *Gênese*, segundo a tradição rabínica, que Lilith vai ser considerada a primeira mulher de Adão, anterior à Eva. Ambos teriam sido formados ao mesmo tempo, porém, para Lilith, Deus haveria se utilizado de "fezes e imundice em vez de pó puro". Por tomar iniciativas desgostosas à Adão, como, por exemplo, ficar por cima durante o ato sexual e a sua não submissão, Lilith é expulsa do Paraíso e vai em direção ao Mar Vermelho, onde, copulando, gerava "cem demônios por dia". Como forma de vingança, Lilith, como aponta Sicuteri (op. cit.) "segue por todo lugar estrangulando de noite as crianças pequenas nas casas, ou surpreende os homens no sono induzindo-os a mortais abraços". Por fim, Lilith

---

[3] Tradução minha. Em francês: "Elle était très grande, trop grande. Ses cheveux étaient de cette nuance qu'on pourrait nommer le blond pourpre. Elle était grasse, fraîche, robuste, vermeille, avec énormément d'audace et d'esprit" (HQR, p. 276).

chega a ser referenciada como a própria esposa de Satã, como afirma Barreto (2008, p. 194).

Segundo Sicuteri (op. cit.),

> É exatamente no Romantismo alemão e no francês, em particular, que emerge do imaginário a obsedante figura do andrógino e o mito da Mulher Fatal, no qual tornam a se personificar as figurações da Mulher Vampiro, da Mulher Víbora etc., em uma nova confirmação do conflito e de uma mais aproximada relação ambivalente com a parte reprimida do feminino.

FEMININO E PERVERSÃO

Segundo Barreto (2008, p. 198), "a mulher em Victor Hugo pode se ligar ao mal, ao segredo, ao mistério, ao obscuro e à dissimulação", mas, levando consigo sua contraparte oposta: "ela é Lilith, Isis, Diane, mas também Astarté, Afrodite, Vênus". Para a autora (op. cit., p. 201), Josiane caracteriza o aspecto dual intrínseco do monstro, sendo "o único personagem feminino a ser sem preconceitos a voz da mulher, de seu corpo, de suas pulsões", dentre a gama de personagens femininas representadas por Hugo.

Dominada pelo tédio e o enfado ("ennui") da aristocracia inglesa, Josiane, diferentemente de outras mulheres da corte, busca, como forma de alegria e diversão, gozar de um prazer sadomasoquista para satisfazer-se. Este se traduz no gosto fetichista pelo disforme enquanto "grotesco teratológico" (MUNIZ e PAIVA, 2002), quando associado a zonas erógenas. Seu gozo se traduz também por certo exibicionismo, sendo que já chegou até a "se mostr(ar) com muito prazer a um sátiro, ou a um eunuco"[4] (HQR, p. 347). Como caracteriza o narrador: "durante o dia havia uma 'mulher', e durante a noite, uma 'vampira'"[5] (HQR, p. 279).

Com seu desdém e desprezo pelo gênero humano, e seu desejo pelo sobre-humano disforme, Josiane não aceita ser amada a não ser pelo que esteja à sua altura: "um deus certamente seria digno dela, ou um monstro"[6] (HQR, p. 276). Em sua busca por diversão, ela frequentava o ringue de boxe com Lord David, muito apreciado por aqueles aristocratas que frequentavam os *clubs* ingleses, que se destinavam a fazer troça ou atrocidades com parte do povo: mulheres, negros, pobres e outras alteridades.

---

[4] Tradução minha. Em francês: "elle se fût montrée volontiers à un satyre, ou à un eunuque".
[5] Tradução minha. Em francês: "Dans le jour il avait la 'femme', et pendant la nuit, la 'goule'".
[6] Tradução minha. Em francês: "un dieu tout au plus était digne d'elle; ou un monstre".

No entanto, será o encontro de Josiane com Gwynplaine que possibilitará a análise de várias características importantes da personagem. Ao ver Gwynplaine representando em *Chaos vaincu*, Josiane acreditou ter encontrado seu monstro ideal, e, ao final do espetáculo, faz entregar uma carta a ele, fazendo-o saber que deseja revê-lo. Um encontro inesperado coloca a bela e o monstro frente a frente. Josiane, deitada em seu leito, é acordada pela presença de Gwynplaine. Ela se dirige a Gwynplaine, assediando o monstro de todas as formas, enquanto este contempla, inerte, seus olhos: "os raios do seu olho azul se mesclavam ao brilho de seu olho preto, ela estava sobrenatural"[7] (HQR, p. 626).

A CRIAÇÃO DE GWYNPLAINE E SUA RELAÇÃO COM SATÃ

Para compreendermos a potência dessa cena na qual Gwynplaine e Josiane se encontram, problematizaremos a condição de Gwynplaine.

Na cirurgia que sofreu, Gwynplaine teve a boca "aberta até as orelhas, e estas foram retorcidas por sobre os olhos" (HQR, p. 349). Fizeram de seu nariz "uma protuberância achatada com dois buracos que serviam de narinas"[8]. Seus cabelos foram também modificados, tendo sido coloridos de um ocre amarelado, mas que, em razão do uso de um pigmento corrosivo, haviam ficado grossos e com aparência de lã ao serem tocados (HQR, p. 354). O resultado era para ser "um rosto que não se podia olhar sem rir"[9]. Esta junção entre o horrífico e o risível o torna grotesco, e sua deformidade produzida o liga ao grotesco teratológico, isto é, "ao que é risível e ligado a monstruosidades, aberrações, deformidades, bestialidades etc." (SODRÉ e PAIVA, 2002). É interessante notar que em vários momentos do texto há uma referência clara a essa máscara imputada ao âmbito diabólico, sobretudo relacionada a esta boca como infernal (HQR, p. 622), o que, como veremos a seguir, é extremamente plausível.

Segundo Pastoureau (2008, p. 48), na Idade Média cristã, o inferno era retratado por meio da goela de um monstro, fazendo referência a Leviatã, de onde "saem chamas e em cujo interior ferve um caldeirão", revelando então diversas cenas sádicas de torturas. O infernal neste caso se refere à boca, órgão erógeno, e ao ato de devorar, denunciando, paralelamente, em Gwynplaine, um caráter erótico, em razão da cena construída ao lado de Josiane.

---

[7] Tradução minha. Em francês: "les rayons de son oeil bleu se mêlaient aux flamboiements de son oeil noir, elle était surnaturelle".
[8] Tradução minha. Em francês: "une protubérance camuse avec deux trous qui étaient les narines".
[9] Tradução minha. Em francês : "un visage qu'on ne pouvait regarder sans rire".

No entanto, é a figuração do próprio Satã após o ano 1.000 d.C. que nos faz refletir no fato de a boca de Gwynplaine poder ser vista como satânica. Segundo Pastoureau (op. cit., p. 48): "(seu) rosto por vezes ornado com um focinho ou ventas está sempre fazendo caretas de escárnio, com sua boca fendida até as orelhas, sua aparência, convulsionada e cruel". As semelhanças entre Gwynplaine e Satã são fortes quando pensamos no nariz de Gwynplaine como um apelo à forma animalesca, e o "focinho ou ventas" de Satã. Se pensarmos na máscara com um riso forçado e congelado de Gwynplaine, e nas "caretas de escárnio" com um riso também esticado "até as orelhas", que não deixam de marcar o rosto de Satã, teremos, por fim, o fato de ambos, pelo riso e pelo medo que evocam, suscitarem o grotesco.

O MONSTRO IDEAL

Gwynplaine se trata do "monstro dos sonhos" (HQR, p. 620) de Josiane e, portanto, ideal. Este fato implica que várias características do imaginário de Josiane são imputadas à figura de Gwynplaine, não correspondendo de fato à realidade, mas retratando quem este monstro fantasmático é para Josiane.

Ao se referir à "verdadeira" realidade de Gwynplaine, Josiane diz que ele, no fundo, deve grunhir, ranger, em vez de falar (HQR, p. 620); deve ter cometido vários crimes (HQR, p. 621); e tem de ser, além de disforme, obrigatoriamente vil e mal (HQR, p. 621). Josiane diz ainda que Gwynplaine deve ser de fato um demônio (HQR, p. 621), sendo ele próprio a "visão do grande riso infernal" (HQR, p. 622). A entrega de Josiane a este monstro não é em forma de submissão. Ela tem a necessidade de ser "degradada" (HQR, p. 621), "desprezada" (HQR, p. 621), tornada uma "escrava", uma "coisa". Diz que é feita para que Júpiter a beije os pés e Satã cuspa em sua cara (HQR, p. 625). Com isso, Josiane-Lilith busca no fundo se entregar para o próprio Satã, neste caso, Gwynplaine satânico.

Segundo Barreto (2008, p. 202), Josiane é vista como, "no sonho de aventuras da noite, interditas, perversas (...), nada melhor do que a junção entre a grandeza e a baixeza, do que mesclar o alto com o baixo". Esta junção entre opostos instituídos, ou este esfacelamento da barreira que os separam é uma das características da perversão segundo Chasseguet-Smirguel (1991, p. 184), e visam de fato, como afirma Barreto (op. cit.), gerar o caos. A *mistura*, ou *hybris*, segundo Ferraz (2010, p. 103) seria "a chave para a organização de fantasias perversas": a equivalência entre zonas erógenas – a boca –, confusão entre sexos, acasalamentos de indivíduos de gerações diferentes e relações incestuosas. Neste sentido, a perversão em Josiane trabalharia também com a ruptura entre a barreira do animalesco, ligado ao grotesco, e do humano; a ruptura entre as classes sociais, haja vista que Gwynplaine era visto como um homem saído do povo, ou seja, da margem social se pensarmos que a aristocracia está em posição central, por mais que Josiane se localize, também, como parte do povo. E, em último lugar, da barreira entre o humano e o divino, neste caso um divino sombrio, onde, querendo esposar-se com o próprio Satã, se faz ora divina ora objeto.

Para Ferraz (2010, p. 47), "na perversão, o que está em relevo é o papel desempenhado pela ilusão na vida psíquica", sendo que "o perverso deverá compor um cenário para sua vida sexual em que a castração seja constantemente negada" (op. cit., p. 48). Ainda, segundo o autor (2010, p. 105), "toda perversão tende à subversão das leis divinas, isto é, tende à *hybris*. Os atos perversos têm, como os atos obsessivos, um caráter ritual que guarda o significado dado pela fantasia inconsciente. Do mesmo modo, impulsionam-se de uma forma compulsiva e compulsória". O autor observa também que, no fundo, somente o perverso goza deste prazer ligado à cena ritual criada, diferentemente, em vários casos, dos outros envolvidos. Pode-se dizer, então, que estes diversos encontros obsessivos de Josiane com figuras grotescas, que culminam no encontro final com Gwynplaine satânico, se traduzem na repetição de um ritual ou cena perversa.

Ligado a esta cena-ritual está o fetichismo de Josiane pelo grotesco teratológico, mas visto a partir de um fantasma criado por ela. Nos "Três ensaios sobre a sexualidade" (1905, p. 38-40 apud CHASSEGUET-SMIRGUEL, 1991, p. 43), Freud coloca que "a necessidade do fetiche adquire forma fixa e substitui a finalidade normal". Neste sentido, segundo Chasseguet-Smirguel (op. cit., p. 43), "o fetiche é objeto de supervalorização, ele se destaca do objeto total como figura de fundo", e este é sentido como "incômodo para a satisfação do alvo sexual". Observamos que o disforme de Gwynplaine se torna simbolicamente um objeto, tanto da investida de Josiane no sentido de recriar o seu monstro ideal nele – Satã – quanto pelo fato de Gwynplaine não chegar nem sequer a falar com Josiane. A existência real de Gwynplaine e sua verdadeira voz, sentimento e coração não são do interesse de Josiane.

Conclusão

A partir da discussão levantada no presente trabalho, notamos que a perversão encontrada em Josiane é de fato complexa e se alia a personagens míticas femininas, como Lilith, cujos mitologemas-base se encontram nesta personagem. O feminino em Josiane é de fato ambivalente e, ao atentarmos para seu lado grotesco moral ligado à perversão percebemos que o encontro entre Gwynplaine e Josiane é fundamental para analisar esta perversão. Buscamos, a partir da relação entre Gwynplaine e

Satã, demonstrar como a caracterização deste personagem ajuda na decodificação da cena ritual perversa vivida por Josiane, atentando para a construção do fantasma em forma de monstro que é vivificado por ela. Levantamos também como características suplementares desta perversão a instituição da *hybris*, ou dissolução de fronteiras instituídas, o fetichismo ligado ao grotesco teratológico de zonas erógenas, e o gozo sadomasoquista desta personagem.

Referências

BARRETO, Junia (2008). *Figures de monstres dans l'oeuvre théâtrale et romanesque de Victor Hugo*. Lille: ANRT.
CHASSEGUET-SMIRGEL, J. (1991). *Ética e estética da perversão*. Porto Alegre: Artes Médicas.
FERRAZ, Flávio Carvalho (2010). *Perversão*. 5. ed. São Paulo: Casa do Psicólogo.
HUGO, Victor (2002). *L'Homme qui rit*. Introdução Pierre Albuy. Notas Roger Borderie. Paris: Gallimard.
SICUTERI, Roberto (1985). *Lilith, a lua negra*. Trad. Norma Telles et alii. Rio de Janeiro: Paz e Terra.
SODRÉ, Muniz & PAIVA, Raquel (2002). *O império do grotesco*. Rio de Janeiro: Mauad.

Reflexões sobre Os trabalhadores do mar

Barbara Freitag Roaunet[1]

Neste texto, dedicado ao romance *Os trabalhadores do mar*, um dos tripés da gigantesca obra *hugoana*, ao lado de *Notre-Dame de Paris* e *Os miseráveis*, a autora defende a tese central de que se trata de um romance de exílio, escrito durante a expatriação de Hugo na Ilha de Guernesey. Mais especificamente, é um romance dedicado à Natureza em que Hugo analisa a fatalidade – *ananké* – das coisas (o navio a vapor), inventadas pelo homem para vencer o destino, o incomensurável, o desconhecido.

INTRODUÇÃO AO TEMA

A edição de referência deste trabalho baseia-se no texto integral do romance publicado pela Gallimard, que tem introdução de Yves Gohin, professor da Universidade de Paris VII. O exemplar contém as anotações sobre o "Arquipélago da Mancha"; estudo escrito em 1865, mas que foi integrado, desde 1883, às novas edições, contendo referências às formações geológicas, aos cataclismos naturais, aos rochedos, às lendas, à história das três ilhas principais Guernesey, Jersey, Serk; inclui ainda a descrição do porto de Saint-Pierre (a capital de Guernesey), costumes, leis e linguagem e peculiaridades do arquipélago e da boa gente que o habita e à qual Victor Hugo dedica seu romance. No anexo dessa edição encontramos ainda a biografia do autor, a relação de suas obras, um pequeno mapa e um glossário do vocabulário técnico acrescido de verbetes que foram incorporados à língua francesa: ex. "la pieuvre" (HUGO, 1980, p. 435-442). Trata-se de um termo usado no Arquipélago da Mancha como sinônimo de "polvo" ou "octopus", um personagem monstro de *Os trabalhadores do mar*, que em luta de vida ou morte é abatido por Gilliat, o herói do romance que representa a síntese das qualidades (e defeitos) de todos os trabalhadores do mar daquele arquipélago.

O romance foi publicado pela primeira vez em 1866 pela editora Verboeckhoven et Cie, em Bruxelas, Bélgica.

A TRILOGIA HUGOANA

Há uma série de razões que justificariam a minha escolha desse romance, que segundo o crítico e apresentador do volume, Yves Gohin, considera *Os trabalhadores do mar* (1866) a obra que completa uma trilogia não premeditada do autor, ao lado de

---
[1] Professora emérita do Departamento de Sociologia da Universidade de Brasília.

Notre-Dame de Paris (1831) e de *Os miseráveis* (1862). Para seu biógrafo, André Maurois, *Os trabalhadores do mar* constituem a pedra final de um grande edifício que expressa o destino, a fatalidade do homem ou a *ananké* grega. Cada romance da trilogia representaria respectivamente uma dessas fatalidades: *Notre-Dame de Paris,* a fatalidade dos dogmas; *Os miseráveis,* a fatalidade das leis; *Os trabalhadores do mar,* a fatalidade das coisas. (MAUROIS, 1954 p. 472).

Para o próprio Victor Hugo, a religião, a sociedade e a natureza são as arenas nas quais o homem luta para satisfazer essas três carências. Ele constrói templos para atender sua necessidade de crer, vive em cidades para organizar sua vida social e inventa coisas (o arado e o navio) para sobreviver.

Se Gohin, Maurois e o próprio Victor Hugo têm razão, teríamos de nos debruçar sobre cada um dos romances para deles deduzir a teoria humanista e fatalista de Victor Hugo em sua complexidade, não bastando um texto para esboçar essa teoria. Uma boa razão para ler *Os trabalhadores do mar* seria o simples fato de Machado de Assis ter feito a primeira tradução desta obra para o português. Trata-se de uma boa razão, mas não é uma razão suficiente – mesmo com um tradutor do porte de Machado de Assis – para justificar a leitura desta obra madura de Victor Hugo. Se possível, o melhor é mesmo lê-lo em francês. Permitam-me chamar atenção para o fato de que este romance de 1866 é o único (do tripé) que não se passa em Paris.

A leitura de *Notre-Dame de Paris* (*ananké* dos dogmas) certamente contribuiu para levar muitos turistas a conhecer melhor a catedral gótica mais "badalada" do mundo, seduzindo-os a subir a torre na qual Quasimodo sequestrou a bela Esmeralda. Do alto dessa torre, da qual o sineiro corcunda joga o piche aquecido sobre a multidão, tem-se hoje a estonteante vista sobre a Cidade Luz, reconhecendo-se que boa parte das ruas, parques, palácios, do Sena, da Île-Saint-Louis até a Île-de-France, levam até hoje a marca do traçado urbano medieval.

Com a luta de classes descrita em *Os miseráveis* (*ananké* das leis) o leitor acompanha as mudanças sociais, políticas e econômicas do período posterior às guerras napoleônicas e as tentativas da restauração do Antigo Regime. São fascinantes as cenas que relatam as lutas nas barricadas e ruas de Paris (1832-1848). Certos episódios suscitam em muitos leitores até mesmo a vontade de conhecer as catacumbas e os esgotos de Paris. Depois de ler o relato detalhado da construção dos subterrâneos e do esgoto que procura modernizar a cidade, o leitor parece assistir à cena em que Jean Valjean e Marius (ferido) fogem para longe do cenário de lutas na tentativa de escapar da sorte do pequeno Gavroche. Este simboliza dois aspectos da condição operária urbana em Paris: a vida na periferia pobre e a violência das lutas de classe no governo de Luís Felipe. *C'est la faute à Rousseau; c'est la faute à Voltaire!*[2], nesse romance empolgante, Victor Hugo lança a luz sobre o preço das mudanças e da modernização urbana da Paris do século XIX, encarnadas em personagens como Jean Valjean, Fantine, Marius e Cosette.

As páginas de *Os trabalhadores do mar* (*ananké* das coisas) podem ser lidas de outra maneira. O romance não toma Paris ou outra cidade como moldura e cenário de sua trama. O autor no Hauteville House não está preocupado em preservar a memória urbana ou fixar passagens históricas importantes para compreender os conflitos que abalaram a Europa e cujo epicentro foi Paris. Esta obra de Victor Hugo, dedicada à natureza, atem-se à descrição das formações geológicas, dos rochedos, recifes e ilhas do mar; dos ventos, das tempestades, com os movimentos das correntes marítimas, das ondas, da maré e acima de tudo, do desconhecido (*l'inconu, l'infini, l'incomensurable*). Victor Hugo procura compreender o homem, enquanto indivíduo, enfrentando sozinho a fúria dos elementos, fora de um tempo social específico, distante da questão social e de conflitos religiosos e políticos. Em *Os trabalhadores do mar*, o autor, no entanto, não exclui de todo a fatalidade do homem diante da fé e das leis, temas centrais nos dois primeiros romances da trilogia.

A religião entra na trama romântica do terceiro grande romance pela porta dos fundos na figura dos dois pastores anglicanos, o doutor Jaquemin Hérode e o jovem reverendo Joé Ebenezer Caudrey que monitoram a vida social e religiosa da ilha de Guernesey. Eles conseguem, no final do romance, seduzir a jovem Déruchette, que se apaixonara por Ebenezer, belo rapaz sem caráter, fraco e privilegiado pela sorte, para deixar Guernesey. Guiados pelo virtuoso herói da trama, Gilliatt, os pastores viabilizam o casamento clandestino entre Déruchette e Ebenezer, contrariando assim a vontade de Léthierry, ateu, pai adotivo da moça. Hugo ainda desmascara o interesse pelo dinheiro dos dois anglicanos, que sob pretexto de consolarem Léthierry desesperado com a perda da Durande, sugerem que o empresário aplique o dinheiro que lhe resta no Novo Mundo, até mesmo recomendando-lhe a participar do tráfico negreiro.

No romance, a Durande é mais que um "personagem" central da trama. Trata-se do primeiro navio a vapor a circular no canal da Mancha inaugurando um percurso semanal entre Saint-Malo e Saint-Pierre. A Durande não é uma mera "coisa", um

---

[2] Tradução minha: "É culpa do Rousseau, é culpa do Voltaire".

personagem, ela ascende ao estatuto de "filha" de Léthierry, seu proprietário, em pé de igualdade com Déruchette, sua filha adotiva. Segundo Gilliatt, esta, de partida para a Inglaterra, será rapidamente esquecida por Léthierry que só pensa em reconstruir o casco do navio naufragado nas ilhas Douvre, do qual Gilliatt conseguira resgatar a máquina a vapor da Durande.

A descrença total e o heroísmo de Gilliatt dão testemunho da nudez humana em situações de perigo. Na trama construída por Hugo, nenhum Deus ou destino benévolo vem socorrer o herói atacado pela "pieuvre" gigante e por uma tempestade descomunal de vinte e quatro horas! Gilliatt se salva por sua determinação e por sua vontade férrea de resgatar a máquina a vapor da Durande, para obter o prêmio prometido por Léthierry: a mão de Déchurette. Depois deste feito, o herói não tem força, fibra e convicção para lutar pelo amor de sua amada. Em gesto de extrema nobreza a encaminha, como vimos acima, aos braços de Ebenezer, o jovem pastor que ele, Gilliatt, salvara meses antes da maré alta que havia surpreendido o jovem pastor num rochedo invadido pelas águas. A tragédia romântica chega ao seu término com Gilliatt se suicidando justamente nesse rochedo, de onde observa o desaparecimento do navio *Cashemir* que leva o jovem casal para a Inglaterra.

As leis e a cidadania, focalizadas em *Os miseráveis*, aparecem de forma diluída e benévola também na trama de *Os trabalhadores do mar*. A pequena cidade de Port-Saint-Pierre, capital da ilha de Guernesey, já na época de Hugo sob domínio inglês, é o símbolo da singeleza e liberdade em uma cidade-aldeia em que todos se conhecem e quase todos se tratam bem. O elemento dos "livres" e "sem-lei", aventureiros e oportunistas é introduzido pelos viajantes, capitães de navio, marinheiros subalternos, passageiros, mercadorias. Um dos capitães de navios é Clubin, um crápula, o responsável pelo naufrágio (planejado) da Durande, maneira de despistar a atenção de dois crimes que cometeu: o assassinato de um agente de correio encarregado de devolver um empréstimo de três mil libras esterlinas ao empresário Léthierry, uma fortuna na época, e o furto dessa quantia por Clubin, que com este dinheiro quer começar vida nova em Arequipa, no Chile.

Meu interesse por este livro forte e empolgante de Victor Hugo não se enquadra inteiramente na ideia da trilogia. O livro não faz somente parte de um tripé ou uma peça de um quebra-cabeça para compor um todo, planejado ou não. Trata-se de um livro "circunstancial", escrito no exílio, ao qual Victor Hugo se vê condenado a viver fora da França durante dezenove anos como um desterrado por razões políticas (1851-1870).

Os trabalhadores do mar: um testemunho do exílio de Victor Hugo

Como sabemos por sua biografia, Victor Hugo, depois de ter sido nomeado membro da Câmara dos Pares de França, vive em Paris até dezembro de 1851, quando ocorre o Golpe de Estado de Napoleão III (*Napoléon le Petit*), que obriga Hugo a refugiar-se em Bruxelas. Em janeiro de 1852, sessenta e cinco deputados, entre eles Hugo, são expulsos da Assembleia e, por se oporem ao novo regime, são obrigados a refugiar-se na Bélgica, não podendo voltar para a França. Ainda no mesmo ano, o autor se instala em Jersey, uma das ilhas do Arquipélago da Mancha. Em 1855 é expulso de Jersey e refugia-se em Guernesey, onde um ano depois compra uma residência pela qual a ilha ficou famosa: a Hauteville House na capital da ilha, *Saint-Pierre-Port*. Essa casa hoje funciona como museu, preservando a decoração e o mobiliário que Hugo mandou instalar. É aí que o autor retoma seus trabalhos no livro *Os miseráveis*, iniciados em 1845 sob o título *Les Misères*. E escreve os poemas *L'Âne*, *La Révolution*, *La Pitié suprême*, faz o prefácio das obras de William Shakespeare traduzidas por seu filho, François Victor Hugo, escreve o ensaio *William Shakespeare* publicado em 1864, dá início ao seu último romance *Quatrevingt-treize* (publicado em 1874), entre outros trabalhos, assina contratos, empreende viagens pela Alemanha e Bélgica e sofre perdas inestimáveis.

Enquanto Hugo vive no exílio, Adèle Hugo, sua filha mais nova foge para a América em busca de sua paixão: um soldado inglês transferido para o Canadá[3]. A vida amorosa do próprio Victor Hugo passa por crises e mudanças depois que sua mulher o traiu com um amigo. É no exílio em Guernesey que Hugo faz suas observações, anotações e reflexões, passando horas a fio a olhar para o movimento do mar e da maré; faz registros em aquarelas e textos das tempestades, dos ventos, das mudanças de estações; estuda as correntezas do mar e a formação das nuvens no céu com suas variações de noite e dia, crepúsculo e alvorada. Grande parte de seus registros foram incorporados, a partir de 1866 em seu livro que bem mais que um romance, pretende ser uma filosofia de vida, uma reflexão sobre Deus, o infinito, a incerteza, a insignificância do homem diante das forças da natureza.

La nature est suspecte dans tous les sens. Son immensité autorise le soupçon. Ce qu'elle fait n'est pas ce qu'elle semble faire; ce qu'elle veut n'est pas ce

---

[3] O que deu origem ao belíssimo filme *Adèle H*, de 1975, dirigido por François Truffaut e estrelado por Isabelle Adjani.

qu'elle semble vouloir. Elle met sur l'invisible le masque du visible, de telle sorte que ce que nous ne voyons pas nous manque, et que ce que nous voyons nous trompe. De là les arguments que fournit à l'athéisme la nature, cette plénitude de Dieu. La nature n'a point de franchise. Elle se montre à l'homme à profil perdu. Elle est apparence; heureusement elle est aussi transparence. Chose étrange, on s'égare peut-être encore moins en la devinant qu'en la calculant. Aristote voit plus loin que Ptolémée. Le rêveur de Stagyre, en affirmant que le mouvement de succession des vents suit le mouvement apparent du soleil, avait presque mis le doigt sur la trouvaille de Galilée. Un mathématicien n'est un savant qu'à la condition d'être aussi un sage. La nature échappe au calcul[4] (HUGO, 1865).

Em 1865, Victor Hugo escreve um texto *L'Archipel de La Manche*: denso, filosófico, sem trama e ligação direta com o texto do livro e faz a anotação: "Texto a ser incluído em *Os trabalhadores do mar*" (HUGO, 1883).

Este texto poderia também ser classificado como uma "rêverie", "Träumerei", possivelmente inspirado nas "Rêveries d´un promeneur solitaire", de J. J. Rousseau, escrito anos antes pelo autor das "Confessions" em seus passeios pela ilha de Saint-Pierre, perto de Genebra, na Suíça.

São as reflexões de um emigrado, desterrado, abandonado, jogado no vazio depois de uma ascensão fulminante no mundo das letras na França, que de uma hora para a outra perdeu suas coordenadas, suas funções políticas de deputado, sua cidadania, seu país e sua cidade que conhecia palmo a palmo. Sua família, como vimos antes, fica dizimada. Como refugiado, em Guernesey, a dedicação ao seu trabalho de escritor o ampara, gerando vasta correspondência e novas obras literárias. A meditação, a observação da natureza, o mergulho na ciência e seus longos passeios e caminhadas pela ilha o ajudam a combater a solidão e a encarar a incerteza da vida e a vivência do exílio.

Nesse período de reflexão e recolhimento produz uma verdadeira *literatura de exílio avant la lettre*, que no século XX encontrou seguidores em Thomas e Heinrich Mann, Stefan Zweig, Bert Brecht, Walter Benjamin, Theodor W. Adorno, Hannah

---

[4] Tradução minha: "A natureza é suspeita em todos os sentidos. Sua imensidão autoriza a desconfiança. O que ela faz não é o que ela parece fazer; o que ela quer não é o que ela parece querer. Ela põe no invisível a máscara do visível, de tal sorte que o que não vemos não nos falta e o que vemos nos engana. Daí os argumentos oferecidos ao ateísmo pela natureza, esta plenitude de Deus. A natureza não tem franqueza. Ela se mostra ao homem com perfil perdido. É aparência; felizmente também é transparência. Coisa estranha, nós nos extraviamos talvez ainda menos ao adivinhá-la do que ao calculá-la. Aristóteles vê mais do que Ptolomeu. O sonhador de Estagira, ao afirmar que o movimento de sucessão dos ventos segue o movimento aparente do sol, quase pusera o dedo na descoberta de Galileu. Um matemático só é um erudito se for também um sábio. A natureza escapa ao cálculo".

Arendt, para somente mencionar alguns. A obra mais significativa desse período é *Os trabalhadores do mar* (1866), livro que em suas tramas e detalhadas descrições pode ser visto como "literatura de exílio" e expressão de sua consciência política e moral, condensada em dedicatória aos moradores de Guernesey (p. 87) "Je dédie ce livre au rocher d'hospitalité et de liberté, à ce coin de vieille terre normande où vit le noble petit peuple de la mer, à l'île de Guernesey, sévère et douce, mon asile actuel, mon tombeau probable[5]".

A introdução do tema da literatura de exílio permite-nos estabelecer um vínculo inesperado entre Victor Hugo e o Brasil por meio do vínculo de amizade e destino que unia Victor Hugo (1802-1885) a Charles Ribeyrolles (1812-1860), dois amigos de juventude e aliados no destino político. O primeiro, como vimos, exilou-se em Guernesey (1852), em uma ilha do arquipélago da Mancha; o segundo, no Brasil, aonde veio a falecer no Rio de Janeiro. Ambos foram proscritos, patriotas; opositores de Napoleão III que os extraditou em dezembro de 1851. Ribeyrolles passou uma temporada na casa de Hugo em Jersey, mas seguiu depois para o Brasil, onde morreu em 1860. Entre nós escreveu o livro *O Brasil pitoresco*, ilustrado com gravuras de Victor Frond (cf. Prefácio de Affonse de Taunay, p. 17-19). Por ocasião da morte de Ribeyrolles, vários intelectuais brasileiros e jornalistas pediram a Hugo que fizesse o epitáfio para sua lápide sepulcral. Em resposta, Victor Hugo lhes responde de Guernesey:

> Sois homens de sentimentos elevados; sois uma nação generosa. Tendes a dupla vantagem de uma terra virgem e de uma raça antiga. Um passado histórico vos prende ao continente civilizador. Reunis a luz da Europa ao sol da América. É em nome da França que vos glorifico (MOSSE, 1889).

Segue abaixo o epitáfio escrito por Victor Hugo:

> Il accepta l'exil; il aima les souffrances;
> Intrépide il voulut toutes les délivrances;
> Il servit tous les droits par toutes les vertus
> Car l'Idée est un glaive et l'Âme est une force
> Et la plume de Wilberforce
> Sort du même fourreau que le fer de Brutus (Apud MASSA, 2009, p 241)[6].

---

[5] Tradução minha: "Dedico este livro ao rochedo de hospitalidade e de liberdade, este canto da velha terra normanda onde vive o pequeno nobre povo do mar, à ilha de Guernesey, severa e suave, meu asilo atual, meu túmulo provável".

[6] Tradução minha: "Aceitou o exílio, amou as dificuldades / Intrépido, quis todas as liberdades / A todos os direitos por todas as virtudes serviu / Pois a ideia é uma espada e a Alma, uma força / E a pena de Wilberforce / Da mesma bainha que o ferro de Brutus saiu".

Referências

HUGO, Victor (1980). *Os trabalhadores do mar*. Paris: Gallimard.
MAUROIS, André (1954). *Olympio ou la Vie de Victor Hugo étude historique et biographie*. Paris: Hachette.
MASSA, Jean-Michel (2009). "A França que nos legou Machado de Assis." In: ANTUNES, B.; MOTTA, S. V. *Machado de Assis e a crítica internacional*. Trad. Cícero Alberto de Andrade Oliveira. São Paulo: Unesp.
MOSSE, Benjamin (1889). *Dom Pedro II, imperador do Brasil*. São Paulo: Cultura Brasileira.
RIBEYROLLES, Charles (1898). *Le Brésil pittoresque*: bibliographie brésilienne. Paris: Anatole Louis Garraux.

Referências eletrônicas

HUGO, Victor (1883). *L'Archipel de La Manche*. Disponível em: <http://fr.wikisource.org/wiki/L'Archipel_de_la_Manche>. Acesso em: 30 setembro 2012.
_____ (1865). *La mer et le Vent*. Disponível em: <http://fr.wikisource.org/wiki/Proses_philosophiques/La_Mer_et_le_Vent>. Acesso em: 30 setembro 2012.

A natureza em Os trabalhadores do mar

Sidney Barbosa[1]

Gostaríamos de apresentar aqui algumas reflexões sobre a contribuição de Victor Hugo nas relações existentes no século XIX, entre natureza e literatura. De início podemos afirmar que toda a obra poética e ficcional de Hugo está marcada por essa presença. Ora os seus romances falam diretamente da natureza, como é o caso de *Les travailleurs de la mer*, ora lhes fazem alusão pela sua negação, tal como ocorre com *Les misérables*, romance destinado, na nossa opinião, a criticar a cidade e os seus problemas, em contraste com o campo, visto como o espaço idealizado e não degradado. Poderíamos afirmar que, ao criticar a cidade, o autor enaltece indiretamente o seu oposto, o campo e, portanto, a natureza. Ou seja, mesmo quando não trata diretamente dela, a prosa de ficção hugoana celebra, até na sua própria ausência, a natureza.

Por outro lado, a poesia de Victor Hugo é assumida e nomeadamente exaltadora da natureza, sem a demonstração de contradições. Alguns exemplos podem ser citados envolvendo os elementos: "Oceano nox" fala das águas, "Le poète s'en va dans les champs" canta a terra, "Le satyre" e "Abyme" enaltecem os planetas e as estrelas que falam entre si e "Mugitusque boum" é um poema no qual flores, animais e árvores literalmente *falam*. Ou seja, a natureza é, na sua poesia, não somente *décor*, mas personagem ativa.

Herdeiro, como todos os românticos e pré-românticos (como o foi Bernardin de Saint-Pierre) do pensamento e da estética de Jean-Jacques Rousseau, Victor Hugo apresenta-se, antes de mais nada, como um rousseauniano no que se refere à natureza. Como sabemos, para Rousseau, a natureza é uma entidade ativa que exerce influência positiva sobre os seres humanos. E, para ele, não se trata tampouco de um universo povoado de ninfas e de semideuses da mitologia, como acontecia nos séculos anteriores: "L'exactitude de la description l'emporte désormais sur le merveilleux. Il s'agit là d'une vision moderne de la nature" (COUPRIE, 1985, p. 7). Para mudar o tratamento dos homens com o seu ambiente, é que Rousseau prega a observação da natureza como uma das regras maiores para se desenvolver o sentido do detalhe e das cores, para se atingir o encantamento sincero e comunicativo diante da natureza. E, talvez, o mais importante entre a teoria da natureza de Rousseau e as convicções de Victor Hugo seja a ligação entre esta e Deus, ou seja, para Victor Hugo "La beauté

---
[1] Professor do Departamento de Teoria Literária e Literaturas da Universidade de Brasília.

du monde, la complexité organique des végétaux constituent la preuve de l'existence d'une Divinité créatrice de l'univers" (id., ibd.). Finalmente, para Rousseau, o *estado de natureza* é superior ao *estado social*. No estado natural, os homens eram livres, bons e iguais. A natureza era, pois, considerada por Rousseau a fonte matriz de felicidade e de virtude. A grande diferença, entretanto, entre Rousseau (e os seus contemporâneos) e Victor Hugo (em particular), é que o primeiro não acreditava no progresso como força motriz da sociedade, nem garantidor da felicidade.

O que Victor Hugo vai acrescentar a esse conjunto de valores rousseauniano concernentes à natureza é uma visão *grandiose* desta natureza e uma concepção mística da sua constituição: para ele a natureza tem uma alma. Essa concepção animista da natureza leva-o a ver nela inicialmente uma *criação* de Deus, em seguida a se confundir com a própria divindade. Desse modo, ele poderia ser classificado como um *panteísta*. Porém sua fé no progresso é que fará a grande diferença, seja nos seus romances, seja já na sua poesia:

> La légende des siècles (1859-1883) retrace l'histoire de l'humanité, son combat contre le Mal, sa lente ascension vers le Progrès et l'Amour qui, seuls, la sauveront. Mais, pour écrire cette vaste épopée de "homme montant des ténèbres à l'idéal", Hugo ne procède pas à la façon d'un historien. Même s'il se documente sur les civilisations qu'il évoque, il accorde une large place aux mythologies et aux légendes qui permettent à son imagination de se deployer (id., p. 71).

Seja, portanto, na prosa ou na poesia, na sua filosofia e na sua maneira de viver, a natureza ocupa um lugar importante na obra e na vida de Victor Hugo. Romântico toda a sua vida, embora se pretendesse, principalmente na maturidade, um homem realista, é com essa característica que a natureza será representada no conjunto de sua obra, notadamente no romance *Les travailleurs de la mer*, obra-prima do romance romântico francês e universal. Este livro desfrutou de tanto prestígio fora da França, na sua época, que mereceu a atenção e a tradução do nosso maior escritor brasileiro, Machado de Assis, que continua a ser reeditada até hoje e constitui, desde então, a sua melhor tradução. Contudo, as relações do Homem com a natureza em Victor Hugo, apesar do caráter laudatório que frequentemente as acompanha, podem suscitar algumas surpresas quando verificamos que o refúgio natural, espaço confessional e aconchegante como um abraço materno, pode assumir, por vezes, um aspecto cruel como se, de mãe carinhosa passasse a uma madrasta cruel.

Esta visão ambivalente da natureza não é exclusividade de Victor Hugo, e pode ser verificada, de modo exemplar, em outro grande romântico, o italiano Giacomo Leopardi, conforme lembra Fúlvia Moretto (1972, p. 37).

Pode parecer contraditório, à primeira vista, tal visão severa da natureza em autores capazes de tecer os maiores elogios ao universo natural (lembremos as passagens de Hugo citadas acima ou o Leopardi de poemas como "La ginestra", por exemplo). Afinal, se para o homem romântico a natureza era capaz de assumir ares de companheira ou irmã, como explicar este conflito? Na verdade, esta aproximação da natureza com o humano trará a própria resposta, conforme veremos a seguir. É preciso, portanto, considerar os aspectos de "natureza mãe" e de "natureza madrasta" em *Les travailleurs de la mer*.

HUMANA, DEMASIADO HUMANA: DA CONDIÇÃO DE MÃE GENEROSA À DE MADRASTA SEVERA

Embora, como vimos, a natureza esteja presente em toda a obra de Victor Hugo bem como em toda a literatura da escola romântica, mormente de modo positivo, já no conjunto da obra, poesia e prosa hugoanas podem-se notar uma ambiguidade e uma oscilação entre estes dois opostos: a generosidade e a consolação, de um lado, e a crueldade ou a indiferença, de outro. Assim é que na poesia, ora ela se apresenta como refúgio para o homem ferido e infeliz, como ocorre no poema "À un riche", ora ela se apresenta assustadora, quando mata, como acontece no poema "Oceano nox", ou apresenta-se indiferente, como na poesia "Tristesse d'Olympio". Em quase todos os casos, a natureza estimula o amor, em todas as suas manifestações, como se pode ver no poema "Aimons toujours".

O romance *Les travailleurs de la mer*, objeto de nossa reflexão no momento, segue com bastante veemência esta regra, ou seja, a natureza desempenha aí o papel de mãe generosa e, ao mesmo tempo, o de madrasta severa e até mesmo bem cruel. Tal oscilação entre os polos "bom" e "mau" da natureza encontra-se no cerne desta discussão, em especial quando enfocamos o universo literário francês. A este respeito, Fúlvia Moretto, em *L'idée de nature dans les temps modernes et dans le romantisme*, afirma:

> L'influence du mal dans le Romantisme est encore mal étudiée. En outre, on n'a pas encore suffisamment creusé l'esthétique du bien et du mal dans les temps modernes. Cependant, c'est dans cette double perspective qu'il faudrait

envisager le problème de la nature chez les romantiques français (MORETTO, 1980, p. 48).

Entretanto, para atingir esse patamar dual, capaz de lidar tanto com o bem quanto com o mal da natureza literária romântica, Victor Hugo deve servir-se de um procedimento narrativo bem original, mesmo no quadro das características do romance romântico, a saber, a *humanização da natureza*. Ela deixa de ser quadro e ornamentação e abandona, inclusive, o seu papel tradicional na literatura romântica de representar um paralelismo entre a situação psicológica das personagens. É o caso das tempestades e do tempo carregado nos momentos cruciais do enredo e de brisa mansa, árvores verdejantes e flores perfumadas nos momentos de idílio das personagens. Aqui, no romance de Victor Hugo, a natureza vai mais além e se transforma em um ser humano, em uma personagem personificada que só falta falar. Não fala, porém manifesta seus sentimentos e opiniões, no que for positivo ou negativo na história. Trata-se de uma verdadeira antropomorfização da natureza.

Vejamos, por exemplo, alguns momentos da narrativa de *Les travailleurs de la mer*, notadamente oriundos do capítulo intitulado "Gilliatt le malin", pois é nele que se trava a grande "batalha" entre o homem e a natureza: salvar a maquinaria do navio contra todas as leis naturais. Os dois aí manifestando os seus sentimentos e a sua astúcia, é o que se pode observar claramente de "humanização" da natureza:

> Là, ils parurent se consulter et délibérer, Gilliatt, tout en s'allongeant dans son fourreau de granit, et tout en se mettant sous la joue une pierre pour oreiller, entendit longtemps les oiseaux parler l'un après l'autre, chacun à son tour de croassement. Puis, ils se turent, et tout s'endormit, les oiseaux sur leur rocher, Gilliatt sur le sien (HUGO, 1963, p. 94)[2].

A dimensão simétrica que verificamos entre Gilliatt e os pássaros, cada um em seu respectivo rochedo, coloca o natural e o humano em uma relação especular capaz de, ao aproximar o homem da esfera natural, também humanizar a Natureza. E não apenas os seres animados se posicionam em nome da Natureza em semelhante aproximação, como também os seres inanimados, como se pode constatar no trecho abaixo do mesmo capítulo:

> Ce qu'on dit de certains hommes: propres à tout, bons à rien, - on peut le dire des creux de rocher. Ce qu'ils offrent, ils ne le donnent point. Tel creux de rocher est une baignoire, mais qui laisse fuir l'eau par une fissure ; tel autre est

---
[2] Todas as demais citações do romance referem-se a esta edição.

> une chambre, mais sans plafond ; tel autre est un lit de mousse, mais mouillée; tel autre est un fauteuil, mais de pierre (id., p. 96).

Tal aproximação, sendo manifestação da arte literária, não pode se furtar a utilizar os recursos da língua, de modo que tal passagem pode realmente ser lida à luz do processo metafórico. Sem questionar tal assertiva, não devemos, também, subestimar o poder e o papel da metáfora como elemento expressivo. Por meio de tal poder, esta figura é capaz de potencializar a humanização da natureza, para além da comparação física, pois, embora a captação sensorial privilegie a aproximação física, o elemento natural manifesta diretamente seus sentimentos, tal como se pode observar no exemplo que se segue:

> C'est un combat de lignes d'où résulte un édifice. On y reconnaît la collaboration de ces deux querelles, l'océan et l'ouragan. Cette architecture a ses chefs-d'œuvres, terribles. L'écueil Douvres en était un. Celui-là, la mer l'avait construit et perfectionné avec un amour formidable. L'eau hargneuse le léchait. Il était hideux, traître, obscur; plein de caves (id., p. 98).

É uma dimensão que tende ao psicológico, e, ao fazê-lo, nesta passagem, Hugo pode dar ao natural aspectos negativizados, próprios da natureza madrasta (considere-se, para tanto, vocábulos como "traître", "obscur" ou "hideux"). E, no mesmo estilo, levando mais longe ainda a metamorfose da natureza em ser humano, uma vez que ela é agora nomeada "aquela mulher", encontramos ainda: "La mer était gaie et au soleil. Une caresse préalable assaisone les trahisons. De ces caresses-là, la mer n'en est point avare. Quand on a affaire à cette femme, il faut se défier du sourire" (id., p. 101).

Uma natureza ardilosa, *femme fatale* diante da qual o deixar-se seduzir pelo sorriso pode constituir um erro irreparável. É curioso notar como, à medida que a humanização da natureza se aprofunda, seu potencial para madrasta cruel intensifica-se. É como se esta mesma natureza, ao se tornar antropomorfizada, passasse a manifestar elementos típicos da humanidade naquilo que o ser humano possui também de sombrio e de contraditório. O lado mau corresponde, pois, a um tipo de atitude que é apenas humana. Ela pode ser aprisionadora, por exemplo: "La mer, geôlière, le surveillait" (id., p. 108). Ou ainda mostrar-se louca ou colérica, como todo ser humano: En bas, c'était de la démence, en haut c'était de la colère" (id., p. 133).

Trata-se realmente de uma natureza que é humana, demasiado humana, conforme pudemos ver. Eis, portanto, o porquê de sua negativização a despeito de sua apoteose no Romantismo com a auréola de mãe acolhedora e gentil. Com a humanidade, vem o caráter ambíguo, dual, típico do ser humano. E neste sentido, em uma belíssima passagem, por meio da sinestesia, chega-se quase a envolver toda a filosofia hugoana sobre a natureza e o natural numa só frase, ou num só exemplo:

> A chaque gonflement de la vague enflée comme un poumon, ces fleurs, baignées, resplendissaient; à chaque abaissement elles s'éteignaient; mélancolique ressemblance avec la destinée. C'était l'aspiration, qui est la vie ; puis, l'expiration, qui est la mort (p. 100).

Mas não podemos nem sequer descambar para o maniqueísmo fácil quando tratamos da natureza em *Les travailleurs de la mer*. Afinal, além dos sentimentos, ela poderia também possuir reações humanas e reflexões. Os verbos "obedecer" e "ter" uma ideia são bem humanos e, contudo, encontramos passagem como a seguinte: "Il semblait que la mer, contrainte d'obéir, eût une arrière pensée" (p. 111). O mesmo ocorre com o verbo "decidir", em "decidir alguma coisa": "Une tempête approchait. L'abîme se décidait à livrer bataille" (p. 114). Ou então temos sensações profundamente humanas como sentir medo e ligadas a atos como o de se calar: "Devant la trombe, le tonnerre se tait. Il semble qu'il ait peur" (p.115).

Ou, ainda, retomando exemplos anteriores, o ato de consentir, mesmo que atenuado pelo "avoir l'air de", traz muito de antropomorfização quando lembrado junto ao universo natural: "L'homme empiète; les espaces on l'air de consentir. L'océan" (p. 123). Às vezes, esse processo de "humanização" da natureza, no caso, o do mar, toma forma de órgãos e funções do corpo humano: "la crevasse devint comme une bouche pleine de pluie, et le vomissement de la tempête commença" (p. 128).

> Mas, mesmo em semelhante e eloquente aproximação física, não podemos deixar de notar relações com o universo interior, uma vez que regurgitar sempre traz consigo o espectro de nojo ou de expelir algo de indesejável. Ainda vale lembrar que as ações são, às vezes, bem marcadamente humanas pela sua qualificação ou por sua direção: L'agression maintenant, venant de l'est, allait s'adresser au point faible (p. 129).

E, com esse potencial de direcionamento humano em direção ao mal, compreendemos como a natureza, uma vez tornada tão humana, pode assumir a roupagem negativa simbolizada na ideia de "madrasta cruel". Mesmo correndo o risco de soarmos repetitivos, vale ressaltar, aqui, que não se trata de uma negativização pura e simples do elemento natural, mas da manifestação de um aspecto do caráter humano que a natureza chama para si: a imprevisibilidade e a inconstância. Como qualquer ser humano, nesse romance de Victor Hugo, a natureza pode apresentar a opção de uma face boa ou ruim, segundo os seus *états d'âme*. Ela pode até mesmo manifestar qualquer face repentinamente, sem avisos ou justificativas que o valham. E pode, claro, voltar a assumir, também de repente, seu ar de mãe amorosa e gentil.

O CONFRONTO COM A NATUREZA E A IDENTIFICAÇÃO CAPAZ DE ABARCAR O NATURAL E O HUMANO SOB O SIGNO ROMÂNTICO

Para além das classificações de escola e listagem de características que o acompanham, a primeira impressão que fica da leitura desse romance é de que se trata, real e visivelmente, de uma obra romântica. Seja pela extensão e quantidade das descrições (notadamente as referentes à natureza), seja pelo subjetivismo das opiniões do narrador, pela volta ao passado, pela "coincidência" de acontecimentos ou pelas lições de moral (de ciências, geografia e história também). Pela parte ou pelo todo, não se pode furtar a essa fatalidade: trata-se de um romance do mais puro Romantismo.

Senão, vejamos. Após haver vencido as peripécias e desempenhado todos os papéis heroicos para atingir os seus objetivos (todos registrados detalhadamente no capítulo intitulado *Gilliatt le malin*), ou seja, salvar a maquinaria do *Déruchette*, Gilliatt retorna a casa de madrugada, não antes sem passar diante da moradia da amada e de refletir:

> Derrière ce mur on dormait. Il eût voulu ne pas être où il était. Il eût mieux aimé mourir que de s'en aller. Il pensait à une haleine soulevant une poitrine. Elle, ce mirage, cette blancheur dans une nuée, cette obsession flottante de son esprit, elle était là! Il pensait à l'inaccessible qui était endormi, et si près, et comme à la portée de son extase; il pensait à la femme impossible, assoupie, et visitée, elle aussi, par les chimères; à la créature souhaitée, lointaine, insaisissable, fermant les yeux, le front dans la main ; aux mystères du sommeil de l'être idéal; aux songes qui peut faire un songe. Il n'osait penser au delà et il pensait pourtant; il se risquait dans les manques de respect de la rêverie, la quantité de forme féminine que peut avoir un ange le troublait, l'heure nocturne enhardit aux regards furtifs les yeux timides, il s'en voulait d'aller si avant, il craignait de profaner en réfléchissant; malgré lui, forcé, contraint, frémissant, il regardait dans l'invisible. Il subissait le frisson, et presque la souffrance, de se figurer un jupon sur une chaise, une mante jetée sur le tapis,

une ceinture débouclée, un fichu. Il imaginait un corset, un lacet, traînant à terre, des bas, des jarretières. Il avait l'âme dans les étoiles (p. 157).

Como se pode notar no trecho, todos os componentes dos cânones românticos para a literatura estão aqui presentes: idealização da mulher amada, dificuldade em se relacionar com o mundo objetivo, a impossibilidade da realização do amor carnal (pensar somente quase constitui um interdito), afastamento da realidade (na cena, seus sentimentos o levavam até *às estrelas*) e, sobretudo, a imaginação reinando absoluta. O personagem em questão está *vendo* todos esses detalhes, bem subjetivamente, por detrás de um grande muro de jardim!

E, aqui, devemos aproveitar esta significativa citação de um elemento natural alterado e controlado pela mão humana que, não obstante, serve de intermediário para a visão real e a visão idealizada de Gilliatt (o jardim), a fim de pensarmos como a natureza no Romantismo pode assumir um papel de destaque nos confrontos titânicos do herói, que também constituem um dos clichês da escola. Afinal, este ser prometeico é capaz das maiores façanhas quando sua força interior e determinação sobre-humanas são postas à prova. Tal fato não se dá sem motivo, uma vez que basta lembrarmos do caráter rebelde e combativo do pré-Romantismo alemão para percebermos como a escola primou sempre, e em diferentes lugares, por figuras capazes de ir além de si mesmas. Em tal confronto, que se dá frente à sociedade ou mesmo frente a Deus, basta que tenhamos um adversário à altura para que comece o combate. No caso de *Les travailleurs de la mer*, a figura da natureza pode perfeitamente desempenhar tal papel e, uma vez que esta se encontra humanizada, a luta pode dar-se de modo direto e extremado.

Gilliatt, herói romântico, pois, não se deixa vencer, nem mesmo pelas intempéries e, tampouco, pela violência da Natureza. No trecho abaixo, tem-se a impressão que estamos mais diante de um titã idealizado do que de um ser humano que possui limites físicos e psicológicos. É a lei do Romantismo:

> Le dédain des objections raisonables enfante cette sublime victoire vaincue qu'on nomme le martyre. (...) Il était sous une sorte d'effrayante cloche penumatique. La vitalité se retirait peu à peu de lui. Il s'en apercevait à peine.
>
> L'épuisement des forces n'épuise pas la volonté. Croire n'est que la deuxième puissance; vouloir est la première. Les montagnes proverbiales que la foi transporte ne sont rien à côté de ce que fait la volonté. Tout le terrain que Gilliatt perdait en vigueur, il le regagnait en ténacité. L'amoindrissement de

> l'homme physique sous l'action refoulante de cette sauvage nature aboutissait au grandissement de l'homme moral (p. 106).

Um homem capaz de rivalizar com o infinito graças à força indomável de sua vontade, com o engrandecimento do homem moral (uma moral romântica, devidamente rebelde e egocêntrica, com certeza) acima do homem meramente físico: um típico enfoque do Romantismo. E o autor não se serve de outros procedimentos para descrever, no fim do livro, o suicídio de Gilliatt, acrescentados da oposição entre vida e morte, sombra e luz, beleza e tristeza. Tudo leva à morte, mas para a técnica romântica de descrição, esse *tudo* deve ser belo, poético – romântico, enfim...

O desfecho fatal se anuncia calmo, sereno e belo, como uma ária ou um prelúdio. Imagens, cores, sensações e lembranças se misturam para se chegar a um efeito igualmente romântico ao extremo:

> Il dépassa l'Esplanade, puis la Salerie. De temps en temps, il se retournait et regardait, en arrière de lui, dans la rade, le Cashemire, qui venait de mettre à la voile. Il y avait peu de vent (...) A un certain moment il s'arrêta et, tournant le dos à la mer, il considéra pendant quelques minutes, au delà des rochers cachant la route de la Valle, un bouquet de chênes. C'étaient les chênes du lieu dit les Basses-Maisons. Là autrefois, sous ces arbres, le doigt de Déruchette avait écrit son nom, Gilliatt, sur la neige. Il y avait longtemps que cette neige était fondue. Il poursuivit son chemin... (p. 169).

E o contraste *vida e morte* começa a se impor suavemente, tal como acontece sempre no Romantismo quando se trata de abordar a morte, mas não apenas a temática da morte: de modo ambivalente, mas aspirando a uma apropriação cósmica dos elementos díspares, contendo por meio do ideal romântico tanto o "eu" quanto o "não eu", unindo polos díspares num todo orgânico e vivo, pleno de energia. E, aqui, a lembrança tão detida do último capítulo do livro, justamente aquele em que ocorre o suicídio do herói, não se dá sem razão: em "La grande tombe", algo tão dramático quanto a morte por afogamento, a morte por um dos mais impressionantes avatares da natureza romântica essencial, por sinal, neste romance hugoano, o mar, não se dá frente a um quadro natural opressor e terrível, mas antes acolhedor de grande beleza:

> Le printemps jetait tout son argent et tout son or dans l'imense panier percé des bois. Les pousses nouvelles étaient toutes fraîches vertes. On entendait en l'air des cris de bienvenue. L'été hospitalier ouvrait sa porte aux oiseaux lointains. C'était l'instant de l'arrivée des hirondelles. Les thyrses des ajones

> bordaient les talus des chemins creux, en attendant les thyrses des aubépines. Les beau et le joli faisaient bon voisinage; le superbe se complétait par la gracieux; le grand ne gênait pas le petit; aucune note du concert ne se perdait; les magnificences microscopiques étaient à leur plan dans la vaste beauté universelle, on distinguait tout comme dans une eau limpide. Partout une divine plénitude et un gonflement mystérieux faisaient deviner l'éffort panique et sacré de la sève en travail. Qui brillait, brillait plus; qui aimait, aimait mieux. Il y avait de l'hymne dans la fleur et du rayonnement dans le bruit. La grande harmonie diffuse. (...) On se flançait partout. On s'épousait sans fin. La vie, qui est la femelle, s'accouplait avec l'infini, qui est le mâle (p. 170).

A bela e sublime eloquência do trecho dispensa comentários, mas aponta para algo de suma importância: a mesma humanização da natureza capaz de dar a ela uma carga negativa de "madrasta cruel" também é capaz de harmonizá-la com o próprio ser humano em um espelho da aspiração romântica de harmonia universal. Não sem razão temos a reiteração da metáfora do casamento, da união: com relação a Gilliatt, a natureza envolve e prepara o caminho, numa espécie de maternagem piedosa da vítima do destino que vai morrer em seguida:

> Cette matinée avait on ne sait quoi de nuptial. C'était un de ces jours printaniers où mai se dépense tout entier; la création semble n'avoir d'autre but que de se donner une fête et de faire son bonheur. Sous toutes les rumeurs de la forêt comme du village, de la vague comme de l'atmosphère, il y avait un roucoulement. Les premiers papillons se posaient sur les premières roses. Tout étai neuf dans la nature, les herbes, les mousses, les feuilles, les parfums, les rayons. Il semblait que le soleil n'avait jamais servi (p. 170).

Aqui, cabe uma questão: diante de um quadro tão aprazível, por que deveria Gilliatt se suicidar? Ou, colocando a mesma pergunta em termos estéticos, por que Hugo, em uma cena de suicídio, cria uma ambientação tão amena e plena de beleza? Não seria uma dissonância capaz de desarmonizar o binômio que grosseiramente poderíamos chamar de forma e conteúdo? Não, definitivamente não. A opção da personagem enquadra-se muito bem com a vontade da natureza, de harmonização e dissolução no todo universal. Neste todo, a dualidade da natureza também se dissolve, de modo que ela é ao mesmo tempo vida e morte, bem e mal. E, neste momento crucial do romance, a manutenção do eu não harmonizado com o todo, o próprio viver, assume a metáfora da própria terra, ao passo que a dissolução individual consciente do suicídio identifica-se com o mar. Em seguida, acirram-se o afastamento da vida (a terra) e a intensificação dos movimentos na direção da morte (o mar):

> Il s'éloigna, non du coté de la terre, mais du côté de la mer. (…) Une pêcheuse à la trouble qui rôdait pieds nus dans les flaques d'eau à quelque distance, et regagnait le rivage, lui cria "Prenez garde! La mer arrive". Il continua d'avancer.
> Parvenu à ce grand rocher de la pointe, la Corne, qui faisait pinacle sur la mer, il s'arrêta. La terre finissait là. C'était l'extrémité du petit promontoire (p. 170-171).

A natureza realmente envolve Gilliatt, acompanha, sente, previne, mostra e participa do estado de espírito da personagem por similitude ou por contraste. Ela está presente não de uma forma decorativa, mas participativa. Ela também é uma personagem. E, além disso, sua beleza extrapola qualquer expectativa até ao ato final:

> Les oiseaux jetaient de petits cris à Gilliatt. On ne voyait plus que sa tête. La mer montait avec une douceur sinistre. Gilliatt, immobile, regardait le Cashimire s'évanouir, flux était presque à son plein. Le soir approchait. Derrière Gilliatt, dans la rade, quelques bateaux de pêche rentraient. L'œil de Gilliatt, attaché au loin sur le sloop, restait fixe (p. 172).

No último minuto, a estética prevalece sobre o fato degradante do suicídio por afogamento, como se ela cobrisse, com a beleza da natureza, da narrativa e do texto escrito o patético e o mal-estar da morte, do gesto que põe fim à vida. E aí o paralelismo entre natureza e narrativa, cores desmaiadas e sons quase inaudíveis, alcança o seu ponto mais alto, atingindo a própria essência da literatura. Eis o motivo e a característica que distingue o discurso literário de todos os demais:

> Le Cashimire, devenu imperceptible, était maintenant une tâche mêlée à la brume. Il fallait pour le distinguer savoir où il était. Peu à peu, cette tâche, qui n'était plus une forme, pâlit.
> Puis, elle s'amoindrit.
> Puis, elle se dissipa.
> A l'instant où le navire s'effaça à l'horizon, la tête disparut sous l'eau.
> Il n'y eut plus rien que la mer (p. 172).

Gilliatt afoga-se, o romance se encerra, e as relações entre o homem e a natureza atingem um outro nível, uma dimensão diferente e poderosa, estética, capaz de tornar a derrota do suicídio não uma vitória (pois isso seria reiterar antiteticamente a possibilidade negativa da morte), mas algo de transcendente, além do vencer ou do perder, além da vida e da morte. Neste instante sublime, Gilliatt não morre no mar. Sua dissolução nele é harmônica, complementadora e apaziguadora, pondo termo à contenda: "Ce regard contenait toute la quantité d'apaisement que laisse le rêve non réalisé; c'était l'acceptation lugubre d'un autre accomplissement. Une fuite d'étoile doit être suivie par des regards pareils" (HUGO, p. 172).

Gilliatt não morre pelo mar. Aqui, nesta hora definitiva, no ponto máximo do romance *Les travailleurs de la mer*, ele está em harmônica dissolução com o Oceano. Se, no fim, não resta nada além do mar, não se pode afirmar que Gilliatt não exista mais. Nesta hora definitiva e fatal, como um ponto mítico redivivo, Gilliatt, entrando na eternidade, é o próprio mar. A natureza, *après tout*, na sua maternagem, acolhe, integra e eleva ao nível das estrelas.

Referências

COUPRIE, Alain (1985). *La nature*: Rousseau et les romantiques. Paris: Hatier.
HUGO, Victor (2000). *La légende des siècles*. Paris: Garnier-Flamarion.
_____ (1963). *Les travailleurs de la mer; L'homme qui rit; Quatrevingt-treize*. Paris: Seuil.
MORETTO, Fulvia (1980). *L'Idée de nature dans les temps modernes et dans le Romantisme*. Araraquara: FCL/Unesp.
_____ (1972). *La natura nei canti del Leopardi*. São Paulo/Araraquara: FFCL.

Teatro

Rir de verdade: Le Théâtre en liberté e a liberação do riso hugoano

Maxime Prévost[1]

Dois espectros atormentam a obra de Victor Hugo e o conjunto literário do século XIX: a alegria perversa e o riso forçado. Por um lado, o riso sardônico que expressa crueldade e torpeza, por outro lado, o riso sofredor, sinal de impotência e de desclassificação. Em ambos os casos, não há motivo para risos.

Tal é a constatação a qual cheguei, escrevendo um livro intitulado *Rictus romantiques. Politiques du rire chez Victor Hugo* (PRÉVOST, 2002), cujas linhas principais vou resumir brevemente, antes de abordar *Le Théâtre en liberté*, à luz das duas grandes formas de rir que caracterizam o imaginário hugoano: a alegria perversa e o riso forçado. Cabe especificar de antemão que, após o lançamento deste livro, ou seja, há uns dez anos, deparei-me com um fenômeno provavelmente frequente em autores de monografias ao tratarem de temáticas pelas quais estão profundamente interessados, um sentimento de não acabamento, a impressão de terem deixado de lado, artificialmente, vários aspectos importantes da questão, dadas as exigências da publicação e, mais geralmente, da profissão universitária que requer que nos dediquemos constantemente *de outra coisa*, mesmo quando o assunto continua por nos habitar. Assim, em 2011, eu publiquei um primeiro comentário do estudo que talvez tivesse o inconveniente de colocar sombra em demasia sobre a concepção hugoana do riso, em algumas de suas manifestações ao menos (PRÉVOST, 2011). De fato, e infelizmente, fazia um impasse acerca de um fenômeno importante: Hugo, mesmo ao condenar aqueles que riem, busca despertar o riso de seu leitor. Há então nele a inadequação entre o riso como vontade e o riso como representação. Este paradoxo, ou esta incoerência de superfície, entre o riso tematizado e o riso como efeito, torna-se manifesto do início ao fim da obra hugoana, mais precisamente em *O homem que ri*, e mais nitidamente ainda com o personagem Ursus.

Aproveito agora a oportunidade para acrescentar um segundo comentário ao estudo, desta vez no tocante ao riso positivo eclodido, sob a forma mesmo de representação, em certas obras de Victor Hugo, e particularmente em *Le Théâtre en liberté* – corpus do qual, tanto os materiais quanto a disposição variam segundo as vontades de seu editor, pois sabemos bem se tratar, um pouco como as *Iluminações*,

---
[1] Professor de Literatura Francesa da Université d'Ottawa.

de Rimbaud, de um "livro que não existe", apesar de seu valor e de sua importância, ou seja, de um livro que se atualiza em edições póstumas[2]. Sugiro chamar este riso de "rir de verdade".

ALEGRIA PERVERSA E RIR A FORÇA

Vamos começar descrevendo o fenômeno do riso obscuro que permeia do princípio ao fim a obra de Victor Hugo. Ademais, esse *rictus* romântico não preocupa apenas Hugo, mas todo um século de escritores[3]. Mikhaïl Bakhtine tinha observado isto, os românticos manifestaram uma profunda desconfiança em relação ao fato de rir, seu lado carnavalesco originando-se mais da aniquilação que da renovação (BAKHTINE, p. 46-47).

Desde seu começo literário, Hugo se interessou pelo riso sombrio, ao *rictus* que surge de maneira perversa, nascido do espetáculo do sofrimento: o romance de juventude *Han d'Islande* descreve os crimes de um monstro hilário, possuidor de algo de Melmoth de Maturin e da Criatura de Victor von Frankenstein. "(Este) total lúgubre, a alegria", resume Hugo no capítulo de *O homem que ri* dedicado a fisionomia de Gwynplaine (Hugo, 2002, p. 352), resumindo em uma fórmula cativante a enorme suspeita atribuída pelo romantismo ao riso. A alegria perversa é portadora de sadismo; trata-se de uma alegria exercida em detrimento do outro, que é arma e sinal de dominação. Provêm da alegria perversa o riso dos maldosos, o riso dos monstros, dos reis e de seus bufões, de Calígula, de Satã, do vampiro, em suma, o rir do carrasco para com sua vítima, quem quer seja o carrasco, pois a época pós-revolucionária julga inevitável o poder ser exercido de maneira cruel, qualquer que seja sua natureza. Os monstros que povoam o romance policial geralmente cometem suas atrocidades com um riso sardônico. A Criatura de Frankenstein aprende a rir e a matar ao mesmo tempo e o Melmoth de Maturin gela suas vítimas com seu riso satânico. Nesse sentido, digno representante da estética romântica, Hugo reserva um lugar preponderante a este tipo de exultação sádica na primeira parte de sua obra, exultação sádica

---

[2] Citarei *Le Théâtre en liberté*, segundo a edição dada por Arnaud Laster em Victor Hugo, *Œuvres complètes – Théâtre II*, Paris, Robert Laffont, *Bouquins*, 1985. Citarei as peças *Torquemada* (éd. de Jean-Claude Fizaine), *Mille Francs de récompense* e *L'Intervention* (éd. d'Arnaud Laster) segundo esta mesma edição, fornecendo apenas a paginação no corpo do texto. O *Théâtre en liberté* é de fato um livro cujos limites e disposição são definidos por seu editor. Assim, na edição fornecida a Folio em 2002, Arnaud Laster, sob este título geral, integra as peças *Mille Francs de récompense*, *L'Intervention*, *Les Deux Trouvailles de Gallus* e *Torquemada*.

[3] Pensa-se aqui nos *Nachtstücke* alemães, no romance histórico de Walter Scott ou no de Alexandre Dumas, nesses universos povoados de bufões, de palhaços, de seres disformes e hilários (o vigia noturno das *Nachtwachen* de Bonaventura, o Flibbertigibbet de *Kenilworth*, Chicot em *La Dame de Monsoreau*). Esses exemplos poderiam ser multiplicados sobrevoando apenas romances como os de Manzoni, de Dickens, de Eugène Sue, dentre muitos outros.

diretamente importada de Maturin, Walter Scott, Schiller, mas poderão ser ouvidos os ecos até as suas últimas páginas. Depois, ele vem representar outro riso, o avesso da medalha.

O riso forçado, nas suas principais manifestações, emerge de fato mais tarde. Este riso representa um golpe adicional da alegria perversa. Os fortes, os poderosos, do alto de sua pirâmide, riem não apenas perversamente de seu poder despótico, mas ademais é preciso que seus submissos e suas vítimas participem da alegria ambiente, que suas vítimas riam forçadamente. Este arquétipo da alegria perversa torna-se frequente em Hugo, quando define suas posições ideológicas nas obras do exílio. Durante o Segundo Império, Hugo enxerga o povo desfigurado por seu consentimento tácito e forçado a um poder tirânico e usurpado, consentimento este não podendo se manifestar de maneira mais absorvente do que por meio da alegria e do riso. Em *O homem que ri*, ele fará Gwynplaine dizer à Câmara dos Lordes:

> Le meurt-de-faim rit, le mendiant rit, le forçat rit, la prostituée rit, l'orphelin, pour mieux gagner sa vie, rit, l'esclave rit, le soldat rit, le peuple rit; la société humaine est faite de telle façon que toutes les perditions, toutes les indigences, toutes les catastrophes, toutes les fièvres, tous les ulcères, toutes les agonies, se résolvent au-dessus du gouffre en une épouvantable grimace de joie (Hugo, 2002, p. 726-727).

A alegria geral reina em meio aos sofrimentos e à crueldade, concepção que faz eco a profecia de Kierkegaard, segundo qual "o mundo perecerá na alegria geral das pessoas espiritualizadas que acreditarão em uma farsa" (p. 27). Para Hugo, esta maneira de reinar por consentimento forçado torna-se uma das principais molas da dominação exercida historicamente sobre o povo. E os exemplos de resistência a esta dominação do riso são raros, preciosos e constantemente ameaçados. Victor Hugo estima perfeitamente normal e compreensível que a história tenha perdido os livros que Tacite dedicou a Calígula ("Nada mais fácil do que compreender a perda e a eliminação desses tipos de livros. Lê-los era um crime. Um homem tendo sido flagrado ao ler a história de Calígula por Suetônio, Commode ordenou jogá-lo às feras", escreve Hugo em seu *William Shakespeare* de 1864, p. 273).

Ouçamos ainda Gwynplaine ao endereçar-se à Câmara dos Lordes: "Esse riso estampado em minha fronte foi um rei que o imprimiu. Este riso expressa a desolação universal. Este riso significa ódio, silêncio forçado, raiva, desespero. Este riso é produto da tortura. Este riso é um riso à força" (p. 727). Este personagem, miserável e profundamente infeliz é alienado de seu próprio sofrimento pelo *rictus* esculpido em sua própria carne facial, *rictus* sobre o qual não exerce nenhum controle. Assim Gwynplaine é o arquétipo do dominado: é difícil acessarmos a dignidade do sujeito quando se apresenta à vista um riso involuntário provocando imediatamente a hilaridade em quem quer o veja.

RIR DE VERDADE

O que estas considerações acerca da alegria perversa e do riso forçado podem nos fazer olvidar, e que *Le Théâtre en liberté* lembra-nos fortemente, é o fato de existir em Hugo um riso positivo. Lê-se, por exemplo, nas *Contemplações*:

> On parle, on cause, on rit surtout; – j'aime le rire,
> Non le rire ironique aux sarcasmes moqueurs,
> Mais le doux rire honnête ouvrant bouches et cœurs,
> Qui montre en même temps des âmes et des perles (p. 262).

Veremos em breve várias representações tão construtivas quanto negativas dos fenômenos do riso em *Le Théâtre en liberté*, no entanto, especifiquemos primeiro que existem duas variantes do riso positivo em Victor Hugo.

A primeira é a do riso redentor, ao permitir ao indivíduo e às coletividades em resistir à opressão e, ulteriormente, em ridicularizá-la. É o riso de Juvenal, de Rabelais, de Cervantes, descrito por Hugo em *William Shakespeare*: "Resumir o horror pelo riso não é a maneira mais terrível. Assim o fez Rabelais; assim o fez Cervantes" (p. 280). A conclusão lógica deste riso é a revolução. De fato existe em Hugo um riso da revolução, essencialmente positivo, expresso no poema "Celebração do 14 de julho" em *Les chansons des rues et des bois*[4]. No entanto, este riso da liberdade, por estar vinculado à tormenta revolucionária, pode rapidamente tornar-se lúgubre (a revolução sendo, segundo uma palavra da "Ruptura daquilo que nos pormenoriza" da Lenda dos séculos, "a salvação, mesclada de horror"):

> Dieu fait précéder, quand il change
> En victime, hélas, le bourreau,
> L'effrayant glaive de l'archange
> Par le rasoir de Figaro.
> (…)

---

[4] Ver *Les Chansons des rues et des bois*, p. 996: "Qu'il est joyeux aujourd'hui / Le chêne aux rameaux sans nombre, / Mystérieux point d'appui / De toute la forêt sombre! (…) / D'où lui vient cette gaîté? / D'où vient qu'il vibre et se dresse, / Et semble faire à l'été / Une plus fière caresse? / C'est le quatorze juillet. / À pareil jour, sur la terre / La liberté s'éveillait / Et riait dans le tonnerre."

> Quand Beaumarchais est sur la scène,
> Danton dans la coulisse attend (p. 650-651).

O riso da revolução, por mais positivo que possa parecer à primeira vista, carrega consigo a alegria perversa.

Existe uma segunda variante do bom riso, pura e simplesmente positiva desta vez. Trata-se do riso alegre da juventude, e às vezes da infância, que ocupa uma menor posição na obra de Hugo, apesar de ser tratada de maneira muito sensível. Encontra-se em *Les chansons des rues et des bois*, notadamente na peça *Hilaritas*[5]. Trata-se de um riso puro, de um riso franco, de um riso de apaziguamento. Se por um lado, neste tríptico bonapartista (*Napoléon le Petit*, *Châtiments*, *Histoire d'un crime*), o vinho de Champagne acompanhava necessariamente as orgias insanas de Louis Bonaparte, por outro lado, ele se vê recuperado, "inocentado" pela musa de *Les chansons des rues et des bois*. Por vezes, a alegria é obrigatória[6]. Este riso pertence à infância, esta infância que, antes de passar da inocência para experiência, para dizê-lo nas palavras de William Blake, é virgem de toda e qualquer corrupção, ou seja, de qualquer perversão manifestada por meio de uma alegria inapropriada. O riso da infância – fenômeno raríssimo em Hugo – é um riso de "boa-fé" oriundo de uma "alegria indefesa". Outra vertente, mais renovadora, deste riso puro da inocência, é o riso da alegria sadia de *Eros*. É "a eclosão do riso da primavera" (p. 1027) que ouvem os amantes de *Les chansons des rues et des bois* e de *Le Théâtre en liberté*. Quando o "poeta toca o tambor anunciador" e o burguês fraterniza-se com sátiros cornudos, todo o amor físico é subitamente recuperado. Distanciamo-nos da alegria perversa fruto da concupiscência para atingirmos um sensualismo panteísta e alegre expresso, por exemplo, pelo conjunto da Floresta Molhada, grandiosa versão cômica do Livro VI das *Contemplações* no qual Denarius observa: *L'homme va, poursuivi par un rire moqueur. / L'ombre, derrière nous, rit* (p. 569).

No entanto, este riso que pode ser qualificado de cósmico não tem vertente maldosa. "O Olímpio, ou seja, o céu é feito de festa", dirá Aïrolo nas palavras de Hugo em um dos desfechos imaginados para *Mangeront-ils?* (p. 594).

---

[5] *Les Chansons des rues et des bois*, p. 867: "Le rire est notre meilleure aile; / Il nous soutient quand nous tombons. / Le philosophe indulgent mêle / Les hommes gais aux hommes bons. / (…) / Soyons joyeux, Dieu le désire. / La joie aux hommes attendris / Montre ses dents, et semble dire: / Moi qui pourrais mordre, je ris".

[6] *Les Chansons des rues et des bois*, p. 930: "Tout reluit; le matin rougeoie; / L'eau brille; on court dans le ravin; / La gaieté monte sur la joie / Comme la mousse sur le vin. /(…)/ Ô fraîcheur du rire! Ombre pure! / Mystérieux apaisement! / Dans l'immense lueur obscure / On s'emplit d'éblouissement". Cf. I, VI, 17, p. 959 : "Maintenant je te l'avoue, / Je ne crois qu'au droit divin /Du cœur, de l'enfant qui joue, / Du franc rire et du bon vin".

O riso do *Teatro em liberdade*

Naturalmente, a alegria perversa e o riso à força, essas grandes constantes do imaginário hugoano, estão presentes em todo *Le Théâtre en liberté*, coexistindo com as representações mais positivas da alegria. Em *Torquemada*, quando o rei lança "Eu rio", seu bufão Gucho retruca: "O universo chora". É certo que Ferdinand, louco de um desejo não saciado por Dona Rose, diz estar "furioso, alegre e feroz" (p. 273), fazendo uso dos três vocábulos enquanto sinônimos. Quanto ao inquisitor Torquemada, é com um *rictus* apavorante que põe fogo às suas inumeráveis fogueiras.

> Gloire à Dieu! Joie à tous! Les cœurs, ces durs rochers,
> Fondront. Je couvrirai l'univers de bûchers,
> Je jetterai le cri profond de la Genèse:
> Lumière! Et l'on verra resplendir la fournaise! (p. 296)[7].

Zineb, a bruxa de *Mangeront-ils?*, teme por sua vez, a fogueira justamente devido às sinistras efusões de alegria às quais se presta:

> Te figures-tu,
> Être saisie, avec d'affreux éclats de rire!
> Ma chaire vue à travers mes haillons qu'on déchire,
> Et le bûcher, le prêtre, le glas du beffroi,
> Et tout ce pêle-mêle infâme autour de moi,
> La foule m'insultant, les petits, les femelles,
> Raillant ma nudité, ma maigreur, mes mamelles (p. 490).

O rei e o Mess Tityrus da mesma peça, por mais cômicos que sejam, não deixam de ser, eles também, grandes perversos que riem, este se divertindo em manipular a crueldade e as besteiras daquele, "para distrair-se": *Ah! quel chef-d'œuvre, un sot! / Je le contemple avec le regard d'un artiste. / Et, pour être très gai, je tâche qu'il soit triste* (p. 474).

É certo de que a crueldade instintiva do rei oferece um espetáculo no mínimo divertido. Ele promete, por exemplo, quando terá preso e condenado a morte Lord Slada, em lhe oferecer como última refeição uma generosa ração de falsa esperança:

> Je le fais condamner à mort par ma justice,
> Mais avant de mourir, je veux qu'on s'aplatisse,

---

[7] Cf. p. 363: "O fête, ô gloire, ô joie! / La clémence terrible et superbe flamboie! / Délivrance à jamais! Damnés, soyez absous! / Le bûcher sur la terre éteint l'enfer dessous".

> Je lui dirai : Slada, je te fais grâce. Alors,
> – C'est doux de revenir vivant de chez les morts,
> On n'a pas tous les jours pareille réussite, –
> Toutes les lâchetés d'un fat qui ressuscite,
> Il les fera, baisant mes genoux, rassuré,
> Joyeux et vil; et moi, tout à coup, je crierai:
> Imbécile! C'était pour rire. Qu'on le pende! (p. 470).

Mais realista e mais baixo, pé no chão, Rousseline de *Mille Francs de récompense* não deixa de ser mais infame, quando lança: "Ó! Punir quem vos despreza e castigar quem vos considera ridículo e velho, que profunda alegria! (p. 783).

Naturalmente, o riso à força não é deixado por menos, notadamente nas peças cuja composição caminha ao encontro de *O homem que ri*. O Slagistri em a *Espada*, ao acusar seus concidadãos de covardia fanfarrona, lembra que: "La joie avec le joug est mal en équilibre. / L'esclave a des bonheurs tremblants, vite déçus, / Et honteux, car le fouet du maître est au-dessus" (p. 439).

É certo que, como o lembra Mess Tityrus ao seu rei em verso já muito citados:

> Apprivoiser, c'est là tout le gouvernement;
> Régner, c'est l'art de faire, énigmes délicates,
> Marcher les chiens debout
> et l'homme à quatre pattes (…) (p. 464).

Os risos dos jogadores do Quai des Ormes, em *Mille Francs de récompense*, preocupa Cipriana com razão: "Está-se alegre. É terrível. Parece-me podermos ouvir aqui o riso da má consciência" (p. 763). Por fim, a senhorita Eurídice da *L'Intervention*, mulher dos palcos vivendo encostada em um *dandy* de pouca intensidade, impõe-se como parente distante de Triboulet, ao proclamar: "Somos tristes mulheres alegres! Estamos condenadas ao sorriso forçado à perpetuidade" (p. 869).

No entanto, dizíamos então que se encontra também nas peças escritas por Hugo nos anos entre 1860 e 1870, outro riso, fundamentalmente positivo, um riso liberto em suma, semelhante ao que abunda no teatro shakespeariano. Até mesmo em uma peça tão sombria quanto *Torquemada*, evoca-se um passado abençoado onde: "Toute ville espagnole était gaie et sonore, /Les grelots gazouillaient sur le peuple dansant".

Infelizmente, "Aujourd'hui tout se tait. Plus de rire innocent. / Plus de luxe. Un banquet est suspect. Terreur, crainte, / Deuil, et l'immense Espagne est une fête éteinte" (p. 350).

O duque Charles da comédia *La Grand-mère* encontra juntamente a seu Emma Gemma a doce alegria de Eros: "Dieu quer que, por vezes, a sombra tenha uma alma alegre", diz a sua amante, "Et cette âme, c'est toi. Ma tête fatiguée /Se pose sur ton sein, point d'appui du proscrit. /L'ombre, te voyant rire, a confiance et rit" (p. 402).

Ele mesmo apaixonado e louco, Edgar Marc de *Mille Francs de récompense* observa, de maneira generosa: "como é triste que todos não possam ser felizes ao mesmo tempo!" (p. 726).

Concentremo-nos agora na peça que constitui um perfeito condensado do conjunto *Le Théâtre en liberté*, ou seja, *Mangeront-ils?*, comédia que ocorre na ilha de Man, enquanto, como o reconhece até mesmo o ser vil Mess Tityrus, "o verão resplandece e ri" (p. 461). Assim como, em *La Grand-mère*, um jovem casal, lord Slada e lady Janet, vive na pura alegria do amor, mesmo com o rei e seu cúmplice atormentando-os e mesmo se parecem estar condenados a morrer de fome. Pelo menos até a intervenção de um personagem com características provindas dos elfos, dos pequenos espíritos atormentadores, e principalmente do pobre diabo, irresponsável, desejoso de liberdade, extremamente astuto e independente: trata-se de Aïrolo, cujo nome lembra o Ariel de *A tempestade*, de Shakespeare, mas cujo lado cômico e malicioso o aproxima mais do Puck do *Sonho de uma noite de verão*. "Eu terei / Direito ao título de palhaço familiar das florestas" (p. 482), diz sobre si mesmo: "Valho tanto quanto os reis / Pois tenho a liberdade de rir na profundeza dos bosques" (p. 483); e então compara-se implicitamente ao personagem shakespeariano que se parece tanto com ele:

>C'est ainsi que, parmi la bruyère
>Où Puck sert d'hippogriffe à la fée écuyère,
>Enfant et gnome, étant presque un faune, j'échus
>Comme concitoyen aux vieux arbres fourchus (p. 483).

Contrariamente a Puck, no entanto, Aïrolo não é um personagem sobrenatural e assume um papel diretamente vinculado à intriga da peça, não se contentando em intervir tal um *deus ex machina*. No oposto, tanto desse modelo quanto do Ariel de *A tempestade*, ele não deve ademais obediência a ninguém: nenhum Oberon, e nenhum Próspero guias suas ações. É por ele que chega a ação, a boa estrela das pessoas necessitadas, que se trate da bruxa Zineb ou do casal atormentado pela inveja patética e risível do rei. Lord Slada resume todo o personagem em cinco palavras: "C'est un bon diable" (Ele é um bom diabo) (p. 485).

Este Aïrolo, fenômeno muito raro em Hugo, é um homem que ri, mas cujo riso não confina na crueldade e nem mesmo no trágico, o que o torna um irmão de Glapieu de *Mille Francs de récompense*. De Aïrolo, Lady Janet, perspicaz, diz: "Este homem me assustou, mas ele ri com um bom riso" (p. 479). O riso deste personagem poderia também remeter ao de Gavroche, no entanto, é preciso especificar que este célebre menino é concebido por Hugo como um personagem trágico, para lembrar ao leitor do Segundo Império que a sociedade é malfeita e não tem nada de divertido, mesmo quando produz personagens hilários. Assim, faz do menino um ser triste.

Gavroche, lê-se em *Os miseráveis*, é "um pequeno menino de uns onze a doze anos" que, apesar do "riso de sua idade nos lábios", tem "o coração absolutamente sombrio e vazio" (p. 470-471). "Apesar de tudo, e para resumir em uma palavra, o menino é um ser que se diverte, porque é infeliz" (p. 466). O riso de Gavroche como o de Fantine, assim como o de Jean Valjean à beira da morte, como também o de Gwynplaine, logo é um riso de força, de modo algum comparável ao de Aïrolo, apesar de um trecho da peça, que destoa sensivelmente do restante do conjunto, parece querer nos trazer de volta a este campo: aquele onde Aïrolo afirma ao rei a sua liberdade em termos oriundos de uma estranha forma de estoicismo frenético: "Ma gaieté / Vient de ce que partout, si l'ennui vient me prendre, / Je vois la branche d'arbre où je pourrai me pendre" (p. 526).

No entanto, trata-se de um fenômeno isolado, pois Aïrolo está essencialmente em um personagem que ri de bom coração e de um fenômeno que considero próprio a *Le Théâtre en liberté*, com desenvoltura: "Je suis le néant, gai. Supposez une chose/ Qui n'est pas, et qui rit; c'est moi. Je me repose, / Et laisse le bon Dieu piocher" (p. 481).

Destaquemos até mesmo que, como o fazia Puck na comédia de Shakespeare, Aïrolo canta as virtudes do álcool com uma força e, principalmente, uma pertinência muito rara no assunto: "À jeun, moi j'ai l'esprit rêveur et saugrenu; / Je bois un coup, l'erreur s'en va, la faux se brise. /Avez-vous remarqué cela? Le vin dégrise" (p. 479)[8].

A tonalidade inabitual de *Le Théâtre en liberté* provém certamente em grande parte da proximidade quotidiana de Hugo do exílio com o repertório shakespeariano. Lembremos que seu filho François-Victor publica sua tradução completa do teatro de Shakespeare entre 1859 e 1866; sabe-se, além disso, que seu ilustre pai, por sua parte, publica o ensaio *William Shakespeare* em 1864. A liberdade que lhe confere o bem nomeado *Le Théâtre en liberté* é, notadamente, a liberdade que tem em dar vida a

---

[8] Cf. William Shakespeare; *A Midsummer Night's Dream*, II, 1, p. 18: Puck, aliás Robin Goodfellow conta, entre outros poderes, com o de "sometime make the drink to bear no harm". Cf. Este verso de uma das duas versões alternativas: "C'est humain de manger, mais c'est divin de boire" (*Théâtre en liberté*, Annexes, p. 593).

uma representação positiva do riso, apesar de o momento ser (ainda) grave. Mesmo se ainda alimenta alguma esperança em apresentar uma parte desse repertório, ele sabe com pertinência que o verdadeiro público desse teatro é prospectivo, ou seja, que essas peças serão encenadas e lidas quando o Segundo Império não passar de uma má lembrança. Pois, segundo Victor Hugo, é rumo a um riso sereno que navega "o navio do progresso", aquele que simboliza o advir no "Século XX" de *Légende des siècles* (p. 819)[9]. O século XX deveria assim marcar o fim do riso ímprobo, da "perversidade lamentável", de "todos aqueles que faziam, ao invés de arrependerem-se / um riso ao príncipe com lágrimas de mártires" (p. 370). A sequência dos fatos teria, sem dúvida, desapontado Hugo, ao menos para o que já assistimos até hoje, mas tudo indica ser ao leitor que ainda está por vir, a quem está destinado este livro que não existe completamente, *Le Théâtre en liberté*.

Tradução do francês por Olivier Chopart.

Referências

BAKHTINE, Mikhaïl (1970). *L'Œuvre de François Rabelais et la culture populaire au Moyen Âge et sous la Renaissance*. Trad. Andrée Robel. Paris: Gallimard.
BONAVENTURA (1973). *Les Veilles*. Trad. Jean-Claude Hémery. In: *Romantiques allemands*. Paris: Gallimard/Bibliothèque de la Pléiade, t. 3.
DUMAS, Alexandre (1992). *La Dame de Monsoreau*. Paris: Robert Laffont.
HUGO, Victor (1985). *Les Chansons des rues et des bois*. In: *Œuvres complètes* – Poésie II. Paris: Robert Laffont.
_____ (1985). "Les Contemplations". *Œuvres complètes* – Poésie II. Paris: Robert Laffont.
_____ (2002). *L'Homme qui rit*. Paris: Gallimard.
_____ (1985). "L'Intervention". In: *Œuvres complètes* – Théâtre II. Paris: Robert Laffont.
_____ (1985). "Mille Francs de récompense". *Œuvres complètes* – Théâtre II. Paris: Robert Laffont.
_____ (1985). "Les misérables". In: *Œuvres complètes* – Roman II. Paris: Robert Laffont.
_____ (1985). "Rupture avec ce qui amoindrit, La Légende des siècles". In: *Œuvres complètes* – Poésie III. Paris: Robert Laffont.
_____ (1985). "Théâtre en liberté". In : *Œuvres complètes* – Théâtre II. Paris: Robert Laffont.
_____ (1985). "Torquemada". In: *Œuvres complètes* – Théâtre II. Paris: Robert Laffont.
_____ (1985). "Vingtième Siècle – II. Plein Ciel, la légende des siècles". In: *Œuvres complètes* – Poésie II. Paris: Robert Laffont.
_____ (1986). "William Shakespeare". In: *Œuvres complètes* – Critique. Paris: Robert Laffont, Bouquins.

---

[9] Ver *La Légende des siècles*, em *Œuvres complètes* – *Poésie II*, p. 819: "Où va-t-il, ce navire? Il va, de jour vêtu, / (…) / À l'abondance, au calme, au rire, à l'homme heureux".

KIERKEGAARD, Sören (1943). *Diapsalmata*, dans *Ou bien… ou bien…* Paris: Gallimard.
MATURIN, Charles (1968). *Melmoth the Wanderer*. Oxford: Oxford University Press.
PRÉVOST, Maxime (2002). *Rictus romantiques*. Politiques du rire chez Victor Hugo. Québec: Presses de l'Université de Montréal.
_____ (2011). "Le Rire comme volonté et comme représentation. Hugo, L'Homme qui rit et le 'lecteur pensif'". In: *Études françaises*. Montreal. v. 47, n. 2, p. 71-82.
SCOTT, Walter (1993). *Kenilworth*. Edinburgh: Columbia University Presses.
SHAKESPEARE, William (2000). *A Midsummer Nights's Dream*. Londres: Penguin Books.
_____ (1997). *The Tempest / La Tempête*. Trad. Yves Bonnefoy. Paris: Gallimard.
SHELLEY, Mary (1992). *Frankenstein, or The Modern Prometheus*. Londres: Penguin Classics.

A dualidade da figura da bruxa em Mangeront-ils?

Lucas Kadimani Silva Esmeraldo[1]

Buscando compreender o complexo personagem da bruxa hugoana em *Mangeront--ils?*, propomo-nos a discorrer acerca do caráter dual que constrói este personagem. Inicialmente situaremos a peça, faremos um breve resumo do enredo, passaremos a alguns aspectos conceituais e históricos pertinentes à compreensão do tema, em seguida, resgataremos do texto elementos característicos da bruxa propriamente dita e, para esclarecer a dualidade, ao final iremos contrapor os elementos identificados.

A peça *Mangeront-ils?*, cuja data remonta ao ano de 1867, compõe o repertório poético de Victor Hugo correspondente ao período do exílio. *Mangeront-ils?*, uma comédia, foi publicada postumamente em uma coletânea dramatúrgica do autor, organizada sob o título *Le théâtre en liberté*, *O teatro em liberdade*. A peça possui dois atos, sendo o primeiro intitulado "A bruxa" ("*la sorcière*") e o segundo "O talismã" ("*le talisman*").

As cenas se passam na Ilha de Man, uma dependência da Coroa Britânica, onde os personagens Lord Slada e Lady Janet são perseguidos pelo rei da ilha. Eles se protegem em um mosteiro, no qual o rei não pode adentrar, visto que o poder da Igreja é soberano. O mosteiro está rodeado por um bosque em que todo e qualquer vegetal é venenoso. Enclausurado, o casal se vê no dilema de render-se à fome ou às garras do rei. Nesse contexto, apresenta-se um dos protagonistas, o anti-herói Aïrolo, um tipo de bufão velhaco habitante do bosque. Aïrolo decide utilizar de suas artimanhas para tentar conseguir alimento ao casal. Ele contará com a importante ajuda da decrépita e intrigante Zineb, a bruxa moradora dos confins do bosque, que é, portanto, o foco de nossa investigação.

Precisamos nos ater primeiramente a dois conceitos, o de "dualidade" e o de "bruxa". O termo dualidade, para o dicionário Houaiss (2001), designa a "qualidade do que é dual ou duplo em natureza, substância ou princípio". No texto literário, a natureza dos personagens se dá por diversos aspectos narrativos, ou, como é o nosso caso, dramatúrgicos. Dentre esses aspectos, analisaremos a figura da bruxa a partir de três pontos: 1) primeiramente, pelas falas e ações da própria bruxa; 2) em seguida, pela maneira como os outros personagens se referem a ela; 3) e, por fim, pelas

---

[1] Membro do Grupo de Pesquisa Victor Hugo e o Século XIX, Universidade de Brasília.

menções do autor por meio das rubricas[2]. A construção da personagem depende essencialmente das três perspectivas, as quais constituirão um personagem duplo.

O caráter duplo da personagem Zineb, a bruxa, divide suas características em campos opostos. Em se tratando de uma obra de Victor Hugo, as oposições e os contrastes são extremamente recorrentes, uma vez que, para o autor, "tudo na criação não é humanamente *belo*, (...) o feio existe ao lado do belo, o disforme perto do gracioso, o grotesco no reverso do sublime, o mal com o bem, a sombra com a luz" (HUGO, 2007, p. 26) e "porque a verdadeira poesia, a poesia completa, está na harmonia dos contrários" (id., p. 46). Nesse sentido, incontáveis elementos dos textos de Hugo têm sua composição fundada em tal contraste, a figura da bruxa em *Mangeront-ils?* não escapando à regra.

Para esmiuçarmos esse contraste, adotaremos uma classificação de incontemplação e contemplação, com o único intuito de organizarmos os aspectos que serão analisados. O dicionário Houaiss (2001) designa contemplar como "fixar o olhar em (alguém, algo ou si mesmo) com encantamento, com admiração"; e traz os termos "consideração" e "benevolência" como sinônimos de contemplação. A incontemplação, o antônimo, seria aquilo que desagrada, que provoca desprezo. Apropriando-nos dos termos utilizados por Hugo, a incontemplação refere-se ao feio, ao disforme, à sombra, ao mal, ao grotesco, enquanto a contemplação ao belo, ao gracioso, à luz, ao bem, ao sublime. A esses elementos, adicionemos a reprovação na incomtemplação e o consentimento na contemplação. Para tanto, ao final de nossa análise será elaborado um quadro demonstrativo de oposições.

No que concerne ao termo bruxa, o Houaiss (2001) precisa: 1) "mulher que tem fama de se utilizar de supostas forças sobrenaturais para causar malefícios, perscrutar o futuro e fazer sortilégios; feiticeira"; 2) "mulher muito velha e feia". Temos então duas definições que traduzem a concepção comum atribuída ao termo. Ressaltamos que o termo "bruxa", no gênero feminino, tem uma entrada própria no dicionário, o que já nos chama a atenção quanto à particularidade da mulher nesse contexto. Seguindo a perspectiva do comum, a bruxa é uma mulher perversa, que busca prejudicar, é dotada de sobrenaturalidade e tem aparência horrenda.

A concepção a que nos referimos há pouco é uma herança histórica do imaginário em torno da bruxa, oriunda da Europa dos séculos XV a XVII. Nesse período, havia um olhar negativo acentuado em relação à mulher pobre, camponesa, provindo sobretudo dos dogmas religiosos da época.

---

[2] Indicações cênicas.

A Igreja está profundamente afetada pela imagem negativa (...) em torno à primeira mulher: Eva. (...) Eva é um ser pecador, incapaz de resistir à tentação (...). Ao ser a primeira mulher, Eva passa a projetar sua carga de pecadora sobre a existência feminina. E embora ela tenha sido criada a partir do homem – e por isto seja parte integral da essência humana – ela representa a parte vulnerável deste. Ela é a responsável pela perda do Paraíso (NASCIMENTO, 1997, p. 85-86).

Decerto a mulher da nobreza podia não ter de desempenhar um papel inferior na sociedade, mas as mulheres consideradas bruxas nos séculos XV-XVII eram majoritariamente pobres (LAPOINTE), logo, mais vulneráveis à misoginia religiosa. Uma vez que a Igreja era uma instituição extremamente ativa na compreensão do mundo daquela população, na qual se incluía tanto os camponeses como a elite (homens de Estado, clero, literatos etc.), a disseminação da visão explicada por Nascimento foi bastante ampla. Exemplo disso foi a caça às bruxas, em que as mulheres representaram uma média de sete a nove em dez acusados de bruxaria (MRUGALA).

Com o passar do tempo, o olhar sobre a bruxa evoluiu. Empregamos o termo "evoluiu", porque esse olhar passa a perder o aspecto agressivo em relação à bruxa, em relação à mulher. Ouled-Ali (2011, p. 26-33), em sua tese de doutorado, nos fala a respeito da mudança desse olhar. No século XVIII, quando o racionalismo iluminista imperava, passou-se a negar a possibilidade de existência do fantástico, do sobrenatural, visto que tais elementos não estavam estritamente ligados à razão. Em contrapartida, no século seguinte, o XIX, essa obrigatoriedade com a razão foi atenuada, abrindo espaço a um fascínio pelo maravilhoso. O mal que circundava o imaginário em torno da bruxa havia sido dissipado e características positivas passaram a ser possíveis.

Tendo considerado os elementos conceituais e históricos, passemos à análise do personagem Zineb. Logo de início, o próprio nome do personagem já traz pistas sobre a bruxa hugoana. Do árabe, "zineb" designa: "o nome de um arbusto com flores perfumadas que nasce no deserto" (TOUS LES PRÉNOMS, tradução minha); "reconfortante" (WEBARABIC, tradução minha); "beleza, flor aromática"

(SIGNIFICATION PRÉNOMS, tradução minha). Em nota, Arnaud Laster, em sua edição do *Théâtre en Liberté*, destaca o fato de que Zineb também foi o nome de uma das filhas de Maomé. Essa filha, segundo Ouled-Ali (2011, p. 51-52), é lembrada por sua benevolência ao entregar objetos valiosos herdados de sua mãe para livrar o marido que estava preso, marido este de quem ela havia se separado por uma ordem divina. Além disso, Spiquel em seu artigo *La bohémienne de Hugo*, diz que zineb pode ser um anagrama da palavra francesa "bénis", uma forma conjugada do verbo *bénir*, abençoar. Em todos os casos apresentados, o termo "zineb" possui uma carga positiva, contemplativa.

Na peça, os personagens hugoanos são caracterizados por três retratos: físico, moral e situacional. No que concerne primeiramente aos aspectos físicos, nas rubricas, a descrição da aparência de Zineb vai de encontro com o estereótipo da bruxa comentado anteriormente. Nelas, o próprio autor se refere à Zineb como bruxa: "O braço da bruxa se move"[3] (I, 6, p. 389)[4]. Zineb é velha. Esta é a primeira informação a que o espectador toma consciência, pois ela própria afirma: "tenho cem anos."[5] (I, 1, p. 349). A rubrica anterior explicita: "uma velha mulher caminha penosamente"[6] (I, 1, p. 348). Sua velhice centenária a colocou em um estado de decrepitude, deformidade e fraqueza. A velhice suscita compadecimento ao bufão Aïrolo, "minha pobre velha"[7] (I, 6, p. 389), diz ele; por outro lado, é motivo de ofensa por parte do rei, "bruxa em ruína! pardieiro!"[8] (II, 2, p. 409). Zineb está fraca. A bruxa "caminha penosamente", "sua voz enfraquece cada vez mais"[9] (I, 6, p. 394). A fraqueza de Zineb, o que não vai de encontro com a concepção típica de bruxa, parece lembrar ao leitor/espectador que a personagem, apesar de todo mistério e suposta sobrenaturalidade, apesar de sua reclusão na floresta, apesar de viver apenas na companhia de plantas venenosas e animais selvagens, permanece humana.

Humana, porém, como é habitual no contexto das bruxas, "não tem nem pai, nem mãe, nem filhos, nem esposo, nem família. É um *monstro* (...) vindo não se sabe de onde" (MICHELET apud BARRETO, 2006, p. 205, tradução minha). O desconhecido quanto à procedência das bruxas deixava margem para se fantasiar a respeito. Em geral, preenchia-se esse vazio com aspectos obscuros, que, quando

---

[3] "Le bras de la sorcière bouge".
[4] As citações de *Mangeront-ils?* serão todas traduzidas por mim.
[5] "J'ai cent ans".
[6] "Une vieille femme marche péniblement".
[7] "ma pauvre vieille".
[8] "sorcière en ruine! masure!".
[9] "Sa voix faiblit de plus en plus".

intensificados, inclinavam-se para um lado negativo, para o mal, pois o desconhecido mexe com o que há de animal no homem, com o medo. A maleficência das bruxas era criada pelo medo de quem as desconhecia.

Voltando aos aspectos físicos da personagem, em razão de seus adereços, pois "ela tem em seus cabelos grisalhos moedas que brilham, estranhamente presas"[10] (I, 1, p. 349), supõe-se que ela seja uma boêmia, também referida como cigana. Quanto aos ciganos, Barreto elucida que eles "vivem na errância e à margem das regras sociais estabelecidas"[11] (BARRETO, 2006, p. 209, tradução minha). A característica errante da personagem oferece a possibilidade de um duplo olhar: reprovável e admirável. É comum o autor representar em sua literatura a errância sendo condenada pelo poder, mas a errância é característica justamente de personagens contrários ao poder opressor, como o personagem Ursus em *L'Homme qui rit*. Na mesma obra, o narrador faz uma consideração sobre "a espécie de homem livre que há no homem errante fazia medo à lei"[12] (HUGO, 2009, p. 81, tradução minha).

Outra característica da bruxa é a fealdade. Zineb é disforme, portanto, feia. Com a acidez de sua figura cômica, o personagem Aïrolo fala da aparência repulsiva da velha. Contudo, ele admira sua sabedoria centenária:

> Nessa idade, a mulher não é mais atrativa.
> — Olho para Zineb com prazer. — Na perspectiva
> Da luxúria, é horrenda; mas ela
> Tem tanta ciência quanto fogo Campanella[13] (I, 6, p. 388-389).

Zineb é pobre, como indica a rubrica: "ela está trajando um saco e um véu em farrapos"[14] (I, 1, p. 348). Os andrajos que ela veste vêm para completar o quadro de precariedades físicas da personagem, mas, moralmente, sua pobreza é passível de outra significação. Somadas, essas indicações físicas pintam, em sua maioria, um retrato disforme e repulsivo da personagem, as quais a inserem na definição previamente vista do termo bruxa, revelando, a partir da concepção comum, uma figura grotesca, ligada à obscuridade, às trevas. As trevas que supostamente a circundam engendram

---

[10] "Elle a dans ses cheveux gris, bizarrement rattachés, des pièces de monnaie qui brillent".
[11] "qui vivent dans l'errance et en marge des règles sociales établies".
[12] "l'espèce d'homme libre qu'il y a dans l'homme errant faisait peur à la loi".
[13] "À cet âge, la femme est d'attraits dépourvue. / – Je vois Zineb avec plaisir. – Au point de vue / De la luxure, elle est hideuse; mais elle a / De la science autant que feu Campanella".
[14] "Elle est vêtue d'un sac et d'un voile en guenilles".

medo: "Seus olhares monstruosos perturbam o abismo; / Vemos às vezes, à noite, luzir sobre algum cimo qualquer, / Seus dois olhos luminosos e fixos"[15] (I, 2, p. 363).

Zineb é velha, feia, disforme, solitária, mal vestida, pobre, obscura, horripilante e, por que não, monstruosa? A monstruosidade, por si só, é dual, pois ao mesmo tempo fascina e repulsa. Repulsa, pois o monstro é uma concretização do pavor e fascina porque o mistério em torno da bruxa é reafirmado: "quando ele (o monstro) mostra sua deformidade, ele oferece ao olhar a fascinante experiência do irreal verdadeiro"[16] (BARRETO, 2006, p. 22, tradução minha).

No que tange os aspectos morais da bruxa, notamos um retrato que se opõe às descrições físicas. Sua pobreza, por exemplo, pode ser compreendida como um desapego ao mundo material e um apreço ao natural. A riqueza material não a atrai. No que o homem da sociedade atribui valor, para ela, não há sentido. Ela diz ao rei: "Uma morta / É mais rica do que você"[17] (II, 2, p. 410). Esse desapego ao mundo material contribui para que Zineb esteja intimamente ligada ao mundo natural, o que Aïrolo confirma: "ela é a alma daqui"[18] (I, 6, p. 387), ela é a alma do bosque, ela aprecia e cria laços com a natureza: Ainda ontem eu a vi colher a jusquiame; /Sendo bruxa, ela tem essa erva como amiga" (I, 6, p. 388).

A ligação da bruxa com a natureza, além do nível espiritual ("a alma"), é perceptível também em sua proximidade com o nível animalesco. Ela afirma: "nós outros! os espíritos e as bestas dos bosques"[19] (I, 6, p. 390) ou "vou morrer sossegada e bravia, obrigada!"[20] (I, 6, p. 392), Aïrolo completa: "nós nos humanizamos enfim, para variar. / Ela, jamais."[21] (I, 6, p. 388). Esta proximidade, para Victor Hugo, não seria necessariamente negativa. Em meio aos vários ataques do autor aos males cometidos pela humanidade, neste caso, quando o homem é comparado ao animal, sim, seria negativo, pois se trata de uma involução do homem. Porém, em *Mangeront-ils?*, o aspecto negativo pende mais para o que é humano, em vez do que é animal. A corrupção está na humanidade e entregar-se ao animalesco significa manter um estado de pureza.

---

[15] "Ses regards monstrueux inquiètent l'abîme; / On voit parfois, la nuit, luire sur quelque cime / Ses deux yeux lumineux et fixes".
[16] "quand il (le monstre) montre sa difformité, il offre la fascinante expérience de l'irréel vrai".
[17] "Une morte / Est plus riche que toi".
[18] "Elle est l'âme d'ici".
[19] "Nous autres! les esprits et les bêtes des bois".
[20] "Je vais mourir paisible et farouche, merci!".
[21] "Nous nous humanisons enfin, pour varier. / Elle, jamais".

Como um animal bravio, arisco, arredio, Zineb optou por isolar-se da sociedade para estar em contato com o mundo natural. Não foi uma opção simplesmente por preferência, mas também por desdém: "Ela tem como lei estar à distância /Ela busca ver no invisível, e pensa, /E desdenha."[22] (I, 6, p. 388).

Ou seja, há desprezo. Enquanto a sociedade repugna a bruxa, a bruxa em contrapartida tem repulsa por essa sociedade.

Mas qual seria a causa de tal repulsa? Como vimos, Zineb é errante e livre. Logo na primeira cena do primeiro ato, temos o acontecimento extremamente simbólico que revela a habilidade de cura da bruxa. Com um feitiço e/ou um conhecimento sobre as plantas venenosas do bosque (essa dúvida paira por toda a peça), Zineb cura o pássaro que foi ferido por um vassalo do rei. O rei, decerto, é a figura clara do despotismo na peça e o pássaro é um dos símbolos mais recorrentes da liberdade. Ao ferir o pássaro, o vassalo, sob as ordens do rei, feria a liberdade, e a bruxa, ao curá-lo, torna-se uma peça central para a reconquista dessa liberdade, que se concretizará no fechamento da peça. Então, justamente a bruxa, um monstro, contrapõe o poder opressor. Zineb afronta: "rei, eu não te temo"[23] (II, 2, p. 411); Aïrolo a admira: "Esse coração, há um século, jamais se submeteu, / Nem se dobrou, por todo tempo que ela viveu"[24] (I, 6, p. 388).

Zineb, assim como Aïrolo, age de forma irreverente e representa a oposição à tirania, o que é insistente nas obras de Hugo, sobretudo, do período do exílio.

A bruxa declaradamente diz não temer o poder do rei, mas o rei teme o poder do desconhecido: "e eu, eu a temo"[25] (II, 2, p. 411). São dois poderes que concorrem. O rei tem uma admiração grotesca pelo aspecto tenebroso atribuído a ela - "Gosto desses seres. Seu pavoroso espírito / Se abre sobre o futuro"[26] (I, 2, p. 363), mas, ao mesmo tempo que a admira, ele se sente ameaçado e, por isso, deseja aproveitar desse poder misterioso e então destruí-la: "eu gostaria de consultá-la um pouco / antes de misturá-la às brasas de um bom fogo"[27] (I, 2, p. 363). A deformidade da bruxa engendra medo e ódio (OULED-ALI, 2011, p. 48), como nos mostra o episódio em que a personagem foi perseguida pelo povo, agrupamento composto por pessoas de todos os níveis sociais e idades. Aïrolo inicia a narração dos fatos: "eles estavam

---

[22] "Elle a pour loi d'être à distance. / Elle tâche de voir dans l'invisible, et pense, / Et dédaigne".
[23] "Roi, je ne te crains pas".
[24] "Jamais ce coeur ne s'asservit / Ni ne plia, depuis un siècle qu'elle vit".
[25] "Et moit, je la redoute".
[26] "J'aime ces êtres-là. Leur effrayant esprit / S'ouvre sur l'avenir".
[27] "j'aimerais la consulter un peu / Avant de la mêler aux braises d'un bon feu".

todos armados com cem coisas pontiagudas, / O arqueiro, o camponês, o sargento, o vigarista"[28] (I, 6, p. 388); Zineb prossegue:

> Eu fugi, apavorada... – Oh! imagine você,
> Ser capturada por gargalhadas terríveis!
> Minha carne vista através de meus trapos que rasgavam,
> E a fogueira, o padre e o dobre do campanário,
> E ao meu redor toda aquela algazarra,
> A multidão me insultando, as crianças, as mamães,
> Ridicularizando minha nudez, minha magreza, minhas mamas[29] (I, 6, p. 392).

Não se trata apenas de ódio, o autor acusa essa sociedade, orientada pela moral religiosa e instigada pelo medo, e destaca o desejo perverso que a multidão sentiu em feri-la e humilhá-la, com o pretexto de se tratar de uma figura demoníaca e da necessidade em combater o mal que ela representa.

Há várias referências demoníacas em relação à bruxa no decorrer da comédia, como quando Aïrolo diz: "ela é demônio do bosque donde sou diabrete"[30] (I, 6, p. 388); ou o rei: "infernal madona"[31] (II, 2, p. 410). Em face das características apresentadas, é possível considerar a bruxa sendo o monstro físico; a multidão, o monstro moral.

Como um último elemento a ser recuperado da peça, temos a intensa contemplação de Zineb no momento em que se aproxima da morte. Ela está tomada pela grandiosidade da ideia da morte. Morrer é libertar-se, é ser lançada ao infinito e ao conhecimento de tudo. É fugir do suplício da vida. É a representação mais extraordinária do sublime. "Salve, ó morte! Salve, profundeza! Salve, véu ! /O que você esconde agrada ao meu sinistro amor"[32] (I, 6, p. 398).

No quadro a seguir, tecemos uma classificação resumida dos elementos discutidos neste estudo, visando esclarecer a dualidade nas características contrastantes da figura da bruxa, a partir das noções de incompletação e contemplação:

---

[28] "Ils étaient tous armés de cent choses pointues, / L'archer, le paysan, le sergent, le truand;".
[29] "J'ai fui, terrifiée... – Oh! te figures-tu, / Être saisie, avec d'affreux éclats de rire! / Ma chair vue à travers mes haillons qu'on déchire, / Et le bûcher, le prêtre, et le glas du beffroi, / Et tout ce pêle-mêle infâme autour de moi, / La foule m'insultant, les petits, les femelles, / Raillant ma nudité, ma maigreur, mes mamelles".
[30] "Elle est démon du bois dont je suis farfadet".
[31] "Infernale madone".
[32] "Salut, ô mort! Salut, profondeur! Salut, voile!; / Ce que tu caches plait à mon sinistre amour".

Incontemplação	Contemplação
Bruxa: figura ligada ao demoníaco.	Bruxa: figura ligada ao misterioso.
Animalesca: comparada à aranha (I, 6, p. 388), animal simbolicamente grotesco.	Animalesca: isso a distancia do mundo corrompido dos humanos.
Eremita: reforça o estereótipo de bruxa.	Eremita: contato com o mundo natural e isolação da corrupção humana.
Errante: aos olhos do poder, errar é quase um crime, o errante, quase um criminoso.	Errante: oposição ao despotismo.
Feia: disforme, estereótipo da bruxa maléfica.	Fraca: suscita pena; é um traço de humanidade.
Livre: remete à errância e, portanto, aos olhos da lei, ao crime.	Livre: uma das aspirações máximas para o autor, refletida em vários de seus personagens.
Misteriosa: o desconhecido suscita o medo.	Misteriosa: provoca admiração e curiosidade.
Monstro: no que tange ao físico.	Monstro: ligada ao mistério e, portanto, fascinante.
Obscura: ligada ao demoníaco.	Obscura: ligada ao mistério.
Pobre: contribui para sua aparência deplorável.	Pobre: releva o desapego ao mundo material e o apego ao natural.
Poderosa: engendra medo e ódio.	Poderosa: provoca assombro e admiração.
Sábia: reforça o estereótipo de bruxa.	Sábia: por tal atributo, Aïrolo e o rei a admiram.
Velha: tendo cem anos, sua velhice a deformou.	Velha: desperta compadecimento em Aïrolo.
	Caçada: a coloca numa posição de vítima injustiçada.
	Contemplação da morte: a consumação da liberdade.
	Espiritualizada: ligação com a natureza.
	Irreverente: oposição ao despotismo.
	Nome "Zineb": sua etimologia está ligada ao belo. Anagrama de "bénis".

A dualidade da figura da bruxa – Lucas Kadimani Esmeraldo

A figura da bruxa em *Mangeront-ils?* caracteriza-se pela duplicidade. Por um lado, pelo que ela demonstra ser, por outro, pelo que os outros personagens em sua maioria acreditam que ela seja. Fisicamente, ela é grotesca, mas o que há de grotesco na moral da personagem, na perspectiva do rei, do povo e da Igreja, é fruto de uma demonização do feminino. O que há de sublime provém de uma oposição intencional do autor, parte essencial do discurso que ele propõe, o que representa na personagem aspectos valorosos da personalidade humana. A bruxa hugoana é um monstro sublime.

Referências

BARRETO, Junia (2006). "Le concept de monstre. La Sorcière". In: *Figures de monstres dans l'œuvre théâtrale et romanesque de Victor Hugo*. Paris: ANTR, p. 21-22, 204-210.

HUGO, Victor (2009). *L'Homme qui rit*. Paris: Le Livre de Poche.

_____ (2002). "Mangeront-ils?". In:_____. *Le Théâtre en liberté*. Paris: Gallimard, p. 347-452.

_____ (2007). *Do grotesco e do sublime*. Trad. Célia Berrettini. São Paulo: Perspectiva.

OULED-ALI, Zineb (2011). *La figure de la Sorcière dans Mangeront-ils?, de Victor Hugo*: "Enjeux d'une transgression". Berlim: Éditions universitaires européennes.

Referências eletrônicas

LAPOINTE, Chantal. Les sorcières : mythes ou réalité ? In: *Sorcellerie*. Disponível em: <http://renaissance.mrugala.net/Sorcellerie/index.html>. Acesso em: 21 agosto 2012.

MRUGALA, Karine. Robert Muchembled: la sorcière au village XVè-XVIIIè siècle. In: *Sorcellerie*. Disponível em: <http://renaissance.mrugala.net/Sorcellerie/index.html>. Acesso em: 21 agosto 2012.

NASCIMENTO, Maria F. D. Ser mulher na Idade Média. *Textos de História*. Revista do Programa de Pós-graduação em História da UnB. Brasília, 1997, v. 5, p. 82-91. Disponível em: <www.red.unb.br/index.php/textos/article/download/5807/4813>>. Acesso: 21 de agosto de 2012.

SPIQUEL, Agnès. *La bohémienne de Hugo*. Disponível em: <groupugo.div.jussieu.fr/groupugo/doc/03-05-24Spiquel.doc>. Acesso em: 23 agosto 2012.

SIGNIFICATION PRÉNONS. *Zineb*. Disponível em: <http://www.signification-prenom.com/prenom/prenom-ZINEB.html>. Acesso em: 15 setembro 2012.

TOUS LES PRÉNOMS. *Prénom Zineb*. Disponível em: <http://www.tous-les-prenoms.com/prenoms/filles/zineb.html>. Acesso: 21 agosto 2012.

WEBARABIC. *Zineb*. Disponível em: <http://www.webarabic.com/portail/dictionnaie/index.php?a=term&d=19&t=1454>. Acesso em: 15 setembro 2012.

DICIONÁRIO

HOUAISS, Antônio; VILLAR, Mauro de Salles (2001). *Dicionário Eletrônico Houaiss da língua portuguesa*. Versão 1.0. Rio de Janeiro: Objetiva.

Interfaces literárias

Ce qu'un esprit aura ébauché, un autre le terminera, liant le phénomène au phénomène, quelquefois sans se douter de la soudure".
HUGO, *William Shakespeare*, p. 333, coll. Bouquins

Victor Hugo e a literatura portuguesa oitocentista

Edvaldo A. Bergamo[1]

> *Eu desejei mandar-lhe, em reconhecimento da sua amabilidade, uma pequena coisa sobre Hugo. Mas confesso que, tendo tomado a pena, não achei nada, neste momento, a dizer de original e de justo. Eu, como você sabe, sou um Hugólatra: tenho a paixão do mestre, e nesses dias, depois da morte dele, não me sentia capaz de o criticar: apenas podia deitar flores sobre o seu caixão. Ora nisto não havia interesse para o público; flores, era o que todo o mundo estava deitando sobre o catafalco dos Campos Elíseos, com mais ou menos sinceridade; e flor mais ou flor menos, nada importava para o brilho da apoteose. O que seria interessante era um estudo sobre a influência de Hugo na minha geração – não direi já sobre a humanidade, isso levar-me-ia muito longe. Ora, justamente a serenidade crítica para fazer tal estudo é que me faltava, como faltou a todos os Hugólatras.*
>
> Eça de Queirós
>
> Carta a Mariano Pina (diretor da revista *Ilustração*), de 7 de junho de 1885.

A França, berço da civilização ocidental no século XIX, era uma presença incontornável na vida da sociedade portuguesa, desde o século XVII. Dos programas escolares aos materiais didáticos, do teatro às leituras, da gastronomia à moda, da literatura à política, a pátria de Victor Hugo obteve em Portugal um prestígio de longa duração e uma influência inigualável, em comparação com outros países europeus hegemônicos.

É de sublinhar, de imediato, que Victor Hugo, quando moço, conheceu *in loco* certas matrizes da cultura ibérica. Esteve na Espanha e lá teria colhido os motivos históricos para uma peça de juventude intitulada *Inez de Castro*, de modo que o bom e velho tema inesiano sobre amor, política e morte, *leit-motiv* lusitano de antiga cepa, também seduziu o poeta das multidões, como tem seduzido até hoje outros literatos, não só ibéricos.

Os escritos de Victor Hugo (MACHADO, 1984), especificamente, desempenharam um importante papel na formação do romantismo português e na orientação ideológica, cultural e sociopolítica dos homens de letras lusitanos, ao longo de todo o século dos bonapartes. A penetração de tal obra foi longa e permanente, contando

---
[1] Professor do Departamento de Teoria Literária e Literaturas da Universidade de Brasília.

com a adesão imediata dos intelectuais portugueses, o que pode ser aquilatado com as obras dos românticos liberais de primeira hora e ganha sobrepujança em meados da aludida centúria, a partir das intervenções artísticas e panfletárias da conhecida Geração de 1970, de tal modo que a hugolatria chega ao ponto de Guerra Junqueiro chamar o escritor de múltiplas facetas de "divino Hugo", e Eça de Queirós, de "papa Hugo".

Os homens de 1820, idealizadores da revolução liberal lusitana, especialmente Almeida Garrett e Alexandre Herculano, homens de pensamento e ação, articuladores da palavra cívica e artística, fizeram com que o romantismo português, desde o início, assumisse um perfil nomeadamente ideológico e reformador (FRANÇA, 1993). A luta pela liberdade política e social transforma a primeira metade do século XIX português num tempo que dá guarida a uma longa luta, com retrocessos e avanços, entre liberais e absolutistas, num embate notadamente inspirado nos ideais revolucionários vindos da França de Hugo. Uma pugna que obrigou Garrett e Herculano ao exílio no referido país, convertendo-se numa experiência decisiva para a introdução das ideias românticas em terras peninsulares. O pendor nacionalista e sentimentalista, desentranhado das literaturas inglesa e alemã e retemperado na divulgação e na propagação pelo espírito francês, foi decisivo para o surgimento do romance histórico, para o trabalho de compilação da poesia popular de tradição oral, para a aclimatação do drama histórico, para a virtuose ultrarromântica das poesias de temática amorosa e religiosa em Portugal. O fascínio pela Idade Média, especialmente em Herculano, como origem da nacionalidade, é uma tônica constante na primeira fase do romantismo português. O romance histórico e os estudos de história medieval realizados por Herculano dão vazão a esse interesse exacerbado pelo medievo, tanto quanto em Garrett, na obra do qual também o mundo medieval aparece como fonte de inspiração. Assim, especialmente a ficção histórica torna-se meio de conhecimento da história peninsular e lusitana e de valorização da têmpera nacional, ganhando expressivos contornos ideológicos e estéticos na primeira metade do século de Hugo.

Os parâmetros do romance histórico (LUKÁCS, 2011) foram delineados durante o período romântico, no início do século XIX. O escocês Walter Scott foi o responsável pela criação e exposição das convenções formais paradigmáticas desse subgênero narrativo, apesar de elas serem alteradas, já na mesma época, pelo francês Alfred de Vigny. Entre os princípios básicos dessa modalidade romanesca, destacam-se a reconstituição rigorosa do ambiente focalizado, o distanciamento temporal bem demarcado, o convívio de personagens fictícios e históricos e, principalmente, a movimentação de um herói mediano, protagonista de uma intriga fictícia, dentro de um enquadramento histórico que caracteriza a atmosfera ideológica de um determinado tempo.

Apesar de negada a rotulação pelo seu próprio autor, o romance histórico *O arco de Sant'Ana* (o primeiro volume publicado em 1844 e o segundo em 1850), de Almeida Garrett, passa-se na Idade Média, e segundo reza a fortuna crítica da obra, teria sido inspirado no conhecido romance histórico *best-seller* de Victor Hugo, *Notre-Dame de Paris*, de 1831. O romancista nascido no Porto compõe a narrativa concatenando realidade e ficção, pois de fato existiu na capital do norte um arco de Sant'Ana que abrigava um nicho da referida religiosa. Buscando dar veracidade à narrativa, o narrador afirma que a narração é baseada num manuscrito encontrado por um soldado do Corpo Acadêmico no popularmente conhecido Convento dos Grilos. A narrativa é respaldada pela participação de personagens históricos (D. Pedro, o cru, e o Bispo do Porto, o grande vilão do enredo) e não históricas (Aninhas, Vasco, Gertrudes e Guiomar). Indica, ainda, como fonte de apoio, valorizadas crônicas do tempo medieval nortenho. Assim, o artifício da narrativa é o de apresentar-se como sendo originada de um documento muito antigo, além de citar figuras históricas e de circunscrever-se às ruínas de um monumento da cidade do Porto já envolto em lenda e imaginação. É de sublinhar, desta feita, que o romance baseia-se num episódio narrado pelo eminente cronista-mor Fernão Lopes, no qual um bispo é açoitado pelo rei D. Pedro, o cru, em meio a um já lendário levante popular em que tal rei é ovacionado, fazendo lembrar outro monarca, D. Pedro IV, para os portugueses, e D. Pedro I, para os brasileiros, também já falecido, o denominado rei-soldado do cerco do Porto de 1832-1834, do qual tinha participado o cidadão-escritor e combatente Almeida Garrett, num tempo de memória bem recente das revoltas liberais.

Os fatos narrados localizam-se por volta do ano de 1320 – ou meados do século XIV – durante a Idade Média, portanto. Tal época é caracterizada por um sistema de poder baseado na posse de terras – o feudalismo – e pela supremacia absoluta do clero e da nobreza. Centrado no Bispo do Porto, o romance apresenta uma imagem grotesca desse líder religioso. Além disso, no andamento narrativo, Vasco, cavaleiro medieval e herói romanesco, acaba por descobrir ser filho do bispo e não afilhado, o que o encoraja a liderar a revolta popular contra o prelado. O referido mancebo fica sabendo também que é filho da Bruxa de Gaia, uma descendente de judeus perseguidos, violentada na juventude pelo oficial eclesiástico execrável.

A obra de Almeida Garrett parece exemplificar a tese fundamental do tratado Lukácsiano sobre o romance histórico: o passado surge como pré-história do presente. Assim, a volta a uma época remota lusitana (tempo de fundação da nacionalidade no medievo) tem como finalidade reavaliar o momento presente (a luta entre liberais e conservadores para a superação do despotismo absolutista em pleno século XIX); infere-se de tal ilação que Garrett estava preocupado, sobretudo, não com a igreja da Idade Média, mas sim com o seu momento histórico – o da era das revoluções. O trabalho de Almeida Garrett consistiu, exponencialmente, em questionar os valores medievais, e mais, a igreja católica como a responsável pelas mazelas renitentes tanto nesse tempo já ultrapassado quanto no tempo de escrita do romance: a denominada oligarquia eclesiástica, segundo o próprio escritor, estava enfraquecida no século XIX, mas representava, ainda, algum perigo, pois não perdera seu efeito nocivo sobre a sociedade portuguesa e sua influência nefasta no meio político lusitano ao longo de séculos.

Se, na primeira metade do século XIX, a França fornece os instrumentos para a concretização de uma literatura genuinamente nacional, na segunda metade da mesma centúria, a nova concepção de literatura como forma de intervenção social vinha dos mesmos além-Pirineus, agora com mais rapidez pelos caminhos de ferro, tornando, assim, Portugal um pouco mais próximo da distante Europa hegemônica política, cultural e economicamente.

A segunda metade do século XIX é marcada por profundas mudanças no âmbito das lutas políticas, notadamente na defesa da igualdade de direitos civis e na busca da eliminação das diferenças sociais fundamentadas no estatuto de classe. No fator econômico, intensificam-se as disputas de mercado e o progresso industrial atinge índices jamais vistos. Nesse acelerado momento de metamorfose da sociedade, fortalece-se uma nova camada social que, pela sua amplitude e relevância histórica, já não pode ser ignorada em suas reivindicações, o proletariado. Um novo segmento social que para conseguir seus objetivos precisa digladiar com os outros rivais de sua classe, principalmente a burguesia, no intento de tentar usufruir dos benefícios ou conseguir implementar os direitos que o momento propiciava. Nesse sentido, intensificam os conflitos políticos e as opções ideológicas se multiplicaram. A ciência é a grande musa do período com suas descobertas em várias áreas do conhecimento. Uma ninfa de tal gigantismo que leva sua força até ao universo artístico que passa a utilizá-la com poderosa aliada das formas de expressão literária.

Para o jovem polemista Eça de Queirós, "Portugal é um país traduzido do francês em calão" (QUEIRÓS, s/d, p. 387). Não foi a única vez que Eça tratou do tema. Desde muito cedo, teve consciência do fenômeno, na ficção, na crônica, nas cartas pessoais, de modo que em vários escritos registra, numa postura autoirônica, a influência avassaladora da cultura francesa no século XIX português, exemplarmente auferida com a obra múltipla de Victor Hugo. Eça de Queirós, integrado no seu contexto histórico-literário, não será indiferente a esse novo momento da literatura. Depois de passar de maneira apática e quase despercebida pelas agitações da Questão Coimbrã, e pelas reuniões do cenáculo em Lisboa, o escritor demonstra um alentado ardor ideológico e estético durante as Conferências Democráticas do Casino Lisbonense (1871). Expõe aos portugueses o que seria o Realismo como uma nova expressão da arte. Superando as últimas influências do Ultrarromantismo, ainda presentes nos textos do volume *Prosas Bárbaras*, o autor de *Os Maias*, a partir das Conferências, engaja-se em nova concepção da arte, importada dos mestres franceses, o Realismo/Naturalismo, embaralhada à ética reformista herdada do romântico Hugo. Dentro de sua visão sociológica, idealiza uma literatura de intervenção, comprometida com uma reforma de cariz proudhoniano, mais moral que social, da coletividade portuguesa. Pretende, de um lado, enterrar o pieguismo romântico voltado para o passado, e por outro, revigorar as letras portuguesas impulsionadas pelas novas formas artísticas disseminadas por sua intrépida geração.

Grande missivista, tendo trocado cartas com diversos intelectuais portugueses, Victor Hugo, o defensor da liberdade, o guia ideológico dos movimentos sociais, o anunciador profético e missionário da República e o panfletário anticlerical ressoavam com grande alarde entre os portugueses naquele final de século, mais até que a própria doutrina estético-literária desenvolvido pelo aclamado escritor francês, fazendo com que os realistas portugueses conciliassem cientificismo e humanitarismo para realizar o diagnóstico avassalador de uma sociedade atrasada, carola e estamental, em plena segunda revolução industrial. A obra de Hugo ajudou a preparar, pelo exemplo ousado que ostentava, os avanços ideológicos, políticos e sociais da sociedade portuguesa, perceptíveis desde o início do século XIX, cuja maior demonstração está no interesse e prontidão com que sua obra era acolhida, traduzida e divulgada em território lusitano. Foi, sobretudo, pela via literária que Hugo alcança enorme prestígio em Portugal, mas nas décadas finais do século XIX é possível reconhecer que o afamado escritor francês está envolto num processo de mitificação, em razão do engrandecimento de suas ações políticas, sociais e morais, arquitetado pelos seus admiradores lusitanos, concertando homens de letras de diferentes estaturas intelectuais e artísticas.

A geração de 1970 em Portugal (REIS, 1990), composta notadamente por Eça de Queirós, Antero de Quental e Teófilo Braga eram leitores fervorosos de Hugo. Num tempo de intempestivas transformações sociais, políticas, econômicas e científicas, os membros dessa geração acreditavam que cabia a eles a missão de recuperar, através do culto do gênio, o sentido revolucionário da História e guiar os povos, missão da qual coadunava o mestre francês. A famosa "Questão Coimbrã" ou a polêmica/disputa intelectual que ocorreu pelos jornais da época, entre os anos de 1865-1866, não foi propriamente uma batalha entre antigos e modernos, foi mais uma querela entre jovens de Lisboa e de Coimbra. Os estudantes conimbricenses, organizados num cenáculo em Lisboa, com Antero de Quental à frente, representavam a ideia nova na literatura em Portugal, anunciada pelas Conferências. No livro *Odes modernas*, publicado ainda em 1865, o vate da poesia social portuguesa afirmava que os poetas eram os "operários do futuro", os "grandes profetas da consciência", de maneira que, muitas vezes, o artista parece sucumbir diante do tribuno. A título de exemplo, vejamos algumas estrofes de um poema de Antero de Quental sintomaticamente intitulado "Aos miseráveis" (1989, p. 127-128), centrado numa retórica retumbante e teatralizada que procura convencer e comover mais que o leitor, o ouvinte de tal poesia e militante político:

> A herança é bela, miseráveis! Vede...
> *Miseráveis*! por quê? porque no estio
> Só piedoso olhar vos mata a sede?
> Porque, quando tremeis de fome e frio,
> Deus só seio de amigo vos concede?
> Só tendes a esperança, como rio,
> Para banhar-vos no maior calor?
> Eles têm tudo... só lhes falta o Amor!
> ....
> A cânfora... a balsâmica resina...
> A essência que destila sobre os Povos,
> Na fronte deles, como unção divina...
> Quando o tronco deitou rebentos novos,
> E palpitou a ave pequenina
> Por um leve rumor dentro em seus ovos,
> Então caiu também da imensidade,
> Sobre a fronte dos povos, a Verdade!
>
> É Ela, que ressalta, como lume,
> Do choque das ideias e das cousas!

Não há grilhões que a prendam... que os consume!
Nem campa... que ela estala as frias lousas!
Machado de aço fino, com o gume
A árvore decepou onde te pousas
Tu, negro mocho da Hipocrisia,
E tu, águia fatal da Tirania!

A Geração de 1970 em Portugal (FERREIRA; MARINHO, 1980) revolucionou o modo de pensar o país, especialmente no âmbito cultural, por intermédio de uma ação de inquérito que visava a diagnosticar a realidade portuguesa do passado e do presente e a estimular a intervenção consequente com os instrumentos disponíveis, nomeadamente a investigação científica e o uso da palavra abrasada pela marcha das revoluções europeias, numa abordagem cosmopolita dos problemas locais. Foi assim que se tornou possível a contestação do constitucionalismo político que facilitava a ramificação da corrupção e da incompetência, do analfabetismo vergonhoso que condenava ampla parcela da população à ignorância e à miséria, do poder tentacular da igreja católica que motivava um anticlericalismo impertinente, tudo isso à base de um romantismo degenerado e decorativo, como afirmavam os adeptos da literatura nova. Victor Hugo forneceu à Geração de 1970 o exemplo da combatividade ideológica e a práxis de uma retórica empolgante que possibilitaram passar Portugal em revista, ao menos no âmbito literário, num tempo em que a juventude coimbrã julgava-se detentora da verdade suprema para sanar as mazelas nacionais, uma verdade em maiúscula que se transformou em ironia corrosiva pelos mesmos homens de letras que na maturidade preferiram substituir a ação pela visão contemporizadora da realidade portuguesa dos "vendidos da vida", exceto Antero, que optou pelo suicídio como forma de continuar fiel aos ideais encontrados na vida e na obra de Victor Hugo, o arauto em língua de civilização mais conhecido mundialmente da era das revoluções, irrealizada política e economicamente em terras lusitanas, porém materializada com grande ardor cívico e artístico no nível das ideias estéticas, dos programas culturais e das obras literárias pelos principais autores da Geração de 1970 em Portugal.

Em suma, Victor Hugo é uma presença avassaladora e irrevogável, uma referência obrigatória na literatura portuguesa do século XIX, num arco cronológico que vai da primeira geração romântica que instituiu a ficção de caráter histórico e nacionalista à geração de 1870 que introduziu a literatura empenhada nas letras lusitanas, pautando-se notadamente por uma poesia social de talhe ainda romântico, apesar de tudo. Em ambos os momentos, "o divino Hugo" ou o "papa Hugo" é figura de proa a guiar e orientar os caminhos estéticos e ideológicos trilhados por boa parte da literatura portuguesa no século de ouro daquela que é a literatura que desfrutava de total hegemonia cultural no período, a literatura francesa, inquestionavelmente, sendo o múltiplo Hugo um dos seus principais artífices/mestres/pilares a contribuir para tal amplitude, o que continua a ser reconhecido pela crítica literária na república mundial e globalizada das letras.

Referências

FERREIRA, Alberto; MARINHO, Maria José (1980). *Antologia de textos da "Questão Coimbrã"*. Lisboa: Moraes.
FRANÇA, José-Augusto (1993). *O romantismo em Portugal*. Lisboa: Horizonte.
GARRETT, Almeida (s.d.). *O arco de Sant'Ana*. Lisboa: Verbo.
LUKÁCS, Georg (2011). *O romance histórico*. Trad. Rubens Enderle. São Paulo: Boitempo.
MACHADO, Álvaro Manuel (1984). *O francesismo na literatura portuguesa*. Lisboa: Instituto de Cultura e Língua Portuguesa.
QUEIRÓS, Eça de (s.d.). *Últimas páginas*. Porto: Lello & Irmão.
QUENTAL, Antero (1989). *Odes modernas*. 3. ed. Lisboa: Ulmeiro.
REIS, Carlos (1990). *As conferências do Casino*. Lisboa: Alfa.

Victor Hugo e os romancistas brasileiros: estudo do grotesco em *A pata da gazela*, de José de Alencar

Daniela Mantarro Callipo[1]

A presença de Victor Hugo no Brasil manifestou-se ao longo de todo o século XIX graças a seus poemas, peças, romances ou por causa dos acontecimentos políticos, dos escândalos amorosos, das perdas sofridas e das glórias conquistadas que faziam dele notícia nos jornais e tema de entusiasmadas discussões no meio intelectual.

Nenhum escritor brasileiro conseguiu se manter alheio à irradiação hugoana. Mesmo que não admirasse sua obra, ou não concordasse com suas posturas, era impossível negar sua importância no processo de renovação da literatura francesa e ignorar a repercussão de suas ideias na formação da literatura nacional. Poetas, teatrólogos, romancistas leram sua obra grandiosa e variada e com ela dialogaram por meio do uso de epígrafes, citações, imagens, conceitos.

Sabe-se que o prefácio de *Cromwell* tornou-se uma espécie de manifesto romântico e foi lido por intelectuais do mundo todo. No Brasil, não foi diferente e nossos escritores também discutiram a nova estética romântica proposta por Victor Hugo. Entretanto, sua presença nos romances brasileiros é discreta: se na poesia ela é evocada por nomes como Álvares de Azevedo, Casimiro de Abreu e, sobretudo, Castro Alves, na prosa, ela não teria, segundo Brito Broca (1979), deixado marcas expressivas.

Entretanto, um dos elementos discutidos e utilizados por Hugo que estaria presente na prosa brasileira seria o grotesco. No prefácio da peça *Cromwell*, de 1827, ele defende sua presença na literatura, alegando ser o momento de criar uma nova poesia para uma nova época, a do Cristianismo. Os antigos haviam estudado a natureza sob um único aspecto, o do belo; era o momento de aceitar que, na criação divina, o *feio* existia ao lado do *belo*, "o disforme perto do gracioso, o grotesco no reverso do sublime, o mal com o bem, a sombra com a luz" (HUGO, 2007, p. 26). Sem esses elementos, o homem estaria "retificando" Deus e a harmonia obtida seria "incompleta". Desse modo, era preciso que a nova poesia desse um grande passo a fim de

---
[1] Professora do Departamento de Letras Modernas da Universidade Estadual Paulista – Campus Assis.

mudar toda a face do "mundo intelectual", introduzindo um princípio estranho para a Antiguidade, um novo tipo que seria o grotesco, uma nova forma, a comédia.

Ainda segundo Brito Broca (1979), mesmo a discussão do grotesco teria sido tímida na prosa brasileira, podendo-se destacar apenas na obra de Taunay e de Bernardo Guimarães os descendentes de Quasimodo de *Notre Dame de Paris*, sob a forma das personagens do anão Tico em *Inocência* e do jardineiro Belchior em *Escrava Isaura*.

Nos romances de Machado de Assis, leitor atento de Victor Hugo, sua presença é bastante discreta: quase não se encontram citações de sua obra, a não ser em *Memórias Póstumas de Brás Cubas*, no qual, segundo Eugênio Gomes (1949), em seu estudo "Uma influência francesa: Victor Hugo", seria possível "surpreender os efeitos mais significativos da influência hugoana sobre o grande escritor". Para o crítico, o capítulo do delírio conteria vários elementos caros ao autor de *L'Art d'être grand-père*: a terminologia, a expressão antitética e a concepção filosófica da natureza. Em *Esaú e Jacó*, segundo Gilberto Pinheiro Passos (1996, p. 54), haveria referências ao tema napoleônico e a um poema de *Feuilles d'automne*. Nos romances, a predominância de citações estava relacionada a autores como Voltaire, Pascal, Villon, entre outros.

Entretanto, há um romancista brasileiro que dialoga de forma inequívoca com Victor Hugo e retoma o conceito de grotesco na construção de suas personagens: José de Alencar em seu *A pata da gazela*, publicado em 1870. O romance narra a história de Amélia, uma linda moça que sai para buscar um par de sapatos com a prima Laura. As duas ficam esperando o criado pegar a encomenda, mas o embrulho se abre e, sem que tenham percebido, uma das botinas cai no chão, sendo apanhada por Horácio, "um moço elegante não só no traje do melhor gosto, como na graça de sua pessoa: era sem dúvida um dos príncipes da moda, um dos leões da Rua do Ouvidor", um *don juan* rico e entediado que as observava de longe.

Outro espectador assistia à cena, sem se manifestar: Leopoldo, moço pobre, virtuoso e tímido, "simples no traje, e pouco favorecido a respeito de beleza", mas que possuía "uma vasta fronte meditativa" e grandes olhos, "cheios do brilho profundo e fosforescente". O rapaz se encantou com o sorriso da jovem que estava no tílburi, sem saber que se tratava de Amélia.

Ao chegar em casa, Horácio examina a linda botina "desabrochada em flor", e começa a imaginar o pé mimoso e delgado que deve calçá-la, apaixonando-se por ele e não pela moça que o possuía: "O que amo nela é o pé: este pé silfo, este pé anjo, que me fascina, que me arrebata, que me enlouquece!..." (ALENCAR, 1955, p. 172).

Em um primeiro momento, a podolatria da personagem pode causar estranheza, mas o narrador a justifica, descrevendo-a como uma consequência do "materialismo que ataca o século", pois "o que sentia Horácio era apenas o culto da forma, o fanatismo do prazer." (id., p. 175) Ele não era capaz de amar a alma de uma mulher, mas apenas sua "formosura". A beleza comum já não o satisfazia, ele procurava uma "obra-prima". Assim, com o coração desgastado

> começou o moço a amar, ou antes a admirar, a mulher em detalhe. Sua alma embotada carecia de um sainete. Foi a princípio uma boca bonita, cofre de pérolas, de sorrisos, de beijos e harmonias. Veio depois uma trança densa e negra, como a asa da procela que se inflama. Uma cintura de sílfide, um colo de cisne, um requebro sedutor, um sinal da face, uma graça especial, um não sei que: tudo recebeu culto do nosso leão (id., p. 176).

Finalmente, apaixonou-se por um "pezinho faceiro" e imaginou todos os meios para conhecer a dona da botina. Ainda segundo o narrador, essa paixão de Horácio seria uma "aberração da alma", uma "voracidade insaciável do desejo", que vai criando essas "monstruosidades incompreensíveis".

Para a historiadora Mary Del Priore (2006), todavia, a obsessão por pés femininos minúsculos era uma característica comum ao homem do século XIX, para quem eles tinham de ser pequenos, finos e de "boa curvatura", modelados "pela vida de ócio", o que indicava o "emblema" de uma raça pura. Segundo a pesquisadora, mãos e pés eram as únicas regiões que podiam ser vistas em público e representaram, muitas vezes, o primeiro passo na conquista amorosa. As mulheres tinham consciência do fascínio que seus pezinhos exerciam sobre os homens e seduziam-nos tirando o chinelinho indolentemente.

Ao conhecer Horácio de Almeida, Amélia sente-se envaidecida pela paixão que desperta no "leão" da Rua do Ouvidor, mas depois, ao tornar-se amiga do nobre Leopoldo, encanta-se com ele. Dividida, tenta estabelecer um paralelo entre os dois:

> Um tinha todas as prendas que seduzem a imaginação: era formoso, trajava com esmero, conversava com muita graça. O outro não possuía nenhum desses atrativos; seu exterior alheava as simpatias; quando falava difundia a tristeza no espírito dos que o escutavam. A moça não concebia que se preferisse Leopoldo a Horácio; e contudo não podia esquivar-se completamente à influência daquela imagem pálida, que lhe aparecia no meio dos sonhos mais brilhantes. Muitas vezes, depois de algumas horas agradáveis passadas junto

do leão, quando a moça, recolhida à sua alcova, repassava na memória os doces protestos de amor que ainda lhe ressoavam ao ouvido, de repente surgia a lembrança de Leopoldo. Parecia-lhe então que da fronte do mancebo se desprendia uma sombra para anuviar seus pensamentos risonhos (ALENCAR, 1955, p. 235).

Finalmente, desconfiada de que Horácio ama apenas seu pezinho, Amélia prega-lhe uma peça, fazendo-o crer que tinha um pé disforme. Ao mesmo tempo, o acaso faz Leopoldo pensar, ao vê-la subir em uma carruagem com a prima, que seu pé era "uma enormidade, um monstro, um aleijão" (id., p. 194). Decepcionado, volta para casa abatido e "mergulhado em tristeza profunda":

> Imagine-se que dor era a do mancebo, quando via a deformidade surgir de repente para esmagar em seu coração a imagem da mulher amada, da virgem de seus castos sonhos?
>
> O contraste sobretudo era terrível. Se Amélia fosse feia, o senão do pé não passara de um defeito; não quebraria a harmonia do todo. Mas Amélia era linda, e não somente linda: tinha a beleza regular, suave e pura que se pode chamar a melodia da forma. A desproporção grosseira de um membro tornava-se, pois, nessa estátua perfeita, uma verdadeira monstruosidade (id., p. 208).

Leopoldo reflete ainda que a deformidade do pé revela que a alma da moça não é nobre, nem superior, pois não se "concebe o anjo dentro de um aleijão".

Depois do desencanto, o rapaz encontrou Amélia outras vezes, mas não era capaz de esquecer que seu lindo rosto escondia uma deformidade:

> Era o mesmo desencanto, a mesma insistência de seu espírito para enxergar a formosura da donzela através de um prisma deforme e caricato. Nessas ocasiões ele sofria diante da moça a fascinação do horrível, como o poeta sofre muitas vezes a fascinação do belo em face de um objeto desgracioso. Era então um poeta pelo avesso; um vate do monstruoso. Tinha na imaginação um gnomo de Victor Hugo: criava Quasimodos e Gwynplaines do sexo feminino com uma fecundidade espantosa. (id., p. 217)

A alusão às duas personagens de Victor Hugo obriga o leitor a fazer uma pausa e refletir acerca de sua presença na narrativa de Alencar, pois ela não é gratuita, nem aleatória, remetendo-o a *Notre-Dame de Paris*, publicado em 1831, e a *L'Homme qui rit*, cujo lançamento ocorreu em 1869; ou seja, um ano antes da publicação de *A pata da gazela*.

No primeiro romance, Quasimodo é o sineiro da catedral, adotado ainda criança por Claude Frollo. Corcunda, disforme, monstruoso, aprendeu a viver longe da sociedade que o desprezava e temia. Tornou-se agressivo, apropriando-se do ódio que sentia em torno de si e devolvendo-o aos homens: começou a servir-se da mesma arma com que havia sido ferido (HUGO, 1999, p. 208). Quasimodo apaixona-se por Esmeralda, mas ela está envolvida com Phoebus, um capitão da guarda real egocêntrico e volúvel, que a seduz e lhe faz promessas falsas de amor eterno. O corcunda de Notre-Dame salva a jovem da morte uma vez, mas fracassa na segunda tentativa; ao descobrir que Frollo foi o responsável pelo enforcamento de sua amada, atira-o do alto da catedral e une-se a ela em seu leito mortuário, tomando-a em seus braços e morrendo a seu lado. Os esqueletos de ambos são encontrados dois anos depois: "Quand on voulut le détacher du squelette qu'il embrassait, il tomba en poussière"[2]. (id., p. 632).

A construção da personagem de Quasimodo remete ao conceito do belo e do grotesco. O corcunda tinha a aparência disforme, mas seu coração irascível e rancoroso tornou-se capaz de amar, graças a Esmeralda, de quem recebeu a primeira demonstração de carinho e compaixão. Por outro lado, Phoebus é belo e elegante, mas tem a alma corrompida por sentimentos mesquinhos e egocêntricos. Após ter seduzido e enganado Esmeralda, abandona-a para se casar com uma mulher rica e elegante. Assim, Quasimodo e Phoebus rompem com a doutrina clássica da harmonia, segundo a qual a aparência física é reflexo do caráter e da alma das personagens: o herói é belo e nobre; o vilão é feio e perverso.

Do mesmo modo, em *L'Homme qui rit*, surge o conceito do belo e do grotesco, com a diferença de que Gwynplaine, o protagonista, não nasce disforme, mas sua monstruosidade é fabricada pelos *comprachicos*, grupo de nômades que comprava crianças, deformava-as com cirurgias e ácidos e as expunha em público para ganhar dinheiro. Gwynplaine tem o rosto destruído e a boca esticada a ponto de formar um sorriso que não pode ser desfeito. O monstro, entretanto, é apenas exterior: o menino é generoso, honesto e, ao crescer, descobre ser filho natural de *lord* Clancharlie e, portanto, seu herdeiro legítimo. Ao perceber, todavia, que não é levado a sério por causa do sorriso eterno que traz no rosto, Gwynplaine volta a procurar seu protetor, Ursus e sua amada Dea que, embora cega, é a única que pode enxergar a beleza da

---

[2] "Quando tentaram separá-lo do esqueleto que ele abraçava, desfez-se em pó". Tradução minha.

alma do rapaz. A moça tem a saúde frágil e morre ao revê-lo. Não suportando a existência sem a jovem, Gwynplaine atira-se ao mar e suicida-se. Mais uma vez, Hugo constrói uma personagem cuja aparência contrasta com seu interior; ou melhor, uma personagem que contém a dualidade: ao conhecer a sedutora duquesa Josiane, o rapaz sente-se atraído por ela e, ao mesmo tempo, deseja manter-se fiel a Dea. O narrador assim resume sua indecisão:

> Est-ce que Gwynplaine aimait cette femme? Est-ce que l'homme a, comme le globe, deux pôles? Sommes-nous, sur notre axe inflexible, la sphère tournante, astre de loin, boue de près, où altèrnent le jour et la nuit? Le coeur a deux côtés, l'un qui aime dans la lumière, l'autre qui aime dans les ténèbres? (HUGO, 1992, p. 220)[3].

Como se vê, Hugo buscou criar personagens complexas, contraditórias, humanas. No prefácio da peça *Lucrèce Borgia*, ao descrever a personagem pérfida e assassina, ponderou:

> mêlez à toute cette difformité morale un sentiment pur, le plus pur que la femme puisse éprouver, le sentiment maternel; dans votre monstre, mettez une mère; et le monstre intéressera, et le monstre fera pleurer, et cette créature qui faisait peur fera pitié, et cette âme difforme deviendra presque belle à vos yeux (HUGO, 1979, p. 46).

A mulher monstruosa é, ao mesmo tempo, mãe devota, pronta a sacrificar-se pelo filho adorado. Desse modo, a aparência elegante pode esconder uma personalidade doentia, o monstro pode ter um coração nobre, um homem bom pode se sentir atraído pelas trevas, uma assassina pode se revelar mãe devota.

Ao mencionar os nomes de Quasimodo e Gwynplaine, Alencar sabia que seus leitores e leitoras compreenderiam a alusão. A partir desse momento da narrativa, fica-se a imaginar que Amélia é uma protagonista que contém a dualidade tão cara a Victor Hugo, dualidade esta elaborada no prefácio de *Cromwell* e colocada em prática em *Notre-Dame de Paris* e *L'Homme qui rit*; ou seja, a moça é bonita, mas tem um pé disforme. Conseguiria Leopoldo vencer a repulsa que o aleijão lhe provocava? Após lutar contra seus sentimentos de terror, ele conclui:

---

[3] Gwynplaine amava essa mulher? O homem tem, como o globo, dois polos? Nós somos, sobre nosso eixo inflexível, a esfera que gira, astro ao longe, lama de perto, onde alternam dia e noite? Terá o coração dois lados, um que ama na luz, outro que ama nas trevas? (trad.nossa)

> Outrora julgava impossível que se amasse o horrível. Agora reconheço que tudo é possível ao amor verdadeiro, ao amor puro e imaterial. Não só reconheço, mas sinto-me capaz de nutrir uma dessas paixões mártires! Oh! sinto-me capaz de amar o anjo ainda mesmo encarnado em um aleijão! (ALENCAR, 1955, p. 219).

Leopoldo vence sua repulsa e se casa com Amélia mas, para a sua surpresa – e dos leitores também – na noite de núpcias, a recém-casada pede ao marido que lhe calce o par de chinelos de cetim, exibindo dois pezinhos "divinos". Na verdade, era Laura quem possuía o pé disforme. Horácio, espiando pela janela, fica atordoado com a revelação. Chega em casa e relê a fábula do *Leão amoroso* de La Fontaine, concluindo: "o leão foi esmagado pela *pata da gazela*".

Para o leitor de Victor Hugo, o desfecho de Alencar decepciona. No último instante, o escritor brasileiro elimina a dualidade hugoana e o grotesco se desfaz. Nem mesmo a dúvida de Amélia entre Leopoldo e Horácio, tão semelhante à hesitação sentida por Gwynplaine diante de Josiane e Dea e se confirma, pois o narrador explica:

> Quem Amélia amou desde o princípio foi Leopoldo. A vaidade, o galanteio que se nutre de brilhantes futilidades, a seduziam por momentos, e rendiam ao capricho de Horácio. Mas passado esse enlevo, sua alma sentia a atração irresistível que a impelia para o seu polo (id., p. 294).

Amélia, portanto, é bela, perfeita, nobre, casta. E rica. Talvez, Alencar não tenha querido decepcionar suas leitoras ainda muito românticas; ou, então, tenha usado o grotesco apenas como um elemento de suspense, para prender o público até o final da narrativa. O fato é que, com esse desfecho, a alusão às personagens hugoanas serve apenas para despistar o leitor, e não para colaborar na construção de uma personagem complexa. Segundo Candido (1981, p. 232), somente em *Lucíola*, *Senhora* e *Sonhos d'Ouro*, o escritor teria construído tipos que o crítico denomina "simultâneos": aqueles em que "o bem e o mal perdem, praticamente, a conotação simples com que aparecem nos demais, cedendo lugar à humaníssima complexidade com que agem".

Roberto Schwartz (1992), por sua vez, acredita que tenha ocorrido um "esvaziamento acelerado da situação romântica inicial" em *A pata da gazela*. Para o crítico, a discussão que se esboça nos primeiros capítulos entre Horácio e Leopoldo; ou seja, entre o "leão" que ama um pé, sem se importar com a dama e o rapaz que seria capaz de se casar com a dama, sem se importar com o aleijão, perde a força para ceder o lugar ao confronto entre o "moço frívolo", que é punido, e o "moço sincero", que é premiado com o casamento. Para o crítico, esse "esvaziamento" deve-se à tentativa de Alencar de seguir os moldes europeus para criar romances brasileiros, o que funciona como uma "viga falsa" que não sustenta a narrativa. Entretanto, o talento de Alencar, sua "garra mimética", nas palavras de Schwartz, faz com que sua obra sobreviva às incongruências da composição:

> A própria questão do pé, legitimada para as letras pelo temário satânico do Romantismo, vem a funcionar numa faixa inesperada, mesquinha e direta, mas viva, a exemplo do que vimos para o andamento de Diva. É origem não só de um debate insípido entre alma e corpo, como também de reflexões mais íntimas e espontâneas, traduzidas por exemplo nos nomes dados ao defeito físico ou na maneira pela qual a sua descoberta afeta o namorado. Por entre as generalidades, filtra alguma coisa de mordente, que faz parte duma tradição de nossa literatura, a tradição – se podemos dizer assim – do instante cafajeste, reflexivo nalguns, natural em outros (SCHWARTZ, 1992, p. 46-47).

Para exemplificar as palavras do crítico, basta relembrar as passagens que se seguem à descoberta que Leopoldo faz do pé disforme: "Pesado, chato, sem arqueação e perfil, parecia mais uma base, uma prancha, um tronco, do que um pé humano e sobretudo o pé de uma moça" (ALENCAR, 1955, p. 210). Ou ainda: "Com efeito, como supor que uma senhora pudesse andar graciosamente com semelhante pata de elefante?" (id., p. 211). Essas reflexões "íntimas e espontâneas", segundo Schwartz, revelariam um lado mesquinho de Leopoldo, seu "instante cafajeste", que trariam vida ao romance e lhe ofereceriam um aspecto próprio, nacional, "que faz parte duma tradição de nossa literatura", e não da literatura europeia.

Resta-nos Horácio de Almeida. O "leão mais querido das belezas fluminenses, o Átila do Cassino, o Genserico da Rua do Ouvidor" (id., p. 173), o "príncipe da moda" que encontra o sapatinho da Cinderela carioca é elegante, belo, rico e possui uma "elevada inteligência". Entretanto, tem a "alma embotada", gasta, monstruosa, materialista, doentia. É impossível não pensar em Phoebus, de *Notre-Dame de Paris*, cujo nome remete ao deus do sol e simboliza a razão, a clareza e a ordem, mas estabelece um contraste notável com sua personalidade, pois o capitão tem um humor inconstante e o "gosto um pouco vulgar". Embora nobre de nascimento, habituou-se às viagens frequentes que lhe despertaram o gosto pela taverna, pelos palavrões e pelas mulheres sem classe. O narrador concorda que é difícil juntar todos esses aspectos: "Qu'on arrange ces choses comme on pourra. Je ne suis qu'historien"[4] (HUGO, 1999, p. 315).

Phoebus e Horácio representam uma ruptura com a doutrina clássica; são bonitos e pérfidos; ou seja, remetem ao conceito do belo e do grotesco elaborado por Hugo.

Se a perfeição física de Amélia desaponta, a construção de Horácio supera as expectativas: ele encontra o sapatinho da donzela, mas está longe de ser um príncipe honrado, nobre e generoso. É um *don juan* fetichista, um "leão" que acaba esmagado pela "pata da gazela", como o leão da fábula *Le lion amoureux* de La Fontaine: apaixonado por uma pastora, é enganado pelo pai da moça e permite que lhe tirem as garras, os dentes, até virar presa fácil e ser morto, para ser devorado por eles. Ao assistir, às escondidas, ao casamento de Amélia e Leopoldo e flagrar a cena da alcova, em que a jovem mostra os lindos pezinhos ao marido, Horácio retorna para casa,

> onde chegou todo alagado. Enquanto filosoficamente esperava que seu criado lhe preparasse uma xícara de café, abriu um livro, que acertou ser La Fontaine. Leu ao acaso: era a fábula do leão amoroso.
>
> – É verdade! murmurou soltando uma fumaça de charuto. O leão deixou que lhe cerceassem as garras; foi esmagado pela pata da gazela (ALENCAR, 1955, p. 296).

Ao fazer uma alusão a Quasimodo e a Gwynplaine, Alencar estabelece um diálogo com Victor Hugo na criação das personagens de *A pata da gazela*, um diálogo a respeito do belo e do grotesco e da dualidade humana. Ao contrário do escritor francês, entretanto, que não recua diante do efeito trágico que sua narrativa pode provocar no leitor, Alencar apresenta a discussão, mas parece voltar atrás, temendo, talvez, a reação de suas leitoras diante de um final por demais *hugoano*, em que Leopoldo, vencendo sua repulsa, se casaria com Amélia, porque seria capaz de enxergar a beleza de sua alma, como Dea em relação a Gwynplaine.

Mas, apesar de o autor de *A pata da gazela* concluir o romance com um "desfecho açucarado", não se pode esquecer que, por meio de Horácio, estabelece um diálogo com os contos de fadas, especificamente *Cinderela* e com duas fábulas de La Fontaine. E talvez com Phoebus, o capitão bonito e inconstante. Nesse diálogo, Alencar despista o leitor que, em um primeiro momento, acredita ser Horácio semelhante ao príncipe da Cinderela, para em seguida fazê-lo compreender que o "leão" da Rua

---

[4] "Arrumem essas coisas como puderem. Sou apenas historiador". Tradução minha.

do Ouvidor é um "príncipe da moda", um tolo vaidoso, que se assemelha, de fato, aos leões das fábulas aludidas; ou seja, a um "rei da floresta" que, no momento de sua morte é vilipendiado por todos e a um ser apaixonado que se deixa enganar pela cegueira da paixão.

A elegância de Horácio, suas boas maneiras, seu charme sedutor contrastam com sua alma embotada, monstruosa, doentia. É ele, e não Amélia, quem apresenta a dualidade de Quasimodo e Gwynplaine, é esse *don juan* fetichista e quase ingênuo que resume o conceito do belo e do grotesco de Victor Hugo.

REFERÊNCIAS

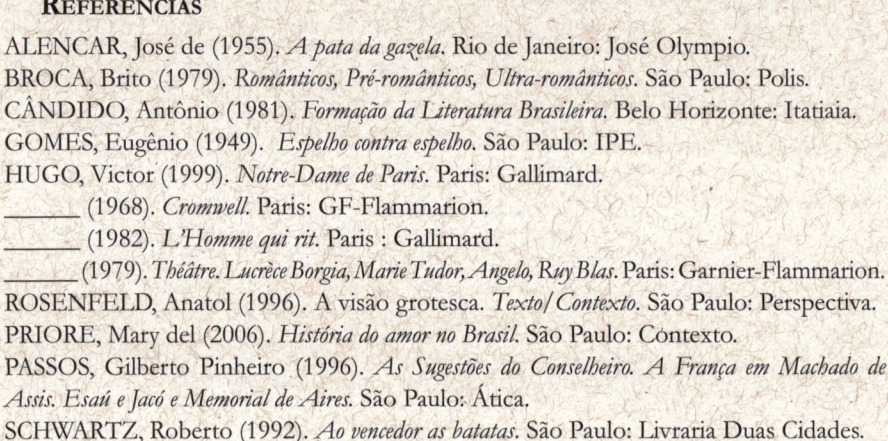

ALENCAR, José de (1955). *A pata da gazela*. Rio de Janeiro: José Olympio.
BROCA, Brito (1979). *Românticos, Pré-românticos, Ultra-românticos*. São Paulo: Polis.
CÂNDIDO, Antônio (1981). *Formação da Literatura Brasileira*. Belo Horizonte: Itatiaia.
GOMES, Eugênio (1949). *Espelho contra espelho*. São Paulo: IPE.
HUGO, Victor (1999). *Notre-Dame de Paris*. Paris: Gallimard.
_____ (1968). *Cromwell*. Paris: GF-Flammarion.
_____ (1982). *L'Homme qui rit*. Paris : Gallimard.
_____ (1979). *Théâtre. Lucrèce Borgia, Marie Tudor, Angelo, Ruy Blas*. Paris: Garnier-Flammarion.
ROSENFELD, Anatol (1996). A visão grotesca. *Texto/Contexto*. São Paulo: Perspectiva.
PRIORE, Mary del (2006). *História do amor no Brasil*. São Paulo: Contexto.
PASSOS, Gilberto Pinheiro (1996). *As Sugestões do Conselheiro. A França em Machado de Assis. Esaú e Jacó e Memorial de Aires*. São Paulo: Ática.
SCHWARTZ, Roberto (1992). *Ao vencedor as batatas*. São Paulo: Livraria Duas Cidades.

Recepções e diálogos da obra hugoana no Brasil

En France, certains critiques m'ont reproché, à ma grande joie, d'être en dehors de ce qu'ils appellent le goût français; je voudrais que cet éloge fût mérité.

Lettre à M. Daelli, Hauteville-House, le 8 octobre 1862.

A adaptação literária de Notre-Dame de Paris para o público infantojuvenil

Luziane de Sousa Feitosa[1]

Introdução

O presente trabalho tem o propósito de contribuir para os estudos acerca da difusão das obras de Victor Hugo no Brasil, sobretudo, no que concerne a adaptação dessas para o público infantojuvenil. Nesse sentido, foi adotado como parâmetro o romance *Notre-Dame de Paris* (1831), que juntamente com *Les misérables* (1862) e *Les Travailleurs de la mer* (1866) são constantemente adaptados no país. Em vista disso, o corpus de análise foi a adaptação literária *O corcunda de Notre-Dame*, título editado e constantemente reimpresso pela editora Scipione desde 1997, um trabalho confiado ao escritor Jiro Takahashi.

Por que as crianças e jovens não leem o romance na íntegra e sim na forma de uma adaptação? Este questionamento tem gerado controvérsias. Alguns estudiosos, como Bamberger (1995) e Coelho (2000), compartilham a ideia de que, em princípio, não se deve proporcionar aos leitores o contato com extensas obras. Assim, embasados em pressupostos de áreas do conhecimento como a psicologia e a pedagogia, destacam a importância da obra literária para evolução da personalidade do indivíduo de acordo com seus diferentes estágios de desenvolvimento. Há pesquisadores, contudo, que defendem a totalidade da obra literária, pois acreditam que esta não pode ter nenhum de seus elementos omitidos, ou simplificados sem prejuízo para a estética do texto. Frente à impossibilidade de ler a obra em seu idioma de origem, eles propõem aos leitores o recurso da tradução.

As pesquisas, geralmente, privilegiam a tradução em detrimento da adaptação, que tem espaço, sobretudo, quando correlacionada aos estudos intersemióticos. Todavia, os limites entre adaptar e traduzir no campo literário não são facilmente delimitados, há circunstâncias em que a adaptação se configura como inerente ou complementar à tradução no sentido de sanar possíveis dificuldades relacionadas a situações culturais e palavras sem equivalentes na sociedade onde a obra de origem estrangeira será difundida.

A adaptação *O corcunda de Notre-Dame* (1997) foi escrita por Jiro Takahashi e editada por uma editora reconhecida no mercado de obras voltadas para crianças e jovens:

---

[1] Mestre em Letras pela Universidade Federal do Piauí.

Scipione. A fim de nortear a análise comparativa entre os dois textos, adaptação e texto fonte, será referência o romance *Notre-Dame de Paris* (1967), publicado pela editora Garnier-Flammarion.

Aspectos extratextuais

A editora Scipione produz há quase três décadas[2] a "Série Reencontro" e a "Série Reencontro Infantil", ambas com o objetivo de proporcionar aos seus leitores o que afirma ser "o reencontro com um tesouro", dentre os quais inclui obras de Victor Hugo: *Os trabalhadores do mar, Os miseráveis* e *Notre-Dame de Paris*. Os livros que compõem essas séries deixam transparecer a pretensão de ser um instrumento utilizado pela escola no processo de escolarização de seus leitores, como se constata no seguinte fragmento retirado da contracapa de *O corcunda de Notre-Dame* (1997): "A série *Reencontro* oferece aos leitores os maiores clássicos da literatura universal, recontados por escritores de talento. Um roteiro de trabalho acompanha o livro"[3]. Na contracapa da adaptação, os editores fazem a seguinte indicação "a partir de onze anos".

No volume, anterior à narrativa, os editores apresentam uma pequena biografia do autor produzida em resposta à pergunta *Quem foi Victor Hugo?* Essa apresenta dados relacionados à sua participação no contexto político francês e a origem de seu romance em 1831. Entretanto, privilegia aspectos de sua vida pessoal, como é o caso da traição cometida por sua esposa Adèle Foucher e Saint-Beuve, informações desnecessárias, sobretudo quando esse leitor é uma criança ou jovem. Acrescente-se que Victor Hugo viveu quase um século de intensa atividade literária e política, logo, há outras informações mais salutares.

De acordo com Carvalho (2006), as adaptações circulam no Brasil de diferentes formas: isoladamente, como título individual; na forma de coletânea, ou antologia, englobando vários títulos geralmente com uma única matriz narrativa, por exemplo: coletânea de contos, lendas medievais ou apresentação da obra de um único autor. Por fim, essas duas formas citadas anteriormente podem vir reunidas de maneira mais ampla, dando origem a uma série, coleção, ou biblioteca. A obra *O corcunda de Notre-Dame*, portanto, apresenta-se, juntamente com outras obras de autores consagrados, na forma de uma série.

Em entrevista concedida a Monteiro (2002, p. 138), Jiro Takahashi afirma que, em sentido amplo, a recriação literária é uma forma de criação, um novo texto, que

---

[2] De acordo com Carvalho (2006), a editora Scipione publica as obras da "Série Reencontro" desde 1984.
[3] Grifo da editora.

precisa deixar clara a relação que mantém com a obra consagrada. Dessa forma, múltiplas possibilidades se oferecem ao adaptador que decide fazer da obra fonte o ponto de partida para a criação de um texto independente na forma e no significado, ou basear-se nessa obra para criar uma adaptação, uma condensação, uma paráfrase ou uma paródia. Segundo Takahashi, no primeiro caso, a narrativa é uma nova criação sem compromisso com a obra consagrada, já no segundo, os direitos autorais do autor devem ser respeitados.

Ao reconhecer que determinada obra é uma iniciativa independente quanto ao cânone, o escritor deixa subtendido que está realizando um trabalho criativo e original. Por outro lado, ao estar traduzindo uma obra, exige-se dele o máximo de fidelidade. A editora Scipione se coloca no meio-termo dessa discussão, ora admite que a obra de Victor Hugo é adaptada, informação visível na capa da narrativa, ora afirma se tratar de uma tradução e adaptação, como é possível observar na folha de rosto. Assim, a editora se resguarda de possíveis críticas relacionadas às metodologias utilizadas para a elaboração de seu texto.

Um elemento que se destaca nas adaptações da obra *Notre-Dame de Paris* realizadas no Brasil é o título. As diversas editoras responsáveis pela adaptação dessa obra, geralmente, evocam a personagem Quasimodo, o corcunda de Notre-Dame, para nomear a narrativa. Essa mudança exerce grande influência na interpretação do romance e antecipa que a ação privilegiará essa personagem e não a catedral.

Segundo Grijó (2007), a relação estabelecida entre a adaptação e o que denomina "obras artísticas" é particular e diferenciada, pois quando se trata do diálogo entre obras de arte e seu autor a valoração reside no próprio diálogo, enquanto na adaptação o valor está no original, sendo, na maioria das vezes, o nome do autor, em detrimento do adaptador, que aparece em primeiro plano.

Na capa da adaptação *O corcunda de Notre-Dame* (1997), primeiramente aparece o nome de Victor Hugo seguida do título da obra, destacado com fonte maior e em negrito. Posteriormente observa-se o nome do adaptador Jiro Takahashi, em fonte menor que do autor. Na imagem que ilustra a capa, Quasimodo aparece atrás de Esmeralda segurando um grande sino, praticamente a única imagem que de alguma forma remete à catedral Notre-Dame. Essa imagem antecipa o conteúdo da narrativa e interfere na expectativa do leitor. Este deduz que a ação central da narrativa gira em torno da personagem em destaque: Esmeralda.

As ilustrações são recursos utilizados para tornar a obra infantojuvenil mais atrativa aos seus leitores. Camargo (1995, p. 18) afirma que essa corresponde a "toda imagem que acompanha um texto", seja uma pintura um desenho, uma fotografia, ou um gráfico. Segundo o autor, o estilo adotado nas ilustrações é figurativo, há predominância de elementos narrativos e descritivos com prejuízo do fator estético. A justificativa, para isso, é o fato de que ao contrário dos estilos de vanguarda – impressionismo, expressionismo, cubismo, surrealismo, dentre outros – que visam romper com o horizonte de expectativa do seu público não se preocupando com o tempo demorado para que este compreenda e aprecie suas obras, o livro infantojuvenil segue outros princípios, suas ilustrações devem ser facilmente assimiladas pelo espectador, visto que "o livro infantil é um produto industrial, um bem de consumo que envolve investimento de capital" (1995, p. 18). Dessa forma, o relativo "atraso" dessas ilustrações, se comparado aos grandes avanços na forma de se conceber e produzir imagens, é justificado.

Isso não significa que as ilustrações sejam destituídas de criatividade, ao contrário, a cada dia surgem narrativas com imagens cada vez mais criativas e ousadas. Segundo Alarcão (2008, p. 72), a diferença entre as ilustrações produzidas pelos demais artistas visuais e os ilustradores decorre da concepção que esses últimos têm de seu fazer artístico: "sua arte não é criada para galerias, paredes de casas ou museus, mas sim para o múltiplo", para o grande público.

As ilustrações da adaptação *O corcunda de Notre-Dame* (1997) foram produzidas por Jayme Leão, adotando uma técnica semelhante ao desenho a lápis. Mas não se trata de uma imagem uniforme, as páginas ilustradas possuem pequenos rabiscos que conjuntamente dão forma às figuras. Com exceção da capa, o preto é a única cor utilizada nessas imagens, que estão situadas no final dos capítulos e no transcorrer da narrativa. Com relação à cor, Biazetto (2008, p. 77) ressalta que, dentre os elementos visuais, a cor é o elemento que mais atrai e transmite emoção ao leitor. Por meio da combinação de cores pode-se alcançar uma "ampla variedade de significados" e considerando a ambientação da narrativa é possível fazer escolhas diferentes. Dessa forma, constata-se que o uso de cores neutras[4] na adaptação *O corcunda de Notre-Dame* (1997) pode estar relacionado à época a que a narrativa se refere, Idade Média, um período considerado obscuro.

As ilustrações da adaptação literária *O corcunda de Notre-Dame* (1997) estão relacionadas principalmente às personagens Quasimodo e Esmeralda, no entanto, se

---

[4] O branco, o preto e o cinza são cores neutras. O branco é a soma de todas as cores e implica a presença de luz. O preto é oposto ao branco, significa total ausência de luz e aparentemente não deriva de qualquer cor.

o título dá ênfase ao corcunda, as imagens privilegiam a cigana. Dentre as doze ilustrações, esta consta em sete, aparece sozinha ou com as demais personagens: Quasimodo, Djali, D. Claude Frollo, Febo, Gringoire e Gudule. Essas ilustrações geralmente a descrevem com um longo vestido, usando uma flor na cabeça, grandes argolas e um colar ao pescoço. É bela, contudo, em determinadas ilustrações aparenta ser mais adulta que na descrição feita em ambas as narrativas, texto fonte e adaptação. Esmeralda é uma jovem de dezesseis anos, e o fato de parecer mais adulta pode ser consequência da técnica adotada para representá-la.

Na capa da ilustração, Quasimodo possui uma expressão má e sinistra. Não obstante, ao folhear a narrativa, o leitor se depara com um indivíduo cabisbaixo, com cara de tolo. As imagens ressaltam suas características físicas: corpo desproporcional e deformado, com uma enorme corcunda, rosto feio, sobrancelhas grossas e uma grande verruga sobre o olho direito.

Da mesma forma que o adaptador, o ilustrador também é um leitor, ilustra "o seu Quasimodo" como lhe parece. De fato, esse não corresponde ao mesmo pensado por Victor Hugo, por Jiro Takahaschi, ou qualquer outro leitor. Isso porque enquanto sujeito em interação com a narrativa este tem o poder de imaginar, visualizar, construir seus cenários e personagens. Por esse motivo, percebe-se uma suavização nos traços relacionados aos aspectos físicos de Quasimodo.

Dentre as estratégias utilizadas pelo adaptador para reescrever uma narrativa, destacam-se: a supressão e a condensação de episódios; a atualização e a simplificação da linguagem; além de alterações na sequência e foco narrativo. Recursos responsáveis, dentre outros fatores, pelo decréscimo do número de páginas da obra, uma notável característica da literatura infantojuvenil por partir da premissa de que para atingir o público almejado as narrativas precisam ser destituídas de complexidade.

O enredo da adaptação literária *O corcunda de Notre-Dame* (1997) se desenvolve em cento e dezenove páginas, das quais cento e treze correspondem à narrativa e seis aos paratextos: capa, contracapa, folha de rosto, duas páginas informativas sobre "Quem foi Victor Hugo?" e uma sobre "Quem é Jiro Takahashi?". Em contrapartida, a extensão da obra de Victor Hugo é de quinhentas e doze páginas, sendo quatrocentas e setenta de trama propriamente dita e trinta e sete de elementos paratextuais: capa, contracapa, cronologia da vida do escritor, prefácio, nota do autor a edição de 1832, e sumário da obra.

Outra justificativa para a redução do número de páginas da adaptação, por sinal menos questionável, aponta como motivo preponderante razões econômicas, ou seja, o custeio na produção e difusão de obras. Esse é um fator que exerce grande influência sob esses textos. Geralmente quando o escritor adapta ou produz uma obra, é informado previamente do número de páginas e do tempo de que dispõe para o lançamento.

Na contracapa da adaptação *O corcunda de Notre-Dame* (1997), os editores fazem uma síntese de seu enredo. A catedral Notre-Dame apresenta-se como cenário e testemunha de uma fatalidade envolvendo as três personagens principais da narrativa, cujas vidas são entrelaçadas por algo que se assemelha a um triângulo amoroso.

Essa síntese também pretende situar o leitor no tempo em que se passa a narrativa. Entretanto, a data que consta em seu corpo, 1842, foi impressa de forma errônea. O enredo se passa na Idade Média, mais precisamente em 1482, data em destaque na capa da edição produzida em 1967 pela Garnier-Flammarion. Um equívoco de tal natureza traz grandes implicações para a compreensão dessa narrativa: afinal se passa no século XV ou XIX? Felizmente, ao folhear a segunda página da adaptação o leitor é prontamente direcionado à Idade Média.

Os textos verbais e visuais existentes na capa da adaptação, assim como na contracapa, orelhas, folhas de rosto, prefácios, posfácios, são recursos editoriais que auxiliam os leitores na construção de sentido, interferindo diretamente na recepção do texto e orientando sua leitura. Nesse sentido, a visualização/leitura desses paratextos antecede a leitura da palavra.

As implicações no enredo

Ao adaptar uma obra, os escritores se atêm, sobretudo, ao que está escrito em detrimento do como está escrito. Segundo A. Antolini Grijó (2007), isso afeta sobremaneira o discurso literário, visto que os clássicos são obras de referência não apenas pela trama que encerram, mas especialmente por sua construção estilística, o que abrange o tratamento dado à linguagem, ou seja, o modo de contar. Sobre esse aspecto, a editora Scipione evidencia que a obra de Victor Hugo foi "adaptada com linguagem simples e atual", tarefa assumida por Jiro Takahashi.

No sentido de ajustar o texto ao leitor da atualidade, os adaptadores adotam uma série de técnicas que culminam na redução do número de páginas da narrativa, característica a que se fez referência no tópico anterior, por se tratar de um elemento formal com implicações diretas na obra literária. Assim, em entrevista prestada a Monteiro (2002), Takahashi ressalta que "condensar" um clássico para determinado público, como o escolar, é uma atividade válida por expressar valores importantes de serem discutidos por jovens em formação. Nessa perspectiva, a adaptação torna-se sinônimo de simplificação e condensação de cânones literários. Questionado sobre por que redigir novas versões de clássicos da literatura Jiro Takahashi responde:

> No fundo, o que chamamos de adaptação literária deveria ser mais apropriadamente chamada de condensação ou edição condensada, como nos países de língua inglesa. É nessa perspectiva que vejo um sentido nas "adaptações" (...) A fidelidade total e absoluta não ocorre mesmo nas edições de clássicos em versões não adaptadas. O que o inglês lê de Shakespeare não é exatamente o que ele escreveu (MONTEIRO, 2002, p. 139).

A *redução* é apontada por Genette (2010) como uma transformação quantitativa passível de ocorrer em um texto. Essa consiste na abreviação de uma obra, sem grande incidência em sua temática e tem como antítese o *aumento*, ato de estendê-la. Ambas as operações implicam modificações que não afetam apenas sua extensão, mas sua estrutura e conteúdo. O teórico admite a impossibilidade de um texto ser reduzido ou aumentado sem que sofra modificações essenciais em sua textualidade. Portanto, ao realizar uma dessas práticas o escritor constrói um novo texto.

O teórico aponta três tipos fundamentais de alterações redutoras: condensação, excisão e concisão. A condensação se apoia no texto de maneira indireta e sem se ater aos seus detalhes, pois visa manter apenas sua significação e apresentar a totalidade da obra. Os produtos originados desse processo se equivalem, sendo corriqueiramente denominados resumo, súmula, síntese e sinopse, práticas que, por sua natureza, não podem dar origem a textos ou obras literárias. Como indicado no tópico anterior, a síntese é um procedimento adotado na contracapa da adaptação *O corcunda de Notre-Dame* (1997).

Deste modo, embora Takahashi parta do princípio de que adaptação é o mesmo que condensação, esta, tomando por base constatações de Genette (2010), pode ser relacionada, sobretudo, ao procedimento redutivo de excisão, termo que se contrapõe a concisão, pois enquanto a primeira procede por meio de cortes na estrutura narrativa, a segunda visa sintetizar o texto sem supressão de nenhuma de suas temáticas significativas, ainda que não preserve nenhuma frase ou palavra do texto original.

Por esse motivo, segundo Genette (2010, p. 84), "a concisão no que ela produz, goza de status de obra que não é atingido pela excisão", isso porque, embora este seja o processo redutor mais simples, é também o mais "brutal" e "agressivo" à estrutura e sentido de um texto, por se tratar de um método que consiste na mera supressão de elementos. O teórico afirma que essa ação não ocasiona necessariamente uma redução do valor de uma narrativa, esta pode eventualmente ser aprimorada com a supressão de alguma parte considerada sem utilidade.

A prática de subtrair maciçamente (*amputação*) partes estruturais de um texto tem sido amplamente difundida no campo relacionado à literatura infantojuvenil. No entanto, esse público não é o único motivador dessas simplificações, geralmente partes dos romances são suprimidas quando são adaptados para o teatro, cinema ou televisão.

Genette (2010, p. 76) enfatiza que uma prática de reescrita tem como base uma prática de leitura, "no sentido radical, isto é de escolha de atenção". Mesmo diante da edição completa de uma obra, os leitores naturalmente realizam um processo mental em que determinada parte do texto, considerada menos relevante, é lida rapidamente; ou simplesmente desconsiderada.

> E esta infidelidade espontânea, que pelo menos tem uma razão de ser, altera a "recepção" de muitas outras obras (...) Ler é bem (ou mal) escolher, e escolher é abandonar. Toda obra é mais ou menos amputada desde seu verdadeiro lançamento, quero dizer desde sua primeira leitura (GENETTE, 2010, p. 76-77).

Durante a leitura de uma obra, o leitor faz escolhas, presta mais atenção a um fato, desconsidera outro, até mesmo altera a sequência de leitura proposta pelo autor. Geralmente, as explanações descritivas, os detalhes históricos são lidos mais rapidamente ou mesmo ignorados. Quando se trata da adaptação literária para o público infantojuvenil, grande parte dessa tarefa de escolher e, portanto, suprimir aspectos considerados exteriores à ação fica a cargo do adaptador.

Ao adaptar *Notre-Dame de Paris*, Takahashi se utiliza dos três métodos redutores apontados por Genette (2010) e, desse modo, sintetiza o enredo do romance, como na contracapa; condensa determinados parágrafos ou capítulos; além de suprimir episódios, personagens históricas, descrições relativas ao tempo, ao espaço, pensamentos e sentimentos das personagens. Isso ocorre porque cabe ao adaptador decidir quais elementos permanecem e quais são suprimidos neste novo texto que privilegia os fatos diretamente relacionados à Esmeralda, jovem para a qual convergem a paixão desenfreada do padre Claude Frollo, o desejo do soldado Phoebus, a admiração de Gringoire, a amizade e o amor de Quasimodo, personagem de aparência monstruosa a quem poucos atribuiriam sentimentos tão nobres.

O enredo da obra *Notre-Dame de Paris* se desenvolve em onze livros, cada livro possui entre dois e oito capítulos numerados, no transcorrer dos quais são apresentados os espaços onde a obra se desenvolve, suas personagens e eventos centrais. Embora determinados capítulos desse sumário não sejam tão óbvios, pois são denominados com expressões latinas e gregas, exigindo do leitor um conhecimento prévio acerca de temas específicos para correlacionar com o conteúdo da narrativa, no geral antecipam os eventos desenvolvidos no transcorrer do enredo, além de dar ênfase a alguns espaços como "La grand'salle", "La place de Grève", "Notre-Dame", "Le trou aux rats"; e personagens, como os capítulos do Livro I que fazem referência ao nome das personagens "Pierre Gringoire", "Monsieur le Cardinal", "Maître Jacques Coppenole", "Quasimodo", "La Esmeralda".

A adaptação literária *O corcunda de Notre-Dame*, por sua vez, não possui um sumário que preceda a narrativa, fato diretamente ligado ao procedimento redutivo de excisão. Em razão da sua amplitude, as dificuldades de quem pretende adaptar essa obra se iniciam no índice. Esse pode ter sido um dos motivos por que Jiro Takahashi, apesar de ter subdividido a narrativa em onze livros, assim como na obra fonte, preferiu denominá-los "Livro Um", "Livro Dois", sem a indicação do nome dos capítulos, diferentemente do estilo adotado por Victor Hugo que numera as partes de seu romance "Livre premier" (Livro primeiro), "Livre deuxième" (Livro segundo) e atribui títulos aos capítulos.

Os procedimentos determinantes para a redução da extensão do texto fonte ocorrem em todos os níveis ou planos – narrativos, espaciais, temporais. Na adaptação, o narrador descreve o que se passa na interioridade das personagens, seus pensamentos, suas vontades, assim como no texto fonte. Embora ambos sejam heterodiegéticos, na obra de Victor Hugo o narrador intervém naturalmente no discurso, por meio de comentários, esclarecimentos, visando uma interação constante com seu narratário, ao contrário da adaptação em que o narrador imprime sua autoridade mascarada por meio de sua linguagem impessoal, descrevendo os eventos, os diálogos de forma objetiva.

Na obra de Victor Hugo, o tempo da narrativa pode ser claramente acompanhado por meio de expressões temporais recorrentes ao longo do texto. No início da história a personagem que assume a autoria do livro afirma que "há alguns anos" encontrou a apalavra *ANAΓKH* em uma parede de Notre-Dame. O leitor, posteriormente, tem indícios de que ele está situado no século XIX, mas o dia da "visita" à catedral continua impreciso. O narrador da adaptação literária *O corcunda de Notre-Dame*, por sua vez, antecipa que a narrativa gira em torno da palavra *ANAΓKH* e evidencia que os eventos se passam em janeiro de 1482. Contudo, nas últimas páginas da narrativa o narrador estabelece uma indefinição temporal que se estende até seu final.

Ao serem transpostos para a adaptação os traços físicos de Quasimodo, assim como a maldade de caráter de Claude Frollo são abrandados, aspectos tornados perceptíveis por meio da linguagem e das ilustrações que suprimem certos detalhes que colaboram para o grotesco das personagens. Em contrapartida, as cenas grotescas, relacionadas à tortura e à morte, são mantidas na adaptação, esta descreve com riqueza de detalhes o sofrimento das personagens frente a iminência da morte, fenômeno incompreensível e não aceito por muitas pessoas o que se estende às crianças e jovens. O escritor Jiro Takahashi não desconsidera o domínio que a fatalidade exerce sobre o destino das personagens. Apesar de suprimir determinados detalhes, no geral mantém o trágico desfecho da narrativa, resiste à tentação de criar soluções "felizes" e românticas para o fim dos eventos.

Considerações finais

As adaptações privilegiam a ação em detrimento de outros aspectos estilísticos. No caso de *O corcunda de Notre-Dame* (1997) observa-se o deslocamento da personagem principal da narrativa, esta deixa de ser a catedral Notre-Dame, o que se deduz não apenas pela notória mudança de título, mas também a partir dos eventos e temas prestigiados e omitidos pelo adaptador.

O debate sobre a arquitetura medieval e sua constante degradação, assim como a substituição desta pela escrita, e, por extensão, pela literatura é secundário. Em seu romance, Victor Hugo chama a atenção para a própria dinâmica do mundo, grandes invenções e formas de o homem pensar vão sendo substituídas por outras. Atualmente, a humanidade vive um novo momento em que o livro de papel, sucessor do "livro de pedra", passa a ser substituído pelo "livro digital". As temáticas desenvolvidas na obra de Victor Hugo não se limitam ao seu tempo, embora o enredo esteja situado no passado, o romance trata dos problemas atuais da humanidade.

Por meio de adaptações, os autores canônicos e suas obras são popularizados, tornados mais acessíveis. Contudo, não se compartilha da ideia de que determinados leitores sejam incapazes de ler o texto fonte, apenas se reconhece a possibilidade da adaptação, assim como uma nova edição de uma obra, contribuir para sua atualização, retirar a poeira que recai sobre si, conduzindo-a ao esquecimento. Isso não significa que esses autores devam ser lidos a qualquer preço, não valida o descuido com que determinados textos são trabalhados: más edições, más traduções, más adaptações, más interpretações. Portanto, o debate deve recair sobre todas as formas intertextuais que se isentam da correspondência com as obras de diversas maneiras, mas se utilizam da popularidade de seus escritores para obter notoriedade.

A adaptação literária se difundiu ao ponto de não poder ser simplesmente ignorada como pretendiam alguns críticos. Dessa forma, vem ganhando espaço e adeptos, sobretudo a partir do século XX. Nesse sentido, mais importante que ignorar as adaptações da obra de Victor Hugo, e demais escritores, é pensar na forma como os clássicos chegam às mãos das crianças e jovens brasileiros.

Referências

ALARCÃO, Renato (2008). "As diferentes técnicas de ilustração". In: OLIVEIRA, Ieda de (org.). *O que é qualidade em ilustração no livro infantil e juvenil*: com a palavra o ilustrador. São Paulo: DCL.

BAMBERGER, Richard (1995). *Como incentivar o hábito de leitura*. São Paulo: Ática.

BIAZETTO, Cristina (2008). "As cores na ilustração do livro infantil e juvenil". In: OLIVEIRA, Ieda de (org.). *O que é qualidade em ilustração no livro infantil e juvenil*: com a palavra o ilustrador. São Paulo: DCL.

CAMARGO, Luís (1995). *Ilustração do livro infantil*. Belo Horizonte: Lê.

CARVALHO, Diógenes Buenos Aires de (2006). *A adaptação literária para crianças e jovens*: Robinson Crusoé no Brasil. Tese. Porto Alegre: PUCRS, FALE.

COELHO, Nely Novaes (1984). *A literatura infantil*: história, teoria, análise. 3. ed. São Paulo: Quíron.

GENETTE, Gérard (1972). *Discurso da narrativa*. Lisboa: Vega.

GRIJÓ, Andréa Antolini (2007). "Quem conta um conto aumenta um ponto? Adaptações e literatura para jovens leitores". In: PAIVA, Aparecida et al. *Literatura*: sâberes em movimento. Belo Horizonte: Ceale/Autêntica.

HUGO, Victor (1967). *Notre-Dame de Paris*. Paris: Garneir-Flammarion.

_____ (1997). *O corcunda de Notre-Dame*. Adaptação Jiro Takahashi. São Paulo: Scipione.

MONTEIRO, Mario Feijó Borges (2002). *Adaptações de clássicos brasileiros*: paráfrases para o jovem leitor. Dissertação. Rio de Janeiro: PUC-Rio.

O homem que ri: *o romance hugoano nos quadrinhos brasileiros dos anos 1950*

Adelson Marques Cordeiro[1]

O que fazer em meio a um emaranhado de definições de um objeto, os quadrinhos? Há décadas, muito se discute em torno de suas diferentes terminologias. As mais utilizadas tendem a ser revista em quadrinhos, história em quadrinhos (HQ), gibis, narrativa gráfica ou romance gráfico (proveniente do original em inglês *graphic novel*), sendo ainda possível acrescentar especificidades ao gênero, como as tirinhas.

Segundo McCloud (2005, p. 9), histórias em quadrinhos são "imagens pictóricas e outras justapostas em sequência deliberada destinadas a transmitir informações e/ou a produzir uma resposta no espectador". A partir dessa definição, pode-se inferir que o gênero compreende importante função narrativa e imagética, no qual a escrita ocupa o segundo plano da trama. Segundo Schlögl (2011, p. 2), romance gráfico "é um termo utilizado para determinar publicações em quadrinhos com histórias complexas e direcionadas a um público adulto, diferente das histórias em quadrinhos convencionais". Vale ressaltar que a terminologia *graphic novel* foi popularizada por Will Eisner, que a define como "uma forma artística e literária que lida com a disposição de figuras ou imagens e palavras para narrar uma história ou dramatizar uma ideia" (apud SCHLÖG, 2011, p. 2). Confrontando as duas definições, constata-se a complexidade terminológica que envolve o objeto em questão, mas acreditamos que é necessário ultrapassar a clivagem HQ de autoria e HQ grande público. No que concerne nosso estudo e sua especificidade, o início dos quadrinhos no Brasil, preferimos adotar tal terminologia, por considerá-la mais adequada para tratar dos exemplares relativos a O *homem que ri*, muito pouco sofisticados em sua forma.

A HISTÓRIA DOS QUADRINHOS NO BRASIL

No Brasil, no final da primeira metade do século XX, os quadrinhos eram chamados de historietas em quadrinhos (ou apenas historietas) ou gibis. Essa produção, difícil de ser definida, enquanto amálgama entre arte, divertimento e mídia, foi alvo de censura e crítica no Brasil do Estado Novo, período de governo autocrático de

---

[1] Membro do Grupo de Pesquisa Victor Hugo e o Século XIX, Universidade de Brasília.

Getúlio Vargas, muitas vezes definida como "roteiro para a delinquência" (JUNIOR, 2004). Afirmações como essa circularam no país até meados dos anos 1960.

Segundo Junior, a história dos quadrinhos no Brasil começou no ano de 1905 com a revista *O Tico-Tico*, lançada por Angelo Agostini, mas os quadrinhos tomaram o mercado editorial brasileiro a partir dos anos 1930. Adolfo Aizen, de nacionalidade russa e naturalizado brasileiro, foi um dos responsáveis por introduzir na cultura e na literatura brasileira as histórias em quadrinhos. Aizen consagrou-se como pioneiro ao introduzir as histórias em quadrinhos norte-americanas e tornou-se importante editor do gênero, sendo considerado, segundo a tradição, como o pai dos quadrinhos no Brasil.

A introdução do novo gênero nos costumes brasileiros custou para Aizen uma "campanha que virou guerra e mobilizou forças de todo o país ao longo de três décadas" (JUNIOR, 2004, p. 73). Nas décadas de 1940, 1950 e 1960, os quadrinhos tornaram-se *febre nacional* entre o público infantojuvenil e mesmo entre os adultos. Essa nova forma de arte sofreu as mais cruéis críticas e censura. Os defensores da moral e dos bons costumes nas décadas de 1930 a 1960 não compreendiam que, além de ser uma nova mídia, os quadrinhos poderiam ser usados como complemento da formação escolar das crianças e adolescentes da época. Os quadrinhos representavam, sobretudo, a nova cultura de forte impacto imagético.

A publicação e a circulação de dois periódicos na década de 1950 resultaram do empreendimento de uma estratégia de defesa aos ataques contra os quadrinhos em território nacional. De um lado, Adolfo Aizen foi responsável pela coleção de clássicos ilustrados, a *Edição Maravilhosa*; do outro, Roberto Marinho foi mentor da coleção *Romance Ilustrado*. Nas páginas que se seguem, discutir-se-á o contexto concernente às duas coleções, que constituem o diálogo entre a literatura hugoana e os quadrinhos brasileiros dos anos 1950.

O HOMEM QUE RI NAS COLEÇÕES *EDIÇÃO MARAVILHOSA* E *ROMANCE ILUSTRADO*

O homem que ri, romance escrito durante o exílio do escritor Victor Hugo e publicado em 1869, na França, tornou-se fonte de inspiração para muitos quadrinistas da contemporaneidade. Constatamos que o patrimônio artístico hugoano se fez presente na literatura e na sociedade brasileiras paralelamente à atuação na França do autor e do homem político Victor Hugo. Ao ser introduzida no Brasil, sua obra foi admirada e imitada por romancistas e poetas brasileiros, como Castro Alves, Gonçalves Dias, Machado de Assis, Álvares de Azevedo e muitos outros.

O romance *O homem que ri*, adaptado para a mídia dos quadrinhos, foi publicado em língua portuguesa no Brasil em 1949 por Roberto Marinho na coleção *Romance ilustrado*. Adolfo Aizen, uns dos principais editores da época publicou no ano de 1951 uma adaptação do romance na revista *Edição Maravilhosa*. A publicação de Aizen que, símile a de Roberto Marinho, é uma tradução. A *Edição Maravilhosa* é uma tradução da *Classics Illustrated* norte-americana, enquanto Marinho publica uma tradução possivelmente, também, da *Classics Illustrated* ou da *Classic Comics*, que, segundo Barbosa (2011), eram "revistas norte-americanas dedicadas a adaptações de clássicos da literatura mundial".

Na revista *Edição Maravilhosa* foram publicados quatro textos de Victor Hugo: *O homem que ri*, *Os miseráveis*, *Os trabalhadores do mar* e *O corcunda de Notre-Dame*. O romance *Os miseráveis* foi publicado duas vezes, na *Edição Maravilhosa* e nas *Maravilhas da Edição Maravilhosa*.

Dentre as obras hugoanas, a primeira a dialogar com os quadrinhos foi *O corcunda de Notre-Dame*, no nº 13 de julho de 1949; a segunda, *Os miseráveis*, no nº 33 de março de 1951; a terceira, *O homem que ri*, no nº 39 de setembro de 1951 e a última *Os trabalhadores do mar* no nº 43 de janeiro de 1952. O preço da *Edição Maravilhosa* variava de acordo com o valor da moeda, o cruzeiro, no mercado financeiro da época. Sendo o preço dos números supracitados passíveis de oscilar entre CR$ 3,00 a CR$ 5,00.

A revista *Edição Maravilhosa* é uma publicação da extinta Editora Brasil-América – EBAL – fundada em 1945 por Adolfo Aizen. A editora publicou livros e revistas voltados para o público infantojuvenil e adulto. Os primeiros números da *Edição Maravilhosa* circularam em formato próximo ao do livro de bolso. Posteriormente, a revista foi reformulada para o formato chamado de *comic book* ou formato americano (Figura 1).

Figura 1 – Revista *Edição Maravilhosa – O homem que ri* (EBAL, 1951).

A polêmica em torno da publicação da *Edição Maravilhosa* foi constante por parte dos escritores da época, que questionavam a legitimidade das versões simplificadas dos livros e a eficácia da narrativa ilustrada. A coleção era publicada em preto e branco com capa colorida, teve tiragem, em sua primeira série, de duzentas edições (entre 1948 e 1962). A segunda série foi uma reedição da primeira, comportando vinte e quatro títulos, também em preto e branco (1958 – 1960). A terceira série circulou apenas no ano de 1967, compreendendo dez edições em preto e branco. A revista contou, também, com uma série de extras e especiais, que era geralmente uma segunda edição e/ou reimpressão de umas das séries já existente. Interessante salientar que *O homem que ri* foi publicado somente na primeira série.

A revista *Romance ilustrado* é uma publicação das organizações *O Globo*, RGE – Rio Gráfica e Editora, fundada por Roberto Marinho (Figura 2).

Figura 2 – Revista *Romance Ilustrado – O homem que ri* (Editora Rio Gráfica, 1949).

Roberto Marinho tinha interesse em publicações, assim como Aizen, de livros e revistas voltados para o público infantojuvenil e adulto. Com existência efêmera, de um ano apenas (1949-1950), o *Romance Ilustrado* abriu sua edição de lançamento com o quadrinho de *O homem que ri*. Geralmente, a revista era composta da adaptação de dois romances considerados clássicos da literatura. As edições tinham capa colorida e as demais páginas eram em preto e branco. A revista contava com um representante em Portugal e Colônias, Djalma Sampaio, da Livraria Latino Editora (Pôrto), que representava O Globo.

Com custo médio de CR$ 3,00, no Brasil, e $ 5 escudos em Portugal, a edição nº 1 foi composta por *O homem que ri* e *O mistério do quarto amarelo*, de Gaston Leroux. As ilustrações foram feitas por José Mazzanti Taggino.

A NARRATIVA DE *O HOMEM QUE RI* EM *EDIÇÃO MARAVILHOSA* E *ROMANCE ILUSTRADO*

A narrativa do romance *O homem que ri* passa-se na Inglaterra, no final do século XVII e início do século XVIII. Hugo divide seu romance em partes e constrói sua narrativa com um narrador que dá vida aos personagens.

A narrativa de *O homem que ri* na *Edição Maravilhosa* não é separada por capítulos e tampouco por livros como no romance, ela é contínua. Ao contrário do romance, o editor dessa releitura omite o narrador e dá voz às personagens. Personagens principais do enredo como Gwynplaine, Déa, Ursus, Homo, Barkilphedro, Josiane são mantidos. Na contracapa os personagens são apresentados com suas devidas funções na história. O desfecho da narrativa não fica claro quanto ao suicídio de Gwynplaine, assim como a morte de Déa conforme ilustra figura abaixo (Figura 3).

Figura 3 – *Revista Edição Maravilhosa – O homem que ri* (EBAL – 1951).

A narrativa de *O homem que ri* em *Romance ilustrado* é fiel quanto ao enredo e aos personagens da narrativa de Hugo, assim como a *Edição Maravilhosa*. O narrador é onisciente, ele conta e mostra a história dando poucas vozes aos personagens. Josiane é apresentada como alguém de "natureza aventureira" e "impaciente" e seu nome é traduzido como Josiana. Os outros personagens como Ursus, Gwynplaine e Déa mantêm a essência apresentada por Hugo. Na narrativa, da coleção *Romance Ilustrado*, o desfecho da história é o que se segue: "Quando Ursus voltou a si, não viu mais Gwynplaine. Homo perto da borda, latia tristemente, olhando para o mar, que, mais piedoso do que os homens, acolhia suavemente no seu seio aquela alma nobre que tanto havia sofrido" (p. 16). Observa-se fidelidade ao desfecho do romance.

Os recursos imagéticos presentes na narrativa hugoana recorrentemente estão presentes em ambas as publicações. No extrato abaixo Hugo permite ao leitor imaginar como seria a angelical Déa.

> La petite fille trouvée sur la femme morte était maintenant une grande créature de seize ans, pâle avec des cheveaux bruns, mince, frêle, presque tremblante à force de délicatesse et donnant la peur de la briser, admirablement belle, les yeux pleins de lumière, aveugle (HUGO, 2002, p. 349)[2].

Em *Romance Ilustrado* e em *Edição Maravilhosa* recursos como esses estão estampados no texto escrito, assim como no texto imagem. No texto imagem na *Edição Maravilhosa*, a expressão no olhar de Dea, jovem cega no romance, transmite tal leitura. (Figura 4).

Figura 4 – *Revista Edição Maravilhosa – O homem que ri* (EBAL – 1951).

---
[2] Tradução minha: "A menina encontrada sobre a mulher morta agora era uma grande criatura de dezesseis anos, branca com cabelos escuros, magra, frágil, quase tremulante à força de delicadeza, dando medo de quebrá-la, admiravelmente bela, olhos cheios de luz, cega".

No que concerne ao tempo e ao espaço das narrativas, o tempo nas duas revistas é o mesmo do romance, ainda que a narrativa se desenvolva de forma simplificada. As narrativas, assim como o romance, recorrem a datas bem localizadas no tempo: "Un soir, vers la fin d'une des plus glaciales journées de ce mois de janvier 1690" (HUGO, 2002, p. 95). "Numa noite de Janeiro de 1690, um Huquer, assim designado pelos holandeses certos navios de dois mastros, aproximou-se lentamente da península de Portland, na Inglaterra" (*Edição maravilhosa*, 1951, p. 4). "Numa tarde do mês de janeiro de 1690, a baía de Portland estava quase deserta" (*Romance ilustrado*, 1948, p. 2).

Em relação às personagens de *O homem que ri*, essas são numerosas. Em *Edição Maravilhosa* e em *Romance Ilustrado* igualmente, foram mantidas somente as personagens que são consideradas mais significativas para a compreensão da história, como, Gwynplaine, Déa, Ursus, Homo, Josiane e Barkilphedro. As outras são somente aludidas.

No que diz respeito à linguagem, Hugo se serviu de um grande número de metáforas e ironias,

> La nature avait été prodige de ses bienfaits envers Gwynplaine. Elle lui avait donné une bouche s'ouvrant jusqu'aux oreilles, des oreilles se repliant jusque sur les yeux, un nez informe fait pour l'oscilation des lunettes de grimacier, et un visage qu'on ne pouvait regarder sans rire (HUGO, 2002, p. 349)[3].

Hugo construiu uma narrativa em que predomina o discurso direto e não hesitou em mencionar outras línguas como o latim, "Virtus ariete fortior" (id., p. 73). Nas publicações em análise não há metáforas tampouco menção a outras línguas, além dos nomes próprios. Essa questão nos permite inferir que, talvez, o fato de os quadrinhos naquele momento serem alvo de censura e crítica no Brasil fez com que os editores os publicassem sem metáforas ou menções a línguas estrangeiras. Tratando-se de uma época cuja necessidade era mostrar o lado construtivo dos quadrinhos, o ideal era manter a narrativa com certa precisão de tempo e espaço e negligenciar termos complexos ligados ao fator língua.

O levantamento das releituras existentes do romance hugoano *O homem que ri*, nos quadrinhos brasileiros dos anos 1950, nos permitiu entender e definir algumas das diferentes terminologias em torno dos quadrinhos. Entendemos, também, que

---

[3] Tradução minha: "A natureza havia sido pródiga em seus benefícios com Gwynplaine. Ela lhe dera uma boca abrindo até as orelhas, orelhas dobrando-se até os olhos, um nariz informe feito para a oscilação de óculos de um careteiro e um rosto que ninguém podia olhar sem rir".

os quadrinhos são um mundo imenso e variado e que a terminologia *graphic novel*, em português romance gráfico, vale-se da linguagem dos quadrinhos para narrar histórias mais longas e complexas, em que os quadrinhos de *O homem que ri* podem ser classificados.

Nesse sentido, com a tentativa de conhecer a história dos quadrinhos no Brasil, percebemos que se trata de um gênero independente, com uma linguagem artística autônoma que, por muitas vezes, na época da censura, foi recepcionado como subliteratura. Assim, percebemos que os estudos em torno da relação entre Victor Hugo e o Brasil, sobretudo as relações do texto literário hugoano no campo dos quadrinhos, é algo que carece de investigações científicas e que lança mais um desafio aos estudiosos do assunto.

REFERÊNCIAS

BARBOSA, Alexandre (2011). "Os quadrinhos históricos: conceituação e desenvolvimento no Brasil e no mundo". In: VERGUEIRO, Waldomiro; SANTOS, Roberto Elísio dos. *A história em quadrinhos no Brasil*. São Paulo: Laços.

CIME, Moacy et al (2002). *Literatura em quadrinhos no Brasil*: acervo da Biblioteca Nacional. Rio de Janeiro: Nova Fronteira.

HUGO, Victor (2002). *L'Homme qui rit*. Paris: Gallimard.

JUNIOR, Gonçalo (2004). *A guerra dos gibis*: a formação do mercado editorial brasileiro e a censura aos quadrinhos, 1933-64. São Paulo: Companhia das letras.

LEÃO, Antonio Carneiro (1960). *Victor Hugo no Brasil*. Rio de Janeiro: José Olympio Editôra.

MCCLOUD, Scott (2005). *Desvendando os quadrinhos*. Trad. Helcio de Carvalho e Marisa do Nascimento Paro. São Paulo: M. Books.

REFERÊNCIAS ELETRÔNICAS

Guiaebal. Disponível em: <http://guiaebal.com/maravilhosa1.html>. Acesso em: 26 agosto 2012.

SCHLÖGL, Larissa. *A sintaxe visual da Graphic Novel "do Inferno"*: a crueldade de um assassino nrrada em preto e branco. Disponível em: <http://www.razonypalabra.org.mx/varia/77%205a%20parte/60_Schlogl_V77.pdf>. Acesso em: 22 agosto 2012.

REVISTAS EM QUADRINHOS

AIZEN, Adolfo (1951). *O homem que ri*. Rio de Janeiro: Editora Brasil-América.

MARINHO, Roberto (1948). *O homem que ri*. Rio de Janeiro: Editora Rio Gráfica.

Os percalços do drama Maria Tudor no Brasil

Guilherme Santos[1]

O drama *Maria Tudor* foi encenado pela primeira vez em palcos franceses no *Théâtre de la Porte-Saint-Martin* em 6 de novembro de 1833 e publicado pela editora *Renduel* em 17 de novembro do mesmo ano, com uma tiragem inicial de mil exemplares[2]. Nos meses subsequentes a sua estreia, a peça contou com um total de quarenta e duas representações, entre novembro de 1833 e março de 1834, alcançando uma bilheteria assaz considerável para sua época. A dramaturgia francesa à época passava por uma verdadeira transformação. Após quase dois séculos seguindo o modelo clássico, a cena francesa passa a apresentar-se como espaço de contestação das formas estabelecidas, tornando-se um terreno de lutas e manobras ideológicas. Assiste-se à fundação de uma dramaturgia subversiva, que vai de encontro às normas clássicas, misturando gêneros e públicos em nome da liberdade artística. A partir do prefácio da peça *Cromwell*[3], que rapidamente se torna um verdadeiro manifesto dos ideais revolucionários do Romantismo, Hugo propõe a revisão dos cânones artísticos e literários, segundo o qual é preciso que:

> Destruamos as teorias, as poéticas e os sistemas. Derrubemos este velho gesso que mascara a fachada da arte! Não há regras nem modelos; ou antes, não há outras regras senão as leis gerais da natureza que plainam sobre a arte, e as leis especiais que, para cada composição, resultam das condições de existência próprias para cada assunto (HUGO, 2010, p. 64).

A partir de tais preceitos, o drama romântico, a exemplo de *Maria Tudor*, passa a configurar-se por uma dramaturgia que, em geral, não se omite politicamente. O novo conceito de arte defendido por Victor Hugo passa a estar intimamente ligado às questões de cunho sociopolítico. A dramaturgia será, mais do que nunca, espelho da sociedade e instrumento de propaganda política e ideológica.

---

[1] Mestrando do Programa de Pós-Graduação em Literatura da Universidade de Brasília. Membro do Grupo e Pesquisa Victor Hugo e o Século XIX.
[2] Esta edição guarda o título original da obra, *Marie d'Angleterre* (Maria da Inglaterra), renomeada, algum tempo depois, como *Marie Tudor* (Maria Tudor).
[3] No Brasil, o texto é comumente traduzido e conhecido como *Do grotesco e do sublime*.

Apesar do grande número de representações, adaptações e paródias da peça ao longo do século XIX[4], segundo Raymond Pouilliart, *Marie Tudor* é o drama hugoano que suscitou o maior número de críticas negativas por sua falta de originalidade, sendo qualificado pelo jornal *La Tribune politique et littéraire*, de 15 de novembro de 1833, ao lado de obras de Dumas e de La Calprenède, como "traduções, imitações estrangeiras, uma importação sem discernimento e sem resultado das obras nacionais alhures, estrangeiras na França!" (HUGO, 1979, p. 15, tradução minha).

Escrito em prosa e dividido não em atos, mas em três dias (representativos de três retratos da Inglaterra do século XVI – o homem do povo, a rainha e o cortesão), o drama desenvolve-se a partir da figura de Maria Tudor, rainha da Inglaterra, que vive em segredo uma tórrida paixão com Fabiano Fabiani, intrigante italiano a quem ela oferecera os bens de lorde Talbot e que a impele a diversos crimes, despertando o ódio de muitos nobres. Segundo estes, a influência de Fabiani sobre a rainha e a Inglaterra era tanta que ele só poderia tê-la enfeitiçado. Logo na primeira cena do primeiro ato, lê-se:

> LORD CHANDOS
> Vous avez raison, mylord. Il faut que ce damné
> Italien ait ensorcelé la reine. La reine ne peut plus
> se passer de lui. Elle ne vit que par lui, elle n'a de
> joie qu'en lui, elle n'écoute que lui. Si elle est un
> jour sans le voir, ses yeux deviennent languissants,
> comme du temps où elle aimait le cardinal Polus,
> Vous savez?[5] (Ato 1, cena 1).

Desde a primeira réplica do drama, a figura da monarca é reduzida a um simples fantoche controlado por Fabiani. Este, usando outro nome, também frequenta, em segredo, a casa de Jane, mulher aparentemente originária do povo, que ele sabe ser a herdeira de lorde Talbot. A jovem, que ignora suas origens nobres, está prometida a Gilbert, o ourives que a criou desde criança, mas que passou a nutrir por ela um sentimento de paixão matrimonial. Contudo, Jane, apesar de prometida a Gilbert, apaixona-se e entrega-se a Fabiani, que pensa apenas em garantir para si a Fortuna dos Talbot, que legalmente deveria ser repassada a Jane.

---

[4] Dentre as quais destacamos *Marie-crie-fort, pièce en quatre endroits et en cinq quarts d'heure* (1833), *Marie Tudor racontée par Mme Pochet à sa voisine* (Paris, 1833), *Marie, tu dors encore* (Paris, 1873).
[5] "Tens razão, mylord. Esse maldito Italiano só poder ter enfeitiçado a rainha, que não pode mais viver sem ele. Ela vive apenas para ele, não tem alegria senão com ele, não ouve senão o que ele diz. Se ela passa um dia sem vê-lo, seus olhos tornam-se lânguidos, como no tempo em que ela amava o cardeal Polus, lembrai-vos?" Tradução minha.

Quanto à recepção do público a esta primeira encenação, os jornais se contradizem. Segundo Raymond Pouilliart, o público parece ter escutado o drama em silêncio, mas os risos e assovios irromperam após a última cena, qualificada de "inimaginável" pelo *Le Courrier des Théâtres*, de 8 de novembro de 1833. Ainda segundo Pouilliart, a crítica negativa foi direcionada, sobretudo ao retrato de Marie Tudor. Os jornais *Le Moniteur universel*, *La Gazette de France* e *Le Courrier français*, de 9 de novembro de 1833, questionaram o que realmente havia da Maria Tudor real na personagem criada por Victor Hugo. *Le Moniteur* argumentou que a rainha de Hugo "oferece um conjunto de comum, de trivial, de elevação, de loucura, de ciúmes; ela ri; ela chora, ela ameaça sempre, é uma fúria agarrada à sua presa, que não sabe ser nem rainha nem amante" (HUGO, 1979, p. 151, tradução minha). Diante da trama, o espectador/leitor se depara com um mundo de crimes, mentiras, castigos e traições. O histórico e o ficcional coabitam a cena, dando origem a diversas imagens e relações de imagens em torno da monarca inglesa e de sua corte.

Mas como a imagem e o imaginário criados em torno da soberana, num misto de ficção e realidade, ecoaram no Brasil, então o único Império das Américas, por meio do drama de Hugo?

Ao que tudo indica, *Maria Tudor* desembarcou em terras brasileiras apenas em 1843, a partir de uma tradução de J. M. de Souza Lobo, publicada na Typ. Imp. e Const. de J. Villeneuve e C. (Tipografia Imperial e Constitucional de J. Villeneuve e C.). Eram os primeiros anos do reinado de Dom Pedro II. Sociopoliticamente, observava-se um esforço por parte das autoridades governamentais em reforçar, ou mesmo criar a imagem de um Imperador forte e poderoso, que conseguisse reunir sob sua figura toda uma nação, pois acabáramos de sair de um dos períodos mais conturbados e agitados de nossa história, o Período Regencial, no qual guerras e revoltas explodiram por todo o país, pondo em risco a unidade territorial e política do Brasil. Nesse contexto, Dom Pedro II surge como símbolo de unidade nacional e sua imagem deveria ser cultivada e preservada, o que não condizia com a imagem da soberana inglesa retratada por Hugo, repleta de crimes e vícios. Se a imagem de Dom Pedro II deveria ser símbolo de temperança e união, a imagem de Maria Tudor era símbolo de descomedimento e discórdia, o que poderia comprometer a autoridade e a imagem conciliatória do nosso monarca, visto que as relações que se estabelecem entre a esfera político-social do mundo real e a esfera ficcional estão intimamente ligadas, influenciando-se mutuamente. Segundo Hugo, no prefácio de *Lucrécia Borgia*, drama anterior à *Maria Tudor*, à ses yeux, il y a beaucoup de questions sociales dans les questions littéraires, et toute œuvre est une action. Voilà le sujet sur lequel il s'étendrait volontiers, si l'espace et le temps ne lui manquaient. Le théâtre, on ne saurait trop le répéter, a de nos jours une importance immense, et qui tend à s'accroître sans cesse avec la civilisation même. Le théâtre est une tribune. Le théâtre est une chaire. Le théâtre parle fort et haut. (...)

L'auteur de ce drame sait combien c'est une grande et sérieuse chose que le théâtre. Il sait que le drame, sans sortir des limites impériales de l'art, a une mission nationale, sociale, une mission humaine (HUGO, 2007. p. 39)[6].

Teria o Império brasileiro, gerido por Dom Pedro II e sua *intelligentsia*, conhecimento da missão nacional, social e política do drama hugoano, repleto de questões sociais e significação política? Era do conhecimento de nossos governantes que o teatro hugoano funcionava como uma tribuna política, que falava alto e forte? Ao que tudo indica, sim.

No Brasil Império, antes de qualquer peça teatral ser encenada, era necessário obter a autorização oficial do Conservatório Dramático Brasileiro. Criado oficialmente em 1843 (mesmo ano da tradução e publicação de *Maria Tudor* no Brasil), ele tinha por objetivo inspecionar o teatro da corte, consolidando uma série de leis e princípios que vinham se formando na legislação brasileira, referente à regulamentação teatral desde o Brasil colônia. O Conservatório Dramático tinha por máxima excluir de nossos palcos aquilo que ofendesse a moral, a religião e a decência pública. Neste sentido, o primeiro obstáculo que se ofereceu à atuação do Conservatório foi a falta de clareza na definição do que seria ofensivo à moral, à religião e à decência pública, visto que em nenhum momento seus termos foram definidos em seu estatuto. Não havia, entre os próprios membros do Conservatório, um consenso quanto a sua abrangência. Alguns eram adeptos de uma censura literária, enquanto outros estavam mais preocupados com o controle político, ideológico e social do texto, assim como sua influência sobre o público da corte.

Em sua atuação, observa-se que o Conservatório Dramático Brasileiro foi mais do que um estabelecimento destinado ao ensino e à preservação da dramaturgia

---

[6] "Aos seus olhos, há muitas questões sociais nas questões literárias, e toda obra é uma ação. Eis o assunto sobre o qual ele se estenderia com muito prazer, se o espaço e o tempo não lhe faltassem. O teatro, não seria demais repeti-lo, tem nos nossos dias uma importância imensa, e que tende a aumentar sem interrupção com a própria civilização. O teatro é uma tribuna. O teatro é um púlpito. O teatro fala forte e auto. (...) O autor deste drama sabe o quanto o teatro é algo grande e sério. Ele sabe que o drama, sem sair dos limites imperiais da arte, tem uma missão nacional, uma missão social, uma missão humana". Tradução minha.

brasileira, servindo, juntamente com a polícia, como um forte instrumento de coerção política e social nos palcos brasileiros. Segundo Carolina Mafra de Sá (2009), se a polícia não tinha poder legal para aprovar peças teatrais, ela podia, por sua vez, impedir que estas fossem apresentadas, caso fossem julgadas imorais e perigosas à segurança pública, mesmo que já tivessem sido aprovadas pelo Conservatório. Segundo as Leis do Império, caberia ainda à polícia controlar as reações do público na hora do espetáculo.

Nesse contexto, em janeiro de 1844 foi solicitado ao Conservatório Dramático Brasileiro autorização para a encenação da peça *Marie Tudor* no Teatro São Pedro de Alcântara, no Rio de Janeiro. Após seguir todos os trâmites que a burocracia imperial lhe infligia e ser analisado por dois censores, o drama recebeu os seguintes pareceres[7]:

1º censor – José Clemente Pereira

> O Drama – Maria Tudor – apresentando o deplorável espetáculo de uma Princesa soberana, digna de censura pelos escândalos da sua moral pervertida, como mulher, e como Rainha, não pode deixar de deprimir, é muito, o prestígio da Realeza, se chegar a representar-se! E como, segundo os meus princípios, só devem aparecer em cena os atos heroicos, morais e virtuosos dos soberanos, capazes de inspirar nos Povos sentimentos de amor, veneração e respeito, não posso convir em que se autorize a representação do referido Drama; e muito principalmente no Teatro de S. Pedro de Alcântara, honrado frequentes vezes, e sem prévia participação, com a Augusta Presença da Família Imperial. Rio de Janeiro, 20 de Janeiro de 1844

2º censor – José Florindo de Figueredo Rocha

> O Drama – *Maria Tudor* – tal qual foi submetido à censura do Conservatório Dramático, não deve ser representado nos Teatros Brasileiros, máxime na Augusta presença de S.S.M.M. Imperiais; e não ousando em propor emendas ou supressões em uma composição de Victor Hugo, contento-me com negar pura e simplesmente a pedida licença: o que o Se.Sª. terá a bondade de levar ao conhecimento de Sumo. Se. Presidente.

Deus Guarde a Se.Sª. Rio de Janeiro, 23 de Janeiro de 1844[8]

Como se pode apreender dos pareceres, por mais que o Conservatório Dramático não tenha definido o que era ofensivo à moral, à religião e à decência pública, *Marie*

---

[7] A fim de facilitar a leitura e compreensão do leitor, a ortografia dos dois pareceres foi atualizada conforme o acordo ortográfico vigente.
[8] Coleção de manuscritos da Biblioteca Pública Nacional. Loc. I-08,22,048.

Tudor foi incluída em tais parâmetros, tendo sua licença recusada. Uma das possíveis leituras deste fato deve-se, como dissemos anteriormente, ao momento político de então. O governo central esforçava-se para criar a imagem de nação forte e unificada em torno da pessoa do Imperador, o que não condizia com a proposta teatral hugoana, e, consequentemente, com a imagem da soberana retratada na obra de Victor Hugo. A análise dos pareceres censórios nos revela que o Império brasileiro conhecia bem a importância do teatro na formação social, cultural e política de seus súditos, assim como na formação da imagem de soberano desejada pelo Estado: em uma sociedade rural, elitista, patriarcal e escravocrata em pleno século XIX, não convinha uma mulher soberana e, sobretudo, repleta de crimes. A função civilizatória do teatro apregoada por Hugo fora rapidamente compreendida por Dom Pedro II, que passa a utilizá-lo a seu favor.

O parecer do senhor José Florindo de Figueredo Rocha, sócio fundador do Conservatório Dramático Brasileiro, revela-nos um dado importante: segundo o censor, "não ousando em propor emendas ou supressões em uma composição de Victor Hugo, contento-me com negar pura e simplesmente a pedida licença". Haveria outro caminho? Sabe-se que era comum o Conservatório sugerir modificações ou mesmo supressões nos textos para que suas encenações viessem a público. Nesse processo, o nome do autor da peça teatral tinha um peso decisivo: quanto maior o seu prestígio no meio político-intelectual brasileiro, mais facilmente obter-se-ia sua autorização. No entanto, como nos mostra o segundo parecer, com Victor Hugo, e mais especificamente no tocante à *Maria Tudor*, foi diferente. O prestígio que Hugo gozava no Brasil, já em 1844, era tal que José Florindo não se atreveu a propor nenhuma alteração ou supressão no texto hugoano, o que poderia ter despertado os ânimos dos hugólatras de nossa elite intelectual mais exaltada.

Não obstante, um fato ainda nos intriga: se a encenação de *Maria Tudor* foi negada, o mesmo não aconteceu com a tradução do texto literário. Sabe-se que tal texto circulou legalmente na cidade de Ouro Preto em 1851, chegando mesmo a ter sua venda anunciada pelo Jornal local, *O conciliado*.

Chama-nos especial atenção a relação de relativa amizade e admiração que se estabeleceu entre o Imperador do Brasil e Victor Hugo, nos anos subsequentes à censura de *Marie Tudor* no Brasil. Se, por um lado, Dom Pedro II usou o Conservatório Dramático Brasileiro como escudo para negar a licença à encenação do drama hugoano em palcos cariocas, por outro lado, ele passou a traduzir, ele próprio, alguns dos poemas de Hugo para o português do Brasil, a trocar cartas com o dramaturgo francês e a colecionar seus livros, autógrafos e fotografias, chegando a solicitar audiência com Hugo um uma visita que fizera a Paris em 1877. Segundo Carneiro Leão, na ocasião, após conversarem longamente, Hugo conduziu Dom Pedro II até a porta de sua casa, onde se despediram nos seguintes termos: "Acompanho vossa majestade até os limites de meu império", a que Dom Pedro retrucou: "O Império de Victor Hugo é o Universo" (LEÃO, 1960, p. 59).

O que explicaria semelhante mudança de perspectiva por parte do monarca brasileiro senão a necessidade dos primeiros anos do reinado de Dom Pedro II de formar um governo forte e centralizador? Segundo Ilmar Mattos,

> com a antecipação da Maioridade, voltaram a se reunir na face complementar da moeda colonial o Imperador e a ideia que encarnava. Desde esse momento, e mais do que nunca, a ideia de Império seria associada à garantia de uma unidade e de uma continuidade (apud SÁ, 2009, p. 92).

Em um plano mais amplo, poder-se-ia compreender a ideia de continuidade defendida por Ilmar Mattos não só como continuidade política, histórica e territorial, mas também como continuidade estético-literária dos preceitos clássicos que ainda vigoravam em solo brasileiro e que Victor Hugo tanto combatera. Como pondera João Roberto Faria, o censor Justiniano José da Rocha, no auge de nosso Romantismo, ainda analisa *Maria Tudor* com olhos voltados ao melodrama, buscando o efeito edificante do melodrama, com seus personagens bons e maus claramente definidos (FARIA, 2003, p. 111).

Depois de ser publicado na Tipografia Imperial e Constitucional de J. Villeneuve e C., por meio da tradução de J. M. de Souza Lobo de 1833, uma nova tradução e publicação do drama *Maria Tudor* teria de esperar até 1960, quando da publicação das obras completas de Victor Hugo no Brasil, pela editora das Américas, com tradução de Hilário Correa. Quanto a possíveis encenações, de modo geral, o teatro hugoano conta apenas com representações esporádicas, dentre as quais nenhuma montagem de *Maria Tudor* mereceu encenação. Esse aparente desinteresse pela dramaturgia hugoana no Brasil poderia ser explicado pelas propostas da estética teatral do autor, aliadas à censura de *Maria Tudor* em 1844 e *Ruy Blas* em 1845. Segundo João Roberto Faria,

> o drama romântico, com maior preocupação literária, com personagens complexos, muitas vezes trazendo dentro de si o bem e o mal, e com temas con-

trovertidos, como o incesto e o adultério, enfrentou a ira dos moralistas e, não conquistando a cena, não teve adeptos entre 1836 e 1845 (id., p. 112).

Não obstante, a adaptação do drama *Maria Tudor* para ópera homônima pelo compositor brasileiro Carlos Gomes alcançou reconhecimento. Com libreto de Emilio Praga, a transposição operística estreou no teatro italiano milanês *alla Scala* em março de 1879, sendo considerada, ainda hoje, uma ópera de prestígio.

Referências

BARRETO, Junia (1997). *Marie Tudor de Victor Hugo sous forme d'opéra de Carlos Gomes*. Paris: Université Sorbonne Nouvelle - Paris 3.
FARIA, João Roberto (2001). *Ideias teatrais*: o século XIX no Brasil. São Paulo: Perspectiva.
_____ (2003). "Victor Hugo e o Teatro Romântico no Brasil". In: *Lettres Fraçaise*s. São Paulo: Unesp, n. 5.
HUGO, Victor (2007). *Lucrèce Borgia*. Paris: Gallimard.
_____ (1979). *Ruy Blas, Lucrèce Borgia, Marie Tudor, Angelo, Tyran de Padoue*. Paris: GF-Flammarion.
_____ (2010). *Do grotesco e do sublime*. Trad. do Prefácio de *Cromwell*. Trad. de Célia Barrettini. São Paulo: Perspectiva.
LEÃO, A. Carneiro (1960). *Victor Hugo no Brasil*. Rio de Janeiro: José Olympio.

Referência eletrônica

SÁ, Carolina Mafra de. *Teatro idealizado, teatro possível*: uma estratégia educativa em Ouro Preto (1850-1860). Belo Horizonte, 2009. Disponível em: <http://www.bibliotecadigital.ufmg.br/dspace/bitstream/1843/FAEC-84RHN3/1/dissertacao_sa_carolina_mafra.pdf>.

Bug-Jargal, *o negro e a encenação operística*

Jocileide Silva[1]

O NEGRO NA MÚSICA ERUDITA NO BRASIL: SÉCULOS XVIII E XIX[2]

Desde o início das importações dos negros africanos para o Brasil, percebeu-se que a dança e a música sempre fizeram parte de suas culturas. Os negros tiveram um papel importante para a história da música nacional ainda no período colonial, pois muitos escravos exerciam a profissão de músico dentro das fazendas visando ao entretenimento de seus senhores. Alguns conquistavam até mesmo a carta de alforria por desempenhar a referida profissão.

Segundo Bittencourt-Sampaio, os músicos negros tinham melhores oportunidades nas grandes fazendas brasileiras, assim como muitos fizeram parte do elenco de peças teatrais e de apresentações musicais ainda no século XVIII. "No ano de 1790, na cidade mato-grossense (Cuiabá) foram encenados, com os mulatos, entremezes[3], comédias, dramas, óperas e balés, dentre os quais vale lembrar a peça *Zaira* de Voltaire e a ópera *Esio in Roma* de Niccolò Porpora" (BITTENCOURT-SAMPAIO, 2010, p. 25).

Em seu estudo sobre a presença de músicos negros na Fazenda de Santa Cruz[4], no Rio de Janeiro, Santos (2009) apresenta tabelas e gráficos com estatísticas sobre a divisão de funções na fazenda. Destinados às atividades musicais, entre homens, mulheres, rapazes e moças, somaram-se quarenta e cinco escravos, nos meses de abril, maio e junho de 1854.

Apesar das atividades musicais dos negros no período escravocrata, até a primeira metade do século XX, aceitá-los na música erudita, conforme Bittencourt-Sampaio (id., p. 9) "era um verdadeiro tabu, preservado pelos libretistas, compositores e empresários, uma vez que o mundo ainda mantinha a ideologia preconceituosa, resquício do regime escravocrata nos séculos precedentes".

---

[1] Mestranda do Programa de Pós-Graduação em Literatura da Universidade de Brasília. Membro do Grupo de Pesquisa Victor Hugo e o Século XIX.
[2] Agradeço as contribuições da Professora Junia Barreto, sempre valiosas.
[3] No teatro barroco espanhol, quadro cômico cuja música tem o caráter geralmente jocoso (...) e é inserido entre as partes de uma encenação maior (DOURADO, 2004, p. 120).
[4] Segundo Engeman (2011, p. 2) durante sua existência, "a Fazenda de Santa Cruz foi jesuítica, real, imperial e, com o advento da república, nacional". Durante a posse dos jesuítas, os escravos dessa fazenda passaram a exercer continuamente atividades musicais, nas celebrações de missas e eventos religiosos.

No que concerne às encenações das óperas no Brasil e em âmbito geral, nos séculos XVIII e XIX a presença do negro nos palcos operísticos era, em sua grande parte, marginalizada. Dentre os papéis que mais lhes eram destinados, estavam os de serventes, escravos e guerreiros, em especial na parte figurativa da encenação. Os papéis principais raramente eram atribuídos aos negros. Se a ópera exigisse um negro, o corpo de um cantor branco seria pintado para suprir tal necessidade.

Com o intuito de mostrar como o negro é apresentado na cena operística, discutiremos sobre a ópera brasileira *Bug-Jargal*, no que concerne à sua encenação no final do século XIX, levantando as características do cenário, do bailado, do figurino e da caracterização dos atores que exerceram os papéis dos negros.

Bug-Jargal: o negro na ópera brasileira

Inspirado no romance *Bug-Jargal*, de Victor Hugo, publicado em 1826, o pianista e compositor brasileiro José Cândido da Gama Malcher juntamente com o libretista Vincenzo Valle adaptaram para a ópera o argumento literário sobre a Revolução dos Negros no Haiti, tema da ficção hugoana.

O enredo do romance *Bug-Jargal* é inspirado na Revolta dos Negros, que se passou no final do século XVIII em São Domingos, atual Haiti. O personagem principal, que leva o nome do romance, foi inspirado e baseado em um dos chefes de tal revolta, François Dominique Toussaint, conhecido por Toussaint-Louverture.

A escolha do romance de Victor Hugo para o argumento do libreto teria sido uma forma de tentar reproduzir sucessos operísticos como *Rigoletto*, de Verdi – a partir do drama *Le roi s'amuse* (O rei se diverte), e *Maria Tudor*, de seu compatriota Carlos Gomes, a partir da peça *Marie Tudor*, também de Hugo.

A opção por um autor francês também pode ser vista como uma fuga "dos embates políticos internos, pois os principais autores brasileiros continuaram por muito tempo a travar polêmicas sobre o papel do teatro na vida nacional, principalmente pelas críticas e folhetins, inibindo de certo modo o teatro dramático" (PÁSCOA, 2009, p. 131).

Com a escolha do romance *Bug-Jargal*, Gama Malcher e Vincenzo Valle buscaram trabalhar com um tema que abrangesse não apenas interesses nacionais, mas que pudesse ultrapassar fronteiras, alcançando um público maior. O compositor e o libretista também estabeleceram uma aproximação com a obra hugoana na exploração das dualidades que, segundo Barreto (2011, p. 62), são constituídas de três formas a partir da oposição dos brancos com os negros, a sociedade familiar dos brancos em contraste com a comunidade heterogênea dos negros, unida por uma causa ideológica coletiva; os puros (os virtuosos) contra os impuros (ou maus); ou, ainda, a pureza mística de Maria, devido à sua virgindade e à sua bondade, em oposição à pureza natural e selvagem de Bug-Jargal.

Assim, podemos verificar que existem dois tipos de grupos na obra, o dos brancos que luta pela supremacia de sua raça, e o dos negros que luta pelo direito à liberdade. O negro é visto pelos brancos como uma negação do indivíduo, ou seja, como *nada*. Já os negros revolucionários viam os brancos na obra como um impedimento de se constituírem como seres humanos.

A ópera *Bug-Jargal* teve sua primeira encenação no dia 17 de setembro de 1890, no Theatro da Paz, em Belém. No mesmo ano, a ópera foi encenada em São Paulo, no Teatro São José, e no início do ano de 1891 teve como palco o Theatro Lyrico, no Rio de Janeiro.

Composta em quatro atos, com quatorze cenas no total e o dueto final, a ópera aborda o tema da escravidão. Seu protagonista é Bug-Jargal, que juntamente com Irma e Biassù formam o quadro dos personagens negros escravizados.

Páscoa afirma que o tema da

> escravatura ou (da) submissão étnica, não era novo na ópera de oitocentos, ainda que um tanto raro como fulcro de uma peça. Já havia sido abordado nos séculos precedentes, mas na maior parte das vezes sem o interesse social predominante que o verniz oitocentista poderia proporcionar a tal assunto (PÁSCOA, 2009, p. 105).

Além do protagonista, o tema da escravidão é representado na ópera *Bug-Jargal* pelo coro e pelo corpo de baile. Para as encenações do fim do século XIX, o cenário, os figurinos e alguns acessórios pensados para os personagens também simbolizavam essa forma de servidão.

Apresentaremos em seguida alguns elementos que compõem a encenação operística, a fim de evidenciar seus tratamentos na ópera *Bug-Jargal*, buscando analisar como tais elementos puderam retratar a escravidão dos negros.

A ópera em cena

A ópera apresenta-se como uma configuração das artes. Ela se concretiza apenas com a união do texto, da música e da cena, sendo que a encenação deve ser refletida, pois

> a ópera, enquanto espetáculo, só adquire um significado expressivo mais rico, estético e socialmente produtivo, quando assume e aprofunda sua teatralidade, inclusive questionando-a, ao mesmo tempo em que não renuncia a sua tarefa de, como o teatro falado, contar uma história para um público, mostrar o comportamento e as relações entre os homens em situações precisas (PEIXOTO, 1985, p. 28).

Portanto, a ópera deve ser vista como uma arte plural. A origem de seu nome (plural do lat. *opus* "obra" – *opera* "obras") já condiz com essa qualidade, pois é uma obra que integra outras obras, narrando por meio do canto, das coreografias e das artes visuais.

Bug-Jargal em cena

No Pará, a encenação da ópera foi recebida com muito agrado pelos críticos. A imprensa teceu comentários positivos sobre a apresentação: "Rica encenação, admiráveis toaletes. Repetimos, o *Bug-Jargal* é ópera de grande aparato" (*Diário de Notícias*, 19 de setembro de 1890, apud PÁSCOA, 2009, p. 110).

No Rio de Janeiro, apesar das inúmeras críticas quanto à execução e à composição musical da ópera, a encenação também foi bem aceita:

> O desempenho foi bom por parte do tenor Bessani, no difícil papel de Bug-Jargal; e regular por parte da senhora Ade Bonner no de Maria; da senhora Sormani no de Irma; do Sr. Cecchini, no de Leopoldo; e do Sr. Ferraioli, no de Antônio. Os coros nem sempre andaram como deviam. A encenação é bonita e nova (*Jornal do Comércio*, Rio de Janeiro, 24 de fevereiro de 1891, apud SALLES, 2005, p. 220).

Contudo, colocar o negro em cena numa ópera (gênero consumido pelas classes abastadas), sobretudo com um tema sobre a revolta de escravos contra brancos e colonizadores, provocaria certamente um desconforto nos espectadores da época, em especial pelo fato de que o Brasil havia aderido à abolição com a promulgação da Lei Áurea dois anos antes da encenação de *Bug-Jargal*. Portanto, seria de certa forma chocante para o público ver o negro em cena, desafiando o domínio do branco.

No que concerne ao tratamento dado aos elementos característicos da ópera, como cenário, figurino, coro e personagens, as primeiras encenações de *Bug-Jargal* apresentaram elementos que caracterizavam de certa forma os negros e a escravidão presente no argumento, porém com alguns percalços e limitações.

Sobre o cenário

O que conhecemos até então sobre os cenários das primeiras apresentações e, consequentemente, sobre a caracterização do espaço na ópera *Bug-Jargal*, é o que consta no *Jornal do Comércio*, de 1891[5]. A partir dos comentários da crítica, percebe-se que os cenários foram bem constituídos e diversificados.

Como dito anteriormente, a ópera foi composta em quatro atos. Para seus desenvolvimentos foram criados quatro cenários: um para o primeiro e segundo; um para o terceiro ato e dois para o quarto.

O primeiro ato "representa um jardim, por onde passa um riacho, tendo do lado direito a casa de Antônio d'Auverney. Depois de alguns compassos de muito curto prelúdio, sobe o pano e a peça começa por um coro de escravo" (*Jornal do Comércio*, 1891). Este cenário permanece no ato seguinte.

No terceiro ato, "levantando o pano, representa a cena a prisão do forte de Galifet. Bug-Jargal está no cárcere" (id., p. 218).

Para o quarto ato tem-se inicialmente "uma bela savana verde, cercada de bananeiras e palmeiras, onde se acha acampado (Biassu)". "Há nesse ato mutação de cena para uma floresta" (id., p. 218-219).

De forma geral, o cenário pretende, sobretudo realçar a natureza. Podem-se destacar dois aspectos nessa composição: o primeiro, básico e fundamental, está relacionado com a situação da trama, o espaço em que se passa a ação; outro aspecto que também pode ser evidenciado seria que, para o branco colonizador e senhor de escravos, a selva é o lugar do negro, daquele que é selvagem.

Sobre os bailados: elementos da cultura afro-brasileira na ópera

Danças e ritmos nacionais integram a ópera *Bug-Jargal*. Para o balé, o compositor apresenta quatro elementos especificados no *Quadro Primo*, do Ato IV: curimbó, ciriricas, gambá e caracachã[6] – nomes de danças e instrumentos afro-brasileiros, que nomeiam os bailados e que caracterizam a cultura negra.

---

[5] Todos os artigos aqui citados extraídos do *Jornal do Comércio*, datado de 24 de janeiro de 1891, foram publicados na biografia de Gama Malcher, realizada por Vicente Salles.
[6] *Curimbó*: Termo genérico para vários instrumentos de percussão folclóricos do Brasil. (...) dentre estes está o carimbó, que leva o mesmo nome da dança típica de São Luis do Maranhão e de certas regiões do Pará (...). *Ciririca*: sua grafia atual é siririca, (...) o seu significado tem conexão com a dança chamada siriri

Para a encenação, de acordo com o desenho por Luigi Bartezago, o bailado teria ornamentos de instrumentos musicais.

Figura 1 – Bailado. Grupo Gambá. Proposta de Luigi Bartezago para o figurino da ópera *Bug-Jargal*[7].

Conforme Páscoa (2009), não seria fácil a realização da coreografia com os adereços em mãos. Tais instrumentos só foram úteis para a representação cênica, visto que não teriam sido utilizados na execução da música.

A música do bailado é marcada com indicações de execução e de andamentos rápidos, como: *molto animato, con grazia, allegro moderato*. Indicações que simbolizam o contentamento, talvez significando o sentimento dos negros após o fim da escravidão no Brasil, o que difere do romance de Hugo, no qual a revolta no Haiti não finaliza, na trama, de forma positiva.

---

e pertence ao folclore do Mato Grosso. (...) *Gambá*: Pode ser tanto um cilindro de cerca de um metro de comprimento, feito de madeira oca, com uma pele de boi em uma das extremidades sobre a qual se percute com as mãos esticadas, quanto a dança, possivelmente indígena, feita no Amazonas, onde os homens castanholam e sapateiam em volta das mulheres que fingem esgueirar-se a um abraço. *Cracachã*: Denominações mais atuais possibilitam as variantes de cracachá, caracachá, querequexé. Qualquer dessas palavras serve para designar dois instrumentos do folclore brasileiro. No primeiro caso pode ser uma maracá e no segundo caso um reco-reco. (PÁSCOA, 2009, p. 245-246)

[7] As três figuras utilizadas foram disponibilizadas no site da São Paulo ImagemData. Disponível em: <http://www2.uol.com.br/spimagem/galeria/operas/bug_jargal_2005/cur01.htm>.

A música para o coro

O coro das primeiras encenações foi composto por trinta componentes sob a direção do maestro Carlos Pezzanelli.

Na ópera *Bug-Jargal*, o coro é a representação do negro marginalizado. Ele é o escravo que clama pela liberdade. Esse conjunto de vozes aparece nas primeiras cenas do primeiro ato, com uma execução em *adagio* (andamento lento).

Para o acompanhamento do coro é explorada principalmente a seção dos instrumentos de sopro, em especial o fagote, que corresponde ao baixo na seção das madeiras[8] na orquestra.

A linha do soprano não está escrita com notas muito agudas, apresentando um efeito sonoro de proximidade com as outras vozes do coro. O compositor demonstra uma integração harmônica entre as vozes que representam os escravos, como forma de igualá-los no sofrimento.

No final da primeira aparição do coro, todos terminam entoando a nota sol na última sílaba da palavra "escravo" que finaliza o seguinte trecho: *"Non ha profumo il fior / Ne raggio il sole dá / Per l'uomo schiavo"*. (MALCHER, 2009, p. 417, grifo nosso)[9]. Assim demonstrado uma unicidade dentre os escravos, que tinham o mesmo objetivo de libertação.

Caracterização para os papeis dos negros e as propostas para seus figurinos

Artistas formados nas escolas francesa e italiana constituíram a companhia Franco-Italiana, posteriormente denominada de Empresa Gonçalves Leal & Cia., para compor o estafe das temporadas líricas de Belém, Rio de Janeiro e São Paulo.

Vicente Salles afirma que:

> o elenco, se não era dos melhores, pelo menos se fazia notar por sua homogeneidade, proeza nada fácil, considerando-se a maneira um tanto aleatória do recrutamento de artistas oriundos de diferentes escolas, a francesa e a italiana, figuras que não tinham muitas oportunidades de trabalho nos grandes teatros italianos e que se dispunham às aventuras líricas no Novo Mundo (SALLES, 2005, p. 51).

Os artistas que interpretavam os personagens negros nas primeiras apresentações da ópera eram formados pelos italianos Angelo Bersani, no papel de Bug-Jargal (1º

---

[8] Seção de instrumentos da família dos sopros que costumam ser feitos de madeira, mas podem ser encontrados também em osso, marfim, liga metálicas e atualmente galalite ou plástico.
[9] Tradução de Márcio Páscoa: "Não há perfume a flor / Nem raio o sol dá/ Para o homem escravo".

Tenor), Sormani Camilla, no papel de Irma (*mezzo soprano*), Ferraioli Luigi, como Biassou (1º Baixo).

Os negros e os cantores brasileiros não fizeram parte das apresentações da ópera, no que se refere aos papéis principais.

Sobre a caracterização dos atores para as apresentações da ópera *Bug-Jargal* no século XIX, sabe-se que os figurinos desenhados foram pintados com imagens de pessoas negras, porém não foram encontrados, até o momento, registros de como se procedeu às caracterizações dos artistas que encenaram os personagens negros. Não se sabe exatamente se eles foram pintados ou somente vestidos, conforme revelam os croquis abaixo:

Figura 2 – Bug-Jargal. Proposta de Luigi Bartezago para o figurino da ópera *Bug-Jargal*.

Figura 3 – Biassù. Proposta de Luigi Bartezago para o figurino da ópera *Bug-Jargal*

De acordo com a prática da época, provavelmente os personagens negros de *Bug--Jargal* tenham sido pintados, pois, como explica Bittencourt-Sampaio (2010, p. 11), "a fim de resolver a questão dos protagonistas que deveriam encarnar figuras de pele escura, os diretores, em geral, convidavam cantores brancos com o corpo tingido de escuro".

As vestimentas dos escravos, de acordo com os croquis de 1890, são desenhadas com cores claras. Os negros sempre aparecem descalços e com armas nas mãos, diferentemente dos desenhos dos brancos, sempre com roupas coloridas, chapéus e botas luxuosas. Assim, mostrando o contraste entre o branco que se considera civilizado e o negro considerado pelo branco como selvagem.

Considerações sobre a ausência do negro nas encenações no século XIX

Mesmo que negros participassem de peças e óperas entre os séculos XVIII e XIX, seus nomes não eram divulgados nas apresentações. Havia casos em que os nomes dos negros eram italianizados, como na ópera *L'Oro non Compra Amore*, de Marcos Portugal (1811), em que, segundo Bittencourt-Sampaio (2010), os nomes dos mulatos brasileiros, Joaquina Maria da Conceição Lapa e João dos Reis Pereira, foram divulgados como *Giovacchina Lappa* e *Giovanni dos Reis*.

Vimos com os elementos abordados anteriormente que o negro é o cerne da ópera *Bug-Jargal*. A ação tem como pano de fundo a revolta acontecida em São Domingos (atual Haiti) e o argumento da ópera está voltado para o tema da escravidão. Porém o negro não representou a si próprio nas encenações realizadas nos anos de 1890.

A recém-libertação dos escravos e o preconceito que era assaz no momento das apresentações da ópera no século XIX poderiam ter influenciado na exclusão dos artistas negros nessas encenações, além do fato de que a música lírica não estava ao alcance de muitos cantores brasileiros, em especial dos negros recém-libertos, por ser um gênero músico-teatral elitizado.

Apesar do fim da escravidão negreira, fica evidente que a encenação da ópera na época de sua estreia reproduziu o preconceito racial, pois a imagem do negro é exposta de forma estereotipada por meio dos cenários, dos figurinos e das caracterizações dos atores, visto que o negro é caracterizado como um selvagem.

Victor Hugo, em seu romance *Bug-Jargal*, constrói um personagem que é o herói da trama, homem de origem nobre que age, luta pela liberdade, enfrenta o branco, não se colocando em nenhum momento inferior a ele. Gama Malcher adapta a obra hugoana buscando também dar voz ao negro em sua ópera, porém as encenações que foram realizadas no século XIX não venceram o estereótipo e não contribuíram de fato para modificar a marginalização da sua imagem.

Referências

BARRETO, Junia (2011). "Bug-Jargal, do romance hugoano à ópera de Gama Malcher". In: *O passado no presente*: releituras da modernidade. Niterói: Editora da UFF, p. 53-67.

BITTENCOURT-SAMPAIO, Sérgio (2010). *Negras líricas*: duas intérpretes negras brasileiras na música de concerto (séc. XVIII-XX). 2. ed. Rio de Janeiro: 7 Letras.

DOURADO, Henrique Autran (2004). *Dicionário de termos e expressões da música*. São Paulo: Editora 34.

ENGEMANN, Carlos (2011). "Mais do que dando nomes a bois: nomes e sobrenomes na fazenda de Santa Cruz". In: *Anais do XXVI Simpósio Nacional de História* – ANPUH. São Paulo.

HUGO, Victor (1970). *Le dernier jour d'un condamné précédé de Bug-Jargal*. Prefácio e notas de Roger Borderie. Paris: Gallimard.

_____ (1958). *Bug Jargal*. Obras completas. vol. 17. Trad. J. Monteiro. São Paulo: Editora das Américas.

LEÃO, A. C. (1960). *Victor Hugo no Brasil*. Rio de Janeiro: José Olympio Editora.

PÁSCOA, Márcio (2009). *A ópera em Belém*. Manaus: Editora Valer.

PEIXOTO, Fernando (1985). *Ópera e encenação*. Teatro v. 8. Rio de Janeiro: Paz e Terra.
SALLES, Vicente (2005). *O maestro Gama Malcher*. A figura humana artística do compositor paraense. Belém: EDUFPA.
SANTOS, Antonio Carlos dos (2009). *Os músicos negros*: escravos da Real Fazenda de Santa Cruz no Rio de Janeiro (1808-1832). São Paulo: Annablume/FAPESP.

Intersecções hugoanas: artes e mídias

Les croisements ne sont pas moins nécessaires pour la pensée que pour le sang
Reliquats-marges de *William Shakespeare*, "Les Traducteurs"
Quoi! l'art décroîtrait pour s'être élargi! Non. Un service de plus, c'est une beauté de plus
HUGO, *William Shakespeare*, p. 400, coll. Bouquins

As contradições esperpênticas na poética verbo/visual de Victor Hugo

Elga Pérez Laborde[1]

> *Se ele não fosse poeta, seria um pintor de primeira ordem. Sobressai-se quando mistura nas suas fantasias sombrias e estranhas, os efeitos de claro-escuro de Goya com o terror arquitetônico de Piranesse.*
>
> Théophile Gautier

Alguns contemporâneos de Victor Hugo não erraram ao identificar na sua obra gráfica de desenhos um talento especial, tão desafiador dos esquemas como foi para a literatura. Não fazia quadros. Não usava a paleta, como pode ser a lira para os poetas. Nem sequer era pintor de domingo ou amador. Não usava cores. Preferia lápis, carvão, tinta, guaches ou sépia, inclusive café ao que acrescentava carvão ou fuligem. Desafiava a arte tradicional. Baudelaire elogiava "a magnífica imaginação" de seus desenhos com a pena. O artista transformava a realidade mediante o traço e o verbo.

Várias circunstâncias prepararam o poeta para exercer esse outro dom. De sua época de estudante ilustrava com desenhos suas narrações e deveres de história como costumavam fazer muitos escolares. Seus professores no colégio de Madrid e depois no pensionado *Cordier* de Paris reconheciam em seus valores, um sentido do movimento e da caricatura. Isso agradava a seu pai, o general Hugo, que lhe aconselhava estudar desenho na escola Politécnica. Sua mãe também fazia bons desenhos a lápis. Aos dezessete anos, Victor escreve crônicas sobre arte no *Conservateur littéraire*. Adèle Foucher, sua amiga de infância que depois será sua esposa, desenha e pinta com habilidade. Na sua casa da rua Notre-Dame-des-Champs, os jovens esposos recebem artistas do Romantismo. Hugo aprecia muito as obras de Louis Boulanger acima dos outros. Segundo registra em seus estudos sobre a obra plástica do escritor, Max-Pol Fouchet afirma que V.H. não gosta de Delacroix e acusa Ingres de "carecer das sombras e de relevo".

A observação de Théophile Gautier ao relacionar sua obra com a de Goya não é de surpreender. O nexo de sua obra, tanto literária quanto visual, com o esperpento, está na conjunção do sublime e do grotesco, essência de sua expressão estética

---

[1] Professora do Programa de Pós-Graduação em Literatura, Universidade de Brasília e Coordenadora do Grupo de Pesquisa de Literatura Latino-Americana Contemporânea.

que harmoniza os contrários. Conceitos que Ramón del Valle-Inclán (1866-1936) redescobre nas pinturas negras de Goya e que lhe permitem construir o gênero esperpento, como fórmula de distorção da realidade, como linha estética própria de sua época, como visão degradada da realidade espanhola. Valle-Inclán acode à metáfora dos espelhos côncavos e convexos para projetar e valorizar a deformidade, o monstruoso, as figuras distorcidas de alma e de corpo. As fontes encontram-se na matriz da história da arte, no oximoro da Antiguidade, no grotesco da Idade Média, que para Victor Hugo têm um papel imenso, encontrando-as e reconhecendo-as por todas as partes: "de um lado, cria o disforme e o horrível; do outro, o cômico e o bufo. Põe ao redor da religião mil superstições originais, ao redor da poesia mil imaginações pitorescas..." (HUGO, 1988, p. 28-29) (Ver Figuras 3 e 4).

Na pesquisa sobre as diversas expressões do grotesco encontramos que essas reaparecem em diferentes momentos, como contraponto das estéticas do *establishment*, como elemento de ruptura, de revolução. Estão no barroco, no romantismo e a partir do esperpento tomam corpo em vários códigos, como as artes plásticas, o teatro e o cinema. Talvez seja o elemento estético precursor, de maior força expressiva, em épocas de conflito, desde os tempos primitivos, os mais antigos, até a contemporaneidade. Segundo palavras de Carlos Fuentes, o barroco é invento dos espanhóis. E parece, conforme se pode concluir das asseverações de Valle-Inclán, que o barroco dos espanhóis inclui também o esperpento, além do gongorismo e do *conceptismo*, e abrangendo as duas tendências. O barroco espanhol entranha, em todas as suas vertentes, diversas manifestações de deformar, ridicularizar, carnavalizar, degradar, distanciar, como linguagem, código, imagem. Como essência, oferece uma cosmovisão crítica, filosófica e de abstração.

> Devido ao fato de a história da Espanha ter sido o que tem sido, sua arte tem sido o que a história negou à Espanha. Isso também se aplica à poesia mística de San Juan de la Cruz, à poesia barroca de Góngora, às *Meninas* de Velázquez, aos *Caprichos* de Goya e aos filmes de Luis Buñuel. A arte da vida ao que a história matou (FUENTES, 1989, p. 80).

Afirmação que podemos perfeitamente atribuir às procuras estéticas de Victor Hugo, ligadas a seus conflitos políticos e à sua condição de exilado, quando aponta que "como objetivo junto do sublime, como meio de contraste, o grotesco é, segundo nossa opinião, a mais rica fonte que a natureza pode abrir à arte" (HUGO, 1988, p. 31). Victor Hugo e Valle-Inclán coincidem num aspecto: o belo cansa, o sublime sobre o sublime dificilmente produz contraste, e tem-se necessidade de descansar de tudo, até do belo.

Valle-Inclán proclama o gênero esperpento como o mais representativo da Espanha em crise de sua época. O criador do esperpento diz – a modo de manifesto –, que o *esperpentismo* foi invento de Goya, palavras que coloca na boca de Max Estrella, personagem da peça teatral *Luces de Bohemia* (1920), na cena XII, onde metatextualiza, criando sua doutrina do gênero, através das falas do poeta Max e do parasita Don Latino:

> *Max*: Don Latino de Hispalis..., grotesco personagem, te imortalizarei num romance.
> *Don Latino*: Uma tragédia, Max.
> *Max*: A nossa tragédia não é tragédia.
> *Don Latino*: Alguma coisa será.
> *Max*: O esperpento.

Aznar Soler observa que Max Estrella será o profeta da nova estética do esperpento, síntese dialética da farsa e da tragédia, e expressão, por meio de uma estrutura oximórica, da visão oximórica da realidade (RICO, 1994, p. 264).

Nessa trajetória secular, a pesquisa nos revela o esperpento a partir do oximoro, matriz da qual surge como elemento dinâmico duma visão estética complexa, ambígua, de harmonização dos contrários, e se manifesta como uma torção dos recursos textuais. Por acaso o esperpento é o nome que assume o oximoro no século XX? A arte não é essencialmente uma torção da realidade? O esperpento assinala um gênero (como substância) dentro de outro gênero cuja estética, nas palavras de Valle-Inclán, consiste na deformação sistemática da visão da realidade, até o absurdo. Por isso, podemos identificar grotesco, barroco e seus monstros, em diversos códigos; sua presença transcende o nível textual. E nos parece compatível com os monstros de Victor Hugo, que mascaram, às vezes, detrás das aparências os aspectos mais sublimes da alma humana.

O nexo entre esperpento e oximoro se explica por meio da própria definição: do grego *oxymoros*, agudamente néscio; *oxy*, agudamente, *morós*, néscio. Figura de linguagem, o oximoro consiste na fusão, num só enunciado, de dois pensamentos que se excluem mutuamente. Pode se formar de palavras, frases ou orações contrastantes, cujo encontro gera paradoxo, motivado pela tensão entre o portador da qualidade e a qualidade em si; tensão entre qualidades; pela *distinctio* enfática, que afirma a existência e a inexistência simultânea de uma mesma coisa, de acordo com as observações do retórico Lausberg.

Espécie de antítese reforçada ou concentrada, o oximoro caracteriza-se, estruturalmente, pela combinação numa unidade sintática de duas declarações antagônicas, ao passo que, na antítese, a simetria das expressões corresponde ao binômio do pensamento. Conhecido desde a Antiguidade clássica, o oximoro alcançou grande voga durante a hegemonia do Barroco (século XVII), mas seu emprego continua até os nossos dias, inclusive na linguagem cotidiana.

Verificamos que o esperpento, como expressão sublime e grotesca, de tensão dos contrários, pode ser hóspede ou hospedeiro de outras correntes, que não as anula nem descaracteriza, ao contrário, dá-lhes um cromatismo, um toque distintivo, invadindo, em parte ou completamente, os diversos aspectos textuais de uma obra: a linguagem, as imagens, o imaginário, os perfis físicos ou psicológicos dos personagens, ou seja, o *ethos*, o *pathos*, a *práxis* (o ser, o distúrbio e a experiência); o argumento, a arquitetura textual. Assim, também aparece no surrealismo, no realismo mágico, no neobarroco, na antipoesia e em outras tendências da pós-modernidade.

Guillermo Díaz-Plaja observa que,

> Partir do Romantismo como ponto inicial da valorização estética do grotesco é apenas um lugar comum da história da estética. Basta ler o Prefácio de *Cromwell* para entender como Victor Hugo defende a fusão do sublime e do abjeto, cujo enlace, perfeito, como ele indica, se dá em Shakespeare. As formas de "tensão estética" movem-se para os pontos extremos de ambas as concepções, na busca dos arquétipos definitórios (DÍAZ-PLAJA, 1972, p. 133-134).

O artista plástico

O poeta Victor Hugo não pareceu dar uma importância excessiva a seus desenhos. Porém, em algum momento, começou a desenhar com seriedade e dedicação. Sua obra gráfica mostra, pelo visual, algo mais que uma simples diversão e não era ignorada, mas, com frequência, se considerava uma manifestação menor, à margem da enorme produção literária. Hugo, animado de uma inesgotável fonte de criação, de fato, também desenhava. Max-Pol Fouchet (1913-1980) questiona: o que não podia fazer? Sua mente, suas mãos e seu corpo não podiam permanecer improdutivos: algo devia nascer a cada momento e o poeta parecia atravessado por uma corrente geradora. Trata-se do mistério do gênio, de um visionário total. Como um Leonardo ou um Picasso, Hugo desenhava, era a consequência "normal" do anormal. Tardiamente considerou-se sua obra plástica um conjunto demonstrativo de sua liberação como poeta, de sua vontade de transformação da realidade e de transcrição do sonho. Visão e vida são dois vocábulos que nele não se encontram separados. Unem-se num único poder, mas quando esse poder se satisfaz e se reconhece nele, Hugo libera-se, ficando livre justamente para pensar, como ele mesmo escreveu: "Sou um homem que pensa em outra coisa" (FOUCHET, 1967, p. 69).

Essa outra coisa também se encontra no valor de sua obra gráfica, que surpreende porque nela prefigura, como podemos apreciar nas imagens de sua obra visual, parte das buscas e descobertas da arte moderna e atual.

Em 1836 desenha a lápis uma praça fortificada dominada por duas torres altas: o castelo de Fougères. O desenho é datado de 23 de junho. O comentário aparece numa de suas cartas: "Estou neste momento no país das samambaias, numa cidade que os pintores deveriam visitar piedosamente"... "Isso o vi ao sol, no crepúsculo e à luz da lua, e não me cansa. É admirável!" (p. 78).

Essa carta está dirigida à senhora Hugo. Portanto, não se encontra com ela na velha cidade bretona. Está aí com a mulher que amará toda sua vida como a sua esposa, Juliette Drouet, sua amante. Ela guia Hugo pelas ruas. Para a atriz e o poeta, trata-se de uma viagem de namorados, de uma fuga encantada. Pode-se seguir seu itinerário por meio dos esboços. Hugo desenha a ábside da catedral de Bayeux, alcantilados próximos a Fécam, o monte Saint-Michel... Qual é o valor desses desenhos? Na realidade, tratam de perpetuar momentos felizes. São lembranças de escalas amorosas, como hoje podem ser fotografias de recém-casados. Não há nenhuma interpretação excessiva que transforme realmente a maioria dessas imagens. É necessário que apareça uma ampla nuvem negra sobre o monte Saint-Michel, desenho a tinta e *gouache*, para nos lembrar de que o desenhista é o escritor que já publicou *Cromwell*, *Hernani*, *Nossa Senhora de Paris* e *Lucrécia Bórgia*.

Hugo manifesta suas primeiras intenções numa carta a sua filha Léopoldine: deseja que seu filho Charles desenhe "copiando modelos do natural, lenta, cuidadosa e fielmente. Assim poderá fazê-lo algum dia com rapidez e segurança" (p. 78). Essas linhas datam de 1842. Hugo, de sua parte, já tinha superado esses exercícios. Muitos de seus desenhos posteriores da viagem pela Bretanha e Normandia obedecem ainda a essa estética prudente, em particular sua paisagem da velha ponte de Lucerna. Mas sua aplicação tinha cedido progressivamente à imaginação. Inclusive na Suíça, embora reproduza o Righi, dá-lhe um aspecto de navio fantasma que se afunda no crepúsculo. Inventa paisagens orientais – "fantasias do Oriente", como ele mesmo escreve nos seus versos:

> Alguma cidade morisca, deslumbrante e inaudita
> que como foguete em expansão forma um halo
> desgarrando essa bruma com suas setas de ouro.

A bruma dissipada por arquiteturas singulares é o tema principal que lhe dita sua viagem ao Rio Reno, em 1840. O desenhista Victor Hugo, que ainda estava em procura de si próprio se encontra aí. É revelado, descoberto pelo Reno. Vejamos o que diz o poeta:

> Faz alguns anos, o escritor que escreve estas linhas viajava com a única finalidade de ver árvores e céu, duas coisas que quase não se vem em Paris. Assim, viajando quase sem rumo, chegou à beira do Reno. O conhecimento desse grande Rio provocou nele o que não tinha lhe inspirado até então nenhum episódio de viagem; uma vontade de ver e observar com um fim determinado deteve a marcha errante de suas ideias; em uma palavra, fez com que passasse do sonho ao pensamento (p. 78).

O Reno oferece lendas ao poeta, e ao desenhista lhe impõe um tema: o castelo fortificado, o *burg*. Escreve: "Os antigos castelos das margens do Reno, colossais limites estabelecidos pelo feudalismo, enchem de sonhos a paisagem. Testemunhos mudos de tempos idos são como eternas decorações do sombrio drama que se representa no Reno há dez séculos" (p. 79).

Hugo se inspira no que vê e essas silhuetas das velhas fortalezas grudadas às margens ou às rochas surgem de seu sonho desperto. Nessas imagens sobrenaturais unem-se a vista da paisagem e a visão interior. Temas que seguirá representando, torres fortificadas, cúpulas e campanários durante muito tempo depois da viagem. Imagens que constituem o pretexto para o confronto de dois personagens à vez antagonistas e cúmplices, opostos e complementares, adversários, porém unidos por um vínculo indestrutível: a sombra e a luz. Silhuetas claras sobre o céu negro, recortes negros sobre o espaço claro configuram os termos de um diálogo entre o dia e a noite que Victor Hugo expressa com tinta e guache, o mesmo diálogo da lenda dos séculos. Os castelos do Reno revelam-lhe seu próprio universo noturno atravessado por luzes, povoado de formas desenhadas pelo sonho e carbonizados pelo tempo. O Rio faz de Hugo um imaginador das sombras, como o identifica Fouchet.

Mas que significava o oceano para Hugo? Mais que uma "imagem" da mente era seu equivalente físico. Ele escreve em *William Shakespeare:* "Tudo isso (o que constitui um oceano) pode estar no espírito, e então esse espírito chama-se gênio e aí temos Esquilo, Isaías, Juvenal, Dante, Miguel Ângelo, e Shakespeare, e olhar essas almas é o mesmo que olhar o oceano" (p. 83).

Porém também Hugo considera o oceano como uma força bruta e terrível: "Tenho rabiscado um desenho que representa *meu destino:* um navio açoitado pela tormenta no meio mesmo do monstruoso oceano..." (id.).

Figura 1 – Victor Hugo, *Ma Destinée* (Meu destino), 1867.

Nos seus desenhos, o mar aparece com esse aspecto de força desencadeada do inconsciente, assim como nas ilustrações que ele mesmo fez para *Os trabalhadores do mar*. Em oposição ao mar desenha o homem, o faro e suas lutas contra a massa enfurecida, lutas que terminarão em derrotas, porém que demonstram a grandeza dos combatentes. O mar lança o navio *La Durande* contra os arrecifes, expulsa de suas ondas esse polvo gigantesco, e também aparece Gilliatt o marino e os que acendem grandes fogueiras para guiar os barcos.

O artista pinta a "negrura" do oceano, as ondas que se enroscam como répteis, o furor de Leviatã, as criaturas lendárias que cria tais como o temido "Rei dos Aucriniers", que produz naufrágios sem piedade. Também constrói no papel a arquitetura dos faros: "Antanho, um faro era uma espécie de pena da terra na beira do mar. A arquitetura era magnífica e extravagante. Neles eram pródigas as sacadas, as torrezinhas, as cabines...*Pax in bello,* dizia o faro de Eddystone" (p. 83). Hugo leva o espetáculo do natural ao símbolo. Mas o oceano continua sendo um mistério para ele. Não deixa de interrogá-lo:

> Oceano! Oceano! Mistério a que assisto!
> Que dizes no teu clamor triste?
> Abismo, que quer teu ruído?...

A busca de almas ocultas em todas as coisas foi uma das principais tarefas do poeta no seu exílio. A "outra coisa" em que pensa se encontra no que ocultam as aparências. Vislumbramos sua vontade de fazer visível o invisível. Em Hauteville House, a casa de Guernesey que mobiliou e decorou é uma espécie de santuário do seu pensamento. Fez construir na sala de jantar a Cátedra dos Antepassados e colocou um sofá reservado para eles. O encosto tem inscrições curiosas: *Hic nihil* (Aqui nada; em outra parte, algo); *Pulvis es, cinis sum* (és pó, eu sou cinza); *Absentes adsunt* (os ausentes estão presentes) (p. 86). As empregadas da casa faziam o sinal da cruz diante dessa representação quase teatral da memória dos defuntos familiares. Ainda se fala disso nas regiões rurais de Jersey.

Essa trajetória carregada de mistérios se percebe nos seus ensaios gráficos. Considera-se um visionário que inventou a colagem. Segundo conta Max-Pol Fouchet, Hugo atira deliberadamente tinta sobre papel. Logo faz o mesmo com guache. A sua intenção parece evidente: essas manchas contêm formas que é preciso separar de sua estrutura informe. Podem se decifrar arquiteturas no inorgânico. Hugo dobra pela metade uma folha previamente manchada. Quando a abre, desenham-se figuras: ele as define mais, as destaca. Da tinta aplastada surge uma corola de flor: ele a interpreta. Sua imaginação cria e recria, a partir de silhuetas surgidas ao acaso. Ele procura esse acaso. Uma experiência próxima a certas tentativas contemporâneas. Inventa outros procedimentos. Aplica sobre o papel pedaços de renda submergidos em tinta ou guaches. Nas retículas localizam-se as manchas. O poeta acentua e realça os traços. Completa o conjunto para fazê-lo legível. Intitula essas impressões "Rendas e espectros". Outro método: um papel enegrecido recortado em forma de castelo servirá de máscara para desenhar o "negativo" do mesmo castelo, seu fantasma.

Trata-se de um jogo para o poeta? Não: trata-se de uma tentativa de criação a partir da nada ou da desordem, seguindo o processo mesmo da criação. Uma espécie de deicídio. Ou talvez outra forma de ler as almas que acredita encontrar na matéria. Sua obra gráfica reflete um universo de metamorfose. Segundo Fouchet, "a rocha converte-se em *burg*; o *burg* em nuvem; a onda em navio; o navio em oceano e o oceano em nuvem. Basta ouvir o próprio Hugo: "Só as rochas mudam de forma como as nuvens (...) A desagregação produz na rocha os mesmos efeitos que na nuvem". "Essa última flutua e se divide, a rocha é estável e incoerente. Há na criação um resto da angústia do caos" (p. 86).

Figura 2 – Victor Hugo – *Château fort sur une colline* (Castelo forte sobre uma colina), 1847.

Nesse universo de contradições, de valores antagônicos de luz e sombra, que motivaram suas imagens do mar e da morte, também estão presentes o humor e a caricatura, suas "chinoiseries". Cenas pirogravadas que decoravam a sala de jantar de Juliette Drouet (Ver Figura 3). Essas últimas, realizadas nos seus anos de exílio, mostram suas preocupações em incluir a vida cotidiana na sua obra poética. Victor Hugo partiu para o desterro depois do golpe de estado de Napoleão III e logo após passar pela Bélgica e residir em Jersey, estabeleceu-se em Guernesey, a ilha anglo-normanda, de 1856 a 1870. A senhora Hugo comentou: "Meu esposo criará raízes aqui". E tinha razão por que V.H. fingiu ignorar em 1859 o decreto de anistia que lhe permitia retornar à França. Nessa terra céltica ancorada no oceano, ao ritmo das marés, comprou sua primeira casa. Dessa moradia pode se dizer que a compôs como um poema. "Errei de vocação", dizia. "Nasci para ser decorador". Juliette o tinha seguido no exílio, estava aí, numa casa próxima, fiel e apaixonada. Victor Hugo podia vê-la do terraço de Hauteville House. Na casa que instalou Juliette transformou o refeitório numa sala de jantar chinesa, que se tornou famosa com o tempo graças à fotografia a cores. O teto era revestido de painéis chineses autênticos. A chaminé era decididamente gótica e excessivamente decorada, com madeiras esculpidas e dispostas em forma de pirâmide, porcelanas de todos os estilos e em outras paredes, painéis com as pirogravuras de cenas orientais, metade chinesas, metade japonesas, frutos de sua imaginação, com flores e pássaros exóticos de ingênua e alegre inspiração. V.H. tinha então em torno de sessenta anos de idade. Juliette teve a exclusividade desse estilo. O poeta fez só dois painéis pirogravados para Hauteville House, "A princesa e o cavaleiro vitorioso" e "O combate do cavaleiro e o monstro". Um deles estava destinado a dissimular o banheiro. Assim também fez algumas molduras para seus desenhos, uma delas, de madeira clara decorada com flores, borboletas e pássaros para o famoso "*Burg* com cruz", obra-prima da arte fantástica de todos os tempos.

Depois do decreto de anistia, quando a esposa de Victor Hugo viajou a Paris, ele jantava na casa de Juliette, Hauteville Fairy, com suas filhas. Talvez por isso dedicasse todas suas energias de decorador à sala de jantar. Se Hauteville House era um poema, Hauteville Fairy seria uma elegia. O próprio Hugo mobiliou as duas casas. Comprava painéis de diversas procedências, reunindo-os segundo sua fantasia, com um complexo estilo barroco bastante alucinante e de um duvidoso mau gosto. O mau gosto representa a expressão ambígua, chave de contato entre esses três conceitos estéticos que atravessam a história da arte e da literatura: o grotesco, (seu ancestral), o barroco e o esperpento. O artista funde o monstruoso e o sublime como harmonia dos contrários que habita nos personagens, heróis e anti-heróis, de sua obra literária e nos traços cromáticos de luz e sombra de seus desenhos. Levando a deformação ou distorção sistemática da realidade até o absurdo ou monstruoso, como fazem o barroco e a estética hispânica, conhecida como esperpento, todos derivados da arte grotesca da Antiguidade Romana, que se recria na obra de Goya, referência fundamental da arte de todos os tempos para a posteridade. Goya, Victor Hugo e Valle-Inclán, estes últimos também na literatura, são os conscientizadores de uma forma de olhar, de expressar e canalizar frustrações da história diante da realidade (Ver Figura 6).

Hoje a sala chinesa se encontra no museu Victor Hugo, instalado no número 6 da *place des Vosges*, onde o escritor morou de 1832 a 1848. Sua reconstrução foi possível graças a uma pintura que data de 1883, ano da morte de Juliette e graças também a um pintor de Palezieux, uma localidade suíça.

Segundo Fouchet, a obra desenhada de Hugo, ainda no século XX era desconhecida demais apesar de ser considerável em número e qualidade "e obsessionante pela expressão, não só é a obra de um homem que olha senão também de alguém que se sabe misteriosamente olhado" (p. 86). No espaço interior descobre, como um planeta entre os planetas, um olho dirigido pare ele, e para todos nós. Na atualidade um desenho do escritor e artista plástico vale uma fortuna. Para sempre.

REFERÊNCIAS

DÍAZ-PLAJA, Guillermo (1972). *Las estéticas de Valle-Inclán*. Madrid: Gredos.
FOUCHET, Max-Pol (1967). "Un imaginero de la sombra: Victor Hugo". In: *Revista Planeta*, n. 15. Buenos Aires: Editorial Sudamericana.
FUENTES, Carlos (1989). "Cervantes ou a crítica da leitura". In: *Eu e os outros*. Ensaios escolhidos. Rio de Janeiro: Rocco.
HUGO, Victor (1988). *Do Grotesco e do Sublime*. Tradução do "Prefácio de Cromwell". São Paulo: Editora Perspectiva.
LABORDE, Elga Pérez (2004). *A questão teórica do esperpento e sua projeção estética*. Tese de Doutorado. Universidade de Brasília.
LAUSBERG, Heinrich (1966). *Manual de Retórica Literaria*: fundamentos de una ciencia de la literatura. Madrid: Editorial Gredos, 3 v.
RICO, Francisco (1994). *Historia y crítica de la literatura española*. Barcelona: Crítica.

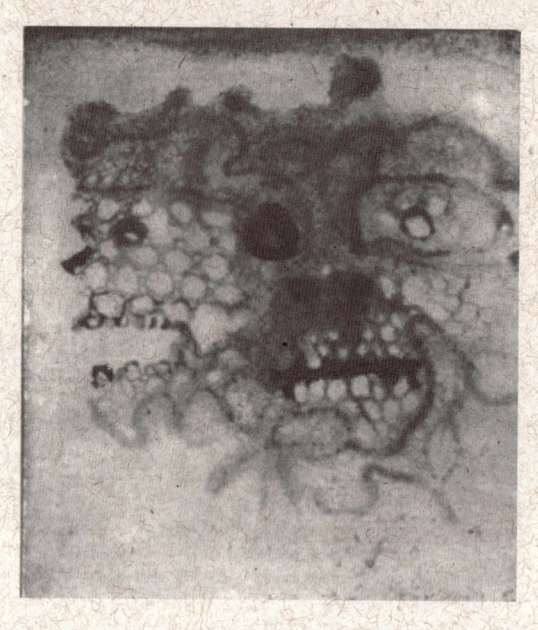

Figura 3 – O artista procurava almas em tudo. Da série "Rendas e espectros", que o assinalam como inventor da colagem.

Figura 4 – Da série de "Chinoiseries", original a cores. Victor Hugo criou divertidas cenas pirogravadas para decorar a sala de jantar de Juliette Drouet, em Guernesey

Figura 5 – Até nas "chinoiseries" aparece à harmonia dos contrastes.

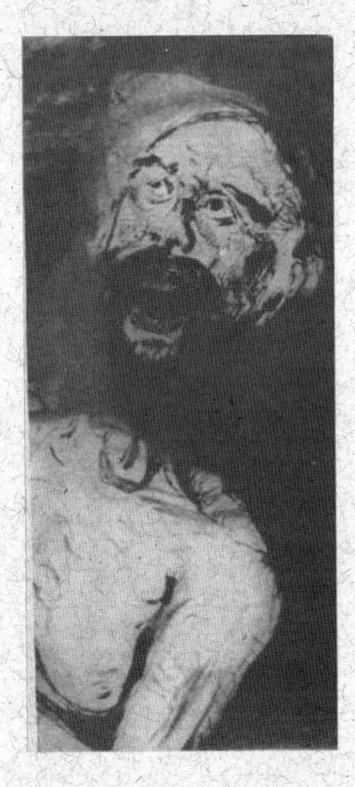

Figura 6 – Em todos os seus desenhos observa-se a transformação da realidade pela poesia.

Cultura popular, topografia corporal e inacabamento. A crítica rabelaisiana de Victor Hugo

Augusto Rodrigues[1]

A Ofir Bergemann de Aguiar.

Introitus

Este artigo procura demonstrar as bases hugoanas do pensamento bakhtiniano e, em seguida, analisar uma obra contemporânea para mostrar como os caracteres do pensamento hugoano ainda ressoam de modo positivo na literatura.

Ao partir da ideia de uma crítica rabelaisiana de Victor Hugo, sugiro a prática de um pensamento cujo centro é a voz popular, a topografia corporal e o inacabamento. Há muitas alternativas para estes elementos funcionarem nos campos ético e estético: a respondibilidade cotidiana, o romance como gênero literário e a expressão intensificadora dos grandes *fazedores* (não exatamente geniais).

Neste sentido, a recepção positiva que Mikhail Bakhtin faz de Victor Hugo em *Cultura Popular na Idade Média e no Renascimento* não acontece por acaso. Além da tríade que embasa sua análise: Rabelais, Cervantes e Shakespeare, alguns nomes merecem e/ou indicam direções para a continuidade e renovação deste pensamento no Ocidente, dentre eles: Dante, Erasmo, Sterne. Tudo isso arranjado pelo pensamento rabelaisiano em *William Shakespeare* [1864].

Cultura popular, topografia corporal e inacabamento: a crítica rabelaisiana de Victor Hugo[2]

As imagens de Victor Hugo e a realidade do seu tempo sempre implicaram uma consciência do inacabamento. Esta condição responsiva foi propiciada pela presença da voz popular em suas obras literárias, pela condição dialógica do seu pensamento autônomo e pela prática de uma crítica polifônica – em prefácios que extrapolavam

---

[1] Professor do Departamento de Teoria Literária e Literaturas da Universidade de Brasília.
[2] Esta primeira parte do texto foi apresentada em forma de comunicação durante o I Seminário Internacional do Grupo de Pesquisa Victor Hugo e o Século XIX – 210 Hugo*anos*. A segunda parte foi escrita especialmente para esta coletânea e integra minhas pesquisas no campo da Literatura Comparada em perspectiva tanatográfica.

o seu princípio organizador. Sabemos que os prólogos, desde Rabelais, passando por Cervantes até Machado de Assis, sempre foram poderosos instrumentos para polemizar e discutir a literatura num espaço dentro e fora do livro:

> No prólogo estão delineados os modos de angariar e enganar o leitor, as reflexões sobre a criação literária pelo autor de carne e osso e pelo autor criado [...]. Os elementos da narrativa que objetivam a interação dialógica com outros escritores e destinatários hipotéticos antecipam réplicas e conjuga o cruzamento de vozes. Essa estratégia literária infiltra-se nos interstícios dos outros discursos e prevê sua inserção no cânone. Da posição que se fala há sempre um olhar crítico e movente, desdobrado do olhar do outro dotado de inúmeros valores articulados. Assim, a autoconsciência narrativa faz do prefácio um microcosmo que revela o macrocosmo (SILVA JUNIOR, 2008, p. 15).

Esta base estruturante do nosso pensamento coloca, pontualmente, que parte predominante dos princípios centrais da leitura que Bakhtin fez de François Rabelais já se encontravam no pensamento e na prática crítico-literária hugoana. Além disso, após certo confronto moralista dos iluministas com *Gargântua* e *Pantagruel*, o romancista do século XIX trouxe de volta os escritos pantagruélicos ao cânone, justamente nos seus escritos sobre Shakespeare. As imagens do princípio da vida material e corporal e das satisfações naturais fizeram com que Hugo denominasse o escritor do século XVI de o grande poeta da "carne", o grande "épico do intestino".

Ao buscar os elementos de inacabamento e topografias corporais, Victor Hugo retomava não só os elementos da cultura popular no cerne do pensamento moderno, bem como iluminava a própria vida de sua época: "No prefácio a *Cromwell* [1827], em primeiro lugar, e no *William Shakespeare* [1864], ele colocou o problema" (BAKHTIN, 2002, p. 37-38) da corporalidade de maneira interessante. Isso significa que, ao abordar o pensamento rabelaisiano de Victor Hugo, evocamos uma discussão sobre:

> 1) um sistema de imagens da cultura popular; 2) o princípio material e corporal que aparece sob a forma universal, festiva e utópica; 3) O cósmico, o social e o corporal ligados numa totalidade viva e indivisível; 4) um princípio positivo ligado aos aspectos da vida, com raízes materiais e corporais de um mundo de fronteiras (*between and betwixt*).

Nesta tresleitura das dominantes hugoanas reside uma compreensão no século XIX, da qual o autor seria epicentro e disseminador – uma compreensão ambivalente da arte que "está em toda parte: arte que por um lado cria o disforme e o horrível; por outro, o cômico e o bufo" (HUGO apud BAKHTIN, 2002, p. 38). Um pensamento do literário que precisa estar pronto sempre, mas que nunca abole o acaso e as contradições humanas. Uma visão do corpo que está em condição inacabada, em um *entre*, como as ideias e, ainda, que contém algo *entranhado*.

Com esta percepção, Bakhtin evoca Victor Hugo como seu álibi para uma retomada de Rabelais no século XX. Nos capítulos 1 e 2 de *Cultura popular na Idade Média e no Renascimento*, o pensador francês está entre os principais interlocutores na arena polifônica instaurada. Na condição de alteridade buscada em Hugo estão as bases para a sua tese sobre Rabelais. No banquete respondível, encontrará a renovação daquilo que Shakespeare e Cervantes fizeram tão bem: produzir a arte por meio do contraste entre o disforme e o sublime. Ou, como diz Victor Hugo: "O pensamento humano encontra em certos homens sua mais completa intensidade" (HUGO, 1864, p. 43)[3]. De forma muito sucinta destacamos algumas lições intensas de Hugo, leitor de Rabelais:

1) Percepção e atribuição de um sentido muito amplo ao tipo de imagens corporais da Antiguidade pré-clássica (a Hidra, as Harpias, os Ciclopes) e em várias personagens do período arcaico, *monstros* e *monstruosidades*;

2) Em *William Shakespeare*, apresenta as imagens mais concretas da imagem grotesca e, em especial, do princípio cômico, material e corporal;

3) Ao expor sua concepção da obra rabelaisiana, conjuga topografias corporais, a intensidade e o exagero como características dos gênios – fazedores que mudaram a literatura e a cultura de suas respectivas épocas;

4) Nos conjuntos e enumerações, outra nuance dialógica entre o estilo hugoano e o estilo rabelaisiano, teremos a cultura popular carnavalesca romanceada (Rabelais, Cervantes, Sterne) e o romance (realismo) em grande estilo com (Stendhal, Balzac, Hugo, Dickens etc.).

Para Bakhtin, "foi Victor Hugo que exprimiu a compreensão mais completa e mais profunda de Rabelais" (2002, p. 107). Neste sentido, ele apreendeu uma topografia cujo centro é o ventre/intestino: "Todo gênio tem sua invenção; Rabelais teve o trabalho de descobrir o ventre" (HUGO, 1864, p. 71). Índice de um "baixo-corporal", de um corpo *misérable*, em diálogo com a tradição cínica: "Rabelais é o médico que toma o pulso do papado, sacode as cabeças e explode de rir. (...) E o fez porque encontrou a vida? Não, mas porque sentiu a morte (id., p. 74-75). Em *William*

---

[3] Todas as traduções referentes a Victor Hugo presentes neste trabalho são traduções minhas.

Shakespeare, o baixo-corporal pode ser trágico porque tem seu heroísmo e é, ao mesmo tempo, o princípio da corrupção e da degeneração do ser. Enquanto o homem sabe que tem fome, o estômago o devora:

> Hugo capta muito bem a atitude fundamental do riso rabelaisiano em face da morte e da luta entre a vida e a morte (no seu aspecto histórico); percebe a *relação especial entre o comer-absorção, o riso e a morte*. O que é mais, ele conseguiu apreender a relação entre o inferno de Dante e a glutonaria rabelaisiana: "Esse universo que Dante colocava no inferno, Rabelais o coloca num barril (...) Os sete círculos de Alighieri preenchem e envolvem esse barril." (BAKHTIN, 2002, p. 108; HUGO apud BAKHTIN, 2002, p. 108).

Depois de compreender a relação entre o riso, a morte e a renovação do mundo antigo, os infernos e as imagens do banquete (a ação de tragar e de engolir) reinventadas por Aristófanes (autor de mundo de fronteiras da Antiguidade), os mundos percorridos pela pena de Dante e a imagética monstruosa hugoana segue descrevendo o caráter universal, o valor de concepção do mundo – não banal – das imagens exageradas de Rabelais: a glutonaria, a bebedeira, a comilança, os líquidos, os gases, os poros e toda a topografia corporal como expressões humanas.

Ao aproximar Rabelais de Shakespeare, Hugo oferece uma definição extremamente interessante do gênio, da obra genial na história da literatura. A topografia corporal da obra como um incontestável indício do gênio, do escritor fazedor, cujos exemplos maiores e mais intensos seriam Homero, Dante e Rabelais indicam uma percepção da literatura que sobreviveu ao longo dos séculos. Desta maneira, eles destacam-se dos demais pela capacidade autoconsciente de pensar as próprias imagens. Shakespeare, por sua vez, criou miseráveis autônomos, capazes de refletir sobre a própria vida no palco dos acontecimentos.

Victor Hugo também observa nos gênios o mesmo *defeito*: a exageração. Esses intensificadores, sempre desmedidos, como ele próprio que se prontifica a escrever uma mera apresentação de traduções shakespeareanas e escreve um dos mais intensos e mais profundos livros de crítica literária. Insiste no exagero, na monstruosidade [Junia Barreto], na amplificação [Ofir Bergemann], nesta que é a mais prática e realizadora das variantes do pensamento. Hugo utiliza o riso autoconsciente de si mesmo para redefinir, ao longo do seu ensaio-prefácio, a genialidade: "Um médico descobriu recentemente que a genialidade é uma variante da loucura. [Na genialidade estão] os exageros de Dante, Rabelais e Shakespeare" (HUGO, 1864, p. 238). Exagero, aqui, significa a construção de mundos de fronteira, de obras cuja condição maior é o inacabamento. Estes elementos colocam em evidência os traços positivos e negativos da concepção de Hugo – capaz de autoparodiar-se ensaisticamente. As características particulares que ele considera como sinais do gênio (fazedor) devem, na realidade, ser atribuídas às obras e aos escritores que refletem de maneira essencial e profunda as épocas de mutação da história mundial. Como coloca Bakhtin, em *William Shakespeare* estão lançadas as bases para a compreensão do mundo de modo mais amplo, mais intenso:

> Esses escritores tem diante de si um mundo incompleto e em transformação, pleno de passado em via de decomposição e de um futuro em vias de formação. As suas obras são marcadas pelo inacabamento positivo e, por assim dizer, *objetivo*. Elas estão cheias de um futuro que não está ainda totalmente expresso, o que as obriga a procurar soluções antecipadas para ele. Daí decorrem seus múltiplos sentidos, sua obscuridade aparente. Da mesma forma, a história póstuma excepcionalmente rica e variada dessas obras e desses escritores. Daí decorre sua monstruosidade aparente, isto é, sua não conformidade aos cânones e normas de todas as épocas acabadas, autoritárias e dogmáticas (BAKHTIN, 2002, p. 109).

Hugo, fiel ao seu método de contrastes, sublinhou os traços das criações para compor um grande contraste dialógico entre escritores. O tema rabelaisiano encontra-se disseminado, frequentemente, nas obras literárias e críticas do francês. Esta constante do inacabamento, exposta por ele em *William Shakespeare*, na utilização das ideias de fronteira e de exagero, sublinha, igualmente, o universalismo das imagens, a profundidade do riso, as formas e imagens da praça pública – matéria do romance, da poesia moderna e da crítica polifônica realizada nesta obra.

Algumas nuances rabelaisianas praticadas por Victor Hugo em seu ensaio-prefácio e presente, por exemplo, em *Les misérables*, (a partir do pensamento Ofir B. Aguiar], também exploram a amplificação [da massa social como monstro, segundo Junia Barreto), os elementos naturais em condição efusiva [vulcões, crateras, terremotos, abismos], as acumulações verbais, os adjetivos monstruosos muito frequentes no campo literário, que se transformam em nominações, no campo ensaístico, sempre visando efeitos de gradação e de sensações:

> Rabelais viola o monge, pisoteia o bispo, atropela o Papa e ri como um chocalho. Os sinos soam como toxinas. Afinal, a morte está servida na mesa. A bebida é a última gota de um último suspiro. Que grande farra agónica.

O intestino é o Rei. Toda a festa do velho mundo está morta. E Rabelais cria a maior dinastia do estômago – Grangousier, Pantagruel e Gargântua[4] (HUGO, 1864, p. 74).

O seu pensamento, sempre por comparação, também ressalta os índices de sua compreensão rabelaisiana de mundo: "Enquanto Lutero reforma, Rabelais viola" (HUGO, p. 74); "a máscara (séria) da Teocracia é encarada fixamente pela máscara da comédia" (id., p. 75); Shakespeare confronta a clausura medieval porque seu espírito é total (id., p. 80). Não por acaso o predomínio do nome de Rabelais no livro está nos capítulos XII e XIII, justamente aqueles que tratam de Dante e Cervantes e que preparam para a sua maior tese shakespeariana – a da expressão humana total. Note-se que Hugo exagera a genialidade de Shakespeare para compor uma imagem plural de certos criadores. Dois Homeros Bufões, dois Homeros sérios compõem a cruzada hugoana da matéria literária.

TOPOGRAFIAS E TANATOGRAFIAS: A ESCRITA DA MORTE COMO INTENSIFICADOR CULTURAL E LITERÁRIO

Retomando as imagens hugoanas de Rabelais, exaustivamente exploradas por Bakhtin, propomos uma renovação deste pensamento sobre o gênero literário no século XXI. Em diálogo com uma das maiores teses de seu livro – a fusão e aproximação dos gêneros, abolindo o engessamento e evocando o inacabamento, é possível apontar alguns elementos intensificadores e exagerados na exploração de topografias corporais e tanatografias em *Le nécrophile*, de Gabrielle Wittkop (1972).

Este livro é o diário de um necrófilo. Narra as confissões e aventuras de um *Don Juan* que ama seres cadavéricos. Cada período dessas memórias diárias são *tableaux* da bela morte. O narrador, um amante exagerado e intenso, descreve detalhadamente os corpos vulneráveis e admirados. As descrições são detalhadas, as cores, os odores, a textura, aproximam o leitor das cenas de *devotio* e *pathos* perante cadáveres.

Este contato é tão pleno que encontramos em todos os defuntos subjetividade, alteridade e experiência. Em cada "história de amor" narrada tanatograficamente, a escrita da morte imprime uma versão diferente da tradição de diálogo dos mortos. No livro de Wittkop, o *Hades* já não é apenas um lugar para onde se vai depois da morte, mas o corpo-morto habitado, penetrado e amado. Como diante do corpo de Suzanne, com quem viveu um dos seus maiores relacionamentos: "Nela, eu fui ao

---
[4] Algumas passagens de Victor Hugo.

Hades, com ela, me deitei na lama oceânica, me emaranhei em algas, me petrifiquei em magmas, circulei pelas veias de corais..." (WITTKOP, 2001, p. 44)[5].

Para o leitor que desconhece o livro, a melhor indicação de uma imagem necrófila na literatura francesa é a admiração do narrador flaubertiano diante do cadáver de Emma Bovary.

Se entre os séculos XVIII e XIX, cada vez mais a morte passava a relacionar-se com o desencantamento, a partir de uma compreensão hugoana, a ideia de que cada indivíduo possui uma biografia e que se pode agir sobre esta até o último instante também transparece na relação entre indivíduo e o próprio cadáver. Se o herói épico lutava para ficar na memória dos pósteros, o ser do século XIX defrontava-se com o peso da tradição. O ideal romântico conclama o gênio e os últimos instantes se tornam um capítulo importante da autobiografia. O cadáver de Madame Bovary, enquanto é vestido para o enterro, parece um afresco cheio de ternura quase pueril. Imóvel, a mulher fatal, com cores que lembram os afrescos hugoanos com forte carga rembrandtiana (e não a luminosidade impressionista!), deixa seu corpo às mãos, discursos e julgamentos de outros. A estátua alheia de Emma chega ao fim de sua orgia perpétua bela, leve, inefável. A primeira mulher-cadáver, na primeira página de *Le Nécrophile*, não por acaso também é comparada com uma estátua: "um ventre com o mesmo branco azulado presente em certas porcelanas chinesas" (id., p. 9).

Mas os sonhos, ambições e prazeres que adentram uma compreensão do reino da morte suja no século XIX apresentam-se durante a preparação da defunta bovarysta para o velório. Basta um movimento brusco da cabeça, antes de ser coroada com uma tiara, para seu último festim: uma lufada de sangue negro e fétido jorra de sua boca – que beijara tantos amantes. Do cadáver nascido de mulher que se dobra à implacabilidade do destino, o sangramento de uma putrefação anuncia e simboliza a fúria mortal da natureza. Embora a imagem seja brutal, esse trespasse já não assusta mais. Comove e completa os maiores emblemas do fracasso, das ilusões perdidas e reside nas páginas de um romance do século XIX.

Pouco mais de um século depois, temos um personagem que se interessa pela "biografia" das pessoas, justamente quando ela teria o seu fim. O personagem, autor do diário, recolhe os corpos nos cemitérios, os leva para sua casa e "convive" com os seus verdadeiros "últimos momentos". Últimos instantes dos corpos que a civilidade, a higiene e a religião enterram transformados em erotografia e tanatografia – inseparáveis:

---

[5] Todas as traduções referentes à Gabrielle Wittkop presentes neste trabalho são traduções minhas.

> Começo a me arrepender de minha virgem d'Ivry, minha morta-viva, cuja carne trêmula tão intensa traga minha substância. Uma coisa que você não encontra duas vezes na vida, nem duas vezes na morte... Melancolia de ignorar, este é o seu nome. Mágica que me foge. *Nevermore* (id., p. 55).

Neste livro, o necrófilo dedica-se a amores e passeios não pelas galerias, em busca de *spleen et idéal*. As imagens colhidas na cidade dos vivos, por Baudelaire, são transformadas em restos mortais para serem assistidas como parte do grande espetáculo urbano. A morte baudelairiana, cínica e desolada, erigia um espetáculo que criticava o culto da razão. Em poemas como "Os cegos", "O filósofo moderno", "A viagem", o conhecimento inútil e limitador fazia do cotidiano o próprio universo grotesco, intenso, dotado de topografias corporais que começavam a putrefar antes mesmo de cair.

Os "Quadros Parisienses" foram pintados com a tinta da melancolia. Aos moldes flaubertianos, Baudelaire também desentranhou uma galeria de tipos e monstros. Parafraseando Walter Benjamin, desvelou uma fantasmagoria, habitada pela malícia da volúpia que envolvia os indivíduos *alheios*, maravilhados pelo progresso, pelo urbano, pela multidão. Mas essa volúpia que substituía o passeio romântico, a idealização feminina e o amor devotado gerando movimentos amorosos que se decompunham em "carniças" a céu aberto, ganham novas formas de observar, descrever, intensificar:

> Não deixei de notar o sorriso que ela tem. Assim que escorreguei na sua carne fria e doce, tão próxima e tão deliciosamente morta, a criança bruscamente abriu um olho, translúcido como um polvo e um terrível burburinho a fez lançar o fluxo de um líquido negro e misterioso. Aberta como uma máscara de Górgona, sua boca não cessava de lançar sucos e odores que preenchiam todo o meu quarto. Tudo isso quase estragou meu prazer, pois estava acostumado com mortos mais limpos e mais bem conservados. Desses que já liberaram seus excrementos enquanto deixam o fardo infame da vida. Seu ventre também ressoava como tambores baixos e rígidos e seu odor exalava sutil e poderoso como o de uma crisálida. Tudo isso parecia ressurgir do coração da terra, das profundezas de um império, como se lâminas de mica prateadas glorificassem e se movimentassem, ali onde brota o sangue de futuros crisântemos, ali, entre turbas pulverulentas e borras sulfurosas. O cheiro dos mortos é um eterno retorno ao cosmos, nos leva à alquimia sublime (id., p. 10).

Neste sentido, o livro de Gabrielle Wittkop pergunta em que medida esta escrita diária do amor e da morte permite a consciência de que só podemos viver na história e na condição efêmera do morrer. Se, na perspectiva montaigniana de uma tanatografia, escrever é aprender a viver, esta figuração da experiência é superação de *Átropos*. Se o cadáver de Emma Bovary é o contrário daquele corpo que buscava e oferecia prazer, agora cada corpo é redescoberto, das profundezas da terra, para oferecer prazer. Mesmo depois do fio discursivo cortado, ainda há espaço para uma *tanatosofia* monstruosa que implica a reflexão sobre a nossa relação corporal com o outro depois que ele morre, com nosso corpo – que sabe que morre, com a cultura e com o literário no campo da morte. Como coloca Bakhtin, a morte, quando ambivalente, exerce uma forte consciência do inacabamento.

Wittkop permite ampliar o conhecimento sobre esta representação discursiva em perspectiva literária que alia o *realismo* e a *fantasia* (sexual) no mesmo plano. Neste sentido, trata-se de uma alquimia discursiva dotada de forças intensificadoras, que nos permite responder ao pensamento hugoano na aproximação dos recursos que criam a organização interna da obra literária intensificadora. Ao aproximar o social, o encantamento e o estético, como pontos de singularidade das tanatografias, estas escritas permitem visões da morte ao longo da história literária. Figuram sempre como exercício de comparação das maneiras possíveis, de modulações do pensamento e das representações do trespasse ao longo do tempo.

No campo literário e filosófico, *Le Nécrophile* articula o imaginário contemporâneo dos mortos-vivos com suas continuidades e metamorfoses. Este livro faz parte de uma imensa biblioteca lapidar, formada por defuntos personagens presentes em vários *tomos*: o *Hades* Homérico, o *Hades* aristofânico, o *Hades* Luciânico, os *Infernos, Céus e Purgatórios* de Dante, Gil Vicente e Rabelais, ou ainda, diante dos habitantes modernos de *Undiscovered Countries*: Hamlet pai, Quixote (Livro II), Bobók, Brás Cubas, Quincas Borba, Aires, Flora, *Ricardo Reis*, a Mulher sem nome de *Todos os nomes* e a *Morte personagem e intermitente* (de Saramago). Algumas obras extrapolam este campo específico de representação literária, o morto que fala, a morte amada e admirada, permitem reflexões sobre o morrer em consonância com as "máscaras de Perséfone": a ressurreição em Rabelais, os *Ensaios* de Montaigne e as meditações pascalianas também são importantes especulações filosóficas do morrer. Especulações não tão somente mórbidas, mas também dotadas de um sentido prático para a vida e, no caso específico destes conjuntos mencionados, o berço dessa discussão na modernidade.

Para nós, o livro de Gabrielle Wittkop faz a aproximação entre as duas tradições. Os corpos mortos, embora não falem, vivem um relacionamento com o amante necrófilo. Tentando aproximar o movimento crítico do objeto, podemos dizer que *Le Nécrophile* retoma o fio que liga tantos autores e que "faz as pazes" entre o corpo e a morte. Sua perspectiva, aparentemente monstruosa, é ambivalente, como em Rabelais, e sádica, como na obra do próprio Sade. Sua intensificação, na figura do necrófilo, reforça a imagem do ser que sabe que morre e que continua discursando diante de tal fato. Ao deslocar o olhar para as funções do corpo depois da morte há uma aproximação entre a vida e as topografias corporais. Em todo o livro não há uma única imagem negativa, como a sociedade o faz, do cadáver.

As características de "Don Luciano" (id., p. 95), este Don Juan dos antiquários, conjuga imagens eróticas e pornográficas. *Le Nécrophile* torna-se a realização de um fato inusitado: o cadáver vive a experiência da ausência de si mesmo no mundo, sendo amado, sendo parte presente da vida do outro. O paradoxo freudiano de *Eros e Thanatos*, a certeza de que o outro leva parte de mim quando morre, na memória do gênero, na tradição cultural de discursos dos mortos, no universo difuso e cínico, o inacabamento ganha novos contornos. Temos um novo olhar cemiterial que retrata o que seria a existência passada como uma existência acontecendo – o inacabamento, a última palavra, reverbera nas páginas de cada corpo e na carne de cada folha diária.

O personagem ama cada cadáver para existir, enquanto recordação, na lembrança dos outros, que querem ver o corpo enterrado, ele enforma, no campo literário, a condição autoral e humana de quem conta uma história enterrada. Ao tratar de cada defunto personagem, o autor do diário tanatográfico questiona um eu em novos âmbitos da linguagem, um eu biográfico e carnal, com elementos que enformam um saber corporal, que permitem formular uma *teoria* do literário e de uma biografia pelo literário.

Isso significa dizer que essa abordagem crítica e comparada, a partir do universo rabelaisiano, das releituras críticas hugoanas e bakhtinianas, nessa decomposição discursiva do gênero diário, faz pensar que a biografia que, aparentemente, havia terminado com o ponto final do enterro, continua preenchendo, alimentando, abundante, os modos de escrever: para o necrófilo um corpo é amor diário e um cadáver é escrita diária.

Se toda tanatografia é organizada no momento em que o fio é cortado, Wittkop supera esta necessidade e acrescenta um sopro de pertencimento e alteridade a cada cadáver. Naquilo que ocorre após o último ato, reside a consciência da volatilidade do ser, das transformações de cada época, do parco tempo das ações humanas que se precipitam num átimo de existência. Isto, para os que deixam que seus mortos partam mais depressa. Mas para o leitor, esse dissecador, este necrógrafo, este amante daquilo que todos seremos e um dia, um defunto corpo, torna-se o próprio discurso da luta contra o fim. A solidão que leva o ser a voltar para contar na tradição tanatográfica é a mesma que preenche a solidão cadavérica. O necrófilo, literalmente, desenterra, desvela e protesta diante deste corpo que ainda pode ser amado.

A morte em si, solitária e presa no corpo dela mesma, é desejada. O necrófilo encontra uma forma de burlar o silêncio (totalizante), o processo de deixar a parte corporal do mundo e explora as topografias de cada cadáver. Com isso, lança uma nova compreensão das contradições humanas e daquilo que é universal para todas as culturas: a morte. Neste longo baile de máscaras, denominado vida, história, literatura, a única maneira de enfrentar/suportar o trespasse, e não exatamente vencê-lo, é o discurso.

Réquiem

Guiados por Victor Hugo, percorremos a literatura à roda de Rabelais e Shakespeare. Assistimos nos palcos do XIX uma procissão de gênios exagerados (entre 6 ou 7 enumerações que constam o nome de Rabelais): Dante, Michelangelo, Rembrant, Beethoven, dentre outros. Utilizando uma forma inovadora de diálogo, Hugo também contou histórias ambivalentes e fez da ideia do diálogo, da prosa, uma arena, que é a vida, seu maior espetáculo. Mikhail Bakhtin, em *Cultura popular na Idade Média e no Renascimento*, utilizou-se de imagens hugoanas para abrir sua análise do mundo na pena-garrafa de Rabelais. Ambos trouxeram para a cena o inacabamento, elemento intensificador, que também permite compreender porque Hugo continua tão vivo depois de seus duzentos e dez Hugo*anos*.

A imagem do *coro popular que tem corpo e voz* exprime o sentido verdadeiro de uma época e de seus acontecimentos que só se revela na tragédia das cenas de massa, nas comédias miseráveis e humanas e nas tanatografias, tão antigas quanto a noção de morte. Esta atualização do *William Shakespeare*, nesta análise sucinta da obra de Wittkop, pretendeu demonstrar como é possível visualizar o mundo incompleto e em transformação.

Nesta comédia miserável e humana, formada por uma multidão respondível que se agita, que ri, que chora, que purga e que se curva diante do espetáculo liminar chamado morte, celebra-se a verdadeira festa da vida. Esta festa no plano público ou privado, retratada nos palcos dos fazedores revela múltiplos sentidos. Nas tanatografias os futuros estão plenos de expressão e a não conformidade com os cânones e normas refutam as verdades acabadas e dogmáticas.

A "última palavra" de Hugo sobre Shakespeare é uma palavra colhida na cena, no palco do mundo, com alegre relativismo, como as grandes manifestações dos ensaios e prólogos permitem. Rabelais iluminou o palco da humanidade, Cervantes fez a dramaturgia, Shakespeare encenou a plenitude dos dramas humanos, ao passo que Victor Hugo, depois das cortinas fechadas [no exílio], colocou-se como parte de um imenso coro inacabado, responsivo e popular. Em Rabelais e Bakhtin, a respondibilidade também é crucial: a primeira e a última palavra pertencem ao povo. Em Shakespeare estas palavras são interpretadas no grande teatro agônico da multidão. A última palavra, nesta necrografia que renova a ideia de inacabamento, pertence ao romance de Gabrielle Wittkop: "Novembro, que sempre me traz algo de inesperado, embora esteja sempre preparado..." (id., p. 96).

Referências

AGUIAR, Ofir Bergemann de (2003). "Os miseráveis nos rodapés do *Jornal do Comércio*: uma tradução integral e semântica". In: *VIII Congresso Internacional ABRALIC 2002*: mediações 2003. Belo Horizonte: Mediações.

BAKHTIN, Mikhail (2002). *Cultura popular na Idade Média e no Renascimento*. São Paulo: Annablume.

BARRETO, Junia (2012). "Représentations de la monstruosité dans *Les misérables*". In: *I Seminário Internacional do Grupo de Pesquisa Victor Hugo e o Século XIX*: 210 Hugoanos. Brasília: UnB.

WITTKOP, Gabrielle (2001). *Le nécrophile*. Paris: Éditions Verticales/Le Seuil.

Referências eletrônicas

HUGO, Victor (1864). *William Shakespeare*. Paris: Nelson Éditeurs. (Digitalizado em 2008 por The Library of the University of California – Los Angeles). Disponível em: <http://www.archive.org/stream/williamshakespea00hugo#page/n7/mode/2up>. Acesso em: 31 agosto 2012.

SILVA JUNIOR, Augusto Rodrigues da (2008). *Morte e decomposição biográfica em Memórias póstumas de Brás Cubas*. Niterói: UFF. Disponível em: <http://repositorio.uff.br/jspui/bitstream/1/411/1/Augusto%20Silva%20Jr-tese.pdf>. Acesso em: 24 novembro 2012.

Lucrécia Bórgia: o grotesco do drama romântico ao romance gráfico

Luiz Eudásio Capelo Barroso Silva[1]

Lucrécia Bórgia é uma mulher que ocupa um lugar eminente na literatura e história mundial. A personagem Lucrécia Bórgia está no centro de diferentes textos, é protagonista de uma peça de teatro de Victor Hugo – *Lucrécia Bórgia*, escrita em 1832 e representada pela primeira vez em 1833 – e é, também, personagem de um romance gráfico escrito por Alejandro Jodorowsky e desenhado por Milo Manara - *Borgia*, composto de quatro tomos – *Sangue Para o Papa*, *O Poder e o Incesto*, *As Chamas da Fogueira* e *Tudo é Vaidade* – publicados em francês entre 2004 e 2010.

Lucrécia Bórgia (Roma, 1480 – Ferrara, 1519), personagem histórica, é a filha de Rodrigo Bórgia, futuro Papa Alexandre VI, com Vanozza Cattanei, uma cortesã romana. Lucrécia é, também, irmã e provável amante de César Bórgia, personagem que inspirou Maquiavel a escrever *O príncipe*. A família Bórgia é polêmica, e Lucrécia está sempre no centro das controvérsias, relatos e fofocas sobre a família. Lucrécia tornou-se uma das figuras femininas mais conhecidas do universo literário e, ao lado de Medeia e Clitemnestra, torna-se um símbolo utilizado para discutir o papel da mulher na sociedade.

O objetivo do trabalho é demonstrar que tanto a peça *Lucrécia Bórgia* quanto o romance gráfico *Borgia* podem ser analisados como drama. Para tanto, propõe-se estudar a estética do grotesco presente em ambas as obras e apontar semelhanças e diferenças. Existem, então, características do gênero que são comuns ao romance gráfico e à peça de Hugo.

As obras *Lucrécia Bórgia*, de Victor Hugo, e a quadrilogia *Borgia*, de Jodorowsky e Manara, tem como protagonistas a mesma personagem: Lucrécia Bórgia. As duas obras, apesar de possuírem características que as diferenciam entre si, também possuem semelhanças que são determinantes. Victor Hugo escreveu uma peça de teatro e Jodorowsky e Manara fizeram um romance gráfico, as duas produções artísticas, contudo, inserem-se no domínio da literatura. Apesar das diferenças formais, a obra de Hugo é uma peça de teatro e a de Jodorowsky e Manara um romance gráfico, ambas possuem o campo visual como traço distintivo, ambas podem ser compreendidas como um drama, e, também, a estética do grotesco está presente nelas.

---

[1] Membro do Grupo de Pesquisa Victor Hugo e o Século XIX, Universidade de Brasília.

Para compreensão e análise de cada uma das obras, é, antes, necessário estabelecer uma definição de drama que possa englobar tanto *Lucrécia Borgia* quanto *Borgia*. A definição proposta por Anne Ubersfeld, em seu opúsculo *Les termes clés de l'analyse du théâtre*, serve adequadamente para esse propósito:

> Le mot grec *drama* signifie "action". Le mot drame recouvre d'une façon générale et même confuse toute forme d'action théâtrale.
>
> À partir du XVIIIe siècle, le mot prend un sens plus précis, celui d'une œuvre théâtrale qui, s'éloignant des genres traditionnels, serait une sorte de mixte réaliste de tragédie et de comédie. À partir de là, le mot se rencontre surtout précisé par un adjectif à valeur historique: drame bourgeois, romantique, symboliste, moderne. Pour Hugo, comme pour Hegel, le drame est essentiellement une forme dialectique, "un miroir de concentration": "Le drame qui fond sous un même souffle le grotesque et le sublime, le terrible et le bouffon, la tragédie et la comédie" (Préface de *Cromwell*).
>
> Dans la critique contemporaine, le mot reste vague et finit par désigner toute forme de théâtre non explicitement comique (UBERSFELD, 1996, p. 33).

Partindo da definição de Ubersfeld, são apreendidos dois pontos fulcrais para a definição de drama: 1) o drama constitui-se da mistura de diferentes gêneros, não existem características formais precisas, criando, desse modo, uma diversidade de acepções e conceitos que drama designa. Aceitando o diálogo de formas, dialética intrínseca ao gênero segundo Hegel e Hugo, o drama pode conciliar duas expressões artísticas diferentes: o desenho e a literatura. Seguindo essa linha lógica, tanto *Lucrécia Borgia* quanto *Borgia* podem ser compreendidos como representantes do drama; 2) tendo como paradigma a reflexão de Hugo sobre o drama, percebe-se que a presença da dialética do grotesco com o sublime é essencial para o gênero. A análise da peça *Lucrécia Borgia* e do romance gráfico *Borgia* demonstra que a estética predominante nas obras é a estética que Bakthin define como o "realismo grotesco".

Para a compreensão do realismo grotesco, é necessário, primeiro, definir a estética realista e, em seguida, fornecer uma definição condizente de grotesco. A representação realista é aquela que traduz as relações humanas de um modo amplo, que consegue representar, narrando um evento particular, um ínfimo pedaço do universal. Tomando como exemplo a peça *Lucrécia Borgia*, não basta representar, mesmo que com fartas descrições, a personagem de Lucrécia como uma mulher maligna. É preciso evidenciar as relações que tornam essa mulher maligna, evidenciar os supostos homicídios que ela cometeu[2], tornar aparentes as ações que a definem como maligna. A ação, significado da palavra drama, é o elemento fundamental para a representação literária. Lukács, teórico húngaro, define que a *práxis*, palavra grega que significa, também, ação, é o elemento determinante para a representação literária.

> As palavras dos homens, seus pensamentos e sentimentos puramente subjetivos, revelam-se verdadeiros ou não verdadeiros, sinceros ou insinceros, grandes ou limitados, quando se traduzem na prática, ou seja, quando as ações dos homens os confirmam ou os desmentem no contato com a realidade. Só a práxis humana pode expressar concretamente a essência do homem. Quem é forte? Quem é bom? Perguntas como estas são respondidas somente pela práxis" (LUCÁKS, 2010, p. 162).

Hugo pretende que seu teatro não imite nem os antigos nem os modernos[3]. Clélia Anfray, analisando a pretensão de Hugo de não imitar nem antigos nem modernos, argumenta que na leitura de *Lucrécia Borgia* pode-se ver a limitação dessa afirmação (ANFRAY, 2007). Isso quer dizer que há na peça de Hugo alguns traços do teatro antigo. Para compreender o teatro antigo, é necessário retomar a *Poética* aristotélica. Aristóteles foi o principal teórico do teatro antigo e, considerando-se a afirmação de Anfray que estabelece relações entre o teatro de Hugo e o teatro antigo, é necessário retomá-lo. Aristóteles define a tragédia da seguinte maneira:

---

[2] "Maffio / Madame, je suis Maffio Orsini, frère du duc de Gravina, que vos sbires ont étranglé la nuit pendant qu'il dormait. / Jeppo / Madame, je suis Jeppo Liveretto, neveu de Liveretto Vitelli, que vous avez fait poignarder dans les caves du Vatican. / Ascanio / Madame, je suis Ascanio Petrucci, cousin de Pandolfo Petrucci, seigneur de Sienne, que vous avez assassiné pour lui voler plus aisément sa ville / Oloferno / Madame, je m'appelle Oloferno Vitellozzo, nevau d'Iago d'Appiani, que vous avez empoisonné dans une fête, après lui avoir traîtreusement dérobé sa bonne citadelle seigneuriale de Piombino. / Don Apostolo / Madame, vous avez mis à mort sur l'échafaud don Francisco Gazella, oncle maternel de don Alphonse d'Aragon, votre troisième mari, que vous avez fait tuer à coups de hallebarde sur le palier de l'escalier de Saint-Pierre. Je suis don Apostolo Gazella, cousin de l'un et fils de l'autre. (Acte I, Ire partie, scène V) / Doña Lucrezia / Il y a quelques jours, tous, les mêmes qui êtes ici, vous disiez ce nom avec triomphe. Vous le dites aujourd'hui avec épouvante. Oui, vous pouvez me regarder avec vos yeux fixes de terreur. C'est bien moi, Messieurs. Je viens vous annoncer une nouvelle, c'est que vous êtes tous empoisonnés, Messeigneurs, et qu'il n'y en a pas un de vous qui ait encore une heure à vivre. Ne bougez pas. La salle d'à côté est pleine de piques. À mon tour maintenant. À moi de parler haut et de vous écraser la tête du talon!- Jeppo Liveretto, va rejoindre ton oncle Vitelli que j'ai fait poignarder dans les caves du Vatican! Ascanio Petrucci, va retrouver ton cousin Pandolfo que j'ai assassiné pour lui voler sa ville! Oloferno Vitellozzo, ton oncle t'attend, tu sais bien, Iago d'Appiani que j'ai empoisonné dans une fête! Maffio Orsini, va parler de moi dans l'autre monde à ton frère de Gravina que j'ai fait étrangler dans son sommeil! Apostolo Gazella, j'ai fait égorger ton cousin Alphonse d'Aragon, dis-tu; va les rejoindre!- Sur mon âme! Vous m'avez donné un bal à Venise, je vous rends un souper à Ferrare. Fête pour fête, Messeigneurs!" (Acte III, scène II).

[3] "Qui imiter? Les anciens? Nous venons de prouver que leur théâtre n'a aucune coïncidence avec le nôtre (…) les modernes! Ah! Imiter des imitations!" (HUGO, Prefácio de *Cromwell*, p. 87).

> É, pois, a tragédia imitação de uma acção (SIC) de carácter elevado, completa e de certa extensão, em linguagem ornamentada e com as várias espécies de ornamentos distribuídos pelas diversas partes (do drama), (imitação que se efectua) não por narrativa, mas mediante actores (SIC), e que, suscitando o terror e a piedade, tem por efeito a purificação dessas emoções (ARISTÓTELES, p. 110).

Analisando a definição aristotélica da tragédia, é percebido alguns pontos de tangência com o teatro hugoano. O primeiro é o princípio da *mímesis*, e o teatro de Victor Hugo segue a teoria da imitação. Essa imitação não é imitação de obras da antiguidade, mas imitação de ações. Nesse sentido, a teoria de Lukács sobre o realismo é um prolongamento da teoria aristotélica. Segundo Aristóteles, a tragédia é, então, imitação de ação – ἔστιν οὖν τραγῳδία μίμησις πράξεως (id., 1449b). A teoria aristotélica partilha de semelhanças determinantes com o realismo definido por Lukács, e, logo, com o realismo grotesco. O vocabulário utilizado pelos dois teóricos é o mesmo, Lukács argumenta que o distintivo da representação realista baseia-se na *práxis*, forma de nominativo feminino singular do substantivo, enquanto Aristóteles utiliza o mesmo substantivo em sua forma de genitivo feminino singular – *práxeos*. A essência teórica é similar, pois ambos os teóricos utilizam o critério da *práxis* para distinguir a produção literária. A diferença fulcral reside no fato de Lukács estar teorizando acerca da literatura como um todo, e Aristóteles teoriza acerca das representações teatrais características da Antiguidade Clássica, a tragédia e a comédia. Hugo, quando representa a vida de Lucrécia e suas ações – reais, lendárias ou mesmo imaginárias –, segue a teoria literária aristotélica e, utilizando o conceito de intertextualidade proposto por Bakthin, relaciona-se, também, com a teoria da representação realista de Lukács.

O grotesco é uma categoria estética, ele, entretanto, não é somente o burlesco, o baixo, ou o cômico de mal gosto. O termo grotesco, etimologicamente, é proveniente do italiano e refere-se, inicialmente, a um estilo de arte ornamental encontrado em escavações feitas em Roma no final do século XV. A arte ornamental grotesco não era uma arte autóctone romana, mas chegou a Roma em meados do século I d.C. como uma nova moda. Vitrúvio, contemporâneo de Augusto, caracterizava e condenava a moda bárbara em seu livro *De architectura*,

> todos esses motivos, que se originaram da realidade, são hoje repudiados por uma voga iníqua. Pois, aos retratos do mundo real, prefere-se agora pintar monstros nas paredes. Em vez das colunas, pintam-se talos canelados, com

folhas crespas, e volutas em vez da ornamentação dos tímpanos, bem como candelabros, que apresentam edículas pintadas. Nos seus tímpanos, brotam das raízes flores delicadas que se enrolam e desenrolam, sobre as quais se assentam figurinhas sem o menor sentido. Finalmente, os pedúnculos sustentam meias figuras, umas com cabeça de homem, outras com cabeça de animal. Tais coisas, porém, não existem, nunca existirão e tampouco existiram.

Pois como pode, na realidade, um talo suportar um telhado ou um candelabro, o adorno de um tímpano, e uma frágil e delicada trepadeira carregar sobre si uma figura sentada, e como podem nascer de raízes e trepadeiras seres que são metade flor, metade figura humana? (VITRÚVIO apud KAYSER, 2009).

A crítica de Vitrúvio baseia-se no argumento que o ornamento grotesco contrapõe-se à verdade natural, que não é possível que uma "delicada trepadeira" sustente uma figura que é uma amálgama de homem e animal, e que as pessoas agora preferem ornar suas casas com figuras de monstros e animais do que ornar suas residências com "retratos do mundo real". Da crítica de Vitrúvio desvelam-se algumas características marcantes do grotesco: 1) o grotesco tem a distorção do "mundo real" como um de seus elementos intrínsecos, ele distorce a ordem vigente, ele possibilita que uma frágil planta sustente as figuras mais insólitas; 2) o grotesco promove amálgamas, mescla homem e animal, angustia-se face a um mundo em que as ordenações da realidade estão claramente separadas entre os domínios dos utensílios, das plantas, dos homens e dos animais. O grotesco, ao promover a mistura do animalesco com o humano, gera o monstruoso, e a monstruosidade é uma característica determinante do grotesco. Monstruosidade, contudo, não somente física, mas, também, moral, como, por exemplo, na peça *Lucrécia Borgia*. A passagem do vocábulo das artes plásticas, como estilo ornamental, para a literatura requer um exercício de abstração do conceito, convertendo-se, desse modo, em conceito estético.

Bakthin, em seu estudo sobre a obra de François Rabelais, estabelece o conceito de realismo grotesco. O autor russo postula que o princípio da vida material e corporal são a essência do realismo grotesco. Imagens do corpo, da bebida, da comida e imagens do ato de satisfação de necessidades físicas básicas tais como urinar, defecar ou fazer sexo são imagens recorrentes nessa estética. Segundo Bakthin

> No realismo grotesco, o elemento material e corporal é um princípio profundamente positivo, que nem sempre aparece sob uma forma egoísta, nem separado dos demais aspectos da vida. O princípio material e corporal é percebido como universal e popular, e como tal opõe-se a toda separação das

raízes materiais e corporais do mundo, a todo isolamento e confinamento em si mesmo, a todo caráter ideal abstrato, a toda pretensão de significação destacada e independente da terra e do corpo. O corpo e a vida corporal adquirem simultaneamente um caráter cósmico e universal; não se trata do corpo e da fisiologia no sentido restrito e determinado que têm em nossa época; ainda não estão completamente singularizados nem separados do resto do mundo (BAKTHIN, 2008, p. 17).

Imagens presentes em *Borgia* destacam perfeitamente o princípio da corporalidade e materialidade do realismo grotesco. A cena em que Lucrécia urina em seu marido é paradigmática nesse sentido (JODOROWSKY e MANARA, 2004, p. 4). Há na cena uma total inversão de valores, uma característica do grotesco, porque é Lucrécia que está impondo sua autoridade frente ao seu marido, enquanto o esperado seria Giovanni exercer sua autoridade sobre Lucrécia; há o corpo de Lucrécia, de Giovanni, marido de Lucrécia, e de Pentasilea, a criada de Lucrécia, todos os três corpos são bem visíveis, inclusive são visíveis as partes do corpo que usualmente não são explicitadas como a vagina e o ventre. Bakthin afirma que a estética do realismo grotesco enfatiza "as partes do corpo em que ele se abre ao mundo exterior, isto é, onde o mundo penetra nele ou dele sai ou ele mesmo sai para o mundo, através de orifícios, protuberâncias, ramificações e excrescências, tais como a boca aberta, os órgãos genitais, seios, falo, barriga e nariz"(2008, p. 23).

A *práxis* também está presente na cena. Lucrécia está urinando em seu esposo, a cena traz, intencionalmente, uma ação de Lucrécia. Teria similar valor uma cena em que Giovanni aparecesse sujo e que Lucrécia falasse que se, por acaso, ele a desrespeitasse novamente ela voltaria a urinar nele. A cena, entretanto, traz Lucrécia praticando uma ação que subverte a ordem social estabelecida, porque Lucrécia, quando urina sobre seu marido, está contestando uma sociedade ordenada segundo parâmetros masculinos. Caberia ao homem estabelecer a ordem social e submeter a mulher a essa ordem masculina. Lucrécia, entretanto, contesta essa ordem que tentam lhe impor, ela é senhora de seu corpo e utiliza-o da forma que convier, mantendo relações sexuais, inclusive, com seu irmão e pai.

A purificação, *catharsis*, do terror está presente, também, em Lucrécia Borgia, e ocorre por intermédio da maternidade de Lucrécia. A maternidade, dentro da estética dialética do grotesco e do sublime, é o instrumento da purgação do grotesco pelo sublime na peça. O terror provocado pelo grotesco é, também, purgado. Segundo as palavras de Hugo, "a maternidade purificando a deformidade moral, eis Lucrécia Borgia". Hugo, no "Prefácio" de *Lucrécia Borgia*, justifica, em seu prefácio, sua peça.

> Qu'est-ce que c'est que Lucrèce Borgia? Prenez la difformité morale la plus hideuse, la plus repoussante, la plus complète; placez-la là où elle ressort le mieux, dans le cœur d'une femme, avec toutes les conditions de beauté physique et de grandeur royale, qui donnent de la saillie au crime; et maintenant mêlez à toute cette difformité morale un sentiment pur, le plus pur que la femme puisse éprouver, le sentiment maternel; dans votre monstre, mettez une mère; et le monstre intéressera, et le monstre fera pleurer, et cette créature qui faisait peur fera pitié, et cette âme difforme deviendra presque belle à vos yeux (HUGO, 2007, p. 37).

A personagem de Lucrécia Bórgia fará, então, o público chorar. De monstruosa ela torna-se uma mãe quase bela aos olhos do público. A *catharsis* provocada pela obra é mantida, o "sentimento puro, o mais puro que uma mulher pode ter" purgará toda a deformação moral de Lucrécia e suas ações terríveis. Lucrécia, no romance gráfico, não é purificada por intermédio da maternidade. Apesar de na peça hugoana Lucrécia ter transformado-se de um monstro moralmente disforme em uma mãe, no romance gráfico não há uma *chatharsis* provocada pela maternidade. A maternidade não é a redenção de Lucrécia no *Borgia*, e sua maternidade é outra forma de reafirmar o seu caráter grotesco. Lucrécia não deseja ser mãe, tenta abortar o filho que espera e, não conseguindo abortar, dará à luz um monstro bicéfalo que lhe lembra dois de seus amantes, seu pai e irmão.

O princípio do drama hugoano é o equilíbrio do grotesco com o sublime (UBERSFELD, 1993). No *Borgia*, o sublime de Lucrécia é representado por seu belo semblante e o grotesco por suas ações. Lucrécia tenta assassinar seu marido, ela dorme com seu pai e irmão, ela é a "imunda Lucrécia, a filha e amante (do papa)" (*Borgia*, Tomo III, *As chamas da fogueira*). A mistura do grotesco com o sublime não limita-se a personagem de Lucrécia, ela está presente em todo o romance gráfico.

As obras tanto de Victor Hugo quanto de Jodorowsky e Manara podem ser analisadas como uma forma de drama, apesar das diferenças entre elas, e são marcadas pela estética do realismo grotesco. *Lucrécia Borgia* é um drama romântico paradigmático, Victor Hugo a compôs ciente de estar compondo um drama romântico. *Borgia* é um romance gráfico, contudo os elementos marcantes do drama estão presentes na obra. O drama, segundo definição de Ubersfeld, é um gênero marcado pela ação e pela simbiose entre o grotesco e o sublime, e a estética do realismo grotesco é o ponto de tangência entre as duas obras. Considerando os teóricos Aristóteles, Lukács e Kayser, algumas características essenciais das obras são desveladas, tais como a presença da *praxis* em ambas as obras, a amálgama de formas e a subversão da ordem social imposta.

Referências

ANFRAY, Clélia (2007). "Introduction à Lucrèce Borgia". In: *Lucrèce Borgia*. Paris: Gallimard.

ARISTOTELES (2003). *Poética*. Trad. e comentários Eudoro de Souza. Lisboa: Imprensa Nacional da Casa da Moeda.

BAKHTIN, Mikhail (2008). *A cultura popular na Idade Média e no Renascimento*: o contexto de François Rabelais. 6. ed., São Paulo/Brasília: Editora HUCITEC/UnB.

JODOROWSKY, Alejandro; MANARA, Milo (2004). *Borgia*. Tome I. Du sang pour le pape. Paris: Albin Michel.

_____ (2008). *Borgia*. Le pouvoir et l'inceste. Paris: Drugstore. Tomo II.

_____ (2008). *Borgia*. Les Flammes du Bûcher. Paris: Drugstore. Tomo III.

_____ (2010). *Borgia*. Tout est Vanité. Paris: Drugstore, 2010. Tomo IV.

HUGO, Victor (2002). "Lucrèce Borgia". In: *Œuvres Complètes*: Théâtre I. Présentation d'Anne Ubersfeld. Paris: Robert Laffont.

_____ (1995). *Hernani*. Paris: Éditions Gallimard.

_____ (2007). *Lucrèce Borgia*. Paris: Éditions Gallimard.

KAYSER, Wolfgang (2009). *O grotesco*: Configuração na pintura e na literatura. São Paulo: Perspectiva.

LUKÁCS, Georg (2010). "Narrar ou Descrever". In: *Marxismo e teoria da Literatura*. São Paulo: Expressão Popular.

UBERSFELD, Anne (1993). *Le Drame romantique*. Paris: Éditions Belin.

_____ (1996). *Les termes clés de l'analyse du théâtre*. Paris: Seuil.

Claude Gueux: *do livro para a televisão, uma tradução intersemiótica*

Dennys da Silva Reis[1]

Claude Gueux foi publicado por Victor Hugo primeiramente em forma de folhetim na *Revue de Paris* em 6 de julho de 1834. Logo em seguida, no dia 30 do mesmo mês, o "romance" já circulava em forma de livro, editado pela Maison d'Édition Évréat.

O romance *Claude Gueux* foi transposto para a televisão em 2009 e sua difusão foi feita pela emissora de televisão francesa *France 2*. Ele é um dos oito telefilmes do programa *Au siècle de Maupassant – Contes et Nouvelles du XIXème* que foi ao ar em 31 de março de 2009. O telefilme foi dirigido por Olivier Schatzky e o roteiro, adaptação e diálogos foram escritos por Pierre Leccia. O telefilme é considerado pelos produtores como uma adaptação da obra homônima de Victor Hugo, segundo informações divulgadas pela própria emissora France 2[2].

O programa da televisão francesa também foi difundido pela emissora paga *Eurochannel* no Brasil com o nome de *Contos e Novelas Francesas do Século XIX*. A estreia desta emissão foi em 10 de março de 2011 com "A Bolada" de Eugène Labiche, porém somente nos dias 4 e 5 de abril do mesmo ano, nos horários respectivos de 16 horas e meia-noite, é que *Claude Gueux* foi apresentado ao público brasileiro, conforme nos atestam as informações de programação de TV divulgadas pelo site da *Folha de S.Paulo* em 10 de março de 2011[3] e 3 de abril de 2011[4].

A TRADUÇÃO INTERSEMIÓTICA

Segundo Aguiar (2003, p. 134), "a adaptação, por exemplo, de um romance para o cinema ou a TV guardará um vínculo de essência com a matriz, do mesmo modo como a tradução de um poema de uma língua para outra deverá guardar a essência do original". Em complemento, Nagamini (2004, p. 36) afirma que "a adaptação

---

[1] Mestrando do Programa de Pós-Graduação em Estudos da Tradução da Universidade de Brasília. Membro do Grupo de Pesquisa Victor Hugo e o Século XIX.
[2] Informação disponível em: <http://www.francetvod.fr/site-vod/contes-et-nouvelles-du-xixeme-siecle/?episode=4>. Acesso em: 5 março 2012.
[3] Informação disponível em: <http://www1.folha.uol.com.br/fsp/ilustrad/fq1003201104.htm>. Acesso em: 29 setembro 12.
[4] Informação disponível em: <http://www1.folha.uol.com.br/fsp/ilustrad/fq0304201107.htm>. Acesso em: 29 setembro12.

(do texto literário para a televisão) pode ser, portanto, uma versão, uma inspiração, uma recriação, uma reatualização, um aproveitamento temático, uma referência à obra". Ou seja, os dois autores definem adaptação televisiva como a constituição de uma nova obra. E para que se seja constituída esta nova obra, os signos verbais são interpretados por signos não verbais, o que compõe um processo que chamamos, sobretudo nos Estudos da Tradução, de "tradução intersemiótica ou transmutação" (JAKOBSON, 2003).

Plaza (2001) menciona algumas características da tradução intersemiótica: ela é avessa à ideologia da fidelidade; requer uma nova estrutura e uma nova forma-conteúdo; pode ser uma complementação do original podendo ou não alargar sentidos; pode tocar o original em pontos tangenciais do seu significado; é autônoma, mesmo mantendo uma relação de semelhança com o original; é produto de leituras possíveis do original; tem caráter mimético por tentar assemelhar-se ao original; possui um nível de informação estética único; está inserida em um tempo e espaço únicos; e é considerada uma (re)criação.

Objetivamos aqui discutir o processo de tradução intersemiótica do "romance" *Claude Gueux* de Victor Hugo para o telefilme homônimo de Olivier Schatzky, tentando buscar uma resposta para um ponto fulcral, tanto para a narrativa romanesca quanto para a narrativa fílmica: o que é *Claude Gueux*?

OS ENREDOS DE *CLAUDE GUEUX*

Faz-se necessário, antes de discutirmos a transposição, observarmos a trama de *Claude Gueux*.

No que concerne ao livro, *Claude Gueux* é um operário sem trabalho que vive miseravelmente com a mulher e uma criança. Certo dia, roubou algo. E deste ato resultaram três dias de alimento e bem-estar para todos, além de cinco anos de prisão para o homem. Claude era respeitado por todos os prisioneiros. Era glutão e o alimento servido no cárcere não era suficiente para saciar sua fome. Tal situação se mantém até ele conhecer Albin, um prisioneiro de vinte anos de idade, que passou a dividir o alimento e também a mesma cela com ele. Indignado, o diretor da prisão, M. D., decide separar os dois de cela. Claude não se conforma e pede a volta de seu amigo, mas o diretor não o atende. Então, Claude mata o diretor e tenta cometer suicídio; porém não morre e vai a julgamento. Durante o julgamento, acontece um encontro entre Claude e Albin, porém é o último, pois Claude é condenado à morte e, logo após, guilhotinado. A partir daí, o "romance" encadeia uma longa reflexão do narrador contra a injustiça e a miséria, que encerra o texto.

Já no que se refere ao telefilme, *Claude Gueux* vivia miseravelmente com a mulher e a filha. Sem trabalho e querendo dar uma vida melhor à família, rouba uma bolsa de moedas que dá alimento e bem-estar por alguns dias a todos. Ato fatal que o condena a três anos de prisão. No cárcere, sua autoridade e solidariedade naturais foram ganhando o respeito dos demais prisioneiros. Enquanto isso, sua esposa e filha sofrem de fome e frio. Há uma relação de amizade que se desenvolve entre Claude e Antoine, este último, um prisioneiro mais jovem que foi encarcerado por ter ajudado seu companheiro de afeto a roubar um banco. Claude se torna o defensor de Antoine que – pelo que se insinua no filme – prestava favores sexuais a alguns prisioneiros em troca de proteção da parte destes, com o consentimento tácito do diretor. Tal relação não agrada a Delacelle, diretor da prisão, que os separa, enviando Antoine para outra prisão. Claude, ao saber que sua esposa foi encontrada morta e que sua filha desapareceu, além de não ter recebido resposta das cartas que enviara às duas, encontra em Antoine seu único objeto de afeição correspondida. Pede a Delacelle inúmeras vezes a devolução de seu amigo, que lhe é negada. Então, Claude mata Delacelle e é condenado à morte.

No enredo do romance e do telefilme há diferenças e similaridades. Isso é explicado em parte pelas diferenças de linguagens – verbal e audiovisual – e também pelo tipo de interpretação/ponto crucial que o diretor (neste caso, o tradutor intersemiótico) elegeu para o telefilme: a explicitação da relação homossexual entre Claude e Antoine. Diferentemente da obra de Hugo, que coloca esta possível relação homossexual nas entrelinhas do texto "deixando ao leitor recolher as moralidades à medida que os fatos lhes são semeados em seu caminho[5]" (HUGO, 2010, p. 45, tradução minha).

Observemos agora as condições de publicação e produção do romance e do telefilme:

---

[5] No texto em francês: "laissant le lecteur ramasser les moralités à mesure que les faits les sèment sur leur chemin".

Elementos	Romance	Telefilme
Formato inicial	Folhetim semanal e único do mês de julho de 1834[6].	Audiovisual de cinquenta e cinco minutos veiculado em rede de televisão aberta.
Fonte	Notícias sobre Claude Gueux na *Gazette des Tribunaux* de 1832 e testemunhas da época.	Romance *Claude Gueux* de Victor Hugo e aparatos críticos sobre *Claude Gueux*.
Público-alvo	Leitores do semanário *Revue de Paris* de 1834.	Telespectadores franceses da série *Au siècle de Maupassant – Contes et Nouvelles du XIXème* e telespectadores brasileiros da série *Contos e Novelas Francesas do Século XIX*.
Personagens principais	Claude Gueux, Albin, Narrador, M. D.	Claude Gueux, Antoine, M. Delacelle.
Personagens coadjuvantes	Pernot, Carcereiro, Faillette, Ferrari, jovem condenado.	Louise (filha), Constance (esposa), Santini, carcereiro Millot, Faillol, Paco, Charrier, Alphonse, carcereiro Raoul, Mme Berthoud, Martin, M. Berthoud, inspetor Bergerac.
Formato posterior	Livro publicado em 1834 pela Maison d'Édition Évréat.	DVD produzido pela emissora France 2 em 2009 após a primeira exibição da série *Au siècle de Maupassant – Contes et Nouvelles du XIXéme*

Antes de analisarmos o quadro, é interessante notar que o folhetim, na época em que *Claude Gueux* foi publicado (1834), corresponde a um "espaço de variedades" onde se poderiam fazer criações literárias ou mesmo divulgar expressões artísticas ou não, conforme nos afirma Trizotte (2012, p. 2):

> Na França, assim como na Inglaterra, o folhetim não nasceu repentinamente, fruto apenas das estratégias de venda de Emile Giradin, fundador do *La Presse*. Antes disso, ele se constituía como um espaço de inventividade aberto no jornal, que abrigou desde anúncios e críticas dramáticas até programas de

---
[6] Informação comprovada diante da disponibilidade da *Revue de Paris* pela Bibliotèque National de France no site: <http://gallica.bnf.fr/?lang=PT>. Acesso em: 27 agosto 2012.

espetáculos, charadas, piadas e cartas de leitores. A adoção desse espaço foi feita de forma gradual pelos impressos. (...) Nesse novo espaço dos jornais, introduziram-se, ainda, os primeiros romances franceses. Sua boa aceitação por parte do público transformou aos poucos a noção de folhetim e deu a este uma vocação mais literária.

Tal assertiva nos confirma a informação apresentada no quadro anterior ao dizer que *Claude Gueux* de Victor Hugo saiu em folhetim semanal – no sentido de que semanalmente os folhetins eram vendidos – e único, porque dentre todos os folhetins semanais que saíram naquele mês, em somente um foi publicada a narrativa completa.

A partir das asserções acima, discutiremos alguns elementos essenciais desse processo de tradução intersemiótica: o gênero, a narrativa e o ritmo do texto. Esses três elementos mostram a similaridade do telefilme e do romance, mesmo que sejam obras autônomas.

ESTÉTICA E GÊNERO LITERÁRIO

O romance *Claude Gueux*, segundo grande parte da crítica em torno da obra hugoana, é considerado inclassificável em uma única estética literária, pois há estudiosos que o consideram texto romântico e outros, realista (KERN, 2010). Quanto ao gênero literário ao qual pertenceria, em razão de sua extensão e também estimando seu conteúdo, a narrativa poderia ser considerada como um conto, um apólogo ou um romance.

No que tange ao texto audiovisual, é relevante definirmos o que vem a ser um telefilme. Segundo Alegría,

> O glossário de cinema o define como um filme realizado para a televisão e que se ajusta a suas técnicas de filmagem e montagem. (...) o telefilme se ancora diretamente na linguagem fílmica. Trata-se de episódios com cerca de uma hora, normalmente transmitidos semanalmente e que têm seu próprio desfecho individual. Não têm limitações por razões de continuidade e mantém seu eixo condutor mediante a presença de alguns poucos personagens sobre os quais gira o argumento[7] (ALEGRÍA, 2007, tradução minha).

---

[7] "No texto em espanhol: "El glosario de cine lo define como una película realizada para televisión y que se ajusta a sus técnicas de filmación y montaje. (...) el *telefilme* se ancla directamente en el lenguaje fílmico. Se trata de episodios de alrededor de una hora, normalmente emitidos semanalmente y que tienen su propia clausura individual. No tienen limitaciones por razones de continuidad y mantienen su eje conductor a través de la presencia de unos pocos personajes sobre los que gira el argumento".

Ou seja, um telefilme é diferente de um filme. Um é feito para a televisão, o outro, para o cinema. O primeiro é adaptado à linguagem televisiva que é descontínua e fragmentária, e o segundo é próprio da linguagem cinematográfica que é contínua e não fragmentada. Lembrando que, quando falamos de descontinuidade e fragmentação, estamos falando da estética da interrupção. Na televisão cada programa é periodicamente interrompido (descontínuo) para dar espaço aos comerciais, fazendo com que o audiovisual seja veiculado em blocos, de modo fragmentado. Balogh afirma que "a descontinuidade, a interrupção, a fragmentação são características da linguagem televisual, a tal ponto que estão previstas nos próprios roteiros ficcionais" (2002, p. 95).

Tal estética televisiva acompanhou a transposição de *Claude Gueux*. O que nos faz também sugerir várias classificações quanto ao gênero televisivo: ele poderia ser considerado como um capítulo de um seriado, por compor o programa *Au siècle de Maupassant – Contes et Nouvelles du XIXème*. Poderíamos chamá-lo também de minissérie (produto televisivo mais complexo e denso do ponto de vista dramatúrgico (BALOGH, 2002). Poderíamos considerá-lo ainda como um produto unitário, um telefilme realizado a partir da obra homônima de Hugo dentre os demais textos que constituem o programa.

Percebe-se ainda que, em relação ao gênero, a tradução intersemiótica manteve certa conformidade entre as duas obras, visto que não há unanimidade entre a crítica relativa ao texto literário e ao texto televisivo/fílmico quanto à sua classificação.

Narrativa

Segundo Edward Lopes (apud BALOGH, 2004), para que um objeto cultural constitua uma narrativa é necessário que ele seja finito; que haja um esquema mínimo de personagens; que esses tenham algum tipo de qualificação para as ações que realizam ao longo da história; que realizem ações que deem andamento à história e mostrem as relações entre eles; que haja uma temporalização perceptível na oposição entre um "momento anterior" e um "momento posterior" da ação que nos permita detectar o texto como narrativa e que essa correlação entre temporalização e os conteúdos constitua o arcabouço narrativo.

O romance de Hugo tem uma narrativa finita com início, meio e fim. Tem poucos personagens bem descritos e qualificados que realizam ações que dão continuidade ao texto do início ao fim – Claude rouba, é preso, faz amizade com Albin etc. É possível em seu texto perceber facilmente a temporalização das ações que ocorreram antes e depois visto o texto não apresentar descontinuidade narrativa, o *flash back*. Também é perceptível que o texto pode ser fragmentado porque a sucessão de ações acontece uma seguida da outra, ou seja, o texto tem continuidade com teor fragmentável, o que o torna, de certa maneira, "adaptável" para a televisão. É provável que essa possibilidade de fragmentação da narrativa tenha justificado a escolha deste texto de Hugo para a adaptação audiovisual no programa *Au siècle de Maupassant – Contes et Nouvelles du XIXème*.

O telefilme, por ser veiculado na televisão, apresenta um caráter fragmentado, ou seja, ele tem momentos naturalmente passíveis de cortes para um intervalo comercial. Percebemos isso claramente pelos próprios cortes com que as cenas nos são apresentadas em seu formato DVD. Porém o telefilme exibido na emissora France 2, em 30 de março de 2009, foi transmitido sem intervalos comerciais, o que caracteriza também seu caráter de continuidade.

A tradução intersemiótica manteve no caráter narrativo a essência do romance: o teor de fragmentação com um grau de continuidade.

Ritmo

Percebe-se que o ritmo (a regularidade de determinados movimentos estéticos [BALOGH, 2002]) do texto literário é mais lento, levando o leitor a representar para si com mais intensidade ao ler as descrições demoradas repletas de adjetivos, comparações, metáforas e outras figuras de linguagem. No telefilme, os sentimentos que eram descritos no romance são trabalhados pelo enquadramento de câmeras ou mesmo pela sequência de músicas que acompanham algumas ações dos personagens.

Todavia, o ritmo televiso é diferente do literário. Enquanto o leitor tem o tempo que quiser para ler a obra, um telefilme tem tempo determinado em uma grade de programação, precisando, assim, ser mais rápido e se prender a determinados pontos fulcrais da obra. Após a difusão do telefilme em formato DVD, o espectador também pode ver a obra no ritmo que quiser, inclusive voltando ou adiantando cenas, exatamente como se adianta ou volta as páginas do livro. Assim, o DVD e o livro mantêm uma unidade de leitura e fruição. Já o telefilme exibido em canal aberto ou pago de televisão se assemelha ao folhetim publicado em jornal. Se o leitor não comprar o jornal do dia, fica sem o episódio, assim como o telespectador que perder o dia da exibição fica sem ver o telefilme.

Por causa do ritmo acelerado imposto pela televisão, o *Claude Gueux* de Schatzky apresenta várias elipses, tanto descritivas quanto narrativas, quando comparado ao romance de Hugo. Por exemplo: as cenas do julgamento e do suicídio de Claude são cortadas do telefilme, e as descrições dos lugares e mesmo de personagens como a do próprio Claude ficam subentendidas nas cenas subsequentes do telefilme pela construção dos personagens por meio das ações realizadas na narrativa.

Vê-se no telefilme a recriação do tempo e do espaço para alcançar certo ritmo televisivo.

No romance, o tempo é bem marcado e nítido para o leitor: "Il y a sept ou huit ans", "Au bout de quelques mois", "aujourd'hui le 25 octobre", "Il y a neuf jours pleins du 25 octobre au 4 novembre", "Ce matin-là", "Le 8 juin 1832, sept mois et quatre jours après le fait". Ou seja, o leitor tem uma informação precisa de que mês, momento, dia da vida de Claude acontecem as ações.

Já no telefilme, o tempo é também marcado, mas de forma sutil. Sabe-se que o momento é noite em razão das cenas internas nas celas com os prisioneiros já deitados e sabe-se que o momento é dia pelo clarear das janelas, pelas cenas externas e de trabalho. Entretanto, os dias especificados no romance são diferentes no telefilme. Por exemplo: o dia em que Claude Gueux mata M. Delacelle no romance é 4 de novembro e no telefilme é 15 de maio. Claude Gueux é condenado no romance a cinco anos de prisão e no filme a três anos. Percebe-se claramente que o tempo passa no telefilme, porém isso se dá mais pela ação dos personagens do que pela determinação do tempo. Por exemplo: há dias em que Claude está com barba e outros não, dias de tomar banho, horários de comer e passear no pátio.

A tradução intersemiótica tem certa semelhança com o original na questão tempo principalmente porque tanto o telefilme quanto o romance se passam no presente, ou seja, a cena acontece agora. Contudo, o tempo no telefilme é mais voraz e passa mais depressa que no romance, onde temos descrições que nos levam a deduzir a temporalização das cenas dos personagens.

No que concerne ao espaço, temos basicamente dois espaços no telefilme: interno e externo. Externo nos lugares onde as cenas transcorrem ao "ar livre", à luz do dia: pátio e rua. Interno nos lugares onde as cenas se passam em lugares fechados: casa, cela, escritório, oficina, banheiro.

No romance os dois mesmos espaços nos são apresentados, porém com mais descrições e, portanto, com mais detalhes que no telefilme. Por exemplo: o romance menciona que a prisão onde Claude estava preso era uma antiga abadia que se chamava Clairvaux. No filme esta informação desaparece e a prisão apresentada pode ser qualquer uma na França do século XIX.

Além disso, no romance as descrições de espaço sempre vêm primeiro para somente depois acontecer a cena. No telefilme é ao contrário, o espaço aparece em segundo plano como mais um modo de refinar a ação do personagem em determinado momento. Por exemplo: em vez de aparecer a fachada da prisão com o nome Clairvaux, já vemos Claude de imediato dentro da prisão.

Na tradução intersemiótica, a obra de Hugo e a obra de Schatzky na questão espaço apresentam facetas diferentes que se cruzam em determinados momentos, pois percebemos que os lugares foram interpretados e mesmo recriados no telefilme. Percebe-se a liberdade de criação e um certo distanciamento do romance por conta do formato próprio do meio televisivo. Além disso, a televisão (como seu próprio nome indica) apela para a visão, de modo que não é preciso descrever o cenário, como no livro, porque ele está diante dos olhos do telespectador.

A recriação como tradução intersemiótica é determinada pelas escolhas pessoais para manter uma determinada estética televisiva (clímax/fragmentação/continuidade) e situacionalidade, ou seja, obra feita em determinado tempo/espaço de criação para um determinado público e momento da televisão.

Abaixo propomos alguns procedimentos de tradução intersemiótica do romance para o telefilme *Claude Gueux*. Tais procedimentos tradutórios mostram como uma obra se diferencia da outra mesmo tendo similaridades no gênero, na narrativa e no ritmo.

Procedimentos técnicos[8] de tradução intersemiótica: de livro para telefilme

- *Condensação e realce*: é quando se acrescem movimentos que realçam os valores de que uma ação ou personagem são impregnadas. No romance são feitas duas descrições demoradas sobre Claude Gueux e M. D. mostrando suas personalidades; no telefilme suas personalidades são mostradas pelas ações que praticam.

- *Acréscimo*: é quando se acrescenta algo que não existe na obra original. No texto de Hugo o destino da criança de Claude não é mencionado, enquanto no telefilme a criança é entregue às irmãs de caridade que a acolhem. No livro, não se sabe o sexo da criança; no telefilme, trata-se de uma menina.

---

[8] Tais procedimentos aqui apresentados são fundamentados em Aguiar (2003), Balogh (2002; 2005) e Nagamini (2004).

• *Deslocamento*: é a transferência de ações de um personagem para outro. No romance, Claude tenta cometer suicídio; no filme é Antoine que tenta o suicídio.

• *Explicitação*: é quando algo é especialmente evidenciado. No livro subentende-se uma certa homoafetividade entre Claude e Albin. No telefilme, o diretor construiu uma outra história parecida com a de Albin, porém com outro personagem – Antoine – a fim de evidenciar o caráter homossexual da relação de Claude e Albin/Antoine.

• *Antecipação*: é deslocar alguma cena para antes do momento em que ela ocorre no livro. No texto de Hugo, Albin e Claude se conhecem no refeitório, durante uma cena na qual Albin dá seu pão para Claude afirmando não conseguir comer tudo. Ou seja, a cena de repartir o pão acontece somente entre os personagens principais. No telefilme, a cena em que Antoine reparte o pão acontece antes mesmo de ele conhecer Claude. Além disso, nesta cena o repartir o pão significa ter a proteção de alguém e dar o respeito a alguém, diferentemente do livro em que tal cena é pura e simplesmente repartir o pão.

• *Postergamento*: é deslocar alguma cena para depois do momento em que ela ocorre no livro. No romance, Albin reparte pão com Claude no primeiro encontro, já no telefilme isso acontece somente depois que o último já havia conquistado o respeito dos prisioneiros.

• *Supressão*: é quando por economia suprimem-se acontecimentos, passagens, personagens. No romance temos a cena do último encontro de Albin e Claude e a cena em que Claude se confessa antes de ser guilhotinado; no telefilme, estas cenas são simplesmente suprimidas.

• *Perda*: implica a escolha consciente de um caminho, diverso daquele da narrativa original. Não é apenas uma supressão por motivos de conveniência. Após a morte de Claude, há no romance uma última parte, que é considerada quase um manifesto, uma diatribe contra a miséria e a injustiça. No telefilme esta parte foi totálmente suprimida, tornando-o uma adaptação alheia a toda reflexão acerca do problema da miséria e da injustiça social.

• *Combinação* e *disjunção*: ocorrem quando vários elementos dispersos do romance são "retirados" de seus pontos de origem (*disjunção*) e transportados para outros (*combinação*). No texto literário, há uma parte toda dedicada à explicação e à moralização do nome Gueux ("indigente"), enquanto no telefilme foi criada uma cena sarcástica para inserir tal explicação: Claude vai pedir um emprego e lhe perguntam o nome; ele responde "Gueux. Claude Gueux" e daí todos em volta riem de seu nome e de sua situação e o empregador diz "Gueux (Indigente)? É por isso que está nesta situação!". Também no romance, Claude aconselha um jovem prisioneiro a aprender a ler; no filme é Antoine que aconselha e que tenta ensinar Claude a ler e a escrever.

Alguns desses procedimentos de tradução intersemiótica podem ser considerados mecanismos de *compensação*.

Segundo Barbosa (1990, p. 69) "a *compensação* consiste em deslocar um recurso estilístico, ou seja, quando não é possível reproduzir no mesmo ponto, (...), um recurso estilístico usado no (original) (...), o tradutor pode usar um outro, de *efeito equivalente*, em outro ponto do texto". É importante enfatizar que na tradução intersemiótica, além de substituir por vezes um recurso estilístico, a compensação serve para retomar partes da narrativa que foram cortadas ou mesmo que dão uma interpretação singular à obra tal como vimos nos exemplos anteriores.

À GUISA DE CONCLUSÃO

O telefilme *Claude Gueux* produz distanciamentos e aproximações para com o romance hugoano. Percebemos que, enquanto um romancista tem à sua disposição a linguagem verbal, com toda a sua riqueza metafórica e figurativa, um diretor de televisão lida com pelo menos cinco matérias de expressão diferentes: a imagem, a linguagem oral (diálogos, narração e letras de música), sons não verbais (ruídos e efeitos sonoros), música e a própria língua escrita (créditos, títulos e outras escritas) (JOHNSON, 2003).

As linguagens verbal e não verbal, pelas estruturas e elementos diferenciados que possuem, não conseguem plenamente, na transmutação, manter a almejada fidelidade. Contudo, a tradução acontece assim mesmo, porque ela é fruto de uma leitura e de escolhas que podem novamente ser refeitas, recriadas, retraduzidas.

O processo de tradução intersemiótica mantém a intertextualidade entre o texto literário e o texto fílmico; faz uma interseção entre a imagem e a palavra tentando resgatar a riqueza da função poética na íntima relação entre expressão e conteúdo; e, sobretudo, defende a coesão das obras de arte, onde cada uma tem seus elementos estruturadores de estética e discurso. É por isso que Balogh afirma:

> Na transmutação, o mesmo conteúdo, ou parte ponderável dele, transita de um texto a outro. Como, no entanto, se trata de dois textos estéticos, a íntima coesão entre este conteúdo, que permite o trânsito intertextual, e uma expres-

são diversa, que o atualiza, não pode senão relativizar os diferentes textos de algum modo (BALOGH, 2005, p. 51).

Tal assertiva confirma que as recriações e adaptações ao passarem pela tradução intersemiótica vão apresentar interação e conexão, mas serão sempre obras distintas porque o conteúdo estético foi reapropriado e as obras possuem autonomia própria. Livro não pode ser telefilme. *Claude Gueux* de Victor Hugo não pode ser o *Claude Gueux* de Olivier Schatzky – o elo existente entre eles é o processo de transmutação, a tradução intersemiótica.

E O QUE É *CLAUDE GUEUX*?

Claude Gueux enquanto texto narrativo é uma incógnita no que concerne às estéticas literárias e gêneros narrativos, uma reflexão sobre a miséria e a injustiça no século XIX por seu conteúdo e um dos textos que complementam o discurso hugoano em sua obra romanesca pela luta da igualdade, liberdade e fraternidade francesa que podem ser disseminadas a todas as nações. Contrariamente, o telefilme não tem o mesmo poder discursivo e apelativo do romance em razão de mudança de foco narrativo: a homossexualidade na prisão. O próprio diretor optou por apenas contar a história de Claude e Antoine e deixar que os telespectadores entendam o telefilme ou como mensagem da fatalidade da homossexualidade ou como mero entretenimento estético-visual.

Contudo, o telefilme *Claude Gueux* reafirma o quanto o problema da injustiça social e o da miséria ainda precisam ser enfocados, revelando quão atual permanece o discurso de Hugo e o quanto a literatura ainda é um produto de consumo ora inspirador para (re)criação e reflexão, ora artístico e de entretenimento mesmo que apropriada e ressignificada em outro meio semiótico.

REFERÊNCIAS

AGUIAR, Flávio (2003). "Literatura, cinema e televisão". In: PELEGRINNI et al. *Literatura, cinema e televisão*. São Paulo: Editora Senac.
BALOGH, A. Maria (2002). *O discurso ficcional na TV*. São Paulo: Edusp.
_____ (2005). *Conjunções, disjunções, transmutações*: da literatura ao cinema e à TV. São Paulo: Annablume.
BARBOSA, H. Gonçalvez (1990). *Procedimentos técnicos da tradução*: uma nova proposta. São Paulo: Pontes.
HUGO, Victor (2010). *Claude Gueux*. Paris: GF Flammarion.
JAKOBSON, Ramon (2003). *Linguística e comunicação*. 19 ed. São Paulo: Cultrix.

JOHNSON, Randal (2003). "Literatura e cinema, diálogo e recriação: o caso de *Vidas secas*". In: PELLEGRINI et al. *Literatura, cinema e televisão*. São Paulo: Editora Senac.

KERN, Étienne (2010). "Présentation". In: HUGO, Victor. *Claude Gueux*. Paris: GF Flammarion.

NAGAMINI, Eliana (2004). *Literatura, televisão e escola*: estratégias para a leitura de adaptações. São Paulo: Cortez.

PLAZA, Julio (2001). *Tradução intersemiótica*. São Paulo: Perspectiva.

SCHATZKY, Olivier (2009). "Claude Gueux, d'après Victor Hugo". In: *Au siècle de Maupassant, Contes et Nouvelles du XIXème siècle*. Saison 1. v. 1. Paris: France 2 (DVD).

REFERÊNCIAS ELETRÔNICAS

ALEGRÍA, M. T. Ribés. "Preguntas y respuestas sobre las tv-movies". In: *Metodologías de análisis del film*. Actas del I Congreso Internacional sobre Análisis Fílmico. Madrid: Edipo, 2007. Disponível em: <http://repositori.uji.es/xmlui/bitstream/handle/10234/38401/Mar%C3%ADa%20Teresa%20Ribés%20Alegr%C3%ADa.pdf?sequence=1>. Acesso em: 29 setembro 2012.

TRIZOTTI, Patrícia T. *Os folhetins do jornal O Estado de S. Paulo (1875–1944)*. Disponível em: <http://www.espea.iel.unicamp.br/index.php?lang=pt-br >. Acesso em: 25 agosto 2012.

Traduzir Victor Hugo

Les traducteurs ont une fonction de civilisation. Ils sont des ponts entre les peuples. Ils transvasent l'esprit humain de l'un chez l'autre. Ils servent au passage des idées. C'est par eux que le génie d'une nation fait visite au génie d'une autre nation. Confrontations fécondantes.

(Les traducteurs). Proses Philosophiques de 1860-1865

Poesia hugoana em tradução

Anderson Braga Horta[1]

Victor Hugo (1802-1885) foi um dos maiores fenômenos da história em termos de criação e de influência literária. Orador prestigioso, político progressista, pensador, é sobretudo como teatrólogo, romancista e poeta que o lembramos hoje e o lembraremos sempre. Sua grandeza não se resume à singular riqueza verbal, menos ainda à grandiloquência (que lhe valeu ser frequentemente apontado, na modernidade, como influxo negativo, esquecidos os críticos, não raro, da diversidade e seminalidade dos caminhos que abriu), também não ao domínio dos diversos gêneros que praticou, mas principalmente ao fato de toda essa fortuna formal se aplicar a uma pregação de liberdade, de justiça social, de paz e união entre os homens. Ele está entre os escritores que introduziram como protagonista o povo, o homem comum, os pobres, *Os miseráveis*. E o fez com força, imaginação e brilho, na prosa como no verso, no drama, no romance e no poema, sem, todavia, desqualificar sua obra em manifesto, cartilha ou discurso político.

Sua influência é universal. Suas narrativas teatrais e romanescas foram tomadas para temas de óperas por autores como Donizetti, Verdi e Ponchielli, poemas seus foram musicados por compositores de talento. Transbordou de seu século para o seguinte, fornecendo argumentos do mais vívido interesse para o cinema. E hoje, cento e muitos anos após a sua morte, permanece vivo e amado.

A presença de Hugo no Romantismo brasileiro é particularmente assinalável na poesia, pela temática social e pelo pensamento progressista, pelo tom elevado de seus mais vigorosos representantes e pela aura de liberdade que respiram, sendo visível também nas epígrafes e na tradução de poemas. Entre seus tradutores do período figuram poetas do nível de Gonçalves Dias, Casimiro de Abreu e Castro Alves, nomes a que se acrescentam os de Narcisa Amália, Gentil Homem de Almeida Braga, Joaquim Serra, para ficarmos em alguns. Passado o Romantismo, não passa, entretanto, o interesse em traduzir a poesia hugoana, conforme o atestam páginas de Teófilo Dias, Vicente de Carvalho, Artur Azevedo, Raimundo Correia, Eduardo Guimaraens. Não tenho a pretensão, nem o poderia, de arrolar todos os tradutores; cito, porém, dois livros que, se não chegam a tanto, abrangem várias dezenas: *Hugonianas*, de Múcio Teixeira, e *Victor Hugo no Brasil*, de Antônio Carneiro Leão.

---

[1] Poeta e tradutor.

Falo, agora, de minha experiência de traduzir o romântico genial, experiência cuja culminância viria da colaboração com os poetas Fernando Mendes Vianna e José Jeronymo Rivera, nas comemorações de 2002.

Antes, porém, de entrar na especificidade do tema, gostaria de dizer umas palavras a respeito da tradução de poesia em geral. Creio que há, basicamente, duas maneiras de traduzir poesia. A primeira, a mais óbvia, e menos ambiciosa, é limitar-se à tradução dita literal, adstrita quase aos aspectos semântico-sintáticos do texto. O tradutor, nessa modalidade, se resigna a perder conotações, o ritmo, a melodia da frase, se não a cor das imagens. O jogo, a dança das palavras. A segunda, mais ambiciosa, procura recriar na língua-meta a capacidade encantatória do verso original, ainda que ao preço de alguma substância perdida naqueles estratos semântico-sintáticos, não raro tendo de substituir imagens, cortar detalhes, acrescentar algo.

Há ainda, é claro, o meio-termo. Mas, ao contrário do caminho do meio do Budismo, esta não parece ser a saída da salvação. O tradutor, aqui, aproxima-se da recriação dos encantos do original na medida em que isso não o desvie perigosamente de seu arcabouço sintático-semântico, mas, quando o voo ameaça levá-lo para longe, volta ao chão. Isso é apenas um exemplo, pode-se adotar soluções de compromisso de vários matizes. O resultado não satisfaz aos objetivos da literalidade nem aos da recriação, podendo levar o leitor a um sentimento de frustração e a um julgamento equivocado do poeta.

A tradução literal parece, à primeira vista, mais fácil. Às vezes não é. Pode requerer maior conhecimento da língua-fonte. E, conforme a orientação poética, é difícil traçar uma linha de sentido iniludível. O tradutor não pode dançar, não pode jogar com as palavras, está preso ao *sentido*. O que será tanto mais difícil quanto mais hermético o poema – quando o sentido aparente das palavras é o que menos importa.

De um modo geral, a segunda maneira, a que procura reproduzir o poder de encantamento do original, é caminho mais árduo. Mas permite aproximações, permite o jogo das conotações, das ambiguidades, o que pode significar que permite a fuga ao pão, pão, queijo, queijo da tradução literal.

Esta há de ser preferida em certas circunstâncias. Faculta maior intimidade semântica do leitor com o poema original. O leitor, por sua vez, nesta hipótese, é superexigente quanto à fidelidade textual. Se o leitor é bilíngue, pode servir-lhe de abordagem primeira ao poema.

Diga-se, enfim, que o praticante da segunda modalidade costuma valer-se inicialmente da tradução literal, mais ou menos como o referido leitor bilíngue, para só depois mergulhar nas aproximações mais íntimas às verdades rítmicas e melódicas do poema, com as reverberações vocabulares, com as setas divergentes da conotação.

O primeiro é o modo, por assim dizer, documental da tradução. Ao leitor que não tem acesso à língua original ele será de menor utilidade, conforme a distância entre as duas línguas (e às vezes há uma terceira de permeio): perdem-se os encantos do original e nem sempre se pode ter a segurança de uma fidelidade "discursiva".

Quando comecei a me interessar pela tradução de poesia, tinha já meus sete anos de pastor em metro e rima, de forma que me orientei naturalmente para a modalidade recriativa. De notar que a recriação de que falamos não implica nenhuma liberdade absurda em face do original; pelo contrário, exige a busca da maior fidelidade possível a cada um dos estratos do poema a traduzir.

Minha primeira vítima não foi Victor Hugo, mas, acidentalmente, um pequeno poema de Jean Cocteau. Logo depois, porém, atrevi-me a enfrentar o gigante – verdade que em poemas de menor dificuldade.

No bicentenário do poeta, reuni-me aos amigos Fernando Mendes Vianna e José Jeronymo Rivera para prestar-lhe a nossa homenagem. Vínhamos de uma parceria na tradução de *Poetas do Século de Ouro espanhol*, que nos deu a alegria de um trabalho conjunto plenamente harmonioso (discussões houve, decerto, mas de natureza técnica e estética). O resultado foi um bom número de poemas traduzidos por nós individualmente ou a dois, mas sempre sob o olhar dos três. Circunstâncias editoriais levaram-nos a dividi-los em dois livros, ambos bilíngues: *Victor Hugo: dois séculos de poesia*, editado pela Thesaurus, de Brasília; e *O Sátiro e outros poemas*, pelas Edições Galo Branco, do Rio de Janeiro. Para este, Mendes Vianna preparou extenso estudo introdutório.

Dos poemas maiores e mais complexos coube, por exemplo, a Fernando um longo fragmento do longuíssimo "Dieu"; a Rivera, ainda exemplificando, o belo "Abîme"; e a mim "Le Satyre", também referto de problemas, como as sequências de versos coalhados de nomes mitológicos, que era preciso recombinar, em português, na caixa do alexandrino.

Comungando as mesmas ideias a respeito da tradução do poema, não nos foi penoso, antes uma festa de companheirismo e descobrimento, o esforço conjunto. Compensação das dificuldades é o melhor conhecimento que se adquire do poeta ao vencê-las (ou contorná-las...). Depois da empreitada, o gênio de Hugo se nos impôs ainda mais alto que antes.

Para ilustrar e encerrar esta comunicação, alguns versos do imenso poeta, em vestes brasílicas. Escolho um poema traduzido a quatro mãos com o poeta de *A Chave e a pedra* e *Proclamação do barro*, e outro em parceria com o tradutor das *Rimas* de Bécquer e do *Gaspard de la Nuit*, de Aloysius Bertrand.

Com Fernando Mendes Vianna traduzi "Veni, vidi, vixi" (*Les Contemplations*), de grande força confessional: o poeta lamenta a solidão de quem já muito viveu e não encontra "o socorro de um braço". Com a morte da filha, diz, é morta sua alma. Chora a ingratidão dos homens para com ele, que sempre cumpriu o seu dever na Terra. E pede a Deus que o liberte de tanto sofrimento. Lê-se:

> Já bastante vivi, pois que nas minhas dores
> Caminho e não encontro o socorro de um braço,
> Nem sorrio se acaso uma criança enlaço,
> Nem me sinto feliz andando em meio às flores;
>
> Pois que na primavera, em festa a natureza,
> Sem alegria assisto ao esplêndido amor;
> Pois que vivo sem ver luz alguma em redor,
> Ai de mim! só de tudo a secreta tristeza;
>
> Pois que vejo vencida a esperança, e vencido,
> Nesta estação de luz e perfumes e rosas,
> Ó minha filha, aspiro à sombra em que repousas,
> Pois que é morta a minha alma, ai! tenho assaz vivido.
>
> Não recusei jamais o meu dever na terra.
> À leira fui fiel; eis a minha virtude.
> Sempre ao vário viver sorri com mansuetude,
> De pé, mas inclinado ao Mistério que o encerra.
>
> Servi o quanto pude, em vigília, e no entanto
> Muitas vezes ouvi rirem de minha dor.
> Espantei-me de ver-me objeto de ódio e horror,
> Tendo tanto sofrido e trabalhado tanto.
>
> Na terrestre prisão não se abre uma asa terna.
> Sem lamentar-me nunca, e a sangrar desenganos,
> Exausto, ouvindo a vaia a monstros desumanos,
> Carreguei meu grilhão nesta corrente eterna.

A meio apenas se abre o meu olhar agora;
Já nem volvo a cabeça ao escutar meu nome;
Todo estupor e tédio, eu me assemelho a um homem
Que, não tendo dormido, está de pé na aurora.

Já nem me digno, erguendo a cansada cabeça,
De responder à inveja, essa língua de açoite.
Ó Senhor, por piedade, abre as portas da noite,
Que eu por elas me vá e enfim desapareça!

Dos que traduzi com José Jeronymo Rivera, dois me agradam especialmente: "Le Crapeau" e "Booz endormi", de *La Légende des siècles*. Leio a versão do segundo, em que tentamos, na medida de nossas forças, reproduzir em português a melodia da narrativa e, mais que tudo, imitar o brilho da prestigiosa imagem da "faucille d'or dans le champ des étoiles". Booz, lavrador octogenário, viúvo, homem trabalhador e justo, deitara-se a dormir junto às medas de cereais, após as canseiras do dia. Ao pé dele, a jovem Rute velava. E sonhou Booz que de seu ventre se projetava um carvalho, de cujo tronco brotava, numa longa e ascendente cadeia, uma progênie gloriosa. (Na verdade, a estirpe de Davi, a linhagem de Cristo: "Un roi chantait en bas, en haut mourait un dieu".) O poeta detém-se antes de consumada a semeadura amorosa, finamente sugerida, e encerra o poema com aquela imagem de prodigiosa beleza. Ei-lo:

Deitara-se Booz; cansara-se demais,
No trabalho de todo um dia em sua eira,
E preparara o leito à feição costumeira;
Booz dormia em meio aos sacos de cereais.

Tinha campos de trigo e centeio o ancião;
Rico, de justo e bom gozava entanto a fama;
A água de seu moinho era isenta de lama,
E inferno não ardia em sua fundição.

Como um rio de abril sua barba fulgia.
Não lhe era o feixe avaro ou odiento; na jeira,
Se, pobre, via arfar uma respigadeira,
"Deita um pouco do fardo ao chão" – ele dizia.

Puro, não ia empós de torvos horizontes,
Vestido de honradez, candura e linho alvar;
E, sempre da pobreza em favor a jorrar,
Seus alqueires de grãos eram públicas fontes.

Era fiel parente e patrão generoso,
Econômico embora; e, embora velho, mais
Que um jovem atraía atenções feminais,
Pois, se o jovem é belo, é grande o homem idoso.

À fonte original o ancião se reconduz,
Ao dia eterno vai, deixando a variedade;
E, se a chama se vê no olhar da mocidade,
Nos olhos do ancião enxergamos a luz.

Dormia, pois, Booz, à noite, em meio a amigos;
Junto às medas, talvez a ruínas semelhantes,
Os ceifeiros dormindo eram sombras cambiantes,
E tudo se passava em tempos muito antigos.

As tribos de Israel um juiz dirigia;
A terra, em que a tremer iam os homens, errantes,
Vendo sob os seus pés marcas de pés gigantes,
Do dilúvio molhada e mole ainda emergia.

Adormeceu Jacó; Judite o olhar cerrou;
E jazia Booz das ramas encoberto;
Ora, a porta do céu, que se havia entreaberto,
Sobre sua cabeça um sonho derramou.

E esse sonho era tal que ele um carvalho via
De seu ventre saindo e ao céu subindo em graça;
Como longa cadeia ascendia uma raça;
Um rei cantava embaixo, e no alto um deus morria.

E murmurava Booz, com a voz da alma, ferrenho:
"Como é possível vir isso tudo de mim?

Dos oitenta passei, a caminho do fim,
E filhos não gerei, e mulher já não tenho.

Já de muito, Senhor, a que dormia junto
De mim o leito meu pelo vosso o trocou;
E ela comigo está, e eu com ela ainda estou,
Ela ainda meio viva, eu já meio defunto.

Uma raça nascer de mim? Crer em tal glória!
Pois poderia eu novos frutos gerar?
Quando se é jovem, sempre é manhã a triunfar,
Da noite surge o sol como de uma vitória.

Treme o velho, porém, como no inverno sói
A bétula tremer. Sou só. Na tarde calma,
Já se inclina, meu Deus, para a tumba a minha alma,
Como a fronte, sedento, inclina à fonte o boi.

Assim falava Booz, em êxtase, através
Do sonho, a Deus o olhar dentre o sono voltado;
Como o cedro não sente uma rosa a seu lado,
Ele não percebia a mulher a seus pés.

E Booz dormitava; entanto, seios nus,
Rute, uma moabita, a seus pés se deitara,
Esperando talvez uma centelha rara,
Quando do despertar viesse a súbita luz.

Não sabia Booz que uma mulher lá estava,
Os desígnios de Deus Rute não adivinha;
Dos lírios do jardim, fresco perfume vinha;
Da noite o sopro ameno em Galgala flutuava.

A sombra era nupcial, solene e augusta; havia
Anjos nela a voar, decerto obscuramente,
Pois na noite se via, a passar vagamente,
Alguma coisa azul, que uma asa parecia.

Ia a respiração de Booz unir-se às finas
Vozes da água a ciciar dos musgos na urdidura.
Estava-se no mês em que é doce a natura
E de lírios se enfeita o topo das colinas.

Rute sonhava, e Booz dormia, entre o tanger
Dos guizos do rebanho; a erva era negra e densa;
Vinha do firmamento uma bondade imensa;
Era a hora tranquila em que os leões vão beber.

Tudo em Jerimadé, tudo em Ur repousava;
Dos astros se esmaltava o céu profundo e puro;
Aguçava o crescente, entre as flores do escuro,
A lâmina no ocaso, e Rute se indagava,

Imóvel, entreabrindo os olhos para vê-las,
Que ceifeiro do eterno estio arremessara,
Negligente, ao partir, aquela fina e clara
Foice de ouro no campo ardente das estrelas.

Com essa escolha, ao mesmo tempo em que reverencio a figura augusta de Victor Hugo, prestigio a memória de Fernando, grande poeta que nos deixou em 10 de setembro de 2006, e cumprimento Rivera por sua mais recente aventura tradutória, *A Voz a ti devida*, de Pedro Salinas, no prelo.

Referências

BÉCQUER, Gustavo Adolfo (2001). *Rimas*. Trad. José Jeronymo Rivera. Edição bilíngue. Brasília/Embajada de España: Consejería de Educación y Ciencia.

BERTRAND, Aloysius (2003). *Gaspard de la Nuit*. Trad. José Jeronymo Rivera. Edição bilíngue. Brasília: Thesaurus.

HORTA, Anderson Braga; RIVERA, José Jeronymo; VIANNA, Fernando Mendes (org., trad. e notas) (2000). *Poetas do Século de Ouro espanhol*. Edição bilíngue. Brasília: Thesaurus/Consejería de Educación y Ciencia de la Embajada de España.

_____ (2002). *Victor Hugo*: dois séculos de poesia. Edição bilíngue. Brasília: Thesaurus.

_____ (1960). *O Sátiro e outros poemas*. Edição bilíngue. Rio de Janeiro: Galo Branco.

LEÃO, A. Carneiro (1960). *Victor Hugo no Brasil*. Rio de Janeiro: Livraria José Olympio Editora.

SALINAS, Pedro (2012). *A voz a ti devida*. Trad. José Jeronymo Rivera. Edição bilíngue. Brasília: Thesaurus.

TEIXEIRA, Múcio (2003). *Hugonianas*: poesias de Victor Hugo traduzidas por poetas brasileiros. Rio de Janeiro, 1885. 3. ed. Prefácio Sergio Paulo Rouanet. Rio de Janeiro: Academia Brasileira de Letras.

VIANNA, Fernando Mendes (1960). *A chave e a pedra*. Rio de Janeiro: Livraria São José.

_____ (1983 [1964]). *Proclamação do barro*. 2. ed. Rio de Janeiro: Civilização Brasileira/ MEC.

Choses du soir: *o que se traduz quando se traduz poesia?*

Marcos Bagno[1]

É no mínimo espantoso que muitas pessoas, incluindo as que atuam no universo acadêmico, ainda se apeguem à antiquada dicotomia *forma/conteúdo* quando se trata de tradução em geral e, mais especificamente, de tradução de poesia. A inadequação dessa dicotomia é ainda mais visível quando nos damos conta de que o universo do texto exibe muito mais elementos constitutivos do que forma e conteúdo, os quais, por seu lado, se dispõem bem melhor num espaço contínuo, sem delimitação rígida, do que em polos antagônicos e incomunicáveis. Entre os elementos de um texto, podemos citar, por exemplo:

- a *substância fônica*: todo texto é um conjunto sonoro concreto, quando falado, ou potencial, quando escrito, já que pode a qualquer momento ser oralizado pela leitura em voz alta; aliás, mesmo a leitura muda contém uma substância fônica, uma vez que, ao ser lido em silêncio, qualquer texto reverbera em nosso cérebro;
- o *ritmo*: os volumosos estudos de Meschonnic acerca do ritmo (1982, 1998, 2000) asseguram um lugar importante a esse conceito no estudo da linguagem em geral, do fazer poético em especial, bem como na tradução;
- a *iconicidade*: a capacidade que têm os signos linguísticos de *retratar*, iconicamente, a realidade do mundo vem sendo objeto de importantes investigações nos estudos sociocognitivos contemporâneos. Na grande maioria das línguas, por exemplo, o *plural* é representado por palavras maiores do que as do *singular* (*mar/mares*; *canto/cantamos*); quando se trata de texto impresso, a iconicidade se revela na diagramação, na escolha das fontes, das cores, das formas das letras etc.; basta pensar na importância desses elementos nos caligramas de Apollinaire, no célebre poema "Un coup de dés", de Mallarmé, nos poemas concretos etc.;
- o *gênero*: todo e qualquer texto, falado ou escrito, se consubstancia num dos incontáveis *gêneros* que circulam na sociedade, sendo estes definidos como "realizações linguísticas concretas definidas por propriedades sociocomunicativas" (MARCUSCHI, 2010, p. 24);
- o *estilo*: com tudo o que esse termo historicamente vem designando;

---

[1] Professor do Departamento de Línguas Estrangeiras e Tradução da Universidade de Brasília.

• o *horizonte de interlocução*: seres intrinsecamente *sociais*, sempre falamos e escrevemos nos dirigindo a um *interlocutor* real ou potencial; mesmo quando se trata do solilóquio, da meditação íntima, "o discurso interior é tanto um produto e expressão do convívio social quanto o discurso exterior" (BAKHTIN, 2001, p. 80);

• o *discurso*: todo ato verbal é portador de um *discurso*, de um *fazer com a linguagem*, de um *dizer-fazer* (AUSTIN, 1962); e todo discurso é portador de uma *ideologia*, no sentido que lhe atribui Volóshinov (1929).

É evidente que todos esses elementos não são exclusivos de uma suposta "linguagem poética" ou "linguagem literária" (uma falácia, para usar os termos de PRATT, 1977), mas da *linguagem* pura e simplesmente.

Se não existe uma "linguagem literária", existem, sim, *textos literários*, assim qualificados por critérios eminentemente socioculturais e nunca por propriedades intrínsecas, formais, estruturais.

Quando se trata da tradução de textos literários e, sobretudo, de poesia, a noção de *ritmo*, tão cara a Meschonnic, desponta como a mais importante. Valendo-se da tríade *discurso/ritmo/oralidade*, o autor escreve:

> No século XX, a tradução se transforma. Passa-se pouco a pouco da língua ao discurso, ao texto como unidade. Começa-se a descobrir a oralidade da literatura, não somente no teatro. Coisa que os grandes tradutores sabiam intuitivamente desde sempre. Descobre-se que uma tradução de um texto literário deve fazer o que faz um texto literário, por sua prosódia, seu ritmo, sua significância, como uma das formas da individuação, como uma forma-sujeito. O que desaloja radicalmente os preceitos de transparência e de fidelidade da teoria tradicional, fazendo-os aparecer como os álibis moralizantes de um desconhecimento do qual a caducidade das traduções é somente o justo salário (MESCHONNIC, 1999, p. 16).

Mais adiante, delimitando o ritmo como fundamento da linguagem em geral, Meschonnic declara:

> A oralidade, como marca característica de uma escrita, realizada em sua plenitude somente por uma escrita, é o que está em jogo na poética do traduzir. Ela supõe, e verifica concretamente a cada vez, que a oralidade não é, não é mais o que o signo binário confundia com o falado, oposto ao escrito (id., p. 29).

O ritmo, prossegue ele, é a especificidade, a subjetividade, a historicidade de um discurso e sua sistematicidade — donde o autor conclui (id.) que "a oralidade é o primado do ritmo no modo de significar. No falado como no escrito". Sendo assim, a consequência lógica é que "num texto literário, o que se deve traduzir é a oralidade".

Vamos aplicar esses postulados à análise de uma tradução de um poema de Victor Hugo, "Choses du soir", extraído de sua coletânea de versos intitulada *L'Art d'être grand-père*, publicada em 1877.

O poema saiu publicado isoladamente em francês em 1979 numa edição destinada ao público infantil, com ilustrações de Patrick Couratin. A mesma edição, com o mesmo formato e mesmas ilustrações, foi publicada no Brasil em 1983 com tradução do escritor Fernando Sabino (1923-2004)[2]. Essa tradução, se aplicarmos a ela os postulados de Meschonnic vistos acima, não realiza o trabalho de "fazer o que faz um texto literário, por sua prosódia, seu ritmo, sua significância". Se o par indissolúvel *ritmo/oralidade* compõe o cerne da tradução de uma obra literária, com mais forte razão deveria ser observado na tradução de um poema como "Choses du soir", em que ritmo/oralidade atingem o estatuto de pura música[3].

"Choses du soir" se compõe de nove estrofes, cada uma delas constituída de um quarteto e um dístico, conforme se vê abaixo, na transcrição da primeira delas. O esquema de rimas é ABBA-CC[4]. O dístico atua como um refrão que se repete ao final de cada uma das nove estâncias. O metro empregado é o *decassílabo*, mas não o decassílabo clássico (o *heroico*, com acentuação na 6ª e na 10ª sílabas; o *sáfico*, com acentuação na 4ª, 8ª e 10ª), pois Victor Hugo faz o acento recair na 5ª e na 10ª sílabas, o que aumenta o caráter musical do poema, como se cada verso fosse, na verdade, formado de duas redondilhas menores:

Le•brou•illard•est•**froid**, ▽ la•bru•yèr(e)•est•**gri**•se;   A
Les•trou•peaux•de•**bœufs** ▽ vont•aux•a•breu•**voirs**;   B
La•lu•ne,•sor•**tant** ▽ des•nu•a•ges•**noirs**,   B
Sem•bl(e)u•ne•clar•**té** ▽ qui•vient•par•sur•**pri**•se.   A

Je•ne•sais•plus•**quand**, ▽ je•ne•sais•plus•**où**,   C
Maî•tr(e)Y•von•sou•**fflait** ▽ dans•son•bi•ni•**ou**.   C

---

[2] Aproveito a ocasião para agradecer ao pesquisador Dennys da Silva Reis que me fez conhecer a edição francesa e sua versão brasileira.
[3] Assinalo que compus para o poema duas melodias; na verdade, extraí essas melodias do poema que, por si só, já é altamente *cantabile*.
[4] Para o leitor ter uma visão comparativa, anexamos no final deste texto o poema de Victor Hugo e as duas traduções que analisamos aqui.

Vejamos agora a tradução brasileira de Fernando Sabino dessa mesma estrofe:

    É•fri•(a)a•ne•**bli**•na,•cin•zen•t(o)•é•o•**pra**•do;   A
    Os•re•ba•nhos•**be**•bem•á•gua•na•re•**pre**•sa;   B
    A•lu•a•sur•ge•de•**trás**•das•nu•vens•**ne**•gras   C
    E•é•d(e)um•es•plen•**dor**•de•nos•fazer•sur•**pre**•sa.   B

    Ou•vi•não•sei•**on**•de,•ou•vi•não•sei•**quan**•do,   D
    A•gai•ta•de•**fo**•les•do•Mes•tre•Ro•**lan**•do.   D

Duas diferenças marcantes chamam logo a atenção. Primeira, o metro empregado na tradução é o *hendecassílabo* (onze sílabas). Essa escolha impede a manutenção do ritmo original do poema em francês, uma vez que, dado o número ímpar de sílabas, a divisão em duas redondilhas menores fica impossibilitada. Seria possível considerar que o tradutor optou por duas redondilhas menores também, desde que desconsiderássemos na contagem das sílabas métricas as átonas em "É-fri-(a)a-ne-bli(na)" e "Os-re-ba-nhos-be(bem)". No entanto, o caráter heterorrítmico da tradução fica evidente no terceiro verso, em que o acento recai na 7ª sílaba (*de-trás*). Esse caráter heterorrítmico vai se evidenciar no resto da tradução: "Alonga os **bei**ços a bruxa sentadinha"; "Como um pistilo dou**ra**do de uma zínia"; "No coração par**ti**do e na noite inteira?" etc.

A segunda diferença marcante está no *esquema rímico*: no lugar do ABBA-CC de Victor Hugo, temos ABCB-DD, o que representa, decerto, um empobrecimento da natureza *cantabile* dos versos. Observe-se também o emprego, na primeira estrofe, da mesma vogal tônica (e) em *represa, negras, surpresa*, tornando os versos menos coloridos rimicamente do que o original.[5] Somente na 6ª estrofe Fernando Sabino emprega o esquema ABAB, ao rimar "cintila"/"instila" e "outeiro"/"inteira", mas não fazendo rima perfeita em BB.

Nada impediria, no entanto, a manutenção do ritmo e das rimas numa tradução de "Choses du soir" para o português brasileiro. Somente para o primeiro verso, por exemplo, me ocorrem as seguintes possibilidades:

    Ne**bli**na que **vem**, ▽ cin**zen**ta cam**pi**na ...
    É **fri**o o va**por**, ▽ cin**zen**ta a ra**vi**na ...
    A **né**voa esfri**ou**, ▽ **o**paca pai**sa**gem ...

---

[5] Observe-se também, na versão de Sabino, um erro no uso da vírgula, separando o verbo de seu objeto direto em "Ouvi não sei onde, ouvi não sei quando, a gaita de foles do Mestre Rolando".

> O **fri**o do or**val**ho ▽ es**con**de a pla**ní**cie ...
> Su**til** cerra**ção** ▽ cai **so**bre o ce**rra**do ...

Todas essas propostas de tradução mantêm o metro decassilábico de Victor Hugo e a divisão do verso em duas redondilhas menores. Além disso, no que diz respeito ao esquema rítmico, todas apresentam acentuação nas 2ª, 5ª, 7ª e 10ª sílabas, conferindo ao verso ainda mais musicalidade do que sua versão em francês, já que, nela, muitos versos apresentam acentuação na 3ª, 5ª, 8ª e 10ª sílabas, mas não todos, conforme se vê abaixo:

Le brouill**ard** est **froid**, la bruy**è**re est **gri**se;	3 / 5 / 8 / 10
Les trou**peaux** des **bœufs** vont **aux** abreu**voirs**;	3 / 5 / 8 / 10
La lune, sort**ant** des nu**a**ges noirs,	2 / 5 / 8 / 10
Semble une clar**té** qui vient par sur**prise**	2 / 5 / 8 / 10

Como se poderá ver na tradução completa que proponho ao final deste texto, todos os versos têm rigorosamente a mesma estrutura silábica, com regularidade sistemática de acentuação 2-5/7-10.

A versão de Fernando Sabino parece ter sido vítima do velho ideal da "fidelidade" ao conteúdo, preferindo reproduzir "fielmente" a suposta "mensagem" do poema, ao preço de perder em oralidade, ritmo, sonoridade:

Un panache gris sort des cheminées;	Um penacho cinza sai das chaminés;
Le bûcheron passe avec son fardeau;	Um lenhador aparece com seus fardos;
On entend, parmi le bruit des cours d'eau,	Ouve-se por entre o som dos cursos d'água[6],
Des frémissements de branches traînées.	Estremecerem os ramos arrastados.

A tradução de Fernando Sabino é praticamente "literal", mas a literalidade não pode preponderar sobre a literariedade, sobre o ritmo e a musicalidade dos versos. Somente quando a métrica e/ou a rima impede é que sua tradução opta por fazer "adaptações", afastando-se, sempre o mínimo possível, do "conteúdo original". No entanto, retomando as palavras de Meschonnic, é preciso abandonar a ideia de traduzir "língua" em proveito da tradução do *discurso*, e o discurso poético é essencialmente ritmo, oralidade, sonoridade.

---

[6] Observe-se aqui, novamente, o uso inadequado da vírgula, separando o verbo de seu objeto (objeto direto, sim, porque não admite a existência, no português brasileiro, da chamada "passiva sintética"; ver a esse respeito Bagno, 2012).

Traduzir é revelar a absoluta impossibilidade de traduzir. Nada pode ser traduzido e, precisamente por isso, tudo está aberto à tradução.

REFERÊNCIAS

BAGNO, Marcos (2012). *Gramática pedagógica do português brasileiro*. São Paulo: Parábola.
BAKHTIN, Mikhail (V. V. VOLÓSHINOV) (2001). *O freudismo*. São Paulo: Perspectiva.
HUGO, Victor (1979). *Choses du soir*. Paris: Gallimard.
_____ (1983). *Coisas do entardecer*. Trad. Fernando Sabino. Rio de Janeiro: Record, 1983.
MARCUSCHI, Luiz Antônio (2010). "Gêneros textuais: definição e funcionalidade". In: DIONISIO, A. P.; MACHADO, A. R.; BEZERRA, M. A. (orgs.). *Gêneros textuais e ensino*. São Paulo: Parábola.
MESCHONNIC, Henri (1982). *Critique du rythme*. Anthropologie historique du langage. Lagrasse: Verdier.
_____ (1999). *Poétique du traduire*. Lagrasse: Verdier.
_____ (1995). *Politique du rythme, politique du sujet*. Lagrasse: Verdier.
_____ (1998). *Traité du rythme, des vers et des proses*. Paris: Dunod.
PRATT, Mary Louise (1977). *Toward a Speech Act Theory of Literaty Discourse*. Bloomington-London: Indiana University Press.
VOLÓSHINOV, Valentín V. (1973). *Marxism and the Philosophy of Language*. Cambridge: Mass., Harvard University Press.

Choses du Soir – Victor Hugo, 1877	*Coisas do Entardecer* – Fernando Sabino, 1983	*Coisas do Ocaso* – Marcos Bagno, 2012
Le brouillard est froid, la bruyère est grise; Les troupeaux de bœufs vont aux abreuvoirs; La lune, sortant des nuages noirs, Semble une clarté qui vient par surprise.	É fria a neblina, cinzento é o prado; Os rebanhos bebem água na represa; A lua surge de trás das nuvens negras E é de um esplendor de nos fazer surpresa.	Vapor frio cai, embaça a paisagem; a tropa de bois os poços procura; a lua que sai das nuvens escuras parece um clarão, surpresa visagem.
Je ne sais plus quand, je ne sais plus où, Maître Yvon soufflait dans son biniou.	Ouvi não sei onde, ouvi não sei quando, A gaita de foles do Mestre Rolando.	Não sei onde ouvi, também não sei quando, um mestre gaiato a gaita soprando.
Le voyageur marche et la lande est brune; Une ombre est derrière, une ombre est devant; Blancheur au couchant, lueur au levant; Ici crépuscule, et là clair de lune.	O viajante caminha, a terra é castanha; Uma sombra atrás, outra sombra na frente; Aqui o crepúsculo, ali o luar, Ouro no poente, prata no nascente.	Caminha o viajante, a terra é morena; há sombra por trás, há sombra na frente; é pálido o ocaso, aceso o nascente: crepúsculo aqui, ali lua plena.
Je ne sais plus quand, je ne sais plus où, Maître Yvon soufflait dans son biniou.	Ouvi não sei onde, ouvi não sei quando, A gaita de foles do Mestre Rolando.	Não sei onde ouvi, também não sei quando, um mestre gaiato a gaita soprando.
La sorcière assise allonge sa lippe; L'araignée accroche au toit son filet; Le lutin reluit dans le feu follet Comme un pistil d'or dans une tulipe.	A aranha prende no teto sua teia; Alonga os beiços a bruxa sentadinha; No fogo-fátuo o duende se incendeia Como um pistilo dourado de uma zínia.	A bruxa sentada estica a beiçola; a teia d'aranha oscila no teto; o duende reluz no fogo irrequieto: pistilo dourado em rubra corola.
Je ne sais plus quand, je ne sais plus où, Maître Yvon soufflait dans son biniou.	Ouvi não sei onde, ouvi não sei quando, A gaita de foles do Mestre Rolando.	Não sei onde ouvi, também não sei quando, um mestre gaiato a gaita soprando.
On voit sur la mer des chasse-marées; Le naufrage guette un mât frissonnant; Le vent dit: demain! l'eau dit: maintenant! Les voix qu'on entend sont désespérées.	Por sobre os mares deslizam os veleiros, O naufrágio aguarda os mastros vacilantes, Diz o vento: depois! Diz a água: agora! As vozes que se ouvem são lancinantes.	Na espuma do mar escunas deslizam; seduz o naufrágio um mastro que aflora; "Depois!", diz o vento, e a água: "É agora!"; em vão desespero as vozes se avisam.
Je ne sais plus quand, je ne sais plus où, Maître Yvon soufflait dans son biniou.	Ouvi não sei onde, ouvi não sei quando, A gaita de foles do Mestre Rolando.	Não sei onde ouvi, também não sei quando, um mestre gaiato a gaita soprando.
Le coche qui va d'Avranche à Fougère Fait claquer son fouet comme un vif éclair; Voici le moment où flottent dans l'air Tous ces bruits confus que l'ombre exagère.	Na linha que vai de Avranche a Fougère, o cocheiro Estala o chicote tal qual uma bomba; Chegado é o momento em que pairam no ar Ruídos confusos a crescer na sombra.	O coche que vai de Abrantes à Beira estala o chicote em raio estridente; flutuam no ar, no ouvido da gente, ruídos num caos, que a sombra exagera.
Je ne sais plus quand, je ne sais plus où, Maître Yvon soufflait dans son biniou.	Ouvi não sei onde, ouvi não sei quando, A gaita de foles do Mestre Rolando.	Não sei onde ouvi, também não sei quando, um mestre gaiato a gaita soprando.
Dans les bois profonds brillent des flambées; Un vieux cimetière est sur un sommet; Où Dieu trouve-t-il tout ce noir qu'il met Dans les cœurs brisés et les nuits tombées?	Nos bosques profundos uma chama cintila, Há um velho cemitério no cimo do outeiro; Onde Deus acha todo o negror que instila No coração partido e na noite inteira?	No bosque profundo há luzes discretas; um nu cemitério encima o outeiro; por que é que Deus põe negror tão certeiro nas almas sem paz, nas noites completas?
Je ne sais plus quand, je ne sais plus où, Maître Yvon soufflait dans son biniou.	Ouvi não sei onde, ouvi não sei quando, A gaita de foles do Mestre Rolando.	Não sei onde ouvi, também não sei quando, um mestre gaiato a gaita soprando.
Des flaques d'argent tremblent sur les sables; L'orfraie est au bord des talus crayeux; Le pâtre, à travers le vent, suit des yeux Le vol monstrueux et vague des diables.	Tremulam na areia as poças de prata; A águia na beira do abismo arenoso; O pastor espreita, observando o vento, O voo dos demônios, vago e monstruoso.	As poças de prata ondulam n'areia; na beira do abismo o açor pousa atento; o olhar do pastor persegue no vento demônios, que horror, voando sem peia.
Je ne sais plus quand, je ne sais plus où, Maître Yvon soufflait dans son biniou.	Ouvi não sei onde, ouvi não sei quando, A gaita de foles do Mestre Rolando.	Não sei onde ouvi, também não sei quando, um mestre gaiato a gaita soprando.
Un panache gris sort des cheminées; Le bûcheron passe avec son fardeau;	Um penacho cinzento sai das chaminés; Um lenhador aparece com seus fardos;	De cem chaminés vêm fumos grisalhos; passa um lenhador, nas costas seu feixe;

On entend, parmi les bruits des cours d'eau, Des frémissements de branches traînées.	Ouve-se por entre o som dos cursos d'água, Estremecerem os ramos arrastados.	nos córregos vai, vibrando qual peixe, febril farfalhar de folhas e galhos.
Je ne sais plus quand, je ne sais plus où, Maître Yvon soufflait dans son biniou.	Ouvi não sei onde, ouvi não sei quando, A gaita de foles do Mestre Rolando.	Não sei onde ouvi, também não sei quando, um mestre gaiato a gaita soprando.
La faim fait rêver les grands loups moroses; La rivière court, le nuage fuit; Derrière la vitre où la lampe luit, Les petits enfants ont des têtes roses.	Famintos, os lobos preguiçosos sonham; Corre o rio, fogem nuvens em manadas, Atrás da vidraça que a lua ilumina, As crianças, com suas faces rosadas.	A fome dá sono aos lobos, serenos; prossegue o riacho, a nuvem se esgarça; a lâmpada faz, por trás da vidraça, brilhar, cor de rosa, os rostos pequenos.
Je ne sais plus quand, je ne sais plus où, Maître Yvon soufflait dans son biniou.	Ouvi não sei onde, ouvi não sei quando, A gaita de foles do Mestre Rolando.	Não sei onde ouvi, também não sei quando, um mestre gaiato a gaita soprando.

Tout homme qui écrit, écrit un livre ; ce livre, c'est lui. / Qu'il le sache ou non, qu'il le veuille ou non, cela est. De toute œuvre, quelle qu'elle soit, chétive ou illustre, se dégage une figure, celle de l'écrivain. C'est sa punition s'il est petit ; c'est sa récompense, s'il est grand.

Préface à l'édition *Ne varietur* des œuvres de Victor Hugo, 1880.